Jean Pierhal
Albert Schweitzer

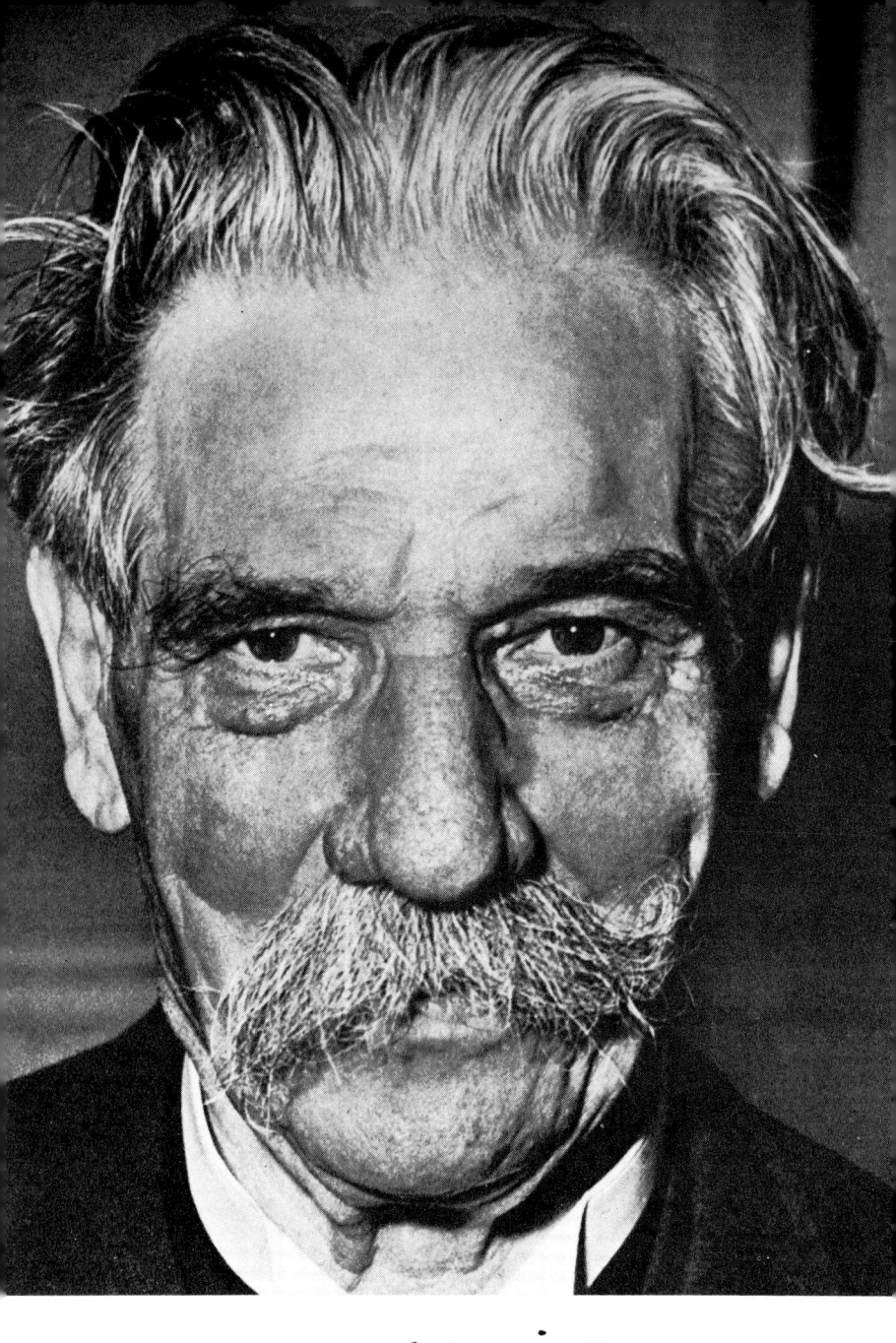

Albert Schweitzer

Jean Pierhal

Albert Schweitzer

Biographie
Mit einer Einführung von Robert Jungk
und einem Epilog von Niko Kazantzakis

verlegt bei Kindler

EINLEITUNG

Der Mensch gegen den Übermenschen

Albert Schweitzer bin ich nur einmal im Leben persönlich begegnet.

Es war im Sommer 1949. Der Urwalddoktor hatte die Einladung einer amerikanischen Universität angenommen, in Aspen, einem hoch in den Rocky Mountains gelegenen ehemaligen Schatzsuchernest, über Johann Wolfgang Goethe zu sprechen. Obwohl die Veranstalter viele große Persönlichkeiten für diese an höchst ungewöhnlichem Orte geplante Gedächtnisfeier gewonnen hatten, wurde doch niemand mit solcher Neugier erwartet wie dieser Mann, denn er schien mehr einer Legende als der Wirklichkeit anzugehören. In den großen Zeitungen und Zeitschriften der amerikanischen Massenpresse hatte man ihn flugs zu einem ,,modernen Heiligen" gemacht und ohne Scheu vor Superlativen gar als den ,,Größten aller Lebenden" gepriesen. Das war ein Grund mehr für die zahlreichen, aus vielen Ländern gekommenen Reporter, dem derart Empfohlenen mit mindestens so viel Skepsis wie Erwartung entgegenzutreten. Denn es ist nun einmal so, daß Presseleute die extravaganten Beinamen, die sie zu verleihen pflegen, selbst selten ernst nehmen.

Deshalb lud man uns, gleich nachdem Schweitzer eingetroffen war, in den Garten des Wildwest-Hauses, das der geehrte Gast bewohnte, zu einer Pressekonferenz. So hieß jedenfalls die offizielle Bezeichnung dieser Veranstaltung. Was daraus wurde, war aber etwas ganz anderes. Kaum nämlich war Schweitzer in unseren Kreis getreten, da fühlten sich die zwanzig bis dreißig Menschen verschiedenster Herkunft wie eine Familie. Wie das zustande kam, obwohl Schweitzer nicht englisch sprach und die Mehrzahl der Reporter sein dialektgefärbtes Französisch nicht verstand, ist mir bis heute noch rätselhaft. Auch ist mir nicht einmal mehr erinnerlich, welche Fragen damals gestellt und welche Antworten von Schweitzer gegeben wurden, so eindringlich war das Erlebnis dieser weder erwarteten noch eigentlich erstrebten Kommunion fremder, durch ihren Beruf „abgebrühter" Menschen, die sich untereinander und mit dem Mittelpunkt ihres Kreises plötzlich auf brüderliche Weise verbunden fühlten. Ich sehe nur noch das etwas schelmische Aufblitzen im Gesicht Schweitzers, wenn er sprach, fühle die entspannte, heitere Atmosphäre, die er um sich verbreitete, und habe unvergeßlich die Bemerkung meines Kollegen im Ohr, der mir ebenso begeistert wie verdutzt zuflüsterte: „Der ist kein Heiliger und keine Berühmtheit. Das ist ja ein Mensch!"

Damals hatte ich noch nichts von Albert Schweitzer gelesen und über sein Leben gerade nur so viel vernommen, wie man eben durch Zeitungsartikel erfährt. Wenn ich bei späteren Reportage-Reisen prominente Persönlichkeiten traf, so verglich ich sie allerdings manchmal im Geiste mit Albert Schweitzer. Ehrgeiz und Erfolg, Anstrengung und Angst las ich in ihren Gesichtern. Aber niemals das, was ich im Antlitz dieses alten Herrn gesehen hatte. Was war es nur? Es war fröhliche, gelassene, unschuldige Güte, die er ausstrahlte. Nur bei kleinen Kindern habe ich je wieder ähnliches gespürt.

Allerdings ging es mir mit Schweitzer zuerst wie mit vielem Schönen oder Vollkommenen. „Er ist altmodisch", sagte ich mir. „So einen Menschen kann unsere Zeit leider nicht mehr hervorbringen." In die Welt, die ich kennengelernt hatte, die Welt der Internierungslager und Testplätze, der Flüchtlingstransporte, Massenversammlungen und Roboter, gehörte er jedenfalls nicht. Es faßt Menschen meiner Generation oft eine große Traurigkeit vor solcher Erkenntnis. Wir haben noch ein Gefühl für Glanz, Harmonie, Ideale und Wärme, die in heutiger Umwelt nicht mehr gedeihen wollen. In Amerika nannte ich den Teil meines Bewußtseins, in dem ich solche unzeitgemäßen Erscheinungen und Erlebnisse aufhob, meine „Heimweh-Ecke". Dort, neben der Erinnerung an Gedichte und Kathedralen, an eine Bachsche Fuge, einen Pariser Gassenwinkel und ein Gemälde von Caspar David Friedrich wurde auch Albert Schweitzer eingereiht.

Eine solche „Heimweh-Ecke", so sollte ich später bei meiner Rückkehr nach Europa erfahren, haben sich nicht nur Auswanderer eingerichtet, sondern auch zahlreiche Menschen, die zwar „zu Hause" blieben, aber die jüngst so stark veränderte Gegenwart als ein Exil empfinden. Sie leben in zwei Welten: der Welt des Heiligen, des Schönen, wie sie vergangene Kulturen hervorbrachten, und der Welt, die sie täglich umgibt, eine Welt der Arbeit und des Lebenskampfes, eine kalte und angsterfüllte Welt.

Gibt es irgendeine Brücke, die von der „Heimweh-Ecke" in die „Angst-Welt" führt? Wann ging denn überhaupt die Verbindung zwischen beiden verloren? Seit wann ist es, daß wir beim Verlassen einer Kirche oder eines Konzertsaales, einer Kunstgalerie oder eines Theaters uns wie unwillig Aufwachende fühlen? Es muß da irgendwann einmal eine Entzweiung eingetreten sein, eine zweite Vertreibung aus dem Paradies jener Zeiten, in denen Kultur nicht Vergangenes und träumerisch Umhegtes war, sondern Gegenwärtiges.

So viele Fragen und keine Antworten. Doch – eines Tages fand ich eine. Sie stand in einem schmalen hellbraun gebundenen Büchlein, das den Titel „Verfall und Wiederaufbau der Kultur" trug. Sein Verfasser war niemand anders als der „altmodische", in meiner „Heimweh-Ecke" verstaubende Albert Schweitzer. Gerade er schien um das Problem des viel Jüngeren zu wissen. Er hatte jener Entzweiung von Kultur und Wirklichkeit längst nachgespürt, hatte die tragische Stunde erforscht, in der sich der verhängnisvolle Riß ankündigte.

Aus seinem Werk trat mir ein ganz anderer Schweitzer entgegen. Ich mußte mir eingestehen, daß ich ihn bei aller Verehrung doch unterschätzt hatte. Er war so wenig nur ein gütiger, heiterer alter Herr, wie Gott nur ein lieber oder freundlicher Greis mit einem weißen Vollbart ist. Hier sprach ein von Schmerz Zerrissener, mit tiefsten Fragen Ringender zu mir. Er hatte eingesehen, daß der „Sinn der Welt" ihm, wie den anderen Menschen, niemals wirklich durchschaubar sein werde. Die Sinnlosigkeit nahm er auf sich und hatte dennoch den Mut, an ein sinnerfülltes Leben zu glauben. Pessimist im Erkennen, blieb er Optimist im Handeln und Gestalten.

Um die Mitte des neunzehnten Jahrhunderts, so stellt Schweitzer fest, habe die Abdankung der Kultur gegenüber der Wirklichkeit begonnen. Kampflos und lautlos habe sich dieses schicksalschwere Ereignis vollzogen, und die meisten Zeitgenossen hätten es nicht einmal bemerkt.

„Wie ging dies zu?" fragt Schweitzer.

Seine Anklage lautet klipp und klar:

„Das Entscheidende war das Versagen der Philosophie."

Nie hätte ich gedacht, daß der freundliche Professor mit dem etwas wirren vollen Haar und dem spitzbübischen Augenzwinkern eine so scharfe Klinge schlagen könnte. Schon um die Jahrhundertwende hatte er dem gedankenlosen Optimismus seiner Zeitgenossen nicht getraut, sondern tief beunruhigt die klaren Vorzeichen kommenden Unheils bemerkt. Der Erste Weltkrieg überraschte ihn darum nicht, sondern schien ihm nur die nun jedermann sichtbare Folge des fortschreitenden Kulturverfalls zu sein. Unmittelbar nach dem Kriege kündigte Schweitzer warnend eine zweite Katastrophe an. Die Selbstvernichtung der Kultur gehe weiter, erklärte er. Das, was von ihr noch stehe, sei nicht mehr sicher, ein neuer Erdrutsch könne es mitnehmen.

Und über drei Jahrzehnte später, als auch die zweite schmerzliche Prophezeiung sich erfüllt hat, stößt Albert Schweitzer dann zum dritten Male seine Warnung aus. Er steht, nun fast achtzig Jahre alt, schon sehr müde, aber doch immer noch aufrechtgehalten vom Gefühl der Verantwortung für seine Mitmenschen, in der Aula der Universität Oslo und ruft aus:

„Wagen wir es, der Situation ins Gesicht zu sehen! Der Mensch ist zum Übermenschen geworden. Er ist nicht nur deshalb ein Übermensch, weil er über angeborene physische Kraft verfügt, sondern weil er darüber hinaus, dank der Errungenschaften der Wissenschaft und Technik, die in der Natur schlummernden Kräfte beherrscht und zu nutzen versteht . . . Aber der Übermensch . . . hat sich nicht auf das Niveau übermenschlicher Vernunft erhoben, die dem Besitz übermenschlicher Kraft entsprechen sollte . . . Der Übermensch wird, im gleichen Maße wie seine Macht sich vergrößert, mehr und mehr ein armer, armer Mensch. Um sich nicht der Zerstörung, die von oben auf ihn hinunterprasselt, völlig auszusetzen, muß er sich unter die Erde eingraben wie die Tiere des Feldes . . . Die wesentliche Tatsache, die unser Gewissen aufrütteln muß und der wir schon seit langer Zeit eingedenk sein sollten, ist, daß wir um so unmenschlicher werden, je mehr wir zu Übermenschen emporwachsen."

Die Größe Albert Schweitzers zeigt sich nun darin, daß es ihm nicht genügte, seit Beginn des zwanzigsten Jahrhunderts die Krankheit des Jahrhunderts besorgt zu beobachten und zu diagnostizieren, sondern auch intensiv über Mittel zu ihrer Heilung nachzudenken. Woran lag es denn, daß die Philosophie des neunzehnten Jahrhunderts ihre führende kulturgründende Stellung eingebüßt hatte? Wie hatte es kommen können, daß die Naturwissenschaften mit ihrem Riesenkind Technik unmenschlich wurden? Schweitzer glaubte die Ursache des Leidens in einer wichtigen Mangelerscheinung gefunden zu haben: dem Fehlen ethischer Ideen, ohne die keine lebensbejahende, lebenserhaltende und lebensfördernde Kultur gedeihen könne. Aus der Erkenntnis der Welt, wie sie wirklich ist – und um diese Erkenntnis haben sich bisher Philosophie wie Naturwissenschaft hauptsächlich bemüht – sei allerdings keine ethische Weltanschauung zu gewinnen.

Denn Erkennen ist nicht an „Gut" und „Böse" gebunden, es darf vor nichts, nicht einmal vor dem erkennenden Menschen selbst haltmachen. Und wenn es ihn nun ins Chaos stürzt? Und wenn seine Erkenntnisfähigkeit Kräfte auslöst, die er nicht mehr beherrschen kann, die übermenschlich, unmenschlich, antimenschlich werden? Muß dann nicht wenigstens ein Denker, einem Arzt gleich, eingreifen: „Nur bis hierher darfst du ohne Gefahr für deine Gesundheit. Du mußt dein Leben ändern, mußt eine neue Grundlage für es finden."

Genau dies ist es, was Albert Schweitzer, am geistigen Krankenbett des vom totalen Kulturverfall bedrohten Menschen stehend, getan hat. Er empfiehlt, man möge das philosophische Denken künftig nicht mehr ausschließlich auf das Erkennen der Welt, sondern vor allem auf das Erleben der Welt gründen. Die erste Tatsache des Denkens ist ihm nicht „Cogito ergo sum" („Ich denke, also bin ich"), wie es Descartes behauptet hatte, sondern: „Ich bin Leben, das leben will, inmitten von Leben, das leben will."

Die erste Willenstat dieser Philosophie verkündet: „Ehrfurcht vor dem Leben". Ihr Maßstab, an dem sie das Zeitalter und die Kultur künftig mißt, lautet: „Gut ist: Leben erhalten, Leben fördern, entwicklungsfähiges Leben auf seinen höchsten Wert bringen. Böse ist: Leben vernichten, Leben beeinträchtigen, entwicklungsfähiges Leben hemmen."

Als Albert Schweitzer zu Beginn der zwanziger Jahre unseres Jahrhunderts diese – hier natürlich nur grob skizzierten Gedanken – entwickelte, war es den Kritikern noch gestattet, seinen Beitrag zum Denken der Zeit mit einem Etikett wie „Vitalismus" oder „Biologismus" zu versehen und dann zu den Akten zu legen. Heute aber können wir es uns kaum mehr leisten, Schweitzers Bemühung um eine Wiedergeburt der Kultur aus dem Geiste einer lebensbewahrenden Ethik rein akademisch zu beurteilen. Denn inzwischen haben die durch keinerlei ethische Bindung gehemmten Erkenntniskräfte es erstmals in der Geschichte der Menschheit bewirkt, daß der Mensch die Schöpfung bis in den Kern hinein zu ergründen und von dort aus zu wandeln vermag.

Albert Schweitzer hat in seiner Osloer Nobelpreis-Rede auf die Gefahr hingewiesen, die dem Bestehen der Menschheit schon durch die bloßen Versuche mit den neuesten Atomwaffen drohe. Er hat schaudernd bekannt: „Erst jetzt enthüllt sich uns das

10

ganze Grauen unserer Existenz. Wir können der Frage nach der Zukunft der Menschheit nicht mehr entgehen."

Damit hat er nur eine der Bedrohungen genannt, denen wir uns gegenübersehen. Mindestens ebenso folgenreich und gefährlich, wenn auch nicht unbedingt tödlich, sind andere jüngste Vorstöße ins bisher Verborgenste. Da ist vor allem das erfolgreiche Bemühen der Biochemie und Erbbiologie, das Geheimnis des Lebens selbst zu ergründen, damit aber die Herrschaft über die Formkräfte in Pflanze, Tier und schließlich dem Menschen selbst zu gewinnen. Mit der wachsenden Kenntnis der kleinsten Bausteine des Universums wird es endlich möglich sein, die Welt nach weitgehend willkürlichen, vom Menschen erdachten Modellen neu zu entwerfen und zu verwirklichen, ein Ereignis, das alle politischen Revolutionen an Größe und Gefahr in den Schatten stellt. Denn was für Lemuren und Homunkuli mag uns wohl eine Zukunft bescheren, die ohne ethische Rücksichtnahme von nur nach Macht strebenden oder um sie bangenden Übermenschen gelenkt wird?

Diesmal kann man nicht darauf rechnen, daß sich gegen eine solche schädliche Entwicklung von selbst urtümliche seelische Gegenkräfte entfalten. Mehr und mehr gelingt es nämlich der Seelen- und Gesellschaftsforschung, die psychischen Kräfte, die den einzelnen, die Gruppen und die Massen bewegen, zu erkennen, auf Grund dieser Erkenntnis aber sie dann gleich Marionetten zu manipulieren. Die Psychologen und die Sozialwissenschaftler haben bereits den gleichen Sündenfall begangen wie vor ihnen die Physiker. Sie gaben ihre Erkenntnisse denen weiter, die daraus Waffen zu schmieden verstehen.

Die Bedrohung des Menschen durch diese unheimlichen Künste der seelischen Beeinflussung, der Einbruch ins individuelle und kollektive Unterbewußte, ist womöglich noch schrecklicher als die Bedrohung durch den Atomtod. Vor der Schwarzen Kunst der vervollkommneten psychischen Lenkung gibt es kaum ein Entrinnen, weil sie, wenn richtig gehandhabt, nicht einmal mehr als Gefahr wahrgenommen wird. Mit ihrer Hilfe wäre es möglich, den Menschen gegen sein besseres Wissen schließlich sogar davon zu überzeugen, daß die Ungeheuerlichkeiten und Unmenschlichkeiten einer supertechnischen Willkürwelt durchaus annehmbar seien.

Staatliche Propaganda und „psychologische Kriegführung" haben uns bereits einen Vorgeschmack von solchen Möglichkeiten gegeben. Albert Schweitzer sprach einmal davon, daß die Brunnen des Denkens in den letzten Jahrzehnten versandeten, weil man nicht über sie wachte. Was aber erst, wenn man bereits begonnen hätte, sie zu vergiften?

Solchen furchtbaren Gefahren gegenübergestellt, müssen diejenigen Menschen, die sie erkennen, zu handeln versuchen. Albert Schweitzer versucht sie aus ihrer Resignation zu erwecken, wenn er ihnen in seiner Nobelpreis-Rede warnend zuruft: „Indem wir uns widerstandslos unserem Schicksal ergeben, machen wir uns der Unmenschlichkeit schuldig."

Doch was sollen wir tun?

Schweitzers eigenes Leben gibt dafür zwar kein wörtlich anwendbares und nachzuahmendes Beispiel, aber doch einen wichtigen Hinweis. Weil es ihm nicht genügte, das Christentum nur zu predigen, ging er hinaus in den Urwald, um es vorzuleben. Dorthin, wo Angst, Aberglauben, Leid und Verwirrung ihm am tiefsten zu sein schienen, wollte er Sicherheit, Licht, Klarheit und Freude bringen.

Für einen einzelnen erschien diese Aufgabe damals fast hoffnungslos. Dennoch ließ er sich nicht davon abbringen. Seine Tat aber hat so gewirkt, daß sie weit über den Umkreis seiner unmittelbaren Arbeit hinausstrahlte und die Gründung zahlreicher „Gesundungsherde" in anderen tropischen Regionen anregte.

Ähnlich sollten heute Menschen, die noch echte Kulturwerte zu schätzen wissen, sie nicht nur für sich im „Heimweh-Winkel" still hegen und genießen, sondern versuchen, sie in die „Angst-Welt" hinauszutragen, um damit an der Vermenschlichung der modernen Umwelt mitzuwirken.

Einst, im Jahre 1905, klagte Albert Schweitzer darüber, daß die Theologen lieber Bücher über die Heilsgeschichte schrieben als in ihrer Zeit und ihrer Welt Heil zu wirken. Ist es heute viel anders? Wie steht es gegenwärtig mit den sogenannten „Kulturträgern"? Welche Künstler verlassen denn ihre Ateliers, um wenigstens eine Zeitlang mit den Ingenieuren und Arbeitern zu leben, die unsere „häßliche Alltagswelt" formen? Wo stecken die Musiker, Dichter, Schriftsteller, die Philosophen und die zahlreichen Freunde der Kultur? Sie sitzen in ihren Stuben und Büros über ihren Werken, um sie herum aber wuchert der von ihnen gehaßte „Dschungel", den der zu schnelle Fortschritt schuf. Er ist ungerodet, weil sie ihn nicht roden, unergründlich, weil sie ihn nicht ergründen, abstoßend, weil sie nicht einmal versuchen, ihn harmonisch zu gestalten! Es herrscht in ihm ein seelisches Klima, das dem Menschen so unbekömmlich ist wie das tropische Klima. Aber fast alle nehmen wir ihn hin, diesen zwar von Menschen geschaffenen, aber ihnen zunehmend unerträglichen, ja gefährlichen „Urwald" mit seinen Fabrikdünsten, seinen Einsamkeiten inmitten wilden Wachstums, seinen reißenden Tieren aus Chrom und Stahl, seinem Reklametamtam, seinen dumpfen Explosionen, seinem brutalen Daseinskampf.

Es geht nämlich mit dem Neuland, das Wissenschaft und Technik eroberten, ähnlich, wie mit den Kontinenten, die von den Forschungsreisenden erschlossen wurden. Sie können nur bewohnbar werden, wenn dem Eroberer später der Bauer, der Bürger, der Arbeiter, der Künstler folgen und in geduldiger jahrzehntelanger Arbeit aus dem wüsten Land Kulturland machen.

Auch der „Urwald" der modernen Welt kann vermenschlicht werden, so daß er Leben fördert, Leben erhält und Leben schont. Die Tat Albert Schweitzers läßt sich täglich mitten in dieser unserer Welt wiederholen, die so voller Leid und Disharmonie ist. Das ist eine wichtigere Aufgabe als der Vorstoß in immer neue Sphären, die den Menschen nur noch mehr von sich selber wegführen, ihn zum Übermenschen und Unmenschen machen.

Vielleicht wird es den Millionen einzelnen gelingen, ausgerüstet mit der einfachen lebensbejahenden Ethik Albert Schweitzers – für die das vorliegende Buch so verständlich und so verständnisvoll Zeugnis ablegt – allmählich die „gefährliche neue Welt" in eine „humane neue Welt" zu verwandeln. In ihr würde jede Erfindung nicht nur daraufhin geprüft werden, wie sie funk-

tioniert und produziert, sondern ob sie dem Menschen wirklich
erlaubt, Mensch zu bleiben. Ordnet sich so der heute noch blind
wuchernde technische Fortschritt erst einmal dem einfachen
Leitwort ,,Ehrfurcht vor dem Leben" unter, so ist der erste
Schritt in eine schönere Zukunft getan. Albert Schweitzer selbst
hat sie mit folgenden herrlichen Worten angekündigt:

,,Eine neue Renaissance muß kommen, viel größer als die Renaissance, in der wir aus dem Mittelalter herausschritten: Die
große Renaissance, in der die Menschheit entdeckt, daß das Ethische die höchste Wahrheit und die höchste Zweckmäßigkeit ist,
und damit die Befreiung aus dem armseligen Wirklichkeitssinn
erlebt, in dem sie sich dahinschleppte.

Ein schlichter Wegbereiter dieser Renaissance möchte ich sein
und den Glauben an eine neue Menschheit als einen Feuerbrand
in unsere Zeit hineinschleudern. Ich habe den Mut dazu, weil ich
glaube, die Gesinnung der Humanität, die bisher nur als ein edles
Gefühl galt, in einer aus elementarem Denken kommenden, allgemein mitteilbaren Weltanschauung begründet zu haben. Damit besitzt sie eine Überzeugungskraft, über die sie bisher nicht
verfügte, und ist fähig, sich in energischer und konsequenter
Weise mit der Wirklichkeit auseinanderzusetzen, und in ihr zur
Geltung zu kommen."

München, im November 1954   *Robert Jungk*

Nachtrag zum Vorwort
(fast ein Vierteljahrhundert später)

Wer einen ,,alten" Beitrag viele Jahre nach seinem Entstehen
wiederliest, muß meist konstatieren, wie hoffnungslos überholt
sich das anhört, was er damals nach bestem Wissen nieder-
schrieb.

Mir ist es mit diesem Vorwort, dessen Inhalt ich ganz vergessen hatte, anders ergangen. Ich war bestürzt, wie aktuell es heute, vierundzwanzig Jahre nach seinem Entstehen, leider immer

noch ist. Leider – weil von der Wiedergeburt, die Schweitzer erhofft hatte, nur wenig zu spüren ist. Leider – weil der Verfall der Kultur, den der „Urwalddoktor" diagnostiziert hatte, noch schärfer und schmerzlicher zutage tritt als vor einigen Jahrzehnten.

Dazu gehört auch, daß Schweitzers Werk und Geltung heute nicht mehr ganz so hochgeschätzt werden wie auf dem Höhepunkt seines Ruhms. In Lambarene kriselt es seit langem und die Verfechter einer „moderneren" Medizin haben es den Nachfolgern des „großen Alten" schwer gemacht, sein Werk so weiterzuführen, wie er es gewünscht hatte. Auch Schweitzers Philosophie und Theologie sind von Zeitenwandel nicht unberührt geblieben. Wir erkennen heute ihre Lücken, wir stoßen uns gelegentlich am Pathos des Gefühls, das da hervorbricht, wir vermissen eine entschiedenere Kritik am Kolonialismus und Imperialismus.

Wer allerdings nicht nur das Evidente wahrnimmt, sondern auch andere Signale empfängt, der muß erkennen, daß Schweitzers Ideen – oft unter anderen Namen, Parolen und Fahnen – eigentlich mehr Menschen erfaßt haben als auf dem Höhepunkt seines Weltruhms. Seine Zweifel an der technischen Zivilisation, seine Bemühung um fachübergreifenden Universalismus, seine Erkenntnis, daß menschliche Zuwendung oft mehr zur Heilung von Krankheit beiträgt als Medikamente und Instrumente, sind fast schon Allgemeingut. Daß Schweitzer einer der ersten „drop outs" war, der nicht mehr im großen Karrierewettlauf mitmachen, sondern lieber etwas Sinnvolles mit seinem Leben anfangen wollte, ahnen nur wenige von denen, die solche Schritte heute wagen, täglich und überall dort, wo man sie nicht daran hindert.

Ich bin glücklich, daß ich Schweitzer wenige Jahre vor seinem Tod in Paris nochmals sehen durfte, daß er meinen Worten über ihn in diesem Buch zustimmte und mir später sogar die Ehre erwies, mich an der Endfassung seines Aufrufs gegen die Atomrüstung mitarbeiten zu lassen, ja daß er mir schließlich sogar das „Du" anbot. Bei unseren Unterhaltungen hat er mir einmal eine unvergeßliche Lehre mitgegeben. Als ich klagte, wie wenige

Menschen sich der in den Untergang führenden Entwicklung entgegenstemmten, sagte er: „Das müssen sie einfach tun ohne jede Erfolgserwartung. Auch dann und gerade dann. Nur wer den Erfolg nicht anstrebt, der hat vielleicht Erfolg. Ich gebe nicht auf. Sie dürfen nicht aufgeben. Ihre Freunde, Ihre Leser dürfen nicht aufgeben. Dann wird sich das Schicksal wenden. Das Schlimmste wäre Mutlosigkeit. Ich habe zeitlebens versucht, anderen Mut zu machen. Ist nicht ein wenig dabei herausgekommen?" Als er das sagte, lachte er wie ein elsässischer Bauer, der gerade eine oft gefährdete, aber schließlich doch noch gute Weinernte eingebracht hat.

Im Januar 1979   *Robert Jungk*

I.

DAS GLÜCKLICHE TAL

MIT GESCHLOSSENEN Füßen sprang der junge Pfarr-
verweser Louis Schweitzer über die kleine Wiege. So sehr
freute er sich darüber, daß ihm Gott als zweites Kind einen
Sohn geschenkt hatte.

Sehr hoch kann der Sprung allerdings nicht gewesen sein,
denn die Stuben in dem alten protestantischen Pfarrhaus am
Wall des ehrwürdigen Städtchens Kaysersberg im Oberelsaß
waren recht niedrig. Am gleichen Tage, dem 14. Januar 1875,
läutete das dünne Glöcklein auf dem schmächtigen Dachreiter,
der als Ersatz für einen richtigen Kirchturm rittlings auf dem
First saß, wie im Jubel.

Die Wohnung des geistlichen Herrn und das Gotteshaus
waren beide im gleichen Gebäude, und wenn die kleine Dia-
sporagemeinde sich singend zum Gottesdienst versammelte,
dann schrie das Albertle aus den Nebenzimmern hörbar mit.
Das Pfarrerssöhnchen ließ sich auch nicht von der ehrfürch-

tigen Stille imponieren, die sich ausbreitete, wenn Monsieur le Papa predigte.

Dann lächelte der Herr Pfarrer nur und machte etwas längere Pausen zwischen den Sätzen.

„Er lebt also noch —", dachte er. „Mein Sohn lebt. Er schreit. Er weint und kreischt zwar jämmerlich, aber der Odem ist noch in ihm. Sei bedankt mein Herr Jesus." Und es fiel ihm eine Last von der Brust.

Denn an manchen Tagen wären er und seine wackere Gattin Adele fast verzweifelt. Das kleine Kerlchen wollte und wollte nicht gedeihen. Am Anfang seines Lebens stand der Tod Pate, jener Tod, dem ein anderer Bürger von Kaysersberg, der berühmte Münster-Prediger Geiler, vor Jahrhunderten ein ganzes Buch voller Bußpredigten gewidmet hatte. Dieser Tod von Kaysersberg war kein dürres Gerippe, sondern, wie man bei dem großen Kanzelredner nachlesen kann, ein recht stämmiger Elsässer, fest im Fleisch, gesund, gut genährt, mit einer Axt über der Schulter, breitbeinig um den Ort streifend, ein Baumfäller, ein Menschenfäller. Mit ihm hat der Albert gerungen, und wenn er aus diesem Zweikampf schließlich kräftiger hervorging als die meisten anderen, kann das eigentlich gar nicht wundernehmen.

Immerhin hat jener „Dorfmeier oder Forstmann", wie der Geiler ihn nannte, dem Pfarrerssöhnchen doch recht heftig zugesetzt. Eines Nachts schien es sogar, als sei es ihm endlich gelungen, dieses zähe junge Bäumlein umzulegen, denn als die Mutter morgens in die Wiege schaute, da hielt sie ihr Kindlein für tot. Erschreckte Rufe und lautes Schluchzen der Pfarrfrau hatten eine beglückende Wirkung: Das Kleine, aus dem tiefen Schlaf der Schwäche aufgestört, bewegte sich leise. Es atmete. Es öffnete die Augen. Diese graublauen, klaren Augen, die so vielen Menschen Freude schenken sollten, bescherten der Mutter damals das größte Glück.

Sechseinhalb Monate nach Alberts Geburt schlug die Pfarrersfamilie dem unheimlichen „Dorfmeier" von Kaysersberg ein Schnippchen.

Man zog mit Sack und Pack in eine neue Gemeinde, gelegen am Rande frischer, großer Bergwälder, eingebettet in fette grüne Wiesen und Weinberge. Der Ort hieß Günsbach im Münstertal. Und der dortige „Dorfmeier" war jedenfalls gnädiger. Er machte einen respektvollen Bogen um das Pfarrhaus.

Die Berufung auf diesen Pfarrposten stellte ein beträchtliches Avancement für Louis Schweitzer dar. Während die Protestanten in Kaysersberg verstreut und in der Minderzahl gewesen waren, gab es in diesem freundlichen Weindörfchen eine stattliche evangelische Gemeinde, deren Vorsteher den neuen Seelsorger am 1. August 1875 in herzlicher Art in sein neues Amt einführte. Pfarrer Schweitzer war um die Jahrhundertmitte als Sohn eines Lehrers im Städtchen Pfaffenhofen zur Welt gekommen. Er hatte dann in Straßburg das Gymnasium und die Universität besucht. Aber im Gegensatz zu seinen beiden Brüdern, die es nach Paris zog, wo sie, wie viele andere Elsässer, schnell Karriere machten, begnügte er sich damit, in jener gesegneten Provinz zu bleiben, die der Familie Schweitzer Heimat war, seit sie einst während der Reformationskriege aus dem Kanton Schwyz in der Eidgenossenschaft nach dem protestantenfreundlichen Elsaß hinüberzog. Allerdings mußten die Protestanten von Günsbach, genau wie die Mitglieder einer ganzen Anzahl von anderen evangelischen Gemeinden im Elsaß, einen Teil ihrer Kirche den Katholiken überlassen. In einem aus dem Jahre 1686 stammenden Edikt hatte Ludwig XIV., der „Sonnenkönig", angeordnet, daß in allen evangelischen Gemeinden des Elsaß, in welche mindestens sieben katholische Familien einwandern, der Chor des Gotteshauses diesen überlassen werden sollte.

Das führte mancherorts zu Reibereien und Verdruß, niemals jedoch in dem halben Jahrhundert, in dem Louis Schweitzer in Günsbach seines Amtes waltete. Diesen Geist konfessioneller Duldsamkeit hatte Louis Schweitzer bereits als junger Vikar in Mühlbach, einem unweit von Günsbach gelegenen Ort, kennengelernt. Sein damaliger Vorgesetzter, der ebenso strenge wie ehrwürdige Pfarrer Johann Jacob Schillinger, hielt darauf, daß zwischen den Geistlichen der beiden christlichen Bekenntnisse Achtung voreinander, Entgegenkommen, ja sogar Zusammenarbeit herrschte. In Mühlbach war es gang und gäbe gewesen, daß der evangelische Pfarrer den katholischen Priester bei Krankenbesuchen vertrat, wenn Monsieur le Curé länger auf Reisen ging. Als einmal das evangelische Pfarrhaus vom Feuer bedroht war, wurde es flugs geräumt und alle Sachen ins katholische Priesterhaus hinübergeschafft. Man pflegte noch lange im ganzen Ort schmunzelnd zu erzählen, daß damals ins keusche Schlafzimmer des frommen Herrn Curé plötzlich eine Menge von Weiberröcken einbrach. Es waren die Krinolinen der Pfarrfrau Schillinger, die dort vorübergehend Asyl fanden.

Adele, eine Tochter des Pfarrers von Mühlbach, hatte Louis Schweitzer geehelicht. Sie wurde die Mutter Albert Schweitzers. Daß sie ihn Albert taufen ließ, war nicht ohne Bedeutung. Albert war ein Halbbruder Adele Schillingers gewesen, der von allen, die ihn gekannt hatten, wegen seiner außerordentlichen Güte und Opferfreudigkeit verehrt wurde. Er starb an den Folgen einer ungewöhnlich strapaziösen Rettungsaktion: Im Jahre 1870 — das Elsaß war damals noch französisch — hatte er sich durch die Fronten nach Paris durchgeschlagen, um Medikamente für das bereits durch die deutschen Armeen von der Nachfuhr abgeschnittene Straßburg zu beschaffen. Auf dem Rückweg wurde er von den Preußen gefangengenommen. Zwar ließ deren kommandierender General die Medikamente durch, aber den Pfarrer Albert Schillinger behielt er als Gefangenen zurück. Von dem Gedanken gemartert, seine Gemeinde könnte glauben, er habe sie aus eigenen Stücken gerade in diesen schweren Zeiten im Stich gelassen, begann der herzleidende Mann zu siechen und starb 1872, nicht lange nach seiner Heimkehr, im gleichen Jahre wie sein Vater, der Pfarrer von Mühlbach, der im Gram um den Verschollenen schwer gelitten hatte.

Duldsamkeit, Opferbereitschaft, aber auch die Ablehnung des Krieges, der so viel Leid über die eigenen Lieben gebracht hatte, waren also schon in der Familientradition der Eltern Albert Schweitzers verankert. „Die aus einer Herrscherlaune Ludwigs XIV. entstandene protestantisch-katholische Kirche ist mir mehr als eine merkwürdige geschichtliche Erscheinung", hat Albert Schweitzer später geschrieben. „Sie gilt mir als Symbol dafür, daß die konfessionellen Unterschiede etwas sind, was bestimmt ist, einmal zu verschwinden." Ähnliche Hoffnungen hat er auch in bezug auf das Verhältnis zwischen den „Erbfeinden" Frankreich und Deutschland geäußert. Sie waren ihm beide „Vaterland". Er hat ihren bösen Streit, dem nicht nur sein Onkel Albert zum Opfer fallen sollte, immer als besonders schmerzlich empfunden.

„Das Münstertal, oder wie man es auch im Elsaß nennt, die kleine Schweiz der Vogesen, ist eines der schönsten, reichsten und bevölkertsten Täler des Wasgaus." So steht es zu lesen in einem Büchlein, das nur ein paar Monate vor Albert Schweitzers Geburt herauskam.

Aber dieses Stückchen Erde hat noch eine Eigenschaft, die von Reiseführern gewöhnlich nicht notiert wird: es macht seine Bewohner glücklich. Woran das liegt? Ja, wer könnte das genau sagen? Vermutlich ist es die Mischung von Süß und Herb in dieser Landschaft, deren tannenbestandenen Berge etwas karg Alpines anklingen lassen, deren Grasteppiche, Rebhügel und schattigen, breiten Nußbäume aber schon vom vollen fruchtbaren Leben im gemäßigten Klima der Ebene künden.

Und hier im glücklichen Tal, wo alles prangte, blühte, gedieh, ob es Weintrauben oder Kühe, Blumen oder Kohlköpfe waren, kamen meist auch lebensstrotzende Kinder auf die Welt. So ist es verständlich, daß die erste Vorstellung des nur gerade so dem Tode entwischten „Albertle" nicht gerade erfolgreich ausfiel.

Die Pfarrfrauen der Umgebung, die wohl an ihre eigenen rosigen, pausbäckigen Engel dachten, verstummten vor Verlegenheit, als ihnen die Frau des neuen Seelenhirten von Günsbach bei der feierlichen Einführung des neuen Geistlichen ihr dürres, gelbes Söhnchen zeigte, das in seinem geschmückten Steckkissen wie in einem Krankenbett lag. „I bin glatt erschrocke", wisperte eine der anderen zu, „das Büble isch die erschte Beerdigung, wo der neu Pfarrer halte wird."

War es ein Wunder, daß die sonst eher zurückhaltende Pfarrersfrau manchmal in bittere Tränen ausbrach?

„Aber die Milch der Kuh des Nachbars Leopold und die

gute Luft Günsbachs taten Wunder an mir", hat Albert Schweitzer später berichtet. „Vom zweiten Jahre an gesundete ich und wurde ein kräftiger Knabe."

„Gelt, das ist schön, daß wir hier daheim sind", pflegte Schweitzer immer zu sagen, wenn er mit Verwandten vom Kanzelrain aus, einem über Günsbach liegenden Felsvorsprung, in das Tal hinunterblickte. Gerade weil er wie wenige andere die ungebändigte Natur erlebt hat, den wuchernden Urwald, das düstere, sumpfige Pflanzenchaos, dessen Dunkelgrün den hellen blauen Himmel vergessen macht, gerade darum wußte er stets die Lieblichkeit seines heimatlichen Tales besonders zu schätzen.

Das glückliche Tal liegt etwas abseits von den großen Verkehrsstraßen. Deshalb hielten sich dort die alten Sitten und Trachten länger als in den meisten anderen Gegenden des Elsaß. Zur Zeit, als der kleine Albert Schweitzer im Garten des evangelischen Pfarrhauses spielte, trugen die Männer, die seinen Vater besuchten, noch den Dreispitz, einen langen, braunen Rock, schwarzes Brusttuch, kurze graue Kniehosen, lange Strümpfe und Schnallenschuhe. Die Frauen legten die schwarze Nebelhaube, den schwarzen Rock und das schwarze Mieder an. Es waren ernste Farben, die man da trug, und sie sollten aussagen, wie streng man es noch mit Sitte und Glauben nahm. Wohl wurden überschwengliche Bauernhochzeiten und Taufen gefeiert, die manchmal gut eine ganze Woche dauerten, wohl gab es Festtage, an denen genug vom einheimischen Tropfen ausgeschenkt wurde, aber das waren eben leuchtende Ausnahmen. An gewöhnlichen Arbeitstagen aß man vor allem Kartoffeln, Kraut und den Münsterkäse; dafür schmeckte dann die „Türt", die klassische Münstertaler Fleischpastete, besonders gut, wenn einmal geschlachtet, gebraten und geräuchert wurde.

Es war ein Tal, dessen Bewohner gewissenhaft ihre religiösen Pflichten erfüllten, während hier und dort schon in der Nachbarschaft Abfall oder Gleichgültigkeit in kirchlichen Fragen einzureißen begann. In jedem der Bauernhäuser fanden sich jahrhundertealte Bibeln und Erbauungsbücher, selbst oben auf den Almen, die nur im Sommer von den Melkern und Käsebuben bewohnt waren, gehörte neben den notwendigsten Geräten das Buch Gottes zum ständigen Inventar. Es gab kein Essen, das ohne das Sprechen des Segens vor Beginn und des Dankes nach dem Ende der Mahlzeit vollständig gewesen wäre, und keine Woche, die nicht vom sonntäglichen Gottesdienst erst ihre Weihe, ihren höheren Glanz erhalten hätte.

Der neue Seelsorger war bald sehr beliebt bei seinen Pfarrkindern. Er lebte in einem feuchten alten Haus, aber man hörte ihn nie klagen. Stets war er mit Rat und Tat zur Stelle, und wenn er predigte, so versteckte er nicht wie so mancher andere eine Lebensunkenntnis hinter dem Wissen um gelehrte Ausdrücke, sondern sprach aus seinem eigenen Erleben heraus mit einfachen Worten. „Ich bin im Grunde ein Laie", pflegte er zu sagen. „Aber der da", — und damit wies er auf ein Christusbild — „der war auch ein Laie, kein kluger Theolog!"

Wenn Vater Schweitzer predigte, war sein drei- bis vierjähriges Söhnchen Albert auch schon unter den Zuhörern.

Offen gesagt: es war ihm recht schwer, so still zu sitzen und andächtig zu sein. Wie oft mußte er gähnen! Da legte ihm die Magd ihre zur Feier des Sonntags mit Zwirnhandschuhen überzogene rauhe Hand auf den Mund oder gab ihm einen kleinen Stoß, damit er nicht einschlafe, und so etwa den anderen Gemeindemitgliedern ein schlechtes Beispiel gebe.

Aber wenn dann gesungen wurde, war er um so kräftiger mit dabei. Er liebte die Musik, sie konnte ihn so glücklich oder erregt machen, daß es ihn kalt überlief. „Nicht so laut —", wisperte dann die Magd an seiner Seite, und da der Junge nicht hören konnte oder wollte, war schon wieder die kräftige Zwirnhand da, um ihm einfach den Mund zu schließen.

Nur eines störte seinen Musikgenuß. Sobald der Vater von der Kanzel abgetreten war, und die vollen Orgeltöne durch die Kirche brausten, da erschien seitwärts oben, über dem Instrument ein zottiges Antlitz. Es schaute, wie es dem Knaben schien, grimassenschneidend hin und her. Von einem der Anwesenden zum anderen. Kein Zweifel: das konnte nur der Teufel sein. Schon bevor der Pfarrer das Gotteswort verkündet hatte, war der Böse dort oben in der dämmrigen Ferne von dem Knaben gesichtet worden. Aber dann hatte ihn die wackere Predigt des Vaters vorübergehend vertrieben.

Doch nun war er wieder da, als sei er auf den Flügeln der holden, erregenden Töne geflogen gekommen und suche sich in Gemütsruhe aus, wen von den Günsbachern er einmal holen werde.

Der kleine Albert fürchtete sich vor ihm und wäre ihm doch gern begegnet. Er grübelte und grübelte: Wenn ich nur dahinterkäme —: wie!

Es gibt Kinder, die, sobald sie ins Fragealter kommen, bereits wissen wollen: Wie sieht der liebe Gott aus? Und es gibt andere seltenere Kinder, die nach dem Teufel fragen. Zu ihnen gehörte also der kleine Albert Schweitzer. Sein Vater, der Pfarrer von Günsbach, mag zuerst gar nicht verstanden haben, weshalb sein ältester Sohn sich so eindringlich nach dem Höllenfürsten erkundigte: „Von welcher Farbe ist er? Hat er wirklich einen Schwanz? Stimmt es, daß er nach Schwefel riecht? Weshalb gibt es ihn überhaupt? Warum erlaubt man ihm, jeden Sonntag zu uns in die Kirche zu kommen?"

„Wie war das? Sag' das nochmal, Albert!"

„Der Satan schaut jeden Sonntag beim Gottesdienst zu uns hinunter. Weißt du das denn nicht, Papa?"

Der geistliche Herr versuchte nun umständlich zu erklären, daß der Herr der Hölle unsichtbar sei, wie die Gedanken, mit denen er manchmal fliege, um sich an seine Opfer ganz unauffällig heranzuschleichen. Damit war für ihn die Sache erledigt. Sein Sohn aber glaubte es besser zu wissen. Er hatte den Teufel gesehen. Das würde man ihm nicht ausreden.

Der, den der kleine Albert für den Satan hielt, war niemand anders als der brave Dorforganist Iltis, dessen Antlitz jedesmal im Rückspiegel über der Orgel schemenhaft auftauchte, sobald er sich vor die Tastatur setzte. Während der halben Stunde aber, die des älteren Schweitzer Predigt dauerte, verschwand er tatsächlich. In dieser Zeit pflegte sich der arme Teufel nämlich sonntäglich herzurichten: er rasierte und frisierte sich umständlich, unbekümmert darum, daß der Pfarrer gerade gegen die Eitelkeit der Welt wetterte.

Ob es dem Musiker damit gelang, auf seine Umgebung den gewünschten Eindruck zu machen, wissen wir nicht. Bestimmt aber jagte er dem kleinen Albert Schweitzer manchen frommen Angstschauer über den Rücken. Wenn bei der Lektüre von Erbauungsbüchern am abendlichen Kamin des Bauernhauses die Rede auf den Satan kam, so wußte Albert, daß es jemand war, den er persönlich kannte. Weshalb aber wohl niemand anders den Satan zu sehen schien?! Das machte ihn oft grübeln. War er vielleicht besonders schlecht? Konnte er etwa nur deshalb als einziger den Höllenfürsten leiblich erblicken, weil dieser schon sein Auge auf ihn geworfen hatte?

Es gab manche andere ähnliche Ängste. Da war die Magd, die am Morgen das volle, jungenhaft widerspenstige Haar ihres Albert mit Kamm, Wasser und Pomade zu bändigen versuchte. Das gelang nur schwer und oft fast gar nicht. Da schalt sie dann wohl und behauptete, so wie die Haare seien, sei auch der Mensch, dem sie wüchsen: ohne Disziplin, eigensinnig, widerborstig – ein Ärgernis.

„Sie mag recht haben", sagte sich der kleine Knabe voller Gewissensbisse. „Ich bin wirklich oft wild und ungesittet."

Trost kam ihm erst, als er anläßlich eines Museumsbesuches im nahen Colmar den Isenheimer Altar bewundern durfte. Der Anblick des Kunstwerkes regte ihn gewaltig auf. Nicht etwa weil er eine frühreife Ahnung von der Größe dieses Kunstwerkes gehabt hätte, sondern weil er auf ihm voller Wonne feststellte, wie strubbelig dem Täufer Johannes die Haare vom Haupte abstanden.

„Wenn Johannes es trotz seiner Haare so weit gebracht hat", überlegte das Kind, „so bin ich wohl auch noch nicht ganz verloren."

Aber da war gleich wieder die Geschichte mit den Stirnhörnern, die ihm Furcht machte. Monsieur Jägle, ein kauziger Günsbacher, der sich würdevoll als Sakristan und Totengräber betätigte, ließ keine Gelegenheit vorübergehen, den kleinen Pfarrerssohn zu necken und zu schrecken. Er griff nach der hohen Stirn des Buben und murmelte: „Sie wachsen, die Hörner, sie wachsen. Bald werden sie durch sein." Gibt es denn nicht nur Tiere, sondern auch Menschen mit Hörnern? fragte sich der Knabe. Scheinbar ja, wie eine Abbildung der Mosesskulptur von Michelangelo im Pfarrhause verriet. Unausdenkbar, so gezeichnet zu sein!

Zwar beschwichtigte der Vater die Ängste des Sohnes, aber ganz verscheuchen konnte er sie wohl nicht. Inzwischen tischte der Totengräber schon wieder eine neue haarsträubende Behauptung auf.

„Jetzt sind wir bei den Preußen, mon petit. Da wirst du einmal zu den Soldaten gehen müssen wie alle Männer. Dann werden sie dir beim Schmied ein Eisengewand anmessen."

Ein solcher Gedanke behagte dem friedlichen Albert ganz und gar nicht. Gewitzigt durch frühere Erfahrungen mit dem hämischen Schalk, begann er die Schmiedewerkstätte von jenseits der Straße her zu beobachten. Und siehe da: nicht ein einziger Soldat in Eisenrüstung kam je aus der Werkstatt des Handwerkers heraus. So mußte es denn wohl wahr sein, wenn die Mutter behauptete, Soldaten würden nur in Tuch gekleidet, nicht viel anders als kleine Buben.

Man wußte wirklich nicht, was von den Erwachsenen zu halten war. Sprachen sie eigentlich die Wahrheit, oder logen sie immerfort? Und weshalb logen sie?

Wenn der Totengräber Jägle gerade über Wehrpflicht und Soldatenleben Witze machte, so war das kein Zufall. Damals, in den zu Ende gehenden Siebzigerjahren des neunzehnten Jahrhunderts, widerhallte die Welt schon von militärischem

Tschingdrara und Säbelgerassel. Besonders im Elsaß, das 1871 an das neugebildete Deutsche Reich gefallen war, diskutierte man Fragen wie das neue Gesetz über den Landsturm mit ebensoviel Eifer wie Unruhe.

Noch stand die alte Welt in Blüte, schwelgte in Zukunftshoffnung und war stolz auf die Errungenschaften des Fortschritts. Die Technik wurde bisher kaum als störend oder gar als Problem empfunden. Fabriken, wie die Hartmannsche Textilmanufaktur in dem nahe bei Günsbach gelegenen Münster, fügten sich ohne zu große Schwierigkeiten in den Rhythmus des ländlichen Lebens ein. Die seit 1867 von Colmar herkommende Eisenbahnlinie hatte etwas Spielzeughaftes, Liebenswürdiges an sich. „Technische Wunder" wie der Fernsprecher, der 1877 hier in Mitteleuropa seinen Einzug hielt, wurden bestaunt und beklatscht. Die ersten Fahrradenthusiasten auf ihren umständlichen, hohen Gestellen erweckten Heiterkeit, wenn sie durch das Dorf „hoch zu Stahlroß" ritten.

Aber schon war der Anfang zu allen Entwicklungen gelegt, die den nächsten Generationen Sorge und Schmerz bereiten sollten. Ein Land nach dem anderen führte die allgemeine Wehrpflicht ein. Es brach die erste Weltwirtschaftskrise aus, es gab die ersten großen Streiks und scharfe Gesetzgebung zu ihrer Unterdrückung. Das Mikrophon wurde erfunden, der erste Grundstein für das Fernsehen gelegt, es wurde die erste Zielfahrt mit einem Luftballon gestartet, aber auch das Dynamit des Herrn Nobel von allen Großmächten eifrig gehortet.

Währenddessen spielt ein Kind namens Albert Schweitzer im behüteten Pfarrgarten seines Vaters. Eine Biene fliegt herbei, weil der Vater sich gerade an den Waben zu schaffen macht und sticht das Kind, das in verständlich lautes Wehgeschrei ausbricht. Wie wichtig scheint die kleine Biene in diesem Augenblick! Im gleichen Jahre aber, vielleicht zur gleichen Stunde, dringt ein Franzose italienischer Abstammung namens Pierre Savorgnan de Brazza bis zum weitesten Punkt seiner im Oktober 1875 begonnenen Forschungsreise auf dem Ogowe-Fluß in Zentralafrika vor und pflanzt dort die Trikolore auf. Wie unendlich weit liegt das weg!

Und doch — unwichtig wird für das Leben des kleinen Jungen im Günsbacher Gartenparadies jener schmerzliche Bienenstich sein, entscheidend für sein Leben dagegen die Reise jenes französischen Grandseigneurs. Seinen Spuren wird er einmal folgen, um sein Lebenswerk in eben jenem fernen neuerschlossenen Urwaldsgebiet aufzubauen. So wachsen unsere späteren Aufgaben mit uns heran, ohne daß wir es ahnen können. In Günsbach träumt ein kleiner Knabe namens Albert Schweitzer davon, Zuckerbäcker zu werden, aber ein paar hundert Kilometer weit entfernt entdeckt ein gewisser Hansen den Leprabazillus. Mit dem wird sich dieser Knabe viele Jahre herumschlagen müssen, statt süße Torten zu backen. Und als unser Held, launisch, wie Buben nun einmal sind, sich entschlossen hat, Fuhrmann zu werden, baut Daimler gerade den ersten schnellaufenden Verbrennungsmotor, und während der Junge im Bettlein unter dem Dach des Pfarrhauses um die Beschützung und Bewahrung aller Lebewesen bittet, läßt sich H. St. Maxim sein erstes Maschinengewehr patentieren.

Ja, es herrschte noch die gute alte Zeit ohne Wenn und ohne Aber. Man ahnte noch nicht, daß man drauf und dran war, ihr selbst das Grab zu graben. Wie bunt und lustig ist etwa die „Kavalkade", die 1881 durch die Straßen von Colmar zieht, Reiter in Kriegsrüstungen von anno dazumal, Kanonensalven und Feuerwerk, Fahnen und Trompetenklang. Der Sechsjährige, der das Volksfest vom Straßenrand miterlebt, ist tief beeindruckt. Als er in sein Dorf zurückkommt, fühlt er sich den anderen Kindern weit überlegen. Aber da er schon jetzt ein recht scharfer Beobachter ist, merkt er, daß in der Stadt nicht unbedingt alles besser ist wie auf dem Land. Wenn er zum Beispiel mit einer seiner zwei Patinnen auf den Colmarer Wochenmarkt geht, dann stellt er fest, daß hier die goldgelben Marillen nicht körbeweise, wie in Günsbach, sondern genau ausgewogen verkauft werden. Und dann, was man den Städtern alles anbieten kann! Solche gequetschten, klebrigen Früchte würde ein Dorfkind niemals essen wollen. Noch süß und saftig, aber eben doch schon gezählt und nicht mehr ganz ohne Schaden: so waren die letzten Jahre der guten alten Zeit. In ihren erst ganz leichten Rissen keimte eine neue andere, so viel schwerere Zeit auf. Etwa in Meldungen wie dieser, die genau am Tage, da Albert Schweitzer das Licht der Welt erblickte, dem 15. Januar 1875, in der Tageszeitung „Das Bayrische Vaterland" erschien:

„Menschenopfer im Kriege. Nach einer jüngst angestellten Berechnung der Verluste an Menschenleben, welche die letzten drei Kriege, der deutsch-dänische 1864, der preußisch-österreichische 1866 und der deutsch-französische 1870/71, mit sich geführt haben, beläuft sich die Zahl der Gebliebenen und Verstorbenen, wenn man dabei die Heere allein in Betracht zieht, auf 238 742 Mann, und, wenn die Einbußen der Zivilbevölkerung mit in Anschlag gebracht werden, steigt die Zahl gewiß auf 250 000 bis 300 000 geopferte Menschenleben!"

II.

WERDET WIE DIE KINDER!

WIE GLÜCKLICH muß die Kindheit dieses Menschen gewesen sein, wenn er immer wieder durch viele unsäglich schwere Jahre hindurch Mut und Freude aus ihr schöpfen konnte. Ja, selbst die große Wende seines Lebens, der Entschluß, Geltung, Ruhm, Heimat und Freunde aufzugeben, um sich den Vernachlässigten, Mißachteten zu widmen, entsprang dem Bedürfnis, aus Dankbarkeit für seine so ungewöhnlich glückliche Jugend anderen, weniger Glücklichen etwas zu geben.

Es wäre nun ganz falsch zu glauben, daß diese besonnten Jahre im Leben Albert Schweitzers wolkenlos gewesen seien. Glück ist ja nie eine lange ununterbrochene Reihe von guten Tagen, sondern die wiederholte leuchtende Ausnahme, die dann allerdings stark genug strahlen muß, um auch noch in graue Normaltage und dunkle Sorgenstunden als Erinnerung und Hoffnung hinüber zu glänzen.

Solche hellen Stunden kindlich unbefangener Freude muß

der kleine Albert erlebt haben, wenn er mit dem Vater und den drei Schwestern und dem jüngeren Brüderchen Paul während der Sommerferien den ganzen Tag durch das benachbarte Gebirge streifte. Die Kinder betrachteten es stets als Geschenk, wenn der Papa ihnen so viel Zeit widmete, denn es war ihnen bekannt, wieviel er sonst arbeitete.

Louis Schweitzer nahm es nämlich mit seinen Pflichten genauer als mancher andere geistliche Herr. Er war nicht nur um das seelische, sondern auch um das leibliche Wohl seiner Pfarrkinder besorgt. Gerade die Armen oder durch einen plötzlichen Todesfall ins Unglück Gestürzten konnten stets auf ihn rechnen. Er brachte ihnen Früchte aus seinem Pfarrgarten und steckte ihnen auch manchmal von seinem ohnehin nicht üppigen Gehalt etwas zu.

Weshalb Papa nur so viele Stunden in seinem nach alten Büchern, Tinte und Papier riechenden Studierzimmer saß? Das schien dem Knaben Albert ganz ungewöhnlich. Erst viel später begriff er, was der Vater dort tat. Um ein wenig dazuzuverdienen und wohl auch aus purer Lust am Erzählen schrieb der Pfarrer nämlich Beiträge für den „Kirchenboten" und Dorfgeschichten für die Kalendermacher. Da berichtete er von Bauernstreit und treuer Liebe, von sitzengelassenen Mädchen, unehelichen Kindern und dörflichen Wahlintrigen. Seine Erzählung von der „Champagnerflasche", die einem Sterbenden das Leben rettete, sein elsässisches „Romeo und Julia", das er „Auf der Stiermatte" betitelte, und die ebenso gemütvolle wie sozialkritische Novelle „Kättels Weihnachtsbaum", machten dem Pfarrer Schweitzer weit über den Umkreis seiner Gemeinde hinaus einen Namen. Sein Vorbild war Jeremias Gotthelf, der federgewaltige Schweizer Pfarrherr aus dem Bernischen, und wenn er es auch nicht zu gleicher schriftstellerischer Meisterschaft brachte, so spiegelt sich doch in diesen elsässischen Moralfabeln das ländliche Leben jener Jahre getreu und gemütvoll wieder.

Trotz so vieler Aufgaben und trotz der Krankheiten, die ihn gerade in jenen Jahren häufig niederwarfen, fand Louis Schweitzer auch noch Zeit, seinem Söhnchen Albert die Anfangsgründe des Klavierspiels beizubringen. Denn die Musik war in der Pfarrfamilie etwas so Selbstverständliches wie das Gebet. Alberts Großväter von väterlicher wie von mütterlicher Seite waren neben ihren anderen Ämtern auch Organisten gewesen. Großvater Pastor Schillinger, der über seine Familie und seine Gemeinde Mühlbach so überaus streng und patriarchalisch herrschte, wurde viel weicher und zugänglicher, wenn er erst einmal eine Zeitlang an der Orgel gesessen hatte. Er machte weite Reisen, nur um ein neues Instrument kennenzulernen. So fuhr er beispielsweise nach Luzern, nur um die Orgel der Hofkirche zu hören. Am liebsten war es dem musiksachverständigen Geistlichen, wenn die Orgel gerade vor der Fertigstellung stand. Dann konnte er lange mit dem Orgelbauer selbst fachsimpeln und — ein Genuß, der ihm über alles ging — gleich als erster das Instrument erproben.

Auch das Klavier im Günsbacher Pfarrershaus stammte aus der Erbschaft dieses tongewaltigen Vorfahren. Auf ihm pflegte Pfarrer Louis Schweitzer zu improvisieren, und sein Sohn lernte beinahe spielend, dem Instrument ähnliche Töne zu entlocken wie der Vater. Die ersten Male mag das kleine Kerlchen ein wenig zurückgeprallt sein, wenn seine winzigen Finger eine solche Flut von Tönen auslösten, aber bald schien ihm das ganz selbstverständlich. Als eine Lehrerin ihn und die Mitschüler beim Schulchoral mit einem einzigen Finger klimpernd begleitete, da meldete er sich, um ihr zu zeigen, wie man es „richtig" mache, stieg auf den Pianositz und schlug mit vollen Akkorden mehrstimmig die gleiche Melodie an. Erstaunt bemerkte er, daß die Lehrerin es selbst nach dieser Korrektion durch ihren Schüler noch weiter „falsch" machte. Zum ersten Male begann er zu merken, daß er etwas konnte, was andere nicht konnten.

Aber welchen Genuß empfand der Knabe erst, als er zufällig zweistimmigen Gesang hörte. Das widerfuhr ihm zweimal wöchentlich, wenn er mit seiner Klasse vor dem Schulsaal der größeren Kinder auf den Lehrer wartete, der dort gerade Singstunde abhielt und danach die Kleineren im Schönschreiben unterrichten sollte. Da drangen aus der geschlossenen Tür Volkslieder wie „Dort drunten in der Mühle saß ich in süßer Ruh" oder „Wer hat dich, du schöner Wald". Und es war ihm, als hörte er die Engel. Sie priesen die Schönheit der Heimat, sie jubelten über die Herrlichkeit der Welt. Er mußte sich an der Wand festhalten, um nicht umzufallen, so sehr genoß er den Gesang. „Die Wonne der zweistimmigen Musik lief mir über die Haut und durch den ganzen Körper" — hat er später über dieses Erlebnis berichtet.

Und doch war Albert äußerlich durchaus kein zarter und empfindlicher Knabe. Aus den Fotos jener Zeit schaut uns ein eher bockig wirkendes Bürschlein an, das mißtrauisch wirkt, immer auf der Hut, immer bereit, sich zu verteidigen. Die Verschlossenheit, die man ihm ansieht, scheint er von der

Mutter geerbt zu haben, mit der ihn ein fast wortlos inniges Verhältnis verband. Von ihr und Großvater Schillinger hat er aber auch, nach seiner eigenen Meinung, Leidenschaftlichkeit und Jähzorn geerbt. Er nimmt alles, was er tut, schon als Kind unerhört ernst. Selbst beim Spiel versteht er keinen Spaß. Auch die anderen Mitspielenden müssen sich ganz der Sache hingeben. Leichte Siege, errungen durch Unaufmerksamkeit der Mitspieler, verabscheut er. Mit neun oder zehn Jahren tadelt er seine Schwester Adele entrüstet, „weil sie im Spiele eine lässige Gegnerin war".

Und aus diesem Erlebnis nun zieht dieser von starken Gefühlen wie von mindestens ebenso starken Gewissenskräften bewegte Mensch eine typische Folgerung: „Von jener Zeit an bekam ich Angst vor meiner Spielleidenschaft und gab nach und nach alles Spielen auf. Eine Karte habe ich nie anzurühren gewagt."

Auch das Raufen hat der Knabe Albert Schweitzer nicht verabscheut. Eines Tages fordert er auf dem Nachhauseweg von der Schule seinen Mitschüler Georg Nitschelm heraus, einen Buben, der größer ist als er und für stärker gilt.

Schnell hat sich ein Kreis um die beiden gebildet. Sie werfen ihre Schultaschen weg, messen sich mit Blicken, umkreisen einander vorsichtig auf der Suche nach dem besten Griff und stürzen schließlich unter lautem Beifallsgeschrei der Mitschüler aufeinander los.

Erst scheint es, als würde der Größere mit seinem Körpergewicht den Kleinen ohne allzugroße Schwierigkeiten zu Boden werfen, aber stöhnend entwindet sich Albert seinem Griff, läßt sich mit Wucht gegen den anderen prallen, nutzt dessen Verdutztheit gewandt aus und hat ihn plötzlich unter sich.

36

So wälzen sie sich beide auf der Erde, bis Georg einwandfrei mit beiden Schultern den Boden berührt. Geschlagen zischt er Albert Schweitzer wütend ins Gesicht:

„Ja, wenn ich alle Woche zweimal Fleischsuppe zu essen bekäme, dann wäre ich auch so stark wie du!"

Albert wurde leichenblaß. Mit diesem Stich war ihm nicht nur die Freude am Sieg vergiftet. Der Geschlagene hatte ihn viel tiefer getroffen, hatte das schon lange in ihm rumorende Mißtrauen bestätigt, daß ihn die Schulkameraden nicht als einen der ihren ansähen, sondern als etwas anderes, etwas Fremdes, das „Pfarrersöhnle", das gehätschelte bevorzugte „Herrenbueble". Und er hatte sich doch so bemüht, zu ihnen zu gehören! Er hatte sogar Worte gebraucht, die man ihm zu Hause verbot, nur um „einer von den Jungens" zu sein. Aber sie ließen das eben doch nicht gelten. Aber — war er je dabei, wenn man an fremden Hausklingeln zog und ähnlichen Schabernack trieb? Nein — niemals!

An diesem Tage schlich sich Albert Schweitzer nach Hause wie jemand, der eine Tracht Prügel bekommen, nicht wie einer, der gerade den größten Buben der Klasse gebodigt hatte.

„Weshalb ißt du denn deine Suppe nicht?" fragte die Mutter, die ihren Buben sonst als kräftigen Esser kannte. „Schmeckt sie dir nicht?"

Er sah sie mit großen Augen an, sagte aber nichts, sondern rührte stumm in seinem Teller herum. Um keinen Preis hätte er auch nur einen Löffel dieser verhaßten Fleischbrühe herunterbekommen. Innerlich aber schwor er sich: „Ich will so sein wie die anderen Kinder. Ich werde darüber wachen, daß ich mich in nichts von ihnen unterscheide."

Es war ein unmöglicher Schwur und er sollte dem Knaben zunächst noch manche Leiden bereiten.

Seiner ganzen Anlage nach eher schüchtern und auf sich selbst zurückgezogen, bemühte sich Albert Schweitzer nun doch krampfhaft, es den anderen Buben überall gleichzutun. Er bestand darauf, statt der für ihn ausgewählten Matrosenmütze, die gleiche Kappe zu tragen wie seine Schulkameraden, er lehnte zum Ärger der Eltern den schönen neuen Mantel ab, der für ihn speziell aus dem Stoff einer Pelerine seines Vaters geschneidert worden war. Nicht einmal Schelte und Strafe des geliebten Papas konnten ihn bewegen, dieses Kleidungsstück anzulegen.

Wenn er bei der Patin Barth oder Patin Hanhart in Colmar auf Besuch war, dann ließ sich der Junge nun zu allerlei Streichen verleiten, die ihm dann nachher arge Gewissensbisse verursachten.

Da war zum Beispiel der „Klaviertrick". Lina Mühlenbeck, ein hübsches kleines Mädchen aus der Bekanntschaft der Madame Hanhart verstand es, den Jungen für sich einzuspannen.

„Du spielst doch so gern Klavier, Albert?" sagte sie.

„Ja und . . .?"

„Ich habe eben von einer Schulfreundin ein so spannendes Buch geliehen bekommen. Das muß ich bis morgen früh zu Ende gelesen haben. Aber Mama will, daß ich Klavier übe."

„Du möchtest also, daß ich für dich spiele, während du schmökerst?"

„Genau das. Mama wird's gar nicht merken. Die hat um die Zeit immer in der Küche zu tun. Wenn sie das Klavier nur hört, genügt's schon."

Der Kavalier Albert stellte also seine Dienste zur Verfügung. Der kleine Betrug gelang eine Weile gut und wurde oft und öfter wiederholt, bis Madame Mühlenbeck über ihrem Obstkuchen und Schweinsbraten entzückt vernahm, wie wunderbar ihre Tochter auf den Tasten phantasierte. Gerührt schlich sie sich in den Salon. Dort fand sie ein unerwartetes Bild: Hoch auf dem Klaviersessel thronte der kleine Schweitzer, während die Tochter, am Boden liegend, ihr Buch verschlang.

Ein anderes Kind hätte sich vielleicht nichts daraus gemacht „erwischt" zu werden. Aber Albert Schweitzer hatte schon damals ein hochentwickeltes Gefühl dafür, was recht und was unrecht sei. Er litt darunter, daß er mitgeholfen hatte einen anderen Menschen, wenn auch auf recht harmlose Weise, zu betrügen.

Und doch kann er nicht immer brav wie ein Musterkind sein. So täuscht er eines Tages Zahnschmerzen vor, nur damit er in Colmar auch einmal auf dem geheimnisvollen Stuhl sitzen darf, von dem ihm seine Schwester erzählt hat. Erwartungsvoll kauert er im Wartezimmer auf dem grünen Velour-Sofa des Zahnarztes, bis sich die Tür öffnet und der Vater ihn an der Hand ins Arbeitskabinett des Monsieur Schwartz führt. Der heißt ihn den Mund weit aufsperren, sieht eines der gesündesten Gebisse, die ihm je in seiner Praxis untergekommen sind, und erklärt kategorisch, den harmlosen Schwindel sogleich durchschauend:

„Der het nix, Herr Pfarrer, der brücht 's nächste Mal net weder met ze komme."

Da plagt den Buben beim Herausgehen, schwerer zu lokalisieren und zu betäuben wie ein hohler Zahn, der Schmerz, daß er dem guten Vater, der so überarbeitet ist, unnütz das Zeitopfer eines Zahnarztbesuches in der Stadt verursacht hat, nur um seine Neugier zu stillen.

Nein, ein allzu braves Kind ist Albert Schweitzer, Gott sei Dank, nicht gewesen, ebensowenig wie er dann im späteren Leben ein Mucker oder Leisetreter wurde. Der „Schalk" sitzt ja sogar noch dem beinahe Achtzigjährigen in den Augen. Er muß als Kind in seiner Phantasie manchem nasedrehenden Teufelchen und als Erwachsener so manchem Dämon der Leidenschaft begegnet sein. Versuchungen können diesem saftigen, temperamentbegabten, zu Traum und Genuß neigenden Menschenkind eigentlich nie allzufern gewesen sein. Daß er sie dennoch zu meistern und zu disziplinieren verstand, ohne sie abzutöten, daß er, gleich dem einen seiner großen Vorbilder, Johann Wolfgang Goethe, bei aller geistigen und ethischen Leistung doch zutiefst menschlich blieb, daß er nicht nur predigen sondern auch herzlich lachen kann, daß er endlich bei aller Stärke dennoch nie das Verständnis für Irrtümer und Schwächen verlor — welch eine glückliche Leistung!

So ist Schweitzer auch immer ein ausgesprochen zuvorkommender, ja geradezu galanter Kavalier im Verkehr mit dem schönen Geschlecht gewesen. Was für ein „homme du monde" hätte aus dir werden können, komplimentiert ihn einmal ganz überrascht eine Verwandte, die ihn im Gespräch mit bewundernden Damen beobachtet hatte.

Und dann erzählte er ihr wohl schmunzelnd, wie er noch als Kind zum erstenmal in Begleitung von gleich zwei Partnerinnen zum Tanz auf den Jahrmarkt ging:

„An einem Sonntagnachmittag mußte Frau Barth sich irgendwo hinbegeben und mich der Obhut der beiden Mägde anvertrauen. Zu jener Zeit hatte man auch in kleinbürgerlichen Haushaltungen zwei Mägde. Beim Abschied sagte sie zu ihnen: ‚Geht hier ganz in der Nähe spazieren und habt gut acht auf ihn.'

40

Kaum hatte sie sich mit ihrer Tochter entfernt, befand ich mich mit den beiden im Laufschritt auf dem Wege nach Horwerig. Beim Näherkommen vernahm man Blechmusik. Es war die „Horweriger Kilbe", die meine Gefährtinnen anzog. Kaum waren wir dort, befanden wir uns auch schon auf dem Tanzboden, die contredanse mitmachend. Es war die alte contredanse, wo zwei Reihen von Tänzern und Tänzerinnen sich voreinander verneigten, sich auf einander zu und von einander weg bewegten. Meine zwei Gefährtinnen nahmen sich meiner gut an. Jede faßte mich bei einer Hand und hatte auf der anderen Seite einen Tänzer, der sie mehr interessierte als ich. Man ließ mich den Nachmittag hindurch vorschreiten, verneigen, zurückschreiten und um mich selber drehen.

Auf dem Heimwege wurde ich dann ungewollt mitschuldig. „Du brauchst nicht zu sagen, daß wir auf der Kilbe waren" flüsterte mir die eine meiner Gefährtinnen zu. Dies erfüllte mich mit Stolz und mit Unruhe zugleich. Stolz war ich, daß die Frauen in mich Knirps ein solches Vertrauen setzten. Ritterlichkeitsgefühle stiegen mir aus dem Herzen zum Kopf empor. Zugleich aber mußte ich mich darin ergeben, in die Gefahr kommen zu können, aus Treue für die Gefährtinnen die Unwahrheit zu sagen. Glücklicherweise wurde mir durch ein gnädiges Geschick die Versuchung, der ich mich ausgeliefert hatte, erlassen. Ich kam nicht in die Lage, die Unwahrheit sagen zu müssen."

Als Frau Barth nach Hause kam, fragte sie die beiden: „Esch's scheen gsee?" Sie antworteten: „A arig scheen, Madam." Die Frage nach dem Ort und nach der Art des Spazierganges wurde nicht gestellt.

Nicht immer gelingt es Albert, so knapp an Vorhaltung,

Strafe und nachfolgender Reue vorbeizukommen. Eines der großen Abenteuer seiner Kindheit geht nicht ganz glimpflich aus. Seit er in einem Buch die Abbildung eines Schiffes und seiner Besatzung erblickt hatte, erklärte er der Mutter mit Entschiedenheit:

„Ich will Matrose werden!"

„Aber Albert, dann bist du doch viele Jahre weit, weit weg von uns zu Hause —."

Das ficht ihn jedoch nicht an.

Eher schon ein anderer Einwand der Mutter:

„Wenn du wirklich Matrose werden willst, mußt du in einer Hängematte schlafen. Das wird dir kaum gefallen."

Nun, wie dem auch sei, eines Tages bietet sich dem „Marineaspiranten" Albert Schweitzer plötzlich die Möglichkeit, das Festland mit den schwankenden Planken eines „Schiffle" zu vertauschen.

Die Patin Madame Barth hat ihn einem etwas älteren Buben mit der Warnung anvertraut:

„Gib gut acht auf ihn, geht nicht an die Lauch und fahrt ja nicht Schiffle."

Auf diese Weise setzt sie dem Spielkumpanen Alberts eine gute Idee in den Kopf, was man nun heute nachmittags anstellen könne. Wenn die Erwachsenen nur ahnten, wie anregend ihre Verbote für die meisten Kinder sind!

Im Nu stehen die beiden Buben am Flußufer. Zum ersten Male in seinem Leben sieht Albert Schiffchen, „nicht im Bilderbuch, sondern rechte Schiffchen, die auf dem Wasser schwammen mit Menschen drin."

„Jetzt heißt's eines finden, das nicht recht angebunden ist—" erklärte der Gefährte, der einen Sinn für praktische Lösungen hat.

Und schon hat er eines ausfindig gemacht, löst es los, macht eine herrische Kopfbewegung zu dem Kleineren:

„Keine Angst. Rein mit dir!"

Der aber hat Bedenken:

„Frau Barth und deine Mutter haben es doch verboten."

Der Ältere hat für solche dummen Bedenken gar kein Ohr.

Später wird Schweitzer schmunzelnd aus der Erinnerung berichten:

„Er sah mich an, als wäre ich vom Monde gefallen und spräche eine ihm unverständliche Sprache. Daß er sich keine Mühe gab, irgendwelche Entschuldigung für unseren Ungehorsam zu finden, sondern dieses Gebot einfach als nicht in Betracht kommend und nicht vorhanden ansah, erschütterte mich. Sein Gehaben ließ mich die von mir bisher nicht geahnte Gesinnung des Erhabenseins über Gut und Böse entdecken. Als ich später, um 1893 herum, als Student mit den Schriften bekannt wurde, die Friedrich Nietzsche in den achtziger Jahren veröffentlicht hatte, überraschte mich das „Jenseits von Gut und Böse" dieses Philosophen nicht über die Maßen. Was er in Worten darlegte, hatte ich damals an der Lauch dem beredten Schweigen meines Genossen entnommen und hatte es mir vorübergehend zu eigen gemacht, indem ich gehorchend zu ihm ins Schiffle stieg."

Und so beginnt denn auf einem kleinen Flusse, der einen ebenso anheimelnden wie unromantischen Namen führt, das erste Reiseabenteuer des Mannes, der später auf größeren Schiffen, auf breiteren Flüssen, in gefährlicheren Gewässern navigieren wird. Aber wird ihn je wieder eine Fahrt auf dem Wasser so erregen, wie dieses unerlaubte berauschende Gleiten auf den grünen Wassern der Lauch?

An schattigen Bäumen des Ufers geht es vorbei, an kleinen

und an großen Kähnen, die bis zum Rand mit vom Lande hereingebrachten Gemüse- und Fruchtkörben beladen sind. Laut ist der Gruß, den man selbstbewußt den entgegenkommenden bärtigen Schiffern zuruft, während das Boot über gläserne Schnellen gleitet und tanzend weißgrüne Wirbel hinter sich zurückläßt. Was bedeutet dieser laute Ruf dort vom Ufer her? Er klingt nicht wie freundlicher Salut, eher wie Warnung, wie zorniger Befehl. Das Gesicht des Gefährten verfinstert sich. Er stellt stirnrunzelnd fest:

„Jetzt heißt's umkehren! Nun ist der ganze Spaß vorbei! Komm, hilf mir!"

Er hat schon begriffen, was dem Kleineren erst langsam aufgeht: die freundlich grüßenden Bootsfahrer erkannten gleich, daß die beiden Buben nicht auf das Schifflein gehören, und benachrichtigten den richtigen Besitzer. Der aber wartet nun wie ein böses Ungewitter am Ankerplatz. „Desmal sag ichs awwer dinnere Mamme!" fährt er den Älteren an, der sich wohl nicht zum ersten Male in dieser Weise schuldig gemacht hat, und läßt die beiden nicht mehr aus den Augen, bis der eine Sünder mit hängenden Schultern vor seinen Eltern, der andere vor seiner Patin steht, die dann später der Pfarrfrau Schweitzer von dem Streich ihres abenteuerlustigen Söhnleins berichten muß.

„Ich empfing meine Strafe" wird Albert Schweitzer einmal über dieses, trotz seines verunglückten Abschlusses, unvergeßliche Jugenderlebnis berichten. „Auch, es sei zu meiner Ehre gesagt, empfand ich Reue, wie wenn ich es von mir selber getan hätte." Und dann setzt er ebenso pfiffig wie ehrlich hinzu: „Aber neben der Tatsache, daß ich schuldig geworden war, blieb die andere bestehen, daß mir zuteil geworden war, eine Fahrt auf dem Wasser zu machen."

Wie sich derart in der unerlaubten Fahrt auf dem heimatlichen Flüßchen Lauch eines der großen Motive im Leben Albert Schweitzers in kindlich spielerischer Form ankündigt, so ist es auch mit einem anderen Erlebnis, das den Keim künftiger Entscheidung und Aufgabe in sich trägt, ohne daß der Knabe dies damals ahnen konnte.

Auf dem Champ de Mars von Colmar stand inmitten einer kleinen Parkanlage das Denkmal des französischen Admirals Bruat, der sich durch seine kolonialen Eroberungen im Dienste Frankreichs einen Namen gemacht hatte. Obwohl nun das Elsaß seit dem Ende des deutsch-französischen Krieges zum Deutschen Reiche gehörte, hatten die zuständigen Stellen in Straßburg und Berlin — duldsamer als eine spätere deutsche Regierung! — jenes Monument französischer Nationalverherrlichung ruhig stehen lassen.

Den kleinen Albert Schweitzer zog dieses Denkmal nun mächtig an. Ursprünglich hatte ihn wohl seine jugendliche Begeisterung für das Marineleben vor die Statue eines Seehelden geführt. Aber es zeigte sich, daß der etwas korpulente Herr mit dem Zweispitz, der dort oben auf dem Sockel gestrandet zu sein schien, ihn weniger beschäftigte, als die Gestalt eines Negers, der am Fuße des Denkmals lagerte.

In diesem Neger hatte der Bildhauer Bartholdi, ein Colmarer, der später als Schöpfer der amerikanischen Freiheitsstatue Ruhm erlangen sollte, eine höchst eindrucksvolle Skulptur geschaffen. Der muskulöse Riese, so stark und doch unterworfen, so frei von zivilisatorischem Krimskrams, mit dem der Admiral über ihm in Form von Orden, Epauletten und Schwert überreichlich ausgestattet war, und doch in solch tiefer Traurigkeit gefangen, beschäftigte den Günsbacher Buben immer stärker.

„In dem Gesicht und der Haltung der Herkulesgestalt des Negers lag eine Melancholie, die mir zu Herzen ging und mich zum Nachdenken über das Los der Schwarzen bewog", erinnerte Schweitzer sich später. „Jedesmal, wenn es auf dem Wege von der Bahn oder zur Bahn über das Champ de Mars ging, bat ich, daß man den Umweg über das Denkmal mache oder mich ihn machen ließ, um den Neger zu begrüßen und Zwiesprache mit ihm zu halten. Als ich auf dem Gymnasium in Mülhausen war, verblieb ich bei der Gewohnheit, bei dem Besuche Colmars meinen schwarzen Freund in rotem Sandstein zu besuchen. Von 1896 an ... hatte ich so manches Mal in Colmar zu weilen, die Bekanntschaft mit der Stadt zu erneuern, alte Freunde wiederzusehen, neue zu gewinnen, das so herrliche Läuten der Glocken St. Martin zu genießen und — mit dem Neger zusammen zu sein.

Diese Statue Bartholdis hat mir den Ruf nach Afrika übermittelt, dem ich dann Folge leistete."

Die Melancholie einer Negerstatue appellierte an das Mitgefühl des Kindes und vom verzeihenden Lächeln eines Hausierers lernte es Geduld und Toleranz.

Mausche heißt dieser fahrende Händler, der Stadtwaren bringt, aber den Bauern auch Vieh und Land abkauft oder verkauft. Er ist „natürlich" Jude. Der einzige weit und breit, denn auf den Dörfern durften sich ja seinesgleichen, lange gehindert von Gesetzen, die ihnen nur Stadtberufe erlaubten, nicht als Bauern oder Handwerker niederlassen.

Daß man sich über Mausche lustig machte, war nun einmal Tradition bei der Günsbacher Dorfjugend. Kaum trabte sein

Eselchen an, das den Karren mit den vielen begehrenswerten Gegenständen zog, da kamen die Buben schon gelaufen und hänselten den Fremden mit Rufen und Gesten. Ganz nah sprangen sie an ihn heran. Zwar schlugen sie den Händler nicht — solche Roheiten sollten einer späteren Zukunft vorbehalten bleiben — doch hofften sie wohl, er werde endlich einmal die Geduld verlieren und sich zu Gewaltanwendung hinreißen lassen. Dann hätten sie ihn aus „Notwehr" ordentlich verhauen können.

Aber Mausche war auf seiner Hut. Man steckte ihm unter die lange Nase Schürzenzipfel, welche die Form eines Schweinsohres nachahmten, man setzte ihm mit einem Hagel von Schimpfwörtern zu. „Er aber", so beschreibt es Schweitzer, „ging so gelassen fürbaß wie sein Esel. Nur manchmal drehte er sich um und lächelte verlegen und gütig zurück. Von Mausche habe ich zum erstenmal gelernt, was es heißt, in Verfolgung stille schweigen. Er ist ein großer Erzieher für mich geworden."

Schon bei der Hetzjagd auf Mausche hatte Albert Schweitzer nach anfänglichem Mitmachen plötzlich eingesehen, daß es weder gut noch notwendig sei, die anderen Kinder blindlings nachzuahmen.

„Was soll das eigentlich?" fragte er sich, wenn die Jungensmeute hinter dem grauhaarigen Fremdling herjagte.

Und in Herausforderung der anderen begann er den Verfolgten von nun an betont ehrerbietig zu grüßen. Später nahm er sogar die Gewohnheit an, dem Verspotteten die Hand zu geben und ihn ein Stück weit durch den Ort bis hinaus zur Brücke, die über das Flüßlein Fecht führte, zu begleiten. Es begann ihm eine seiner ersten großen Erkenntnisse aufzugehen:

„Ich darf den anderen nicht blindlings folgen, nur um mich gut mit ihnen zu stellen", sagte er sich. „Wenn es um meine innerste Überzeugung geht, dann wird mir die Meinung der anderen gleichgültig sein. Und wenn ich auch deswegen ausgelacht werde. Die Scheu vor solchem Spott muß ich verlernen. Ich werde mich von der Menschenfurcht befreien!"

Das ist sein neuer Vorsatz. Aber noch sind Überreste des Kindes in ihm, das sich um keinen Preis auch nur in seiner Nahrung oder Kleidung von den anderen Buben unterscheiden wollte. Niemand ändert sich wirklich von einem Tag auf den anderen. Aber viele sind immer unterwegs zu ihrem angestrebten „besseren Ich". Allmählich tastet sich der Knabe Albert schon auf seinem eigenen besonderen Weg vor. Er beginnt furchtlos und selbständig zu denken, mehr noch: in unbedingter Konsequenz seiner Erkenntnis zu handeln. Was führt ihn schließlich an die Wegscheide, wo er sich nunmehr für immer von der großen Masse der Herzensträgen, der Gutwilligen aber Willensschwachen, der Mitläufer, die heute einem „Hüh!" und morgen „Hott!" folgen, trennen wird?

Es sind nicht andere Menschen, es sind auch nicht einmal die Predigtworte des Vaters, denen er so gern lauscht, sondern es sind jene Lebewesen auf dieser Erde, die wir Menschen zu morden oder wenigstens zu versklaven pflegen: die Tiere.

Wie fast alle kleinen Kinder, hatte Albert Schweitzer schon in seinen frühesten Lebensjahren eine mindestens ebenso enge Beziehung zu Tieren wie zu Menschen. Es scheint, als bestehe zwischen Tier und Mensch am Ursprung ein enges Band, das sich dann mit dem allmählichen „Erwachsenwerden" mehr und mehr lockert. Aber mit der „Vernunft" und dem „Denken", die sie dem Tier in mancher Hinsicht überlegen machen, beginnt bei den meisten Zweibeinern auch die Versuchung, sich als Herr, Meister und bedenkenloser Totschläger des „Bruders Tier" aufzuspielen.

Jeden Abend, wenn die Mutter die Tür zugeschlossen hatte, und er im Dunkeln lag, sprach der kleine Albert sein Gebet.

Er faltete die kleinen Knabenhände und sah sie nun noch einmal alle vor sich, denen er heute begegnet war: den Vater mit dem großen schwarzen Bart, die Mutter, deren Gesicht so schmal und abgehärmt war, weil sie um die Gesundheit ihres Mannes zitterte, die ältere Schwester und die jüngeren Geschwister, den Postboten, die anderen Buben, die Frau des Nachbarn. Für sie alle hatte er schon gebetet. Aber da waren auch noch der Hund „Phlox" und der alte, engbrüstige Braune des Fuhrmanns nebenan und die Kühe, die in den Wiesen weideten, und die Schmetterlinge und die Bienen und die Störche, die hier auf den Hausdächern des Elsaß besonders gern nisteten, und die Tauben und die Schwalben. Wie jeden Abend schweiften seine Gedanken auch noch zu seinem besonderen Freund „Fritz" in Colmar hinüber. Das war eines der dreißig Zugpferde des Fuhrunternehmers Mühlebeck, mit dessen Tochter der Junge gern aus Brettern „Pferdeställe" baute. „Fritz" aber war blind und zog doch immer weiter unverdrossen die schweren Bierwagen durch Colmars holprige Gassen. Mußte man nicht gerade auch für ihn beten?

An alle seine zweibeinigen und vierbeinigen Freunde also dachte das Kind, wenn es nun dem Gebet endlich hinzufügte:

„Lieber Gott. Schütze und segne alles, was Odem hat, bewahre es vor allem Übel und laß' es ruhig schlafen!"

49

Dennoch — seltsamer Widerspruch — macht sich dieses Kind, das so sehr darunter leidet, wie die stumme Kreatur von den Menschen gedankenlos mißhandelt wird, nicht selten selbst der Tierquälerei schuldig.

Mit einem gutgezielten Peitschenschlag schlägt er einem als bissig und heimtückisch bekannten Hund, der dem von ihm gelenkten Schlitten kläffend entgegensprang, über den Kopf. Mit Schlägen „meistert" er den eigenen treuen Haushund, der sich auf den Briefträger stürzen will. Ein beschämender „Rausch, Tierbändiger zu sein", erfaßte ihn da plötzlich.

Wenn die Knaben hinunter zur Fecht gehen und ihre Angeln auswerfen, dann ist er zunächst mit dabei, obwohl ihn ekelt, wenn er sehen muß, wie sie die Regenwürmer als Köder auf den Haken spießen. Ein richtiges Grauen packt ihn, da er die zerrissenen Mäuler der gefangenen Fische erblickt.

Aber schon das Kind Albert Schweitzer spürt, daß solche stumme Ablehnung des Bösen nicht genug ist, daß Abscheu den Zuschauer, der das Furchtbare untätig geschehen läßt, noch lange nicht von der Mitschuld befreit.

Es muß der Augenblick kommen, in dem er sich zu entscheiden hat und durch die Tat seine Einstellung bezeugen muß.

Diese leuchtende Lebensminute wird ihm schon früh geschenkt: im siebenten oder achten Lebensjahre.

Die Szene ist ein Rebberg bei Günsbach. Die Zeit: ein Sonntag der Passionszeit im Vorfrühling. Noch sind die Bäume fast ganz kahl, stehen die Rebenstecken ohne Ranken nackt im regendunklen Erdboden. Eine silberweiße Sonne sticht aus dem bläßlichen Himmel.

Zwei Buben pirschen sich den Abhang hinauf. Der etwas Größere und Stärkere hat das Kommando. Er macht dem Kleineren gebieterisch Zeichen, er solle nicht sprechen. „Duck dich!" zischt er ihm zu.

Wie zwei Diebe auf dem Wege zum Tatort kriechen die beiden nun auf einen Baum zu, dessen blattlose Äste einem ganzen Schwarm von Vögeln als Rastort dienen.

Schön ist der Gesang, den sie dem nahenden Frühling und Sommer entgegensenden. Er würde manches Herz rühren und erfreuen. Aber für solche Gefühle haben die beiden Bürschlein jetzt keine Zeit.

Nun kauern sie in einer Mulde.

„So, ich zeig dir's nochmal, Albert", erklärt der Ältere und demonstriert mit geschickten Handgriffen die primitive Schießschleuder aus Gummischnur. Der Kleinere wird ganz blaß. Er ist nur zögernd und unwillig dem Heinrich Bräsch gefolgt, als der ihn einlud, mit ihm auf die Vogeljagd zu gehen. Aber er hat auch nicht den Mut aufgebracht, „Nein" zu sagen. Zu sehr fürchtete er, man werde ihn dann als zu weichlich, mädchenhaft, sentimental, verspotten.

Nun aber, da er von seinem Versteck aus die arglos lustig hüpfenden, sich putzenden, piepsenden, trillernden, die junge Sonne und das luftige Leben genießenden Federtierchen beobachtet, packen ihn die Zweifel noch stärker. Er beruhigt sich innerlich mit dem Gelöbnis:

„Ich schieße einfach daneben, ich schieße daneben!"

Mit zitternder Hand tut er es nun seinem Kumpan gleich, legt einen spitzen Kiesel in die Schleuder, spannt, führt die Hand mit der primitiven Schußwaffe in Augennähe, spannt noch einmal und — —

In eben diesem Augenblick setzt von unten aus dem Dorf

her das Läuten der Kirchenglocken ein. Es sind keine schweren vollen Töne, sondern helle fröhliche Kadenzen, die da hinaufklingen, wie eine Art Fortsetzung und überirdische Wiederholung des Konzertes der Vogelstimmen.

„Das ist die Stimme des Himmels" seufzt der Günsbacher Pfarrersbub wie erlöst. In Angst und Zweifel hat er auf sie gewartet. Nun ist sie gekommen, er wirft die Schleuder weit von sich, springt empor, ruft laut und macht wilde Handbewegungen. In dichtem Schwarm fliegen die Vögel kreischend auf.

Genau das beabsichtigte der Knabe. Er hat die kleinen nichtsahnenden Sänger warnen, hat sie wegscheuchen wollen, damit sie vor der Schleuder seines Begleiters sicher seien.

„Biebli, lauf weidli!" schreit ihm der Heinrich Bräsch höhnisch nach. „Renne nur schnell, du Feigling!", soll das im Münstertaler Dialekt heißen.

Albert flieht nach Hause. Weder der feiertäglich gekleidete und im Geiste seine Predigt noch einmal durchdenkende Vater, noch die mit ihren jüngeren Kindern vollbeschäftigte Mutter haben gerade jetzt am Sonntagmorgen Zeit für ihn. Wie können sie auch ahnen, daß im Leben ihres Sohnes eben eine große, vielleicht die wichtigste Entscheidung fiel. Sie merken nur, daß er blaß und scheinbar mißmutig ist.

„'s Kind isch hit phisi und müdri," meint die Magd, die dem Albertle helfen will, sein Sonntagsgewand anzuziehen, und sich wundert, wie mürrisch der Bub heute erscheint.

Hinter dieser Fassade von besorgter Verdrossenheit aber jubelt der Knabe. Er hat die wichtigste aller Mutproben bestanden, er bewies den Mut zu eigener Überzeugung. Die Furcht vor dem Belächeltwerden durch andere hat er nun endgültig abgelegt.

Mit voller Kraft läuten jetzt die Glocken zum Gottesdienst. Ein jeder Ton von ihnen wiederholt das fünfte Gebot: „Du sollst nicht töten". Ein jeder Nachklang verheißt dem jungen Menschen: „Du hast richtig gehandelt. Du hast recht getan!"

III.

AUF DER HARTEN SCHULBANK

NEUN JAHRE war Albert Schweitzer alt, als sein Vater
fand, man könne ihn nun eigentlich nicht länger in der Dorf-
schule lassen. Am liebsten hätte er den Sohn gleich ins Gymnasium geschickt, aber das war in Mülhausen, weit weg von Günsbach. Wäre Albert dort jetzt eingetreten, so hätte er sich sofort
für die Dauer der Schulzeit von seinen Eltern und Geschwistern trennen müssen. Der weise Pfarrer Schweitzer wußte,
wie sehr der empfindsame Junge unter einer solchen brüsken
„Verbannung" aus dem warmen Schoß der Familie leiden
würde. Er fand daher eine Übergangslösung. Ein Jahr lang
wollte er Albert auf die Realschule nach Münster schicken.

Es war ein kluger Entschluß, denn der Junge gewöhnte sich
so allmählich daran, in einem fremden Ort die Schule zu besuchen. Vor allem aber wurde ihm der drei Kilometer lange
Schulweg zum Erlebnis. Hier auf dem am Berghang entlang-
laufenden Pfad, im Schatten der blühenden Kirschbäume, der

sommerlichen Linden, der herbstlichen Kastanien und des winterlich kahlen, unheimlich wie sein Name wirkenden Galgenberges, ist Albert Schweitzer zum ersten Male der Natur in ihrer ganzen Schönheit bewußt begegnet. Er versuchte dieses Erlebnis im Gedicht zu besingen, er probierte die alte Burgruine gegenüber der Straße zu zeichnen. Beide Versuche bestanden aber die Prüfung durch seinen frühentwickelten kritischen Kunstverstand nicht. Nach zwei oder drei Reimen stockte ihm gewöhnlich die Feder, nach wenigen Strichen warf er entmutigt den Bleistift hin. „Von da an ergab ich mich darein, das Schöne rein beschaulich zu genießen, ohne es zu Kunst zu verarbeiten", erzählt er später. „Bis auf den heutigen Tag habe ich nichts mehr abzubilden und nichts mehr in Verse zu bringen versucht. Nur im Improvisieren von Musik verhielt und verhalte ich mich schöpferisch."

Als dann nach einem Schuljahr unvermeidlich der für das Kind harte Entschluß gefaßt werden mußte, daß es nun aufs Gymnasium nach Mülhausen zu gehen habe, gab es noch manche Tränen. Aber länger war der Übergang zur neuen Schule nicht mehr aufzuschieben. Schon jetzt würde es Albert schwer fallen, den in der Sexta versäumten Lehrstoff des Gymnasiums nachzuholen und Anschluß an seine Mitschüler zu finden.

„Schweitzer . . ."

In der Quinta des Gymnasiums von Mülhausen ist es mucksmäuschenstill. Die Schüler starren gespannt auf die dritte Bankreihe von vorne. Die Erwartung des kommenden dramatischen Augenblickes schnürt ihnen den Hals zu. Sie haben

Angst und lauern doch mit einer Art heimlicher Lust darauf, wie der Lehrer nun gleich auf einen von ihnen losgehen wird.

„Schweitzer..." wiederholt der Mann auf dem Katheder mit erhobener Stimme, den Vokal dehnend.

Ein Junge mit kurzgeschnittenem Haar springt verwirrt von seinem Platz auf, hinaus in den schmalen Gang zwischen den Reihen.

„Haben Sie, bitte, die ganz große Freundlichkeit uns zu erklären, weshalb Goethe gerade das Wort ‚Ruh‘ in diesem Reim verwendet?"

Die Schüler kichern über die gespielte Höflichkeit und das höhnische „Sie", das der Lehrer nur gebraucht, wenn er einen unaufmerksamen Schüler am Wickel nimmt.

Der Schüler Schweitzer steht stumm. Er macht nicht einmal den Versuch, sich herauszureden, wie es andere Jungens in ähnlicher Lage zu tun pflegen. Natürlich weiß er nicht, was eben besprochen wurde. Er will es ja gar nicht wissen! Wie kann man auch ein Gedicht so erbarmungslos zerstückeln! Das ist ja, wie wenn etwas Lebendiges seziert würde. Deshalb hat er sich, sobald die Gefühlsquälerei begann, einfach vom Unterricht abgeschlossen, nicht mehr hingehört und statt dessen in den Seiten des Lesebuchs von Dadelsen geblättert.

„Nun Schweitzer?"

Der Junge preßt die Lippen zu und schaut den Lehrer mit großen Augen an. Er entschuldigt sich nicht einmal. Es ist empörend. Wäre er nicht mit dem Schulinspektor von Mülhausen verwandt, so könnte man ganz anders mit ihm verfahren, denkt sich der Studienrat. Aber so geht das jedenfalls auf keinen Fall weiter. —

Ein paar Tage später zitiert der Gymnasiumsdirektor den Pfarrer Schweitzer zu sich in die Sprechstunde.

„Herr Pfarrer, es tut mir leid, Ihnen sagen zu müssen, daß Ihr Sohn nicht versetzt wird, wenn er weiter so unaufmerksam und verträumt ist."

„Er hat Heimweh, Herr Direktor. Wir fehlen ihm. Die kleinen Schwestern, das Brüderlein, wohl auch die Eltern und die ganze gewohnte Umgebung."

„Nun, dann soll er doch lieber wieder zurück auf die Realschule. Ich glaube, er eignet sich wirklich nicht fürs Gymnasium. Wie kann ich unter diesen Umständen den Freiplatz für Ihren Sohn rechtfertigen?"

„Haben Sie noch etwas Geduld mit ihm", bittet der Pfarrer gedemütigt.

„Gut, aber Sie müssen sich ihn einmal richtig vornehmen."

Nun, das tat der Pfarrer Schweitzer nicht. So etwas lag ihm wenig, und er wußte wohl auch instinktiv, daß damit bei seinem dickschädligen Sohn nicht sehr viel auszurichten gewesen wäre. Aber es waren doch recht traurige Weihnachtsferien diesmal für Albert, der sich so auf das Nachhausekommen aus der fremden großen Stadt Mülhausen in sein kleines fröhliches Heimatdorf gefreut hatte. Die Mutter lief mit verweinten Augen herum. Sie hatte es wirklich fast zu schwer in diesem Jahr, da sich der Vater ständig mit Magenweh herumquälte, das Haushaltsgeld nie reichen wollte und nun auch noch der Älteste in Gefahr stand, seine Freistelle am Gymnasium zu verlieren.

Nur ganz allmählich wurde es besser mit dem „unverbesserlichen Träumer Albert". Er begann sich an die etwas düstere Dienstwohnung des kinderlosen Großonkels zu gewöhnen, der ihn seit seinem Eintritt ins Gymnasium beherbergte und verköstigte. Er nahm die pedantische Disziplin, die dort herrschte, auf sich, den von der Tante auf die Minute geregelten Tagesablauf, eine Lebenshaltung, die fast nur Arbeit und Pflichterfüllung zu kennen schien.

Großonkel Louis, jetzt Aufseher über alle Volksschulen in Mülhausen, war während einer früheren Etappe seiner Laufbahn einmal Schuldirektor eines deutsch-französischen Instituts in Neapel gewesen und hatte, ebenso wie seine Gattin Sophie, aus der sonnigen Stadt der fröhlichen Lazzaroni eine solide Abneigung gegen alles „dolce far niente" mit zurück ins heimatliche Elsaß gebracht.

Deshalb war alles in seinem Heim, das im obersten Stockwerk der Mülhauser Zentralschule lag, nach einem straffen Stundenplan organisiert. Kaum war Albert vom Mittagessen aufgestanden, mußte er schon Klavier üben, dann ging es in die Schule zurück und beim Nachhausekommen hieß es: „Hausaufgaben machen!" Wenn dann am Abend der letzte Federstrich getan war, so drängte die Tante: „Hast du die Czerny-Übungen heute schon durchgespielt? Geh' zurück ans Klavier. Du weißt nicht, wozu dir die Musik einst im Leben gut sein wird."

Wo waren nun die Waldspaziergänge? Das freie Streifen durch die vollen Rebberge? Hier in der aufstrebenden Fabrikstadt merkte man kaum den Gang der Jahreszeiten. Frisches Frühlingsgrün und volles Sommergelb und das herbstliche Rot und das winterliche Weiß — sie alle verschwammen im Grau des bedruckten Papiers, im unwandelbaren Schwarz der Drucktypen. Es war schrecklich, von der Natur so abgeschnitten zu sein. Es tat weh. Trost gaben jetzt nur Träume der Erinnerung und der Hoffnung.

Albert Schweitzer selbst schreibt seine schließliche „Besserung" in der Schule einem neuen Lehrer zu, den er lieben und bewundern lernte. Er trug den symbolisch klingenden Namen Wehmann und er sollte später auch wirklich ein wehes Ende nehmen: als ihn sein ehemaliger Schüler Dr. Schweitzer gleich nach dem Ersten Weltkriege aufsuchen wollte, hörte er, der alte Lehrer sei durch Kriegsentbehrungen zuerst nervenkrank geworden und habe schließlich Selbstmord begangen.

Als Klassenlehrer der Quarta des Mülhauser Gymnasiums verstand es Dr. Wehmann jedenfalls, seine Schüler durch einen sorgfältig vorbereiteten Unterricht zu fesseln und ihnen in den Hunderten von zahlreichen Kinderaugen genauestens beobachteten Kleinigkeiten des Schullebens ein Beispiel von vorbildlicher Selbstdisziplin zu geben. Es ist in der Literatur bekanntlich seit langem Mode, den Gymnasiallehrer schlechthin als eine Art Kasernenhofschreck, einen unbarmherzigen Unteroffizier der Pädagogik, zu schildern, der seine Lateinrekruten mit Vokabeln drillt und erbarmungslos durch die Grammatik schleift. Um so sympathischer berührt es, daß Albert Schweitzer diese törichte Verallgemeinerung nicht mitmachte und sich später in rührender Weise bei diesem sowie anderen Lehrern für das bedankt hat, was sie ihm zu geben versuchten.

Tatsächlich hat jener später so tragisch umgekommene „Pauker" nicht nur bewirkt, daß sich die Leistungen und Zensuren des Schülers Schweitzer nun innerhalb von drei Monaten beachtlich hoben. Vor allem vermittelte er dem späteren Urwalddoktor und unermüdlichen Helfer die große Einsicht, daß nur derjenige, der selbst vorbildlich handelt, auf seine Mitmenschen echte Wirkung ausüben kann. Wenn Albert Schweitzer später noch mit über siebzig Jahren als einer der ersten in seinem Tropenspital morgens früh aufsteht, selbst in feuchter Schwüle Bauarbeiten überwacht, überall persönlich anpackt und sich in tausenderlei Kleinarbeit verausgabt, so ist diese dem alten Mann schon zur Selbstverständlichkeit gewordene Lebensführung letztlich auf den tiefen Eindruck zurückzuführen, den jener Klassenlehrer hinterließ, als er den gerade erst Zwölfjährigen aus einem „Sorgenkind" in einen überdurchschnittlichen Schüler verwandelte.

Diese Leistung des Dr. Wehmann war gerade damals um so beachtlicher, weil der Junge, wie so manches Kind, gerade begonnen hatte, die „Erwachsenen" heimlich zu verachten. Wie oberflächlich und leichtfertig erschienen sie ihm manchmal. Mit wieviel Geschwätz vertaten sie die Zeit und vor allem — wie enttäuscht vom Leben waren sie, wie ernüchtert!

Denn wenn der Zwölfjährige mit seinem merkwürdig verschlossenen Gesicht am Abend über seinen Schulbüchern und Heften sitzt, so sind seine Ohren gleichzeitig bei den Gesprächen der Erwachsenen am Nebentisch und er hört zu, was sie erzählen:

„Ich Dummkopf habe auch einmal an das Gute geglaubt. Aber jetzt nicht mehr."

„Ja, und was für ein unreifer Gerechtigkeitsfanatiker ich als junger Mensch doch war. Nun weiß ich es besser. Es gibt eben keine Gerechtigkeit in dieser Welt!"

„Die Jugend war schön. Hätte man sie nur festhalten können", klagt einer.

„Wenn ich daran denke, wie wir uns damals begeistern konnten."

„Alles Illusionen."

„Nun ja, so ist das Leben — Prost!"

Da. packten den Halbwüchsigen Wehmut und Zweifel. Stundenlang wird er heute nacht wieder wachliegen und sich fragen: „Muß das so sein? Werde ich auch einmal vor den Enttäuschungen kapitulieren?"

Um diese Zeit ungefähr nehmen Onkel und Tante den kleinen Großneffen zu seinem ersten Konzert mit. Marie-Joseph Erb, ein Elsässer, der sich schon in Paris als Komponist und Pianist hervorgetan hat, gibt im Börsensaal zu Mülhausen einen Klavierabend.

Fast alle Welt in der reichen Provinzstadt hat sich für den Anlaß elegant gemacht. Noch nie hat der Dorfbub so viele Damen in großer Toilette gesehen, so viele Herren im Smoking und Frack. Er selbst versucht so unauffällig wie möglich zu bleiben, denn er geniert sich: aus dem Sonntagsanzug, den er heute abend trägt, ist er nämlich schon längst herausgewachsen. Aber fast noch mehr als die festliche Kleidung der Konzertbesucher überrascht ihn der Lärm, den sie machen. Wie da Hunderte von Stimmen halblaut miteinander konversieren, wie man mit Programmen raschelt und knisternde Bonbontüten herumreicht. Es wird erst ruhiger, als der Pianist, ein hagerer Herr mit Zwicker, das Podium betritt.

Kaum hat der Mann zu spielen begonnen, da packt den kleinen Albert jene heilige Ergriffenheit, die er bisher nur beim Anhören von Kirchenmusik gekannt hat. Er ist immer noch ganz benommen von seinen Eindrücken, als der erste rauschende Beifall einsetzt. Unbeweglich sitzt er da zwischen den Applaudierenden und erlebt, inmitten geschwätziger Nachbarn, die schon wieder reden und rascheln und tratschen und sich Pralinés reichen, noch einmal das eben Gehörte.

„Hat es dir denn nicht gefallen?" wird er gefragt.

Er nickt stumm. Ganz wenig nur neigt er den Kopf.

„Weshalb hast du denn nicht geklatscht?"

Er sitzt wortlos, mit zusammengepreßten Lippen. Was geht denn das diese aufgeputzten Menschen an, die der Schönheit und Größe des Gehörten nicht einmal durch etwas Schweigen ihren Dank zollen können?

„Der Bub hat aber auch wirklich gar nichts übrig für Musik . . .", klingt es an sein Ohr.

Doch da nehmen ihn schon die Tonwellen wieder weg von seiner allzu irdischen Umgebung und er gehört nun wieder ganz jener wunderbaren Welt der Klänge, die ihm soviel echter und wahrer scheint, als die Wirklichkeit, die ihn täglich umgibt.

Wie sehr die Musik den heranwachsenden Jüngling verzückt, wie sehr die Welt der Töne ihm die eigentliche, die ideale, gottgeschaffene und noch durch keinerlei Missetat verunstaltete Schöpfung ist, weiß nicht einmal der Klavierlehrer Albert Schweitzers.

„Der Schweitzer ist meine Qual", pflegt Eugène Münch zu urteilen, wenn er über seine verschiedenen Schüler spricht.

Münch, ein tiefreligiöser Mensch, der am liebsten viele Stunden täglich „mit der Orgel betet", wie er sein einsames Spiel in der Stephanskirche nennt, gilt als ausgezeichneter Musikpädagoge, aber an Albert Schweitzer scheint seine Kunst zu versagen. Dabei müßte der Junge eigentlich als Nachkömmling so vieler Organisten doch „erblich belastet" sein. Keine Spur davon! Scheinbar gelangweilt, mit hölzernem Anschlag, leiert der Schüler sein Pensum herunter. Aus einer der schönsten Mozart-Sonaten macht er ein erbärmliches Geklimper. Da reißt dem gewöhnlich eher auf Distanz bedachten, empfindlichen Lehrer doch die Geduld. Ärgerlich schlägt er heute ein kurzes „Lied ohne Worte" auf und bemerkt dazu herausfordernd: „Eigentlich bist du nicht wert, daß man dir schöne Musik zu spielen gibt. So wirst du mir auch dieses Lied ohne Worte versudeln. Wenn einer halt kein Gefühl hat, kann man ihm auch keines geben."

„Oho", sagt sich der Schüler tiefgetroffen, „dir will ich doch zeigen, ob ich Gefühl habe."

Und als in der nächsten Stunde die üblichen Fingerexerzitien und die Geläufigkeitsetüden absolviert sind, schließt er die Augen, setzt sich auf dem Klavierschemel zurecht und spielt das Lied Mendelssohns so, wie er es im Tiefsten spürt, wie er es eigentlich mit vielen anderen musikalischen Kleinodien für immer in sich als seinen eigensten, den schnöden Mitmenschen nie zugänglichen Schatz behalten wollte.

Münch begreift erschüttert ohne weitere Erklärung. Er, der selbst oft so vieles, was er anderen sagen möchte, aus Scham oder Zurückhaltung verschweigt, versteht sofort, daß dieses Kind eine Art von Doppelleben führt und sein eher zu reiches, zu überschwengliches Gemüt sich bisher bloß den Anschein der Gefühlskälte gab.

Endlich hat der Junge seine Maske der Gleichgültigkeit fallengelassen.

Der Lehrer schlägt seinem Schüler fest auf die Schulter und antwortet auf die musikalische Vertrauenskundgebung spontan im gleichen Ton: er redet nichts, sondern setzt sich ans Klavier und schlägt die ersten Noten an. Auch in dem nun von Eugène Münch gespielten „Lied ohne Worte" wird unendlich viel ausgedrückt, was er sonst nie zu sagen wagt. Der ob seiner Schüchternheit belachte Leiter des Cäcilienchors, der heimlich von der Angst des Taubwerdens geplagte Musiker, darf sich endlich einmal einem Menschen außerhalb seines engsten Familienkreises anvertrauen!

Es ist der Beginn einer schönen Freundschaft, die wachsen wird, bis der zeitlebens von seinem Ohrenleiden gequälte Lehrer plötzlich an einer Typhuserkrankung frühzeitig sterben muß. Und es ist zugleich der Anfang einer großen musikalischen Karriere, die Albert Schweitzer einmal als einen der ersten Orgelkünstler und Bach-Interpreten seiner Zeit ausweisen wird.

Nach und nach löst sich die Starre des jungen Menschen. Der Knabe Albert Schweitzer wird gesprächiger, er beginnt sogar seine strengen Verwandten etwas verständnisvoller zu beurteilen. Besonders seit die Tante einmal in einem weichen Augenblick seinen sehnsüchtigen Blick aus dem Fenster ins Freie hinaus verstanden hat und ihn wortlos auf einen Spaziergang führte, kann er sie nicht mehr einfach als „Kerkermeisterin" ansehen, die ihn „ans Klavier jagt" und seiner hemmungslosen Lesewut Fesseln anlegen will.

Nun aber werden seine Aufgeschlossenheit, sein Interesse für alles und jedes, seine zahllosen Fragen, seine überraschenden Zweifel der Umwelt bald zur Plage, ja manchen geradezu verdächtig. Denn dies geschieht in den Anfangsjahren des

Wilhelminischen Zeitalters, und wer das Bestehende in Frage stellt, wer das, was die obrigkeitsfromme öffentliche Meinung verkündet, kritisiert, der kommt bei braven Untertanen gar schnell in den Geruch, ein Aufrührer zu sein.

Der Jüngling Albert Schweitzer aber ist ein unermüdlicher Frager. Schon als Kleinkind hat er den Vater mit seinen Zweifeln in manche Klemme gebracht.

„Wie können denn die Eltern Jesu noch weiter so arm sein, nachdem die Drei Könige sie besucht haben?" fragte schon der Achtjährige den verlegenen Pfarrer Schweitzer. „Was haben sie denn mit all dem Gold und den Kostbarkeiten gemacht, die sie von diesen Männern bekamen? Und weshalb haben sich denn die Weisen aus dem Morgenlande später gar nicht mehr um das Jesukind gekümmert?"

Den kleinen Buben konnte man damals vielleicht noch mit halben Antworten abspeisen. Aber der Fünfzehn- und Sechzehnjährige läßt sich nicht auf Ausreden ein. Das Erbe seines Großvaters Schillinger, der ein Anhänger der Aufklärung und selbst ein unermüdlicher Frager war, bricht mächtig in ihm durch. Kein Mittagessen, dessen Frieden er nicht mit seiner unbequemen Problemsucherei und Haarspalterei stört, kein Abendbrot, das er nicht mit Dutzenden von Fragen versalzt und unbehaglich macht.

Wenn das nur im engsten Familienkreis geschähe, ginge es ja noch. Aber wo immer Albert Schweitzer allein, in Begleitung seiner Verwandten oder seiner Eltern hinkommt, beginnt er sofort eine Diskussion vom Zaun zu brechen.

„Sei nicht so frech und sprich nicht mit den Erwachsenen, als seien sie Gleichaltrige", warnte ihn die Tante.

„Halte dich zurück!" mahnt sie immer wieder. Es fruchtet nichts.

Sogar der geduldige Vater nimmt dem Sohn vor jedem Besuch in einem fremden Haus das Versprechen ab, er möge diesmal doch sein „dummes Benehmen bei Gesprächen" bestimmt zu Hause lassen. Aber auch das nützt nichts. Der Jüngling nimmt es sich zwar fest vor, zu schweigen. Aber dann hört er eine Ansicht, die ihm falsch oder unüberlegt zu sein scheint, und schon mischt er sich ein. „Die Überzeugung, daß der Fortschritt der Menschheit nur dadurch möglich wird, daß das Vernunftgemäße an die Stelle der Meinungen und der Gedankenlosigkeit tritt, hatte von mir Besitz ergriffen und äußerte sich vorerst in stürmischer und unangenehmer Weise", berichtet Albert Schweitzer später selbst über diese geistige Sturm- und Drangperiode.

Es ist nicht bekannt, ob irgend jemand von den Vielen, die der Gymnasiast Schweitzer damals mit seinen überall Irrtümer vermutenden, Widersprüche aufdeckenden, oberflächliche Meinungen korrigierenden Fragen „belästigte", darin das Anzeichen kommender Größe erblickte. Die meisten haben ihn wohl einfach mit besserwissendem Lächeln reden lassen oder sich gar wegen „Zeitmangels" entschuldigt. Kaum jemand gab sich Mühe, die aufgeworfenen Probleme wirklich bis zum Schluß so gründlich, wie es der junge Feuergeist verlangte, zu debattieren. Trotzdem ließ sich Schweitzer nicht davon abbringen, weiterhin alles und jedes in Frage zu stellen. Als er gar die platonische Philosophie durch Vermittlung des von ihm verehrten Gymnasialdirektors Wilhelm Deeke kennenlernte, erkannte er beglückt, daß ein angesehener Denker des Altertums ihn in seiner „Unart", der unermüdlichen Fragelust, durchaus bestätigte. Wie ein kleiner Sokrates versuchte er nun die Bürger Mülhausens über die „ewigen Rätsel" ins Gespräch zu ziehen. Da stand er bald hier, bald dort, mitten im Winter einen leichten hellbraunen Sommeranzug tragend, nur weil er der Mutter die Ausgabe für ein wärmeres Gewand hatte ersparen wollen, und fragte, fragte, fragte. Aber die Mülhausener waren eben keine Athener, ließen ihn stehen und gingen schnell weiter, ihren Geschäften nach.

Am meisten mußte sich der Großonkel mit dem Quälgeist abgeben. Ihn zog der junge Albert mit Vorliebe in politische Debatten. Tagesfragen, wie der Kulturkampf und das Sozialistengesetz, Bismarcks Entlassung, die Reichstagsreden Eugen Richters, die verwickelten Balkankriege und die Kolonialpolitik, wurden in der dunklen Amtswohnung an der Mariahilfkirche heftig diskutiert, wobei der Jüngere wohl zum ersten Male seine Zweifel daran äußerte, ob die „Eroberung des schwarzen Erdteils", von der die Zeitungsschreiber damals Tag um Tag berichteten, den Eingeborenen wirklich so viel Gutes brächte, wie fast allgemein behauptet wurde.

Albert Schweitzer hatte, angeregt durch das Interesse seines Vaters an der Tätigkeit der Heidenmission, von Kind auf begonnen, sich für das Schicksal der Eingeborenen zu interessieren. Das Vorlesen der Memoiren des französischen Missionars Casalis gehörte zu seinen frühesten Erinnerungen. Für den stillen Heroismus des Glaubensboten hegte er Bewunderung. Aber die grobschlächtigen Kolonialhelden, die mit ihren Kanonenbooten nackte, diesen neuartigen Waffen gegenüber ganz hilflose Menschenkinder zwangen, zu kapitulieren und den recht zweifelhaften „Schutz" ihrer Nationalfahnen anzunehmen, flößten ihm wenig Respekt ein. Mit solchen „altmodischen" Ansichten dürfte der Jüngling sich damals aber kaum sehr beliebt gemacht haben. Denn die öffentliche Meinung sprach mit Stolz von der „Bürde des weißen Mannes". Die neuen „Kolonialwaren-Handlungen", die sich allerorten aufmachten, brachten plötzlich in jede Kleinstadt einen Abglanz dieser exotischen Abenteuer. Um das Interesse für den dunklen Erdteil zu heben, schickte man sogar ganze Negerdörfer als eine Art Wanderzirkus von Ort zu Ort. Eine solche Truppe besuchte auch Mülhausen während der Schulzeit Albert Schweitzers. Ein Jahresbericht des Gymnasiums verzeichnet, daß die Schüler unter Führung ihrer Lehrer „die Wakamba-Negergruppe besichtigt hätten", ganz so, als habe man eine Menagerie begafft.

Die politischen Debatten am Abendbrotstisch, die sowohl Tante Sophie wie die jetzt gleichfalls als Dauergast beim Großonkel weilende Pfarrerstochter Anna Schäfer tödlich langweilten, hatten ursprünglich begonnen, weil die Hausfrau dem „Albertle" das Zeitunglesen verbieten wollte.

„Du verschlingst ja doch nur die dummen Liebesromane und die Mordgeschichten", hatte sie behauptet, ärgerlich darüber, daß der Junge sich in der Viertelstunde des abendlichen Tischdeckens, statt zu helfen, gleich auf die „Neue Mülhauser Zeitung" oder die „Straßburger Post" stürzte.

„Das stimmt nicht!" antwortete Albert Schweitzer. „Ich lese vor allem den politischen Teil, und Politik ist doch eigentlich nichts anderes als zeitgenössische Geschichte —".

„Das wollen wir doch gleich mal sehen", griff der Herr Schulinspektor ein. „Wie heißen denn die Fürsten, die zur Zeit auf den Balkanthronen sitzen?" Er war ganz in seinem

Element. Auch mit vorgebundener Serviette und über einem Teller Bratkartoffeln blieb er vom Scheitel bis zur Sohle der erfahrene Examinator.

Die Antwort von jenseits des noch höheren Bratkartoffelberges kam wie aus der Pistole geschossen.

„Na schön. Jetzt mal was Schwierigeres. Wie heißen denn die Ministerpräsidenten und die wichtigsten Minister in den zwei, nein, sagen wir mal drei letzten französischen Regierungen?"

Wieder war die Antwort nicht nur fehlerfrei, sondern so exakt, wie sie der Frager selbst kaum zu geben vermocht hätte.

Als der Bub — man wollte es nicht glauben — nun sogar in recht gescheiter Weise den Verlauf der letzten Reichstagsdebatte wiedergeben und seine Meinung dazu sagen konnte, war der Examenserfolg komplett. Von nun an ließ der Onkel ihn nicht nur vor, sondern sogar auch nach dem Abendessen Zeitung lesen.

Nicht immer bestand Albert Schweitzer so glatt wie bei dieser improvisierten Prüfung im Thema Zeitgeschichte. Er war sogar zeitlebens ein rechter Examenspechvogel.

Selbst beim Abiturium hätte es um ein Haar schiefgehen können, und schuld daran waren nicht etwa die Sünden des Kandidaten Schweitzer, sondern eigentlich seine Tugend. Er hatte nämlich den Eltern die Ausgabe für den vorgeschriebenen schwarzen Examensanzug sparen wollen. Ein dunkler Gehrock von irgendeinem entfernten Verwandten ähnlicher Statur konnte zwar beschafft werden, aber die dazu-

gehörige Hose wurde nicht mitgeliefert. So borgte sich Albert
Schweitzer im letzten Augenblick die Hose vom Staatsgewand
seines Großonkels aus, der ein stattlicher, aber nur mittel-
großer und etwas korpulenter Herr gewesen sein muß.

Das Resultat dieser zusammengestoppelten Kostümierung
hätte vor der Jury eines Kostümballs vielleicht bestehen können, für die feierliche Gelegenheit einer mündlichen Abschluß-
prüfung war es kaum geeignet. Die eher nervöse und gedrückte
Stimmung der sechs anderen Examensanwärter wurde explo-
siv heiter, sobald Albert Schweitzer erschien, und steigerte sich
noch, als er vorführte, wie er mit Schnüren die Hosenträger
verlängert hatte, damit die Hosen wenigstens nun doch bis
ungefähr zum Stiefelrand hinunterreichten. Dies hatte aber
nicht verhindern können, daß, wie Schweitzer selbst erzählt,
„über dem oberen Rand der Hose ein weißer Raum gähnte.
Wie sie mir auf der Rückseite saß, beschreibe ich nicht."

Während noch die guten Ratschläge prasselten und jeder
den clownhaft angetanen Kameraden weidlich belachte, öffnete sich die Tür des Prüfungszimmers. Zu ihrer größten
Überraschung fanden die ebenso feierlich gekleideten wie
ernst gestimmten Herren des Lehrerkollegiums, an ihrer
Spitze ein speziell aus Straßburg herbeigeeilter Oberschulrat
namens Dr. Albrecht, auf dem trüben Korridor statt des gewohnten Häufleins ängstlicher Examensanwärter eine höchst
ausgelassene Gesellschaft. Die „Pauker" des Gymnasiums begriffen sehr schnell, was der Grund der Fröhlichkeit war, und
konnten selbst kaum ein Schmunzeln verbergen, nur der ge-
strenge Herr Oberprüfer verstand nicht, was eigentlich in die
Schlingel gefahren sei. Ihm waren so fröhliche Abiturienten
in allen Jahren seiner Tätigkeit noch nie begegnet. Es entging seinem Scharfblick allerdings nicht, daß im Mittel-

punkt dieser so ungewöhnlichen Fröhlichkeit der Kandidat Schweitzer, Albert, stand. Den wollte er sich nun mal ganz allein vorknöpfen und ihm den Ernst des Lebens höchstpersönlich beibringen.

So geschah es, daß Albert Schweitzer ausschließlich von dem fremden Gast und besonders scharf geprüft wurde, während zum Beispiel sein Kamerad Bannwarth, der Mediziner werden wollte, oder Fritz Oexle, der aufs Jurastudium losging, von den anderen Herren mit Samthandschuhen angefaßt wurden. Auf manche schwierige unvorbereitete Frage wußte Schweitzer nur deshalb nichts zu antworten, weil seine Lehrer diesen Stoff nicht durchgenommen hatten, und er machte sich schon darauf gefaßt, daß er „durchfallen" werde. Da kam der grimmige Prüfer zum Schluß glücklicherweise auf sein Spezial- und Alberts Lieblingsfach: Geschichte. Es entspann sich nach zehn Minuten ein beinahe freundschaftliches Gespräch über ein Thema, das Schweitzer am Herzen lag: die Kolonisationsmethoden der Antike. Zeugnis: „Sehr gut" in Geschichte, „Gut" in Physik, ansonsten meist nur gerade ein „Genügend". Selbst der deutsche Aufsatz, in dem Schweitzer sonst brilliert hatte, war ihm diesmal nach Ansicht des Lehrers nicht besonders geraten, obwohl das gesetzte Thema sich wie ein Motto über dem Lebenswerk Albert Schweitzers anhört: „Zu seinem Heile ist der Mensch ein Kind der Sorge."

So wurde die Examensschlacht schließlich doch gewonnen. Die Welt stand dem wissens- und lebensdurstigen Achtzehnjährigen offen.

IV.

DER JÜNGER UND DIE MEISTER

EIN RECHT eleganter junger Mann mit einem wuchernden, widerspenstigen Haarschopf in der Manier des neuen Mode-philosophen Friedrich Nietzsche und einem frischgesprossenen Schnurrbart, der ihn älter erscheinen läßt als seine achtzehn Jahre, steht, auf einen Spazierstock gelehnt, am Ausgang des Pariser Gare de l'Est und sieht zum erstenmal in seinem Leben voller Erwartung ins bunte Gewimmel einer Weltstadt hinein.

Es ist Albert Schweitzer, Abiturient des Mülhauser Gymnasiums, künftiger Student der Theologie und Philosophie, den die beiden reichen Brüder seines Vaters, der als gutsitu-ierter Bankier in Paris lebende Auguste Schweitzer und der angesehene Germanist der Sorbonne, Charles Schweitzer, zu seiner ersten großen Reise eingeladen haben.

Jetzt im Spätsommer 1893 hat Paris gerade erst jenen etwas anrüchigen Ruf angehängt bekommen, den es künftig nie mehr ganz loswerden wird. Das neue Wahrzeichen der

Stadt, der eiserne Turm des Monsieur Eiffel, dessen Spitze weit höher in den Himmel hineinragt als die Türme von Notre Dame, wird von den einen als „heidnisch", von den anderen als „monstruöser Ausdruck der Eitelkeit" bekrittelt. Die Prüden und die Mucker, die Neider und die Feinde mißgönnen der Stadt an der Seine ihre strahlende Schönheit und stoßen immer auf etwas, um ihr durch schlechte Nachrede am Zeug flicken zu können.

Aber jeder findet eben in Paris das, was er wirklich sucht: den Möchtegernsündern bietet sich ohne Schwierigkeiten das erwartete Sündenbabel des „Cancan", des „Frou-Frou" und der geschminkten Grisetten an, andere, wie jener idealistische junge Elsässer, der in seinem harten Bauernschädel noch unerschütterlich an „das Wahre" und in seinem warmen, einfachen Herzen an „das Gute" glaubt, entdecken jeden Tag neue Anlässe unschuldigen Entzückens. Sie fühlen sich beschenkt durch die Schönheit der Parks, die Großartigkeit der Plätze und Avenuen, die Intensität des geistigen und künstlerischen Lebens. Die erhabenen Kunstwerke, die sie hier kennenlernen, sind in dieser Wunderstadt noch nicht zu toten Museumsstücken erstarrt. Sie leben als Zeugen des Vergangenen mit der Gegenwart weiter, genährt von der Verehrung der vielen erleuchteten Hungerleider und der wenigen gefeierten Meister.

Einem solchen „Maître" gilt recht eigentlich der Pariser Besuch Albert Schweitzers.

„Was können wir dir zeigen?" fragen die Verwandten, die ihre zweite Heimat mit den begeisterten Augen des

„Neffen vom Lande" nun noch einmal kennenlernen.

„Alles", antwortet er unbestimmt und scheinbar auch ohne rechte Überzeugung.

„Und was willst du besonders gern sehen?"

„Ach, da werdet ihr mir kaum helfen können. Nicht einmal mein Orgellehrer Eugène Münch hat es gewagt, mir für diesen Mann ein Empfehlungsschreiben mitzugeben."

„Wer ist denn dieser schreckenerregende Mensch?"

„Widor", sagt der junge Schweitzer, „Charles Marie Widor, der Komponist und Organist."

„Das ist doch gar nicht so schwer!" läßt sich zu aller Erstaunen Tante Mathilde vernehmen. „Den kenne ich zufällig sogar sehr gut. Er ist, wenn auch schon hier in Frankreich geboren, ungarischer Abstammung. Eigentlich ist er sogar ein halber Elsässer. Sein Großvater lebte als Orgelbauer gar nicht weit von deiner Heimat Günsbach."

Schon hat sie sich hingesetzt und fein säuberlich einen Empfehlungsbrief aufgeschrieben.

„Mit dem gehst du nach Saint Sulpice und stellst dich vor. Albert Schweitzer, du wirst dich doch nicht vor einem Mann fürchten, nur weil er berühmt ist?"

Nein — es ist nicht Furcht, sondern Ehrfurcht, die den jungen Mann bewegt, als er nun durch die engen Gassen des „linken Ufers" sich seinen Weg nach der Kathedrale von Saint Sulpice sucht. Noch nie ist er einem Spitzenkönner seines Faches gegenübergetreten. Wird er vor ihm bestehen? Wird er dem Meister nicht nur die Zeit stehlen? Er hatte es sich so gewünscht, ihm auf der Orgel vorspielen zu dürfen! Er wollte ihn vielleicht sogar um Unterweisung bitten. Aber jetzt, da er sich mehr und mehr der Kirche nähert, in der „Maître" Widor täglich zu bestimmter Stunde Freunde oder Schüler empfängt, geht er immer langsamer, wählt Umwege und bleibt zögernd vor den so charakteristischen Auslagen dieses Viertels stehen, in denen vor allem kirchliche Gegenstände wie Priestergewänder, Kreuze, Kelche, Marienstatuen ausgestellt sind. Ziellos blättert er in den offenen Bücherkästen eines Antiquariats. Wenn man nur den ersehnten und gefürchteten Augenblick dieser Begegnung noch etwas herausschieben könnte!

Da schlägt von Saint Sulpice her dröhnend die volle Stunde. „Jetzt bin ich zu spät —!" sagt sich der junge Mann erleichtert. „Nun muß ich es sein lassen. Wenigstens für heute."

Doch was soll er dann der Tante sagen? Nein — das wäre wirklich zu blamabel. Also setzen wir uns lieber in Trab, laufen wir entschlossen auf die Seitentüre der großen, unschönen Kathedrale zu, treten wir ein, klopfen viel zu laut an die Tür, auf der eine Visitenkarte mit dem verehrten Namen zu sehen ist.

„Entrez!" sagt eine über das stürmische Pochen erstaunte Stimme von jenseits der Tür.

So — nun ist nichts mehr zu ändern. Mit erhitztem Gesicht, und einem wirren, aufgeregten Herzen, das bis zum Hals hinauf laut klopft, präsentiert sich Albert Schweitzer dem großen Charles Marie Widor in seinem mit den signierten Fotos berühmter Zeitgenossen und kostbaren Gravüren geschmückten Künstlerzimmer. Der liest sich langsam, viel zu langsam, will es Albert Schweitzer scheinen, den Empfehlungsbrief durch.

Der Meister ist elegant gekleidet. Er trägt eine blau-weiß betupfte Lavallière-Krawatte. Er ist weniger alt, als sich Schweitzer vorstellte, höchstens Mitte bis Ende Vierzig. Und er sieht, obwohl wieder eigentlich alles an ihm anders ist, doch irgendwie Alberts Musiklehrer Eugène Münch ähnlich. Das kommt wohl von jenem Ausdruck von Weltferne und Himmelsnähe, den die guten Organisten wie ein Gnadenzeichen ihres Berufs auf der Stirn tragen.

„Nun, junger Kollege?" fragt Maître Widor. „Was wollen Sie mir denn vorspielen?"

„Bach, selbstverständlich!" lautet die kurz hervorgestoßene Antwort.

„Gut, gehen wir."

Sie steigen hinauf zur Empore, zu einer der berühmtesten Orgeln der Welt, geschaffen von Aristide Cavaillé-Coll.

Widor setzt sich vor die dreifache Klaviatur, erklärt Spieltisch, Register, Pedal, schlägt Flötentöne und Baßtöne an, demonstriert die „Voix Céleste", die „Himmelsstimme" so ruhig, als habe er bereits einen seiner Schüler vor sich.

„... Und nun junger Mann!"

Albert Schweitzer schließt die Augen. Er lauscht nach innen. Sein Herzklopfen ist verstummt. Furcht und Ehrfurcht vor dem Manne neben ihm sind verflogen. Nur dem Werke des Leipziger Thomaskantors gehört jetzt seine Aufmerksamkeit. Er beginnt die A-dur-Fuge zu spielen, jenes Werk Bachs, das er selbst mit dem Titel „Glaubensfreudigkeit" überschrieben haben wollte, und schon treffen sich die beiden Fremden, der junge Elsässer am Anfange seiner Laufbahn und der Pariser Meister auf der Höhe des Lebens, in jenen Gefilden herrlicher Musik, auf denen sie sich beide heimisch fühlen.

Ist es nun überhaupt noch eine Frage, ob Charles Marie Widor den jungen Mann als Schüler zu sich nimmt? Sie wird nicht einmal mehr gestellt. Sie ist schon beantwortet.

„Übermorgen sehe ich Sie also hier wieder", sagt Widor zu Schweitzer, als sie hinunter in sein Zimmer steigen. „Wie lange bleiben Sie denn eigentlich in Paris?"

„Leider nur drei Wochen. Dann beginnt die Universität in Straßburg."

„Wie schade! Nun, da müssen Sie eben schon morgen zu mir zurückkommen. Wir wollen doch keinen Tag versäumen, nicht wahr?"

Und wieder steht Albert Schweitzer auf dem Platz im Schatten von Saint Sulpice. Und alles, die Pferdebahnen, die bunten Kleider der Damen, die wirbelnden Ahornblätter auf dem Boden, die Plakate und die leichten Federwolken, sie alle gehören zur großen, herrlichen Symphonie des erfüllten Lebens, das sich ihm öffnet, ihn aufnimmt, umschlingt und „Bruder" nennt.

„Wenn die Menschen das würden, was sie mit vierzehn Jahren sind, wie ganz anders wäre die Welt!" In der Mitte seines Lebens erst notiert Albert Schweitzer diese Erkenntnis. Sie ist die Zauberformel, der er schon als junger Mensch, allerdings noch unbewußt, später als reife Persönlichkeit bewußt nachlebt. Er schenkt sie jedem, der sie haben will. Wieviele nehmen dieses Geschenk an?

Zu Semesterbeginn ist er in das theologische Studienstift „Collegium Wilhelmitanum" zu Straßburg aufgenommen worden, das im Schatten der Thomaskirche liegt. Hier in einem der einfachen Zimmerchen, die entweder auf die schnellfließende grüne Ill, auf den efeubewachsenen, klösterlich anmutenden Garten oder auf einen baumbeschatteten Hof hinausgehen, steht das kärgliche Bett, der einfache Tisch, die Bücherregale und, als besondere Vergünstigung des Stiftdirektors, ein Klavier mit Orgelpedal. Und diesem simplen Vorbild wird in Zukunft jedes andere Arbeitszimmer Albert Schweitzers gleichen.

Mit Feuereifer hat er sich ins Studium gestürzt. Sein geistiger Hunger ist unstillbar. Viele Stunden sitzt er zu Füßen von so ausgezeichneten Männern wie den Theologen Holtzmann und Budde, den berühmten Philosophen Ziegler und Windelband, dem Musiktheoretiker Jacobsthal. Ab und zu besucht er auch, obwohl er diese Vorlesungen gar nicht belegt hat, die Kollegs der Naturwissenschaftler, denn er spürt wohl, daß gerade bei ihnen jetzt die wichtigsten Entdeckungen gemacht werden und bedauert einmal mehr, daß ihn das Gymnasium mit so ungenügendem Wissen über Chemie, Physik, Geologie und Astronomie entlassen hat.

Natürlich darf über alledem auch die Musik nicht vernachlässigt werden. Bald hat Schweitzer mit Ernest Münch, dem bedeutenden Bruder seines Mülhauser Orgellehrers, Duzfreundschaft geschlossen. Gottfried, der dritte aus dem Brüdertrio Münch, lebt ebenfalls als Theologiestudent im gleichen Stift, und so können die beiden „Wilhelmitaner" manchmal bis in die grauen Morgenstunden vierhändig spielen.

Zu alledem ist Albert Schweitzer damals noch den üblichen Studentenvergnügen des Kneipens und Tanzens durchaus nicht abgeneigt gewesen. Überall und immer macht er fröhlich mit. Wegen seiner musikalischen Gabe, seines Humors, seiner Liebenswürdigkeit und nicht zuletzt wegen seines guten Aussehens ist er überall gern gesehen. Seinem Charme kann niemand lange widerstehen.

Kommt man dann vom Bummel durch die im Schatten des herrlichen Münsterturms schlafenden Altstadtstraßen zurück ins Stift, da werden noch lange gemeinsam, unbekümmert um die späte Stunde, für das „Hebraikum" Vokabeln gepaukt und Bibeltexte gelesen. Wer einen Fehler macht, muß zehn Pfennig in die gemeinsame Bierkasse zahlen.

Einsam ist Albert Schweitzer in dieser Zeit fast nie. Er nimmt starken Anteil an den Proben und Aufführungen des von Ernest Münch geleiteten Chors der St. Wilhelmkirche. Monate schon vor der Aufführung sitzen Schweitzer und die beiden Brüder Münch am Abend zur Programmberatung um einen Tisch, vor ihnen die große Bachausgabe, aus der sie die geeigneten Kantaten auswählen wollen. Wenn man nur alle spielen und singen könnte! Nun, vier müssen für das nächste Programm genügen. Aber jetzt beginnt für Albert auch noch das Notenkopieren, denn für gedruckte Noten reicht das Budget nicht aus.

Geht es darum, Vorankündigungen der Konzerte für die Presse zu verfassen, auf wen fällt die Wahl? Natürlich auf den unermüdlichen Albert Schweitzer. Muß dem Schatzmeister der Kirche, Herrn Frick, ein Zusatzkredit für Probenarbeit oder Notenpapier abgeluchst werden, wen schickt man zu ihm? Den „unwiderstehlichen Albert", der auch tatsächlich wieder wenigstens einen Teil der gewünschten Summe durch schiere Überredungskunst herausholt.

Immer weiß er Rat! Als die Kritiker zum Ärger Münchs schlecht über die Konzerte schreiben, beobachtet sie Schweitzer einmal während des Konzertes. Schüttelt da einer von ihnen den Kopf, so glauben auch die anderen ihre Beschlagenheit durch negative Bemerkungen unter Beweis stellen zu müssen. „Setzen wir die Herren das nächste Mal so, daß sie einander nicht sehen können", schlägt Schweitzer vor. „Dann werden sie der Musik ihre unbeeinflußte Aufmerksamkeit schenken." Das Resultat gibt ihm recht. Von da an bekommt der Wilhelmschor bessere Beurteilungen in den Zeitungen.

„Wie kannst du nur so viel leisten?" fragen dann wohl die Mitstudenten den Kommilitonen Schweitzer. Er aber hat als Antwort meist nur ein Lachen. Doch wenn sie sehr energisch in ihn dringen, dann zeigt er ihnen ein aus einem französischen Kalender ausgeschnittenes Gedicht, das er sich unter Glas rahmen ließ und über dem Arbeitstisch aufgehängt hat. In deutscher Übersetzung heißt es:

Höher, stets höher
Laß Deine Träume und Wünsche steigen,
Dem Ideal, das Du erstrebst, entgegenneigen,
Höher, stets höher.

Höher, stets höher.
Will sich Dein Himmel auch verschleiern,
Laß Deinen Glaubensstern noch heller feiern,
Höher, stets höher.

Mehr als sechzig Jahre hat dieser Kalenderausschnitt Schweitzer begleitet. Noch jetzt findet man ihn ganz vergilbt über seinem Schreibtisch in Günsbach.

Eines schönen Vormittages im Jahre 1894 bietet sich den guten Bürgern von Straßburg ein seltsames Schauspiel. Ein etwas ungewöhnlich ausstaffierter junger Soldat marschiert im Geschwindschritt, mehr laufend als gehend, durch die engen Fachwerkgassen. Wo immer er vorbeikommt, setzt sofort Gelächter und Kopfschütteln ein.

„So gefallen mir des Kaisers Soldaten viel besser als mit der preußischen Pickelhaube", äußert ein prominenter, als franzosenfreundlich bekannter Straßburger Arzt, der alle nach der Straße gehenden Fenster seit Angliederung des Elsaß an das Deutsche Reich aus Protest hinter dunklen Läden verschlossen hält.

Ein anderer denkt praktischer:

„Wenn ihr hier nur gafft und dem jungen Mann nichts sagt, so wird er glatt wegen Vergehens gegen die Disziplin auf eine Woche in den Karzer gesteckt."

Er faßt sich selbst ein Herz und geht, nein läuft, dem Uniformierten nach:

„He, Sie —!"

Albert Schweitzer, denn er ist es, hört ihn nicht einmal. Er ist wieder einmal spät dran und muß sich sputen, um noch rechtzeitig in die Kaserne zu kommen.

„Aber um Gottes willen, Mann", ruft der keuchende Mahner ihm nach. „Kehren Sie sofort um! So können Sie doch unmöglich zum Appell erscheinen!"

Schweitzer bleibt verdutzt stehen, schaut an seiner untadelig sitzenden Montur hinunter, faßt nach seinem Kopf und hält zu seinem eigenen Erstaunen einen — Strohhut in der Hand.

„Dankeschön," sagt er zu dem unbekannten Helfer. Aber der ist schon wieder verschwunden. Einer mehr von den Vielen, denen man hätte danken sollen, und es leider nicht schnell genug tat.

Diese „Zufallsuniform", halb Zivil, halb Militär, entsprach in Wahrheit dem „Einjährigen" Albert Schweitzer weit besser, als es eine reguläre Montur getan hätte. Daß er das Soldatenhandwerk wenig achtete, hat Schweitzer später oft und deutlich genug gesagt. Dessen ungeachtet kam er vom April 1894 bis 1895 wie alle anderen jungen Leute ordentlich seiner Dienstpflicht nach. Glücklicherweise besaß er einen verständigen Vorgesetzten. Dieser Mann, ein Hauptmann Krull, erlaubte dem Rekruten Schweitzer oft, sich nach Dienstschluß aus der Kaserne zu entfernen, in sein büchergefülltes Stiftsstübchen zurückzukehren und sich oft erst am anderen Mittag wieder bei der Truppe zu melden. Besonders an den Tagen, wenn Windelband las, dessen Kolleg meist vormittags um 11 Uhr stattfand, durfte Schweitzer, statt dem preußischen Staat zur Verfügung zu stehen, zuhören, was der beredte Professor über den Idealstaat von Plato vorzutragen hatte.

Ging es allerdings hinaus aus der Stadt zu Feldübungen, dann war eine solche Sonderbehandlung unmöglich. Aber auch im Manöver pflegte der Rekrut Schweitzer sich abzusondern. Er hatte ein griechisches Neues Testament im Tornister, und sobald die Truppe irgendwo rastete, holte er, unbekümmert um den Hohn mancher Kameraden, das schwarzgebundene Bändchen aus seinen Sachen, um darin zu lesen. Oft, wenn die anderen Soldaten sich vor Müdigkeit kaum mehr aufrecht halten konnten, saß Schweitzer wie gewohnt noch viele Stunden über seinen Bibeltexten. Das war, nach besonders anstrengenden Märschen, eine Bravourtat, die allmählich den Spöttern der Kompanie Respekt abforderte. Ja, sie kamen schließlich sogar mit ihren Glaubenszweifeln und Weltanschauungsfragen zu dem jungen Kameraden, der bei all seiner angestrengten Studiererei so gar nicht dem blassen Strebertyp glich, mit dem sie ihn anfangs verwechselt hatten.

Es war nicht nur Fleiß, der den Neunzehnjährigen zu so intensivem Bibelstudium trieb. Es war mehr: die gleiche Leidenschaft, die ihn schon als Gymnasiasten angetrieben hatte, nichts als selbstverständlich anzunehmen, alles was er hörte, sah oder las, so genau zu durchdenken und zu überprüfen, als habe vor ihm niemand sich je dieser Materie angenommen. Diese Passion zum gründlichen, unbeeinflußten Überprüfen und eigenem Urteilsschluß brachte er jetzt den Evangelien entgegen.

Und siehe da, an einem Ruhetage im Dörf'ein Guggenheim geht ihm, im Grase liegend, bei einer Lektüre des elften Kapitels von Matthäus eine Erkenntnis auf, die er zuerst gar nicht zu formulieren wagt, aber schließlich doch nicht abweisen kann. Es ist die Feststellung, daß Jesus, wenn man eine Stelle im 10. Kapitel des Matthäus nur richtig erklärt, dort seinen Jüngern etwas ankündigte, das sich dann nicht ereignete. Er sagte ihnen „große Verfolgung" und den baldigen Anbruch des überirdischen Reiches voraus. Es geschah ihnen aber nichts.

Der Rekrut grübelt.

„Wie kommt Jesus dazu, den Jüngern Dinge in Aussicht zu stellen, die sich mit dem Fortgang der biblischen Erzählung nicht erfüllen?"

Natürlich, Professor Holtzmann, so fällt ihm ein, hat dafür eine Erklärung bereit. Er hat behauptet, daß diese Ankündigung des Herrn an seine Jünger historisch nicht stichfest sei, vermutlich habe man sie erst später eingefügt.

„Aber," so fragt sich der junge Zweifler im Uniformrock wieder, „weshalb sollten spätere Christen ihrem Meister Worte in den Mund gelegt haben, die, wie sie bereits wußten, sich nicht erfüllt hatten? Das ist doch unwahrscheinlich, das kann doch nicht stimmen!"

Hat der hochangesehene Professor Holtzmann sich in

seiner Interpretation getäuscht? Der neunzehnjährige Theologiestudent scheut verständlicherweise vor einer solchen Feststellung zuerst zurück. Wie kann er, der Anfänger, das Urteil eines in der ganzen Gelehrtenwelt geachteten Mannes bezweifeln? Welche Vermessenheit! Und weshalb nicht? Geht es nicht vor allem darum, nach Wahrheit zu forschen? Und kann nicht selbst ein anerkannter Theologe sich irren? Der Student Schweitzer hat doch gerade an der Universität in den Vorlesungen der Koryphäen immer wieder vernommen, wie sie die Ansichten ihrer berühmten Vorgänger haarscharf und respektlos widerlegten! „Also habe auch ich das Recht zur Kritik und zur Widerlegung —" folgert er.

Schwerer aber noch ist die nächste Folgerung, die sich Schweitzer aufdrängt: „Jesus verkündigte also nicht ein von ihm und den Gläubigen in der natürlichen Welt zu gründendes und zu verwirklichendes Reich, sondern eines, das mit dem baldigen Anbruch der übernatürlichen Weltzeit zu erwarten sei."

„Das aber", so gesteht sich der Rekrut mit einem tiefen Seufzer zu, „bedeutet, daß ich an der ganzen heute von der Fachwelt für geschichtlich angesehenen Auffassung des Lebens Jesu irre geworden bin."

Als der Einjährige Schweitzer einige Monate später eben von jenem, von ihm in den einsamen Stunden der Bibellektüre so stark angezweifelten Professor Holtzmann besonders milde geprüft wird, wagt er es noch nicht, seine neuen, das ganze Lehrgebäude der protestantischen Bibelforschung bedrohenden Folgerungen vorzutragen. Er ist geradezu beschämt von der Güte des Lehrers, der nicht ahnen kann, daß ihm hier in dem um Jahrzehnte Jüngeren nicht nur ein bewundernder Schüler, sondern auch der schärfste künftige Kritiker seines Lebenswerkes gegenübersitzt.

Von nun an wird man Albert Schweitzer nicht mehr so häufig, wie während des ersten Studienjahres, in den Hörsälen treffen. Dafür sieht man ihn fast zu allen Tagesstunden in der Stiftsbücherei oder der Universitätsbibliothek neben hohen Bücherstapeln. Seine von Tante Sophie getadelte Fähigkeit, ein Buch schnell zu lesen, kommt ihm jetzt gut zustatten.

Der Student glaubt entdeckt zu haben, daß die zünftige Theologie, aus Sorge um die religiöse Tradition, es scheinbar mit der historischen Überlieferung und Auslegung der Jesusgeschichte nicht so genau genommen hat, daß sie, wie er es selbst formuliert, statt der geschichtlichen Wahrheit ihr Recht werden zu lassen, „mit ihr in der Art verfuhr, daß sie ihr auswich, sie umbog oder sie zudeckte." So geht er nun mit Feuereifer daran, durch das Studium der heiligen Schriften seine Vermutung zu unterbauen.

Dabei plagt ihn das Bewußtsein, wie schmerzlich sich seine Thesen für die ohnehin durch den allgemeinen Zug zur Verweltlichung und zum Materialismus bedrängten Kirchen auswirken könnten.

„Habe ich das Recht, Unruhe und Verwirrung zu stiften?" fragt er sich, wenn er in den späten Nachtstunden auf seinem Stübchen im Stift in großen Umzügen sein künftiges theologisches Werk umreißt. Und es kommt ihm die Antwort aus der Erinnerung an ein Wort des Apostels Paulus, das ihm seit frühester Kindheit vertraut ist: „Wir vermögen nichts wider die Wahrheit, sondern nur für die Wahrheit."

Das gibt ihm neues Vertrauen und neue Kraft. Es ist ihm wohl manchmal wie einem Gemälderestaurator zumute. Schicht um Schicht späterer Überpinslung entfernt er geduldig, in der Hoffnung, dahinter schließlich das echte, das wirkliche Gesicht des Menschensohnes zu entdecken.

Ein solcher Drang zu unbedingter Wahrheit bricht damals fast gleichzeitig in allen bedeutenden Geistern durch. Die Entdeckung der X-Strahlen durch Röntgen im Jahre 1895, der radioaktiven Becquerel-Strahlen durch den gleichnamigen französischen Physiker im Jahre 1896 und Rutherfords im gleichen Jahre erschienene Schrift „Über die Kernstruktur der Atome" stellen jahrtausendealte Grundwahrheiten von der Materie in Frage. Freud veröffentlicht 1895 seine ersten alle bisherigen Vorstellungen von der menschlichen Seele erschütternden Ergebnisse. Es sind die Jahre, in denen die Mitteilung Carl Ludwig Schleichs über seine erfolgreichen Versuche mit örtlicher Anästhesie einen Ärztekongreß in Aufruhr versetzt, die ersten naturalistischen Dramen Gerhart Hauptmanns umjubelt und ausgepfiffen über die Bretter gehen und die geistige Welt von den Sprengungen des „philosophischen Dynamiteurs" Nietzsche durchzittert ist.

Vor allem aber werden zum ersten Male als Vorläufer künftiger Revolutionen tiefe Risse im sozialen Gebäude sichtbar: die Armut, in der noch immer Millionen von Menschen leben, wird und kann nun nicht mehr als Selbstverständlichkeit hingenommen werden. Allerseits beunruhigt man sich zwar wegen dieser „Schönheitsflecken" im Antlitz der modernen Zivilisation, aber oft scheint es, als werde zwar sehr viel von „sozialem Verantwortungsbewußtsein" gesprochen, jedoch recht wenig getan, um die Not der Armen zu lindern.

Es kann nicht wundernehmen, daß jener Albert Schweitzer, der als Kind und Jüngling das Leiden der Tiere wie eigenen Schmerz empfand, nun, da er in Städten wie Straßburg und

Paris erstmals das Elend des Vierten Standes mit eigenen Augen sieht, davon zutiefst erschüttert wird. Es ist doch eigentlich kein Wunder, so sagt er sich nun, daß die sogenannten „Proletarier" sich nicht mehr für die Kirche interessieren. Hat ihnen denn die Kirche ihre volle Aufmerksamkeit gewidmet? Der zukünftige Pfarrer ist also dabei, nicht nur im geschichtlichen Fundament des Christentums, sondern auch in der Praxis der christlichen Nächstenliebe auf Fehler und Vertuschungen zu stoßen.

Und was geschieht für die Kranken? Was tut man für die Waisenkinder? Welches Schicksal haben die unehelichen Kinder und ihre unglücklichen, verfemten Mütter? Schon in Mülhausen hat er sich manchmal ähnliche Fragen gestellt, wenn er durch Gespräche mit anderen Schülern etwas von der „dunklen Seite" des Lebens erfuhr, von Ehebruch und Betrug, Diebstahl und Gewalttat. Alles Erscheinungen, die er im eigenen, wohlbehüteten Familienkreise natürlich nie kennenlernte.

Aufatmend entflieht Albert Schweitzer jedesmal der Stadt mit ihren Elendsvierteln, wenn es am Sonntag oder zu den Ferien zurück ins elterliche Pfarrhaus nach Günsbach geht. Dort ist anstelle der Sorgen um Geld und Gesundheit seit ein paar Jahren eine Art bescheidenen Wohlstandes eingezogen. Eine entfernte Verwandte hat dem Pfarrer Schweitzer ihr kleines Vermögen vererbt. Und da ein gutes Ding bekanntlich nie alleine kommt, hinterließ ein Günsbacher sein schönes, bequem eingerichtetes Haus der protestantischen Gemeinde, damit der Pfarrer endlich eine anständige Amtswohnung erhalte, statt des dunklen feuchten Hauses, das bisher genügen mußte.

Die so schwache Gesundheit des Seelsorgers von Günsbach hat sich denn auch schnell gebessert, und die verschlossene, ernste Pfarrersfrau zeigt sich, seit ihre Sorgenlast leichter wurde, von einer nie gekannten stillen Heiterkeit.

Wie froh ist die Stimmung in dem von Glyzinien violett umrankten Pfarrhaus, wenn der Albert wieder einmal mit seinen Freunden angeradelt kommt! Dann wird der Eßtisch ausgezogen, denn die jungen Leute, die so asketisch ernst aussehen, wenn sie im Pfarrgarten über die Welträtsel diskutieren, haben einen ordentlichen Hunger mitgebracht, und der aus der Küche dringende Geruch von Braten und echtem elsässischen „Quetschenkuchen" regt den Appetit noch mehr an. Sind es gar zu viele dieser mageren Bürschlein, die der älteste Sohn diesmal mit nach Hause brachte, oder sind noch Verwandte aus Mühlbach und Freunde aus Münster gekommen, so wird im Hof schnell eine lange Tafel gedeckt. Natürlich schreibt sich jeder ins Gästebuch ein, auf dessen vorderster Seite zu lesen steht: „Gastfrei zu sein vergesset nicht, denn manche haben schon ohne ihr Wissen Engel beherberget". Zur großen Verlegenheit des Pfarrers hat sein skeptischer Bruder, der Pariser Bankier, darunter geschrieben: „Bei anderen ist der Teufel eingezogen" und zwar mit so kräftiger Feder, daß trotz aller Radierversuche des Geistlichen der Spruch zu lesen bleibt.

Es ist Tradition bei der Pfarrfamilie, daß sie am Sonntagnachmittag mit allen Gästen, dem Gesinde und den Haustieren hinaus zu einem verträumten Wiesengrund gleich hinter dem Dorf spaziert. Welch ein Frieden waltet über diesem schönen Flecken Erde, wie sehr fühlen sich auch die Gäste aus der Stadt von ihm ergriffen! Ist es Frühjahr, so knospet hier alles, ist der Sommer da, so stehen die weiten gras- und blumenbewachsenen Hänge in Blüte, im Herbst ist der Weg mit aufgeplatzten Kastanien, bunten Weinblättern und dem leichten, hellbraunen Laub der Nußbäume übersät, im Winter ist es, als sei das Tälchen erleuchtet von den kerzengeraden, schneeweißen Tannen.

Am Abend wird dann noch lange am Klavier musiziert und zweistimmig und dreistimmig gesungen. Der Herr Pfarrer liest seine neueste Kalendergeschichte vor, und zu Mitternacht klettert wohl der Albert dann noch, gefolgt von allen, die nicht schon müde sind, auf den Sitzbock der Kirchenorgel, um ein letztes „So lobet alle den Herrn" anzustimmen.

Am Morgen nach einem solchen herrlichen erfüllten Tag, einem Pfingstmorgen des Jahres 1896, überfiel den einundzwanzigjährigen Theologiestudenten Albert Schweitzer die Einsicht: „Mein Glück ist groß. Meine Familienverhältnisse sind ideal. Ich darf an der Universität studieren, ich vermag sogar einiges als Künstler zu leisten und darf vieles Herrliche genießen. Ich bin gesund und stark. Kann ich aber all das als etwas Selbstverständliches hinnehmen? War vielleicht der Blitzstrahl, der vorigen April das Gotteshaus von Günsbach traf und die Orgel fast ganz zerstörte, eine Mahnung an mich?"

Draußen vor den Fenstern hört er die Vögel jubeln und den kleinen Springbrunnen sprudeln. Er grübelt, wie schon so oft, nach über das Elend in der Welt, das so viele gefangen hält. Ihnen etwas vom eigenen Glücke geben — das sollte man tun. Dienen, nicht nur nachdenken und reden. Wirklich sich für die Leidenden einsetzen, ganz und gar mit Haut und Haaren. Das muß es wohl sein, was der Herr meinte, als er sagte: „Wer sein Leben will behalten, der wird es verlieren, und wer sein Leben verliert um mein und des Evangeliums willen, der wird es behalten."

Da aber setzen die Bedenken ein.

„Was werden meine Eltern sagen, die so viele Opfer für mich brachten, wenn ich nun mein Studium aufgebe, um alle meine Kraft den Armen und Beladenen zur Verfügung zu stellen? Was werden meine Gönner und Freunde von mir denken, die Großes von mir erwarten?"

Und die Stimme des Meisters antwortet:

„Wenn du ein Mittags- und Abendmahl machst, so lade nicht deine Freunde, noch deine Brüder, noch deine Gefreunden, noch deine Nachbarn, die da reich sind. Sondern wenn du ein Mahl machst, so lade die Armen, die Krüppel, die Lahmen, die Blinden."

„Ich kann aber nicht sofort diesen schweren Weg gehen", gesteht Albert Schweitzer, der willige, aber schwache Jünger des Herrn. „Noch bin ich zu jung. Noch möchte ich etwas von dem großen Glück auskosten. Bis zum dreißigsten Jahre werde ich der Wissenschaft und der Kunst leben. Dann aber gehöre ich den Elenden, denen, die im Dunkel wandeln müssen."

Mit diesem Entschluß erhebt er sich vom Bett.

An diesem schönen Frühlingstage war Albert Schweitzer ausgelassener als irgendein anderer von der großen Pfarrfamilie und ihren Gästen, aber er sprach zu niemandem von seinen neuen Plänen.

V.

NEUN JAHRE DER UNRUHE

„HEUTE ist es mir unverständlich, wie wenig wir ihn bewunderten. Er mußte sich oft genug seiner Haut wehren, denn man war unbarmherzig kritisch miteinander."

So beschreibt Elly Heuss-Knapp, die spätere Gattin des deutschen Bundespräsidenten, die Einstellung der nächsten Freunde zu dem vom Jüngling zum Manne reifenden Albert Schweitzer der Straßburger Jahre. Neun Jahre hatte er sich an jenem Pfingstmorgen des Jahres 1896 noch erlaubt, die der Vervollkommnung seines Wissens und seiner künstlerischen Fähigkeiten gewidmet sein sollten. Fast ein volles Jahrzehnt, in dem er so viel lernen und lehren, lesen und schreiben wollte, wie sonst nur selten ein anderer Mensch in einem ganzen Leben. Denn dann, vom dreißigsten Jahre an, würde er, getreu seinem Gelöbnis, nicht mehr sich selbst gehören, sondern sein Leben einer anderen, höheren Aufgabe opfern.

Aber außer ihm selbst ahnte ja niemand von diesem heimlichen Entschluß Albert Schweitzers, und so erschien den Außenstehenden die vielfältige, fieberhafte Tätigkeit des Pfarrerssohnes aus Günsbach unheimlich, ja geradezu verdächtig.

„Er weiß nicht, was er will", sagte man wohl damals bei den Kommilitonen. „Weshalb geht er nicht einen bestimmten Weg geradeaus? Warum strebt er zugleich in alle Himmelsrichtungen, weshalb versucht er so viel Verschiedenes auf einmal?" Und das waren noch die höflicheren Urteile, die man über den „Hansdampf Schweitzer in allen Gassen" vernahm. Die meisten Äußerungen waren härter. „Er drängt sich überall ein", meinten die Neider. „Er ist ein geistiger Vielfraß", hieß es an manchen Stammtischen. „Ach", sagten die braven Karrieremacher, die auf den schnellsten, kürzesten und bequemsten Straßen zu Amt, Würde und Vermögen gelangen wollten, „Schweitzer? Ein ältlicher Jüngling, der leider ein wenig um seinen Verstand gekommen ist."

Nun ja, so mag es sich von außen her schon angesehen haben. Was seither als „frühe Genialität" erkannt worden ist, erschien damals oft nur als „Zerfahrenheit". Denn man konnte sich in jenen Tagen ja nicht vorstellen, daß dieser große Bauernbursch die vielen Dinge, die er gleichzeitig begann, alle zu einem guten Ende führen werde. Daß er die jeweiligen mündlichen Prüfungen, die er ablegen mußte, meist nur gerade so knapp bestand, gab denen, die bedenklich die Köpfe schüttelten, scheinbar recht. Andererseits sprach es sich auch wieder herum, daß „der Schweitzer" in seinen schriftlichen Examensarbeiten doch recht beachtliche Leistungen vollbrachte. Die Art, wie er das Thema der zum theologischen Staatsexamen vorgeschriebenen These über „Schleiermachers Abendmahlslehre verglichen mit den im Neuen Testament und in den reformatorischen Bekenntnisschriften niedergelegten Auffassungen" anpackte, war ungewöhnlich und — so hörte man — doch durchaus auf solidem Wissen gegründet.

Kaum hatte Schweitzer diese erste theologische Prüfung bestanden, da stürzte er sich in das Studium der Philosophie. Sein geliebtes Zimmer im Stift mußte er in diesem Sommer 1898 allerdings vorübergehend aufgeben. Der Zufall wollte es, daß die „Bude" in der Fischgasse, die er sich nahm, ein Jahrhundert zuvor von einem berühmten Reisenden namens Johann Wolfgang Goethe bewohnt worden war.

Ein Ansporn war es, daß Schweitzer durch Fürsprache seines Lehrers Professor Holtzmann das Gollsche Stipendium von jährlich zwölfhundert Mark erhielt. Der Stifter hatte allerdings die Bedingung festgelegt, daß der Empfänger dieser Studienbörse entweder in einem bestimmten, recht knapp bemessenen Zeitraum den Grad eines Lizenziaten der Theologie erwerben müsse oder aber verpflichtet sei, die während dieser Zeit empfangenen Beträge zurückzuzahlen.

Einen anderen hätten die recht harten Bedingungen dieses Stipendiums wahrscheinlich entweder zurückgeschreckt oder aber veranlaßt, sich nun ganz in die jahrelange Vorbereitung dieser zweiten großen theologischen Prüfung zu stürzen. Schweitzer tat nichts dergleichen. Er schien zur Überraschung seiner Freunde und heimlichen Schadenfreude seiner Kritiker vorübergehend sogar die Theologie ganz beiseite zu schieben. Dafür lud er sich andere neue Arbeit auf. Er bedrängte seinen Philosophieprofessor Ziegler, ihm doch das Thema für eine philosophische Doktordissertation zu geben.

Auf der Treppe der Universität, unter dem großen schwarzen Regenschirm Zieglers, mag sich etwa folgendes Gespräch entsponnen haben:

„Wollen Sie nun eigentlich Theologe oder Philosoph werden, Schweitzer?"

„Beides, Herr Professor. Gehören denn nicht die Lehre Gottes und die Weltanschauungen der großen Denker letztlich zusammen?"

„Das würden meine meisten Kollegen ableugnen, aber Sie haben Glück, daß ich auch ursprünglich einmal in Tübingen Stiftsschüler und Theologe war. Ich hätte da vielleicht ein Thema gerade zu diesem strittigen Punkt. Wie wäre es, wenn Sie sich mit Kants Religionsphilosophie etwas näher befassen wollten?"

„Gern, Herr Professor, Sie kennen ja meine Vorliebe für die Philosophen des achtzehnten Jahrhunderts."

„Eine Frage noch, Schweitzer. Übernehmen Sie sich nicht etwas? Schlafen Sie auch manchmal?"

„Schlafen, Herr Professor? Das ist doch Nebensache!"

Wirklich — Albert Schweitzer hatte damals eine so robuste Gesundheit, daß er fast ohne Schlaf auszukommen vermochte. Ab Oktober 1898 finden wir ihn in Paris, offiziell als Student der Philosophie an der Sorbonne, in Wahrheit aber viel mehr mit seinem dritten Studium beschäftigt, das ihm oft noch wichtiger zu sein scheint als Theologie und Philosophie: der Musik. Wenn er am frühen Vormittag sein Zimmer verläßt und zu seinem verehrten Meister Widor in die Orgelstunde geht, dann ist das Bett oft noch unberührt. Manchmal kommt Schweitzer um elf oder um Mitternacht von einem geselligen Abend in seine „Bude" zurück, dann wird die Arbeitslampe angezündet und bis in die Morgenstunden gelesen. Nach einem geschwinden kalten Fußbad trinkt er dann in der frühen Dämmerstunde zusammen mit verspäteten Nachtvögeln und Arbeitern auf dem Wege zur Arbeit am „Zinc" des nachbarlichen „Bistro" schnell einen starken Kaffee. Wie warm und befeuernd das dunkle süße Getränk durch die Adern rollt! Nun schnell zurück an den Arbeitstisch, um ein paar Seiten an der Doktorarbeit zu schreiben, bis schließlich der Lärm von der Straße lauter wird und die Sonne im Zimmer steht. Geschlafen? So gut wie gar nicht, höchstens mal ein Viertelstündchen über der Arbeit eingenickt. Herrlich ist dieser junge Pariser Morgen, wunderbar dieses Kraftgefühl nach durchwachter, durchrungener und durch erfolgreiche Arbeit gekrönter Nacht.

Trotz aller Anstrengung fühlt sich Schweitzer nach solchen Parforcetouren noch erstaunlich frisch. Das ist der Stein der Weisen, die Feengabe, die man sich mehr wünschen sollte als Reichtum: „Unverbraucht durchs ganze Leben gehen."

Widor merkt seinem Lieblingsschüler die durchwachte Nacht nicht an. Wie immer ist Schweitzer aufmerksam und gut gelaunt.

„Nun, wie geht es unserem Versuchskaninchen?" erkundigt sich der Meister.

„Ich lebe noch", erwidert Schweitzer lachend, „aber wenn ich eines Tages nicht zu gewohnter Stunde erscheine, wissen Sie ja, was inzwischen mit mir geschehen ist."

„Was denn?"

„Ich habe aus Scham und Schande Paris bei Nacht und Nebel verlassen. Entweder, weil Madame Jaell daraufgekommen ist, daß ich wie Meister Philipp Klavier spiele, oder weil Maître Philipp mich dabei überrascht hat, daß ich die Tasten „à la Jaell" anschlage. Können Sie sich eine größere Katastrophe vorstellen?"

Die Tatsache, daß Schweitzer außer dem Orgelunterricht noch bei zwei berühmten, aber in ihren Methoden streng entgegengesetzten, ja geradezu verfeindeten Lehrern Klavierunterricht nimmt, amüsiert Widor ungemein.

„Aber ich versichere Sie, Maître, die Jaell hat wirklich etwas Interessantes herausgefunden. Sie ist eine geniale Frau. Ihre Behauptung, daß sie mit ihrer Methode sogar unmusikalische Menschen musikalisch machen könne, scheint mir zwar zumindest etwas übertrieben, aber tatsächlich ist mein Anschlag viel differenzierter geworden, meine Finger sind tastempfindlicher, die Klangfarben kommen persönlicher heraus. Gestern war wieder dieser Physiologe Féré während der Stunde dabei. Er hat meine Hände angeschaut, betastet und auf ihnen herumgeklopft, als seien es ein Paar weiße Laboratoriumsmäuse."

„Nun, vergessen Sie das alles wieder, lieber Schweitzer! Orgelspielen ist etwas ganz anderes, erstrebt genau das Gegenteil. Das persönliche Gefühl des Organisten muß zurücktreten. Orgelspielen heißt, die Ewigkeit schauen. Dem hat sich der Organist unterzuordnen."

Manchmal sitzt als beinahe stummer Teilnehmer bei diesen Unterrichtsstunden auch ein älterer Herr mit einer kleinen dunklen Kappe auf dem Kopf dabei. Er lauscht dem Spiel des alten und des jungen Meisters. Während sie sich unterhalten, streicht er mit einer beinahe liebenden Gebärde über die Konsole. Das ist Aristide Cavaillé-Coll, der große Orgelbauer. Er gehört noch zu jenen echten Handwerksmeistern, denen die Vollkommenheit ihres Werkes mehr bedeutet als Verdienst. Gefällt ihm oder einem seiner Mitarbeiter auch nur das kleinste Detail an einer Orgel nicht, so läßt er von vorne anfangen, bis die erstrebte Vollkommenheit erreicht ist.

Aber für solche kostspielige Bestrebungen hat die neue Aera nicht mehr viel übrig. Monsieur Cavaillé-Coll findet so oft Zeit, seinem Gönner Widor und dem jungen Monsieur Schweitzer zuzuhören, weil er kaum noch Auftraggeber finden kann. Alle Welt will jetzt nur immer größere, immer mächtigere Orgeln, gebaut in der Fabrik, versehen mit allerlei neuen technischen Spielereien, die durch einen technischen Trick fünfzehn Stimmen für den Uneingeweihten so mächtig klingen lassen, wie die fünfzig Stimmen einer soliden „alten Orgel". Immer wieder kommen die drei Orgelfreunde auf diese betrüblichen neuen Tendenzen zu sprechen.

„Ihre Orgel wird noch mit ihrer zauberhaften Schönheit die Menschen ergötzen, bis einst Paris wie Babel ein Trümmerhaufen geworden ist", tröstet Schweitzer den alten Orgelbauer. „Der wahre Künstler muß der Zeit trotzen. Noch die Engel des jüngsten Gerichts werden auf den guten alten Orgeln das Gloria spielen. Aber die neuen Orgeln? Ein Sandkörnchen genügt manchmal schon, um sie unbrauchbar zu machen."

Daß nicht alles gut ist, was neu erfunden wurde, daß die moderne Entwicklung, bei aller Zunahme an Wissen und Können, nicht immer Fortschritt, sondern oft Rückschritt mit sich bringt, ja beginnenden Verfall und kommenden Untergang andeutet, das ist eine Überzeugung, zu der sich Albert Schweitzer gerade während dieser letzten Jahre des neunzehnten Jahrhunderts immer deutlicher durchrang. Diese, dem optimistischen, fortschrittsfrohen Geist der Zeit durchaus entgegengesetzte Auffassung, hat sich ihm erstmals mit aller Deutlichkeit aufgedrängt, als er im Herbst 1896 auf der Rückreise von den Bayreuther Festspielen in Stuttgart Station machte, um die neue Orgel der dortigen Liederhalle zu hören, die als ein Meisterwerk moderner Orgelbautechnik gepriesen wurde.

Aber als der Organist Lang von der Stiftskirche dem jungen Orgelenthusiasten dieses „siebente Wunder" vorführte, war er entsetzt. Laut war es schon, das neue Instrument, aber die einzelnen Stimmen verschwammen ineinander. Das feine Ohr Schweitzers vernahm nur ein Tonchaos. „Die mageren Töne fressen die fetten, wie bei den pharaonischen Kühen der Bibel", dachte er. „Ein gut vorgetragenes Orgelkonzert muß schmecken wie gutgekochter Reis. Wie man dort jedes Körnchen noch spürt, so muß hier jeder Ton zu hören sein. Welch ein greulicher Papp wird mir da aber aufgezwungen."

Am liebsten wäre er aufgesprungen und fortgegangen. Nur Höflichkeit hielt ihn an seinem Platz.

Aber von jenem Tage an hat Schweitzer zuerst in Gesprächen, dann in Briefen und Eingaben für die unverbildete alte Orgel, gegen die lauten aufgeblasenen „Musikmaschinen" gefochten. „Dem Kampf um die wahre Orgel habe ich viel Zeit und viel Arbeit geopfert", schreibt er später in seinem Buch „Aus meinem Leben und Denken". „Gar manche Nächte verbrachte ich über Orgelplänen, die ich zu begutachten oder zu überarbeiten hatte. Gar manche Fahrten unternahm ich, um die Fragen zu restaurierender oder neu zu erbauender Orgeln an Ort und Stelle zu studieren. In die Hunderte und Hunderte gehen die Briefe, die ich an Bischöfe, Dompröpste, Konsistorialpräsidenten, Bürgermeister, Pfarrer, Kirchenvorstände, Kirchenälteste, Orgelbauer und Organisten schrieb ... Und wie oft waren soundso viele Briefe, soundso viele Reisen zuletzt umsonst, weil sich die Betreffenden dennoch für die auf dem Papier so reich anmutende Fabrikorgel entschlossen."

Nicht ganz fünf Monate weilte Albert Schweitzer damals in Paris. Trotz seiner so intensiven „Nebenbeschäftigung" mit der Musik, seiner regen Anteilnahme am geistigen und gesellschaftlichen Leben der französischen Hauptstadt, kehrte er Mitte März 1899 nach Straßburg mit der fertigen philosophischen Doktorarbeit im Koffer zurück. Es war ein Werk von über dreihundert Seiten geworden. Verärgert über den bürokratisch schwerfälligen Betrieb der Pariser Nationalbibliothek, hatte Schweitzer, nach ein paar Besuchen im großen Lesesaal an der Rue de Richelieu, beschlossen, nichts von dem zu lesen, was andere über das Thema seiner Dissertation, die Religionsphilosophie Kants, geschrieben hatten, und sich dafür um so konzentrierter mit dem Originaltext der Kantschen Werke zu befassen. Diese peinlich genaue Textkritik ermöglichte ihm die Entdeckung, daß Kant eine frühere religionsphilosophische Arbeit in seine berühmte „Kritik der reinen Vernunft" nachträglich eingeflickt hatte. Auf Grund dieser Feststellung konnte Schweitzer neue Erkenntnisse über das Verhältnis Kants zur Religion vorlegen. Diese interessante und von wachem, selbständigem Denken zeugende Arbeit fand die volle Zustimmung Professor Zieglers, der dem Verfasser vorschlug, zum Ende des Sommersemesters in die Doktorprüfung zu steigen.

Nach dieser für ihn so günstigen Nachricht seines Philosophieprofessors hält es Schweitzer nun im April 1899 nicht mehr in Straßburg. Bevor er ins große Examen hineingeht, will er doch endlich einmal in die „andere Hauptstadt" der Elsässer reisen: nach Berlin. Es ist eine Fahrt, die er voller Neugier, aber auch mit einer gewissen Furcht unternimmt. Berlin, die aufstrebende Hauptstadt des deutschen Reiches, flößt ihm, wie so vielen Europäern, die westlich des Rheins und südlich des Mains leben, zugleich Respekt und Mißtrauen ein, denn hier scheinen zwei der zweifelhaftesten „Errungenschaften" der jüngsten Zeit sich besonders deutlich zu offenbaren: der waffenstolze Nationalismus und der grenzenlose Optimismus einer auf ihren industriellen Fortschritt stolzen Gesellschaft.

Tatsächlich findet der junge Pastorensohn auch zunächst das, was er in Berlin erwartete: eine ihm ganz neuartige Hast, eine herbe sachliche Atmosphäre, in der die Menschen vor allem nach ihrer Leistung beurteilt werden, und hineingewoben in diesen harten, militärisch disziplinierten Rhythmus der Arbeit, die Fanfaren der Regimentsmusik, die regelmäßigen, beinahe maschinengleichen Takte der marschierenden Truppe. Es klingt wie eine Ouvertüre des nächsten, des zwanzigsten Jahrhunderts, über dem sich in Kürze der Vorhang heben wird.

Aber neben diesem selbstbewußten, vorwärtsstrebenden Berlin, das unter dem Motto „Wie herrlich weit haben wir es gebracht" die Zukunft erobern will, gibt es das andere, nachdenklichere, weniger gedankenlos hoffnungsfreudige Berlin der Denker, der Dichter, Literaten, Musiker und bildenden Künstler. Auch mit ihm trifft Albert Schweitzer zusammen. Der Organist der Kaiser-Wilhelm-Gedächtniskirche, Professor Reimann, führt ihn in jene Kreise ein; vor allem aber ist es die Witwe des Hellenisten Ernst Curtius, die ihn in ihrem Salon mit führenden Männern des deutschen Geisteslebens zusammenbringt.

Bei einer solchen Gelegenheit empfängt Schweitzer eine der entscheidenden Anregungen seines Lebens.

Es ist einer jener wunderbaren Berliner Sommerabende. Man sitzt im Hause Curtius beieinander, und wie der lange

Tag zu Ende geht, da die antiken Skulpturen des verstorbenen Professors ihre großen, schwarzen, erdrückenden Schatten über die im Raume Versammelten und die bis hoch zur Decke reichenden Bücherrücken werfen, da sagt irgendeiner aus dem Dunkel heraus: „Ach was! Wir sind ja doch alle nur Epigonen!"

Das Wort zündet bei Schweitzer. Alles was er in den letzten Jahren schon an Kritik und Widerspruch zur Zeitentwicklung in sich aufgestapelt hat, fängt Feuer. Als „Epigonen", schwache Nachkömmlinge, schlechte Verwalter eines großen geistigen Erbes — so hatte er seine Zeitgenossen schon seit einiger Zeit empfunden, ohne es klar formulieren zu können. „Von jenem Abend im Hause Curtius an war ich, neben allen anderen Arbeiten, innerlich mit einem Werk beschäftigt, das ich ‚Wir Epigonen' nannte", schrieb Schweitzer später in seinen Erinnerungen. Er fügt hinzu: „Manchmal gab ich Gedanken desselben vor Freunden preis, die sie in der Regel nur als interessante Parodien und Manifestationen eines ‚Fin de Siècle-Pessimismus' auffaßten. Daraufhin verschloß ich mich vollständig."

Einmal mehr war der junge Albert Schweitzer also auf das Unverständnis seiner Umgebung gestoßen. Nur wenige gab es, die sich damals wie er Sorgen um die Menschheit dieses neuanbrechenden Jahrhunderts machten. „Wer Bedenken äußerte, wurde erstaunt angesehen", berichtete Schweitzer rückblickend im Jahre 1921, über jene Zeit. „Manche, die auf dem Wege zum Irrewerden waren, hielten inne und lenkten wieder auf die große Straße zurück, weil sie vor dem abseits führenden Pfade Angst hatten. Andere wandelten ihn, aber schweigend. Die Einsicht, die an ihnen arbeitete, weihte sie der Vereinsamung."

Im Grunde mißverstanden, verkannt und vereinsamt —
das ist inmitten eines Wirbels von Aktivität der Albert
Schweitzer jener unruhigen neun Lern- und Wanderjahre
zwischen 1896 und 1905. Gewiß, rein äußerlich scheint alles
ausgezeichnet, ja geradezu glänzend zu gehen. Die mündliche
Philosophieprüfung hat er bestanden und der frischgebackene
Doktor wird nun von seinem Professor ermutigt, sich als Do-
zent der Philosophie zu habilitieren. Schweitzer entscheidet
sich aber für die Theologie, statt für die „kraftlos gewordene,
ein Rentnerdasein führende Philosophie" und nimmt eine
Vikarstelle an der Kirche Sankt Nicolai an. Hier hatte schon
der Lieblingsbruder seiner Mutter, sein verstorbener Onkel
Albert, nach dem er benannt wurde, gepredigt. Gleichzeitig
bereitet Schweitzer seine weiteren Theologieexamen vor,
arbeitet in seinem zurückgewonnenen Studentenzimmer im
Thomasstift, von hohen, auf dem Boden gestapelten Bücher-
türmen umgeben, an Studien über das Abendmahl und das
Leben Jesu, er spielt in der Sankt Wilhelmskirche Orgel, beginnt auf Anregung seines Lehrers Widor einen Aufsatz über
Bach, der unversehens länger und länger wird, und allmählich Buchumfang annimmt, hält 1902 seine ersten Vorlesungen
als Privatdozent an der Straßburger Universität, amtet ab
Oktober 1903 als Direktor des Thomas-Stifts (Collegium
Wilhelmitanum), in dem er selbst eben noch als Student gelebt
hatte.

All das sind Erfolge, die den jungen Menschen schon stolz
machen können und selbst seinen Kritikern ein wenig den
Atem verschlagen. Und doch machen sie ihn nicht glücklich.
Wozu die vielen Worte? Wozu der ganze „Kulturbetrieb",
wenn es doch in Wirklichkeit die so viel wichtigere Aufgabe
gäbe, die Welt zu warnen, den „Verfall der Kultur" zu ana-

lysieren und wichtiger noch: etwas dagegen zu unternehmen! Aber wie?

Manchmal, ganz selten, tritt Schweitzer doch aus seiner Schweigsamkeit heraus und spricht von seiner inneren Besorgnis. Das geschieht vor allem in Predigten, die er als Vikar in Vertretung der beiden altgewordenen Pfarrer in den Sonntagnachmittagsgottesdiensten von Sankt Nicolai hält. Da spricht er von der schwindenden ethischen Grundlage alles Handelns, von der zunehmenden Entmenschlichung, die er mehr und mehr in allen Erscheinungen des öffentlichen und privaten Lebens zu entdecken glaubt. Diese Ansprachen sind gehaltvoll aber meist kurz und wohl auch manchmal etwas „zu hoch" für die an milden Trost gewöhnten Zuhörer. Jedenfalls erreichen den Vorgesetzten Schweitzers, Pfarrer Knittel, Beschwerden der Gemeinde, und es kommt zu einer Aussprache zwischen den beiden Männern.

Dem Pfarrer ist diese Aufgabe höchst unangenehm. Verlegen fragt der milde Gottesmann seinen jungen Gehilfen Schweitzer:

„Ja, was soll ich denn nun den Beschwerdeführern eigentlich antworten?"

„Sagen Sie ihnen doch bitte, ich sei nur ein armer Vikar, der zu reden aufhöre, wenn er nichts mehr zu sagen wisse", antwortet Albert Schweitzer bescheiden.

„Nun gut", meint der andere lächelnd. „Aber Sie müssen mindestens zwanzig Minuten predigen, damit das Gerede aufhört, Sie hätten zuviele andere Dinge im Kopf, um sich ganz Ihrem Amte zu widmen."

Neben solchen Kritikern gibt es aber einen kleinen Kreis von Schülern und Freunden Schweitzers, die seine Predigten als etwas ganz Neues, Frisches, zum Nachdenken und zur Ein-

kehr Anregendes betrachten. Sie pflegen diese kirchlichen Ansprachen zum Ausgangspunkt mancher Diskussion im gast-
lichen Hause des Universitätsprofessors Knapp zu machen,
der einmal in der Woche, am Sonnabendnachmittag von zwei
bis vier Uhr, „offenes Haus" für die Freunde und Kameraden
seiner Tochter Elly hält.

Eines Tages fällt es Schweitzer auf, daß ein junges Mädchen immer bei seinen Predigten und den nachfolgenden Debatten anwesend ist und scheinbar auch von diesen Reden
und Konversationen stark angeregt wird, aber niemals das
Wort ergreift.

„Und was halten Sie eigentlich von meinen Predigten,
Fräulein Bresslau?" erkundigt sich Schweitzer herausfordernd
bei der Schweigenden.

„Sie lassen stilistisch viel zu wünschen übrig", antwortet
sie trocken. „Ihr Deutsch klingt manchmal so holprig, als sei
es wörtlich aus dem Französischen übersetzt..."

„Wirklich? das müssen Sie mir einmal zeigen..."

„Gern, Herr Vikar..."

Und so beginnt die ebenso schöne wie ungewöhnliche Lie-
besgeschichte zwischen Albert Schweitzer und Helene Bresslau.

VI.

DER GROSSE ENTSCHLUSS

„DAS IST jetzt die vierte Fassung meines Briefes an Sie, und ich will nur hoffen, daß Sie nun mit Stil und Grammatik zufrieden sind . . ." So etwa stand es in dem ersten Liebesbrief zu lesen, den Albert Schweitzer an Helene Bresslau schrieb. Veröffentlicht worden sind diese seltsamen Liebesbriefe nie, und sie werden wohl auch geheim bleiben, da Schweitzer aus prinzipiellen Gründen so wenig wie möglich über sein Privatleben mitteilen will. Aber unter Freunden haben die beiden später doch gelegentlich einiges über ihre ungewöhnliche Romanze erzählt, die so gar nicht ins übliche Schema paßt.

Sie kannten einander schon lange, bevor Schweitzer die um vier Jahre Jüngere, die den Stil seiner Predigten kritisiert hatte, aufforderte, sich seines dialektdurchsetzten Deutsch etwas anzunehmen. Aber es war vorher nie zu einem näheren oder gar herzlichen Kontakt zwischen den beiden gekommen.

Dazu waren diese zwei Menschen ihrer Herkunft nach

eigentlich viel zu verschieden voneinander. Helene Marianne
Bresslau kam aus der Großstadt. Sie war in Berlin geboren
und bis zu ihrem elften Jahr dort aufgewachsen. Ihr Vater,
Harry Bresslau, damals bereits ein in den Fachkreisen ganz
Europas berühmter Historiker, stammte aus einer angesehenen
jüdischen Kaufmannsfamilie, hatte aber, wie es so viele
Juden des gehobenen Bürgertums taten, seine Tochter taufen
lassen. Als einer der Pioniere der urkundlichen Erforschung
des deutschen Mittelalters und unermüdlicher Mitarbeiter der
„Monumenta Germaniae Historica", glaubte Harry Bresslau, man werde ihn und seine Familie stets als „guten Deutschen" ansehen, ja er ließ sich wohl aus Begeisterung für das
Deutschtum an die Grenzuniversität Straßburg versetzen, die
auf kulturellem Gebiet den immer noch starken französischen
Einfluß zurückdrängen sollte. Um so schmerzlicher muß es für
ihn und seine Tochter gewesen sein, wenn die Kinder der in
Straßburg garnisonierten preußischen Offiziere dem zarten
dunkeläugigen Kind im Zorn höhnisch „Judenmädel!" nach-
riefen.

Begegnet waren sich Helene Bresslau und Albert Schweitzer
zum ersten Male in einer fast menschenleeren protestantischen
Kirche Straßburgs. Hier pflegte Schweitzer in den wenigen
freien Stunden, die ihm blieben, auf der Orgel zu üben. Die
junge Lehramtskandidatin Bresslau, die von diesem Vorrecht
des Studenten Schweitzer nichts wußte, war zu dieser Stunde
gerade dabei, mit Kindern, die sie als Fürsorgerin und Sonn-
tagsschulhelferin betreute, Kirchenlieder einzustudieren. Als
nun die silbernen Klänge einer Variation über ein Bach'sches

Thema durch den Raum tönten, mag sie sich über diese Unterbrechung zuerst geärgert haben. Aber dann packten sie wohl die Klarheit des Spiels, die ruhige, meisterhafte Vollendung des Vortrages und gewannen sie für den unsichtbaren Organisten.

„Die Musik war immer unser bester gemeinsamer Freund", pflegte Helene Bresslau später über ihre Beziehung zu Schweitzer zu äußern. Sie hätte fortfahren können: „Die Grammatik war immer unser gemeinsamer Feind." Wieviele Stunden, Hunderte und Hunderte, müssen es gewesen sein, die Helene über der Prosa ihres Freundes verbrachte. Die war so stark, aber auch so struppig und manchmal so schwer zu bändigen wie das Haar, das der Kinderfrau des kleinen Albert soviel Mühe verursacht hatte. Helene verstand sehr schnell, daß es keinen Sinn gehabt hätte, ja geradezu ein Fehler gewesen wäre, wenn sie Schweitzers Worte über den Kamm des üblichen korrekten Stils geschoren hätte. Nein, seine urwüchsigen Vergleiche aus dem Landleben, seine kräftigen Worte, seine Vorliebe für gemütvolle Anekdoten, ja sogar gewisse typisch elsäßische Redewendungen wollte sie ihm ruhig lassen und nur ausgesprochene Unschönheiten oder Fehler wegschnipseln.

Obwohl Albert Schweitzer durchaus nicht zu den „eitlen Autoren" gehört, muß ihm doch die herbe Kritik der jüngeren Professorentochter manchmal sehr wehgetan haben. Ihre gemeinsamen Sitzungen über den Texten seiner nächsten Predigt, den handgeschriebenen Manuskripten oder gedruckten Korrekturbogen, mögen daher nicht immer ganz friedlich verlaufen sein. Helene Bresslaus Veranlagung zu spitzem Tadel und Albert Schweitzers Neigung zum Jähzorn paßten zueinander wie Zündholz und Zunder. So brannte es manchmal lichterloh. Aber war nicht Schweitzers eine Wesensseite dem unerbittlichen Stichler Sokrates zugeneigt? Und liebte nicht Helene Bresslau die echte Leidenschaft, die in großer Kunst durchbricht? So „rauften sich die beiden eben zueinander", wie es wohl heißt.

Ursprünglich hatte Helene Bresslau genau wie ihre Schulkameradin Elly Knapp, Lehrerin werden wollen. Sie hatte sich als Schülerin auf der von einer feinsinnigen, toleranten Frau geleiteten Lindnerschen Höheren Mädchenschule ausgezeichnet, bestand schon mit achtzehn Jahren ihre Prüfung im Lehrerinnenseminar, nahm aber dann nur gelegentliche Aushilfsstellen an und studierte lieber am städtischen Konservatorium Musik. Ein längerer Italienaufenthalt mit den Eltern, bei dem Professor Bresslau in ober- und mittelitalienischen Archiven herumstöberte, begeisterte sie für Malerei und Skulptur. Sie beschloß nun, vorläufig auf eine Lehrerinnenstellung zu verzichten, und begann in Straßburg Kunstgeschichte zu studieren. Faßte Helene Bresslau diesen Entschluß nicht bereits, um dem Vikar Schweitzer nahezubleiben? Plötzlich, im Herbst 1902 — es mag eine der Auseinandersetzungen mit dem schwierigen, jähzornigen Freund die Veranlassung gewesen sein — verläßt Helene ihre zweite Heimat Straßburg und reist über den Kanal nach England, um dort im Ausland eine Stelle als Lehrerin und Erzieherin anzutreten. Als sie Ende des folgenden Jahres in die „Stadt unter dem Münsterzipfel" zurückkehrt, hat sich in ihr eine tiefe Wandlung vollzogen. Musikbegeisterung, Kunstenthusiasmus, Streben nach höherer Bildung sind zurückgetreten. Nun sind es die mit dem Anwachsen des Industrieproletariats immer dringender werdenden sozialen Fragen, für die ihr in Englands Fabrikstädten die Augen aufgingen. So entschließt sie sich, zum ersten Januar 1904 bei den evangelischen Diakonissinnen einen Kursus in Krankenpflege zu absolvieren.

Es ist ein Entschluß, der auf das Leben Albert Schweitzers einen umwälzenden Einfluß haben wird. Unbeirrt durch die wachsende Anerkennung, die er sich als kritischer Theologe, als von seinen Zöglingen geliebter Stiftsdirektor, als Prediger und Orgelkünstler inzwischen zu erwerben wußte, hatte Schweitzer doch keinen Augenblick seinen Entschluß vergessen, vom dreißigsten Jahr an, dem Evangelium mit der helfenden Tat, statt nur mit der Feder und dem Worte zu dienen. Aber alle die noch tastenden Versuche in dieser Richtung, durch die er sein künftiges Betätigungsfeld zu finden hoffte, stießen auf unvorhergesehene Schwierigkeiten.

Eine seiner Lieblingsideen war es, verwaisten, verwahrlosten Kindern etwas von jener warmen, herzlichen Erziehung zu geben, die sein eigener Vater an ihm geübt hatte. „Wozu lebe ich da allein in der großen hellen Amtswohnung des Stiftdirektors?" fragte er sich. „Könnte ich nicht ein paar verlassene Kinder dort aufnehmen?"

Wohin er sich mit seinem Angebot auch wandte, man wies ihn voller Mißtrauen ab. Als aber das Straßburger Waisenhaus abbrennt, und die armen Kinder nun in besonders ärmlichen Notquartieren untergebracht werden müssen, hält Schweitzer seine Stunde gewiß für gekommen. Jetzt muß man ihn doch endlich anhören!

Er läßt sich beim Direktor dieser Institution melden und wird von dem gestrengen Herrn stehend empfangen. Kaum hat der Vikar angefangen, seinen großzügigen Vorschlag vorzutragen, da fährt ihm der Beamte dazwischen:

„Aber denken Sie doch an die Bestimmungen! Wir können schließlich unsere Kinder nicht einfach irgendwelchen Privatpersonen überlassen."

„Nun, kraft meines Amtes bin ich vielleicht doch geeignet —"

„Die Bestimmungen sind formell. Sie entschuldigen mich bitte. Ich habe seit dem Unglück, das uns traf, noch mehr Arbeit als sonst und muß mit jeder Minute geizen. Adieu!"

Nein, es ist fast hoffnungslos mit diesen Bürokraten! Aber auch die, denen man helfen will, ermutigen einen nicht gerade, ihnen weiter beizustehen. Da sind zum Beispiel die Vagabunden und die entlassenen Gefangenen. Mit ihnen kommt Schweitzer in Berührung, als er dem befreundeten Pfarrer Ernst von der Thomaskirche anbietet, ihm einen Teil seiner karitativen Tätigkeit abzunehmen. Überprüft er dann aber die Angaben der um Unterstützung Bittenden, so stellt sich in allzuvielen Fällen heraus, daß sie gelogen haben.

„Wie gar manche Fahrten zu Rade haben wir zu solchen Zwecken in der Stadt und in den Vorstädten unternommen, sehr oft mit dem Ergebnis, daß der Bittsteller dort, wo er zu wohnen angegeben hatte, nicht zu finden war", berichtet Schweitzer seiner aus England zurückgekehrten Freundin Helene Bresslau.

Und sie antwortet ihm etwas, das er sich sehr zu Herzen nimmt, ja schließlich zu seiner eigenen Anschauung macht: „Wer sich vornimmt, Gutes zu wirken, darf nicht erwarten, daß die Menschen ihm deswegen Steine aus dem Weg räumen. Alles, was uns schwerfällt, wird, wenn es einmal durchstanden ist, Gewinn."

Schweitzer, der den buschigen Kopf in Verzweiflung über dieses „Versagen" seiner Hilfsbemühungen gesenkt hatte, schaut bewegt auf. Er sieht Helene mit einem eindringlichen Ausdruck des Staunens und der Freude an. Vielleicht zum ersten Male ist ihm in diesem Augenblick der Gedanke gekommen, die treue Korrekturleserin, die unausstehliche und doch unentbehrliche Kritikerin könnte ihm einmal sehr viel mehr werden. Denn sie ist, gleich ihm, von einer anderen, einer höheren Leidenschaft besessen: dem Bedürfnis, Menschen zu helfen und selbst auf dürrem Boden, bei widrigem Klima, die Saat der Güte auszustreuen ...

Gerade an sich selbst erlebt Albert Schweitzer kurze Zeit darauf, wie die Saat der guten Tat auf unerwartete Weise in unbekannten Menschen aufgehen kann. Ein Missionar, den er nie sah und nie mehr wird treffen können, gibt seinem Suchen endlich die lang ersehnte Richtung. Er heißt Henry Chapuis, und als Schweitzer zum ersten Male von ihm hört, liegt dieser Mann schon seit einigen Monaten unter der kühlen Erde.

Als der Schlosser Henry Chapuis aus Genf im Mai 1904 an den Folgen einer Tropenkrankheit in seiner Vaterstadt starb, war er gerade achtundzwanzig Jahre alt geworden, und die wenigen Menschen, die an seinem Grabe standen, mußten sich sagen: „Schade. Wieviel hätte er leisten können, wenn er nicht so jung von der tückischen Krankheit hingerafft worden wäre."

Chapuis hatte sich zuerst im Jahre 1897 vergeblich und dann im Februar 1901 mit Erfolg der evangelischen Missionsgesellschaft angeboten, die ihn nach kurzer Ausbildung als „Handwerkermissionar" in das Gebiet des zentralafrikanischen Flusses Ogowe schickte. Kaum ein Jahr nach seiner Ankunft im schwarzen Erdteil mußte er schweren Herzens seine Gattin und sein kleines Kind nach Europa zurückreisen lassen, da sie dem mörderischen Klima des Kongogebietes nicht gewachsen waren. Bald danach spürte er die Vorläufer seiner Todeskrankheit. Von Fieber geschüttelt, kam Missionar Chapuis auf Urlaub nach Europa, um dort nach kurzer Besserung, wie so viele andere Missionare vor ihm, still und ohne Aufsehen auszulöschen.

Beim ersten Blick auf dieses kurze Leben mag es aussehen, als sei es vorzeitig seines Sinnes und seiner Wirkung beraubt worden. Aber ist ein vorbildliches, opferbereites Leben je wirklich sinnlos? Gerade im Falle des bescheidenen Monsieur Chapuis zeigt es sich, wie ein hohes Beispiel weiter und weiter wirkt, wie es Begeisterung und Nachahmung an unvermuteter Stelle entfachen kann, wie noch ein Toter durch das Wirken eines Überlebenden unendlich viel Gutes zu stiften vermag.

Das geschah so. Einer der Leiter der „Société des Missions Evangeliques de Paris", Pfarrer Alfred Boegner, schrieb für das grüngeheftete Mitteilungsblättchen der Gesellschaft einen Nachruf auf den Frühverstorbenen. Er knüpfte darin folgende Betrachtung: „Es müssen ... frische Kräfte zu der kleinen Armee stoßen, die an den Ufern des Ogowe kämpft. Wo sollen wir diese frischen Kräfte finden? ... Wo ist der junge Pastor oder der Student, der gerade mit seiner Vorbereitung fertig ist, der unseren Brüdern am Kongo den Beitrag seiner Hilfe und seiner Jugend geben will? Dieser Aufruf möge jenen zu Herzen gehen, die ihn lesen. Möge der Geist Gottes selbst das Gewissen derjenigen durchdringen ... auf denen bereits der Blick des Meisters ruht ... Der Missionar Coillard erzählte eines Tages, wie sehr es ihn beeindruckte, als er sah, wie die Unterhäuptlinge eines großen afrikanischen Königs sich auf dessen einfache Geste hin erhoben und mit dem einfachen Wort gingen: ‚Herr, ich mache mich auf den Weg.‘ Menschen, die auf den Wink des Königs einfach mit: ‚Herr, ich mache mich auf den Weg‘, antworten, dieser bedarf die Kirche.“

Jener Nachruf und Aufruf kam im Herbst 1904 dem abgespannt in seine alte Studentenbude im Thomasstift — die man ihm auch als Stiftsdirektor gelassen hatte — zurückkehrenden Albert Schweitzer unter die Augen. Er hatte fast mechanisch in einem Heftchen geblättert, das ihm ein für die Mission arbeitendes Fräulein Scherdlin, wie schon früher, auf den Schreibtisch gelegt hatte. Er wollte es bereits wegschieben, als sein Blick an diesem Nachruf hängen blieb. Er las, und während die Worte in ihn eindrangen, meinte er plötzlich zu wissen, daß sie für ihn, ganz besonders für ihn bestimmt waren. Nicht etwa Erregung packte ihn jetzt, sondern eher eine seltsame Ruhe. Er sprang nicht auf, sondern blieb wie erlöst auf seinem Platz sitzen und machte sich an die Arbeit, die er sich für diesen Abend vorgenommen hatte. „Das Suchen hat ein Ende“, sagte er sich. Dem armen Henry Chapuis war ein Nachfolger auferstanden.

14. Januar 1905: Der Direktor des Thomasstifts, Albert Schweitzer, feiert seinen dreißigsten Geburtstag. Am frühen Morgen haben ihm die Studenten im Refektorium mit Wort und Lied gratuliert. Auf dem Menu stehen heute seine Leibgerichte, in seiner Post findet er neben Grüßen von großen Männern, die er auf seinen Reisen nach Paris und Berlin

kennengelernt hat, auch die rührenden Dankesbriefe von Studenten, denen er im nächtlichen Nachhilfeunterricht die Furcht vor einem bevorstehenden Examen genommen hat, und die ungelenken, mit Buntstift umrandeten Schreiben einiger Kinder, denen er Religionsunterricht erteilt.

Gern wäre er heute zu Hause bei den Eltern in Günsbach, aber Verpflichtungen halten ihn in Straßburg fest. Vor allem eine Verabredung, die von den Uneingeweihten ganz falsch gedeutet wird. Es erwartet ihn nämlich eine Malerin, der er seit einiger Zeit Modell sitzt.

In Wahrheit ist es nicht Eitelkeit, sondern Barmherzigkeit, die ihn veranlaßt, seine kostbare Zeit diesen Sitzungen zu opfern. Die Malerin Ada von Erlach, eine Verwandte der mit Schweitzer befreundeten Familie Curtius, bat ihn darum, und er konnte nicht abschlagen. Denn er fand durch einen Blick in das blasse, magere, ganz von einem Paar brennender Augen beherrschten Antlitz bestätigt, was man ihm heimlich anvertraut hatte: Ada ist unheilbar krank und kann nicht mehr lange leben. Sie selbst befindet sich noch in dem Glauben, daß eine große Operation, der sie sich jüngst unterwarf, das Übel beseitigt habe.

Als das Geburtstagskind ins helle Nordzimmer seiner Amtswohnung kommt, findet es Ada schon vor ihrer Staffelei. Sie wechseln selbst heute kaum ein paar Worte. Es ist ausgemacht, daß Schweitzer während dieser Sitzungen nicht verpflichtet ist, Konversation zu treiben, sondern ungestört nachdenken darf. Manchmal kommt es auch vor, daß er sich in dieser Zeit Einfälle mit Bleistift auf die Manschetten notiert.

Aber heute denkt er weder an sein Buch über den „historischen Jesus", noch über seine französische Bach-Monographie nach. Er geht mit sich selbst ins Gericht. Denn die Frist der neun Jahre, die er sich am Pfingstmorgen 1896 gab, ist abgelaufen! Der Augenblick der Entscheidung ist gekommen.

Noch einmal prüft er sich.

„Bin ich gesund genug, um das afrikanische Wagnis zu unternehmen?"

„Ja", lautet die beinahe selbstverständliche Antwort. Nie hat er sich in vollerem Besitz seiner Kräfte gefühlt.

„Bin ich bedürfnislos genug?"

„Ja."

„Entspringt mein Entschluß der Absicht, mich durch etwas Besonderes hervorzutun?"

„Nein. Ich habe Anerkennung genug eingeheimst. Es ist auch nicht Unfähigkeit oder Ruhmsucht, die mich treibt."

„Werde ich Fehlschläge ertragen können?"

„Mit Gottes Hilfe — ja!"

„Bleibe ich ruhig oder bin ich ein Exaltierter, ein Aufgeregter, in dem das Strohfeuer ekstatischer Begeisterung brennt?"

„Mein Vorhaben ist etwas Selbstverständliches. Eigentlich sollte jeder Christ so handeln. Nur wer nüchternen Enthusiasmus aufbringt, kann ein geistiger Abenteurer sein."

Und jetzt ist es, als höre er die Stimme dessen, dem die unermüdliche Arbeit der letzten Jahre, das Lesen von Hunderten von Büchern und Broschüren, die Abfassung eines Manuskriptes von mehr als einem halben Tausend Seiten gegolten hat: Jesus von Nazareth.

Die aber sagt zu ihm:

„Abermals ist gleich das Himmelreich einem Kaufmann, der gute Perlen suchte. Und da er e i n e köstliche Perle fand, ging er hin und verkaufte alles, was er hatte und kaufte sie."

„Wir sind fertig, Herr Doktor Schweitzer!" unterbricht die Malerin an der Staffelei seine Gedanken. —

„Waren Sie mit mir zufrieden?" fragt Schweitzer.

„Sehr. Manchmal schauen Sie so verzückt drein wie — ein Heiliger."

Trotzdem vergehen nochmals beinahe neun Monate, ehe Albert Schweitzer seinen Entschluß der Welt mitteilt.

Im Herbst ist er, wie üblich, zu den Verwandten und den Freunden nach Paris gefahren. Und alles dort scheint sich verschworen zu haben, ihn von seinem heimlich gefaßten Plan abzubringen. Widor äußert sich begeistert über das Manuskript mit dem Titel „Bach, le musicien — poète", das Schweitzer druckfertig mit einer Widmung für seine Tante Mathilde abgeliefert hat. Es werde ihm einen internationalen Namen machen, verheißt der Meister seinem Schüler. Ein neuer Freund begrüßt ihn in seiner Dichterwohnung am Montparnasse: Romain Rolland will den Organisten Albert Schweitzer näher kennenlernen, der bei dem im vergangenen Mai zu Straßburg stattgefundenen Musikfest so Hervorragendes leistete.

„Sie haben eine große Zukunft vor sich, weil Sie nicht ein ,Spezialist' sind, sondern zugleich Philosoph, Theologe und Musiker. Wie selten in unserer Zeit, wie herrlich!", so etwa lautet Rollands Gruß an den jungen Elsässer.

„Kann ich ihm, darf ich ihm sagen, daß ich meine Zukunft ganz anders sehe?" fragt sich Schweitzer.

Er schweigt lieber. Niemand, außer einer einzigen Person, weiß von seinen Absichten. Schweitzer selbst hat auch später den Namen dieses Menschen nie genannt. Ist es nicht wahrscheinlich, daß es Helene Bresslau war, die er ins Vertrauen gezogen hatte?

Und endlich ist der Tag da. Am 13. Oktober 1905 wirft Albert Schweitzer in Paris einen Packen Briefe in einen blauen Briefkasten an der Avenue de la Grande Armée. Es steht nicht sehr viel in diesen Briefen. In knappen Worten läßt der Absender seine Verwandten und nächsten Bekannten wissen, er werde zu Beginn des in einigen Tagen anhebenden Wintersemesters mit dem Studium der Medizin beginnen, da er später als Missionsarzt nach Zentralafrika gehen wolle. Als die Kuverts, unter denen sich auch eines befindet, in dem Schweitzer seine Stellung als Stiftsdirektor kündigt, in dem dünnen Schlitz versunken sind, atmet er auf: Endlich ist es geschehen. Endlich einen Schritt weiter!

Die Wirkung auf die Empfänger jener Schreiben gleicht einer Explosion. Erst wollen sie den Inhalt einfach nicht glauben. „Er ist übergeschnappt ... Der Kerl ist ja verrückt ... Er hat sich einfach zu viel Arbeit zugemutet ... Niemand kann schließlich jahrelang mit so wenig Schlaf auskommen." Das sind einige der Ausbrüche. Fast niemand glaubt daran, daß es Schweitzer mit seinen Plänen ernst sein könne.

Es ist charakteristisch für die moderne Zeit, daß sie stets hinter etwas Einfachem etwas ganz Verzwicktes am Werke glaubt. Man gräbt eifrig nach den Wurzeln und vergißt dabei ganz die Pflanze, die darüber nur zu schnell verdorren kann. So ging es auch, als Albert Schweitzer verkündete, er wolle als Arzt in den Urwald gehen und an den Negern ein Werk tätiger christlicher Nächstenliebe verrichten.

Schnell war man dabei, nach den „verborgenen Motiven" der Entscheidung zu suchen.

„Er hat sich geistig völlig festgefahren, und das ist sein einziger, verzweifelter Ausweg", meinten die Theologen, die Schweitzer schon mit seinen ersten Arbeiten über Jesus von Nazareth beunruhigt hatte.

„Er ist eitel und will sich hervortun", erklärten manche Altersgenossen.

„Er muß Liebeskummer haben", klatschten die Sentimentalen.

Über die letzte Behauptung, die ihm natürlich auch zu Ohren kam, dürfte Albert Schweitzer heimlich gelächelt haben. Es lag doch da gerade umgekehrt! Er hatte doch eher aus Zuneigung zu einer Frau denn aus „Liebeskummer" den Entschluß gefaßt, gerade als Arzt Hilfe zu bringen.

Helene Bresslaus Tätigkeit als Schwester hatte ihn nämlich erstmals mit der Welt der Kranken in nahe Verbindung gebracht. In langen abendlichen Gesprächen, auf Spaziergängen und Radausflügen hatte ihm das Mädchen von ihrer Arbeit im Spital erzählt, vom Schmerz und seiner Linderung, von Heilung und von Tod. Was konnte ein guter Arzt, der sich nicht schonte und immer für seine Patienten da war, alles an echter Hilfe vollbringen! Der begnügte sich nicht mit schönen Worten, sondern tat als Mensch dem Nebenmenschen Gutes. Waren nicht manche Ärzte, wenn sich auch einige von ihnen zu einer „unchristlichen Weltanschauung" bekennen mochten, in ihren Handlungen christlicher als die Herren Theologen, die oft mehr auf ihren Ruf und ihre Stellung bedacht waren als auf eine beispielhafte christliche Lebensführung?

Helene Bresslau war die einzige, die sofort verstand, weshalb Albert Schweitzer auf die sich ihm öffnende „glänzende Karriere" verzichtete und gerade als Arzt seinen Beitrag leisten wollte. Ja, sie konnte sich sogar sagen, daß sie selbst durch ihre jüngste Berufswahl mit zu dieser Entscheidung beigetragen hatte. So waren die Professorentochter aus Berlin und der Pfarrerssohn aus dem Dörflein Günsbach einander wieder etwas näher gekommen.

Die anderen aber, Verwandte wie Freunde, konnten sich nicht genug tun in ihren Bemühungen, den „Verwirrten" auf die rechte Bahn zurückzubringen. Ihre Zuneigung und Bewunderung für Albert Schweitzer war echt. Es war ihnen wirklich darum zu tun, ihm das „Unsinnige" seines Planes klarzumachen und ihn vor schlimmen, unbedachten Folgen zu bewahren.

„Ein General — und das sind Sie, cher ami, begibt sich nicht als gewöhnlicher Infanterist in die Schützenlinie", grollte Meister Widor.

„Wenn Sie den Eingeborenen wirklich helfen wollen, dann halten Sie doch lieber Vorträge. Heutzutage steht am Anfang nicht die Tat, sondern die Propaganda!" meinte eine gescheite Bekannte.

„Es geht um etwas ganz anderes, gnädige Frau", antwortete Schweitzer müde vom vielen Argumentieren, aber dennoch bereit, diesen Strauß mit jedem, der darauf bestand, auszufechten. „Es hat sich eine Mentalität in der Gesellschaft herausgebildet, die die einzelnen von der Humanität abbringt. Seit Jahrzehnten wird unter uns mit steigender Leichtfertigkeit von Krieg und Eroberungen geredet, als ob es sich um Züge auf dem Schachbrett handelte. So wird eine Gesamtgesinnung geschaffen, die sich das Schicksal der einzelnen nicht mehr vorstellt, sondern sie nur als Ziffern und Gegenstände erlebt."

„Und was hat das mit Ihren Schwarzen zu tun?"

„Bei diesen erhält die Unmenschlichkeit in uns erstmals

ganz offen freien Lauf. Was ist in den letzten Jahrzehnten an feinen und groben Roheiten über die farbigen Menschen gesagt worden. In der Kolonialliteratur! In unseren Parlamenten! Und die öffentliche Meinung nimmt das als selbstverständlich hin. Merkt ihr denn nicht, daß das, was ihr diesen schwachen, wehrlosen Gotteskindern antut, morgen euch selbst angetan werden kann? Kürzlich hat jemand in einer Parlamentsrede ganz seelenruhig in bezug auf deportierte Schwarze, die man an Hunger und Seuchen hatte sterben lassen, gesagt: ‚Sie sind eingegangen!' Und wer widersprach dem? Meines Wissens niemand. Irgend jemand von uns muß doch für dieses Unrecht Sühne leisten!"

Mit besonderer Ausführlichkeit äußerte sich Schweitzer in einem Brief an Gustav von Lüpke über seinen Entschluß. Dieser feine Musikkritiker hatte in der Zeitschrift „Kunstwart" über Schweitzers französisches Bach-Werk in Tönen höchsten Lobes gesprochen und eine deutsche Übersetzung angeregt. Ihm legte er seine Gründe in folgenden klaren, überzeugenden Worten dar:

„Tun Sie mir den Gefallen und seien Sie tiefblickender als die gewöhnlichen Leute ... und finden Sie das, was ich tue, so selbstverständlich wie ich selbst. Es handelt sich für mich um Sein oder Nichtsein der Religion. Religion heißt für mich Mensch sein, schlicht Mensch sein im Sinne Jesu. Draußen in den Kolonien geht es trostlos zu. Wir — die christlichen Nationen — schicken den Abschaum unserer Gesellschaft hin; wir denken nur daran, wie wir aus den dortigen Menschen viel herausziehen ... kurz, was draußen vorgeht, ist ein Hohn auf Menschheit und Christentum. Soll die Schuld einigermaßen gesühnt werden, müssen wir Menschen hinausschicken, die im Namen Jesu Gutes tun, nicht nur ‚bekehrende' Missionare, sondern Menschen, die das an den Armen tun, was man tun muß, wenn die Bergpredigt und die Worte Jesu zu Recht bestehen.

Nun sitzen wir hier, studieren Theologie, streiten uns nachher um die besten Pfarrstellen, schreiben dicke gelehrte Bücher, um gar Professor der Theologie zu werden ... und was draußen vorgeht, dort, wo um die Ehre und den Namen Jesu gekämpft wird, geht uns nichts an. Und ich sollte mein Leben nun weiter immer ,kritische Entdeckungen' machen, um ein ,berühmter Theologe' zu werden, und immer wieder Pfarrer ausbilden, die hier sitzen bleiben, nicht das Recht haben, sie in die große Arbeit zu senden ... Ich kann es nicht. Ich habe jahrelang überlegt, hin und her. Zuletzt wurde mir klar, daß dies mein Leben sei, nicht Wissenschaft, nicht Kunst, sondern einfach Mensch werden und im Geiste Jesu irgend etwas Kleines tun ... ,Was ihr getan habt einem unter diesen geringsten meiner Brüder, das habt ihr mir getan.' Die Luft strebt nach dem Ort der Leere hin; so müssen die Menschen, die die geistigen Gesetze kennen, dahin gehen, wo Menschen notwendig sind."

Ist es bei solchen Ansichten noch verwunderlich, daß gerade die „Bücherschreiber" Schweitzers Entschluß als „verrückt" bezeichneten? Würden sie es genau so ernst mit dem Christentum genommen haben wie er, dann hätten sie einen ähnlich radikalen Schritt wenigstens erwägen müssen. Die Ankündigung des Pfarrerssohnes von Günsbach mußte fast so viel Unverständnis und Ärgernis unter den „Schriftgelehrten" des zwanzigsten Jahrhunderts erregen wie das Auftauchen Jesu zweitausend Jahre zuvor. Inzwischen war die Menschheit allerdings äußerlich etwas zivilisierter geworden. So kreuzigten sie ihn nicht, sondern verspotteten ihn nur.

VII.

DAS RINGEN MIT DEM SANDMANN

„WER IST denn dieses ältere Semester?" pflegten Besucher von auswärts zu fragen, wenn sie unter all der Jugend, die sich in den anatomischen und naturwissenschaftlichen Vorlesungen der Straßburger Universität drängte, auch einen Mann in mittleren Jahren erblickten.

„Das ist ein Professor, der sich noch einmal auf die Schulbank gesetzt hat", antwortete man ihnen.

Bald besichtigte man den „seltsamen Kommilitonen" wie eine Art Stadtsehenswürdigkeit. In Straßburg selbst wußte natürlich bald jedermann von der ungewöhnlichen Geschichte. Man erzählte, wie der Professor der Theologie Albert Schweitzer im Oktober 1905 sich beim Dekan der medizinischen Fakultät, dem Chirurgen Fehling, angemeldet habe und ihn bat, als Medizinstudent immatrikuliert zu werden.

„Als Student, Herr Kollege? Ist das Ihr Ernst? Dann sollte ich Sie eigentlich dem Kollegen von der Psychiatrie überweisen!" habe der würdige Herr halb im Spaß, aber doch eben auch halb im Ernst gesagt.

Die Geschichte war so ungewöhnlich, daß sie schnell die Runde durch die deutschen Universitäten machte. Tatsächlich war ein solcher Fall noch nirgends vorgekommen. Es ergab sich nun eine verzwickte Rechtsfrage:

Als Angehöriger des Lehrkörpers der Universität konnte Professor Albert Schweitzer nicht gleichzeitig als Student der Medizin Albert Schweitzer immatrikuliert sein. Besuchte der Theologieprofessor die Vorlesungen seiner Kollegen aber nur als Gast, dann konnten sie ihm nicht angerechnet werden und man durfte ihn nicht zu den Prüfungen zulassen.

Es gab natürlich die Möglichkeit, daß Albert Schweitzer seine theologische Professur aufgab. Aber das wollten weder er noch die Universitätsverwaltung und schon gar nicht seine Hörer, die ihm wegen seiner simplen, klaren und humorgewürzten Kollegs in Mengen zuströmten.

So blieb nur eine Eingabe an die Regierung, die im „Sonderfall Schweitzer" bestimmte, es genüge, wenn ihm seine medizinischen Kollegen über die bei ihnen gehörten Vorlesungen Zeugnisse ausstellen würden. Die Mediziner ihrerseits beschlossen großzügig, den Kollegen von der anderen Fakultät unentgeltlich zuzulassen.

Ja, allmählich fühlten sich die Herren Ärzte sogar geehrt, einen solchen Schüler zu haben. Denn während man in Straßburg immer noch mit leichter Ironie über den „etwas närrischen Menschen" sprach, dem die beiden Doktorhüte der Philosophie und Theologie nicht genügt hatten, war Albert Schweitzer in der großen Welt, wenn auch noch nicht berühmt, so doch schon sehr bekannt geworden. In Paris hatte sein eben erschienenes großes Buch über Johann Sebastian

Bach Aufsehen erregt und eine Art von „Bach-Kult" ausgelöst. Noch lauter war das Echo, das sein umfangreiches Werk „Geschichte der Leben-Jesu-Forschung" auslöste. Besonders in der angelsächsischen Welt erkannte man die umwälzende Bedeutung dieses Werkes an, während die deutschen Theologen zwar den Fleiß und den Scharfsinn des Autors bewunderten, aber das sie sehr beunruhigende Werk nicht ohne Einwände gelten lassen wollten. Dieser Mann also, den Prominente, wie die Königin von Rumänien, der Englische Bischof, der französische Dichter Romain Rolland, die Witwe Richard Wagners, kennenlernen wollten oder sogar persönlich in Straßburg aufsuchten, „büffelte" in einem sogenannten „Paukverband" mit seinen um zehn bis zwölf Jahre jüngeren Kollegen die Prüfungsfragen und -antworten des Physikums.

Oft genug verschwand er für drei oder vier Tage, manchmal sogar eine Woche aus den Hörsälen. Da war er wieder einmal auf einer Musikreise nach Paris oder nach Spanien. Kam er aber dann zurück und die Mitstudenten fragten ihn, wie das Konzert in Barcelona verlaufen sei, so erzählte er: „Beinahe katastrophal. Man verschmiß mir gerade vor Beginn meine Noten.

„Haben Sie den König kennengelernt?"

„Ja, ja. Er fragte mich, ‚Ist es schwer, Orgel zu spielen?' Ich antwortete: ‚Fast so schwer wie Spanien zu regieren.' Und er, der Attentatsgewohnte, meinte darauf: ‚Dann sind Sie ein mutiger Mann.'"

Was Schweitzer nur der engsten Familie anvertraute, war seine Überraschung über den Enthusiasmus, den seine Konzerte in Spanien jedesmal auslösten, der Beifall von Tausenden von Menschen, die Begeisterung, die hervorragenden Kritiken. Es war für Albert Schweitzer ein erster Vorgeschmack des großen Ruhms und er paßte schwerlich zu seinen bescheidenen Lebensumständen in Straßburg, dem Knapsen und Knausern mit dem Gelde, das nun wieder notwendig geworden war, seit er mit dem Beginn seines Medizinstudiums die wohlbezahlte Stelle des Stiftsdirektors hatte aufgeben müssen.

Nicht verzichten wollen hatte Schweitzer außer auf seine Professur auf sein Predigeramt in Sankt Nicolai. Er ließ es sich auch nicht nehmen, seinen Vater öfter auf der Günsbacher Kanzel oder beim Konfirmationsunterricht zu vertreten. So war er wieder einmal bis über das Maß des Erträglichen hinaus mit Arbeiten und Aufgaben belastet. Er schrieb Predigten auf Zugfahrten in andere Städte oder während langweiliger Vorlesungen. Er memorierte Physiologie und pathologische Anatomie während der Pausen bei Chorproben, er schrieb an seinen Vorlesungen über die Deutung der Lehre Pauli zwischen den einzelnen Gängen einer Mahlzeit, auf der Bank einer Eisenbahnstation oder, nach alter Gewohnheit, zu später Nachtstunde, wenn alle braven Bürger Straßburgs längst schliefen.

Aber jetzt war er eben doch nicht mehr so unwahrscheinlich widerstandskräftig, so jugendlich unverbraucht wie zehn Jahre zuvor in Paris. Er lebte in einem ständigen Nebel von Müdigkeit, der nur ganz selten zerriß. Es fielen ihm die Augen mitten am hellichten Tage zu, er nickte beim Mittagessen ein. Dafür beendete er dann in der nächsten Nacht ein Kapitel der deutschen Fassung seines Bach-Werkes gegen vier Uhr früh.

Eigentlich hatte Schweitzer sein auf französisch geschriebenes Werk über Bach einfach wörtlich ins Deutsche übersetzen wollen. Aber das konnte er nicht. Es waren viel zu viele neue Gedanken in ihm, als daß er sich selbst in einer anderen Sprache hätte wiederholen wollen. Und so schrieb er „nebenbei" auch noch dieses Werk über den verehrten Leipziger Meister ganz neu um, erweiterte, fügte hinzu, veränderte, bis — „zum Schrecken der Verleger" — die deutsche Fassung um beinahe die Hälfte länger geworden war wie das französische Original und nicht weniger als 844 Seiten umfaßte.

Aber die Müdigkeit erlaubte ihm nie, auch nur einen seiner schönen Erfolge wirklich auszukosten. Wie klagt er in einem Briefe an den Musikkritiker von Lüpke: „Ich hatte mich so darauf gefreut, das Erscheinen des Buches zu genießen; nun bin ich zu müde! So ist es mir in allen Augenblicken meines Lebens gegangen, wo ein Glück vor mir lag. Und ich hatte mich so gefreut, mit Freunden zu reden, Freunden zu schreiben, und jetzt muß alles eingeschränkt werden. Vergessen Sie nicht, daß ich Prediger bin und daß die Ferien also für mich keine Ruhezeiten sind. Und es ist schwer zu predigen, mit müdem Kopf ..."

Nie reicht die Zeit. Dieses Ringen mit dem Sandmann, der ihn oft taumeln macht in Schlaftrunkenheit und stammeln in Erschöpfung, geht weiter Tag um Tag, Woche um Woche, Monat um Monat, Jahr um Jahr. Es endet eigentlich nie mehr. Es wird diesem Menschen, der so viel schenkte, nicht einmal das geschenkt, was selbst der Bettler besitzt: ein wenig sorgenlose Zeit, etwas Entspannung nur, ohne die Marter des Gedankens an noch nicht erledigte Post, noch nicht getane Pflichten und die immer lastende Verantwortung für immer mehr und mehr Menschen.

Hat ein solcher Mann, der sich an so viele Aufgaben, so viele Menschen vergibt, überhaupt noch Zeit für die Liebe? Liest man Albert Schweitzers eigene Erinnerungen, so fällt einem auf, daß er, der jedem Studentlein in Examensnöten etwas von seinen kostbaren Stunden gönnt, der jede zugelaufene Katze aufnimmt, streichelt und füttert, sich so karg über seine Beziehung zu Helene Bresslau äußert. Zwar hat er ein paar lobende Worte für die treue Mitarbeiterin, aber er sagt öffentlich eigentlich nie etwas Herzlicheres, Persönlicheres über sie. Daraus sind, weniger in Wort und Schrift als im Gespräch der echten und der falschen Freunde, manche unrichtige Folgerungen gezogen worden. Nur Zurückhaltung, nicht Lieblosigkeit ist schuld an dieser Sparsamkeit der Gefühlsäußerung. Wie einst das Kind sein Entzücken an der Musik hinter einer Maske der Teilnahmslosigkeit verbarg, wie der scheue Jüngling es nicht wagte, Menschen, die ihm Gutes taten, seinen Dank auszusprechen, so schützt nun der Mann seine zarten Gefühle für die Professorentochter aus Berlin hinter einer hohen Mauer von Diskretion.

Man muß aber nur einen Blick in den sachlichen, mit Angaben sparsamen Lebenslauf werfen, den Helene Bresslau 1911 für die Behörden anfertigte, oder die Zeugnisabschriften lesen, die sie beifügt, um aus diesen Angaben schließen zu können, wie früh die Wege dieser beiden Menschen eigentlich schon aufeinander abgestimmt waren, wie Albert Schweitzer und Helene Bresslau sich mehr und mehr ergänzten, sich in Liebe und in Nächstenliebe trafen.

Schweitzers ursprünglicher Wunsch war es bekanntlich gewesen, als Gegengabe für die glückliche Jugend in seinem Elternhaus, anderen, weniger begünstigten Kindern ihre Jugend etwas zu verschönen. Sein Wunsch, Waisenkinder bei sich aufzunehmen, war ihm aber mehrmals abgeschlagen worden. Nun geht er ihm auf eine andere Art aber doch in Erfüllung. Denn Helene Bresslau entschließt sich, eine Stelle bei der Stadt als Waisen-Inspektorin anzunehmen.

Bald ist das „Fräulein Mutter" in ganz Straßburg bekannt. Helene ist so ganz anders als die strengen Waisenpflegerinnen. Klug, gut gelaunt und herzlich, wie ihr sanguinischer, selbst empfindliche Kränkungen überwindender Vater, besiegt sie das Mißtrauen und die Verstocktheit dieser elternlosen Kinder, die schon so früh so viel Leid und Elend kennengelernt haben.

Allerdings ist es ihr klar, daß selbst die aufopferndste Arbeit einer Waisenpflegerin nicht wirkliche Mutterliebe ersetzen kann. Jedesmal, wenn Helene in die städtische Entbindungsanstalt geschickt wird, um ein uneheliches Baby abzuholen und ins Waisenheim zu bringen, versucht sie die Mutter zu überreden, das Kind doch lieber zu behalten und, wenn auch unter Opfern, selbst großzuziehen.

„Geben Sie sich keine Mühe", sagen ihr die „erfahrenen" Beamten. „Diese Art Frauenzimmer sind froh, wenn sie den Bankert loswerden."

Auch Helene Bresslau ist zuerst geneigt, an diese Auffassung zu glauben. Entweder lassen die unverheirateten Mütter sie überhaupt nicht zu Worte kommen oder sie brechen in wüste Beschimpfungen und Vorwürfe aus.

Im Gegensatz zu den anderen aber, die sich diese oft in grober Sprache vorgebrachten Klagen gar nicht anhören, leiht die junge Waiseninspektorin den Ausbrüchen ein aufmerksames Ohr.

„Wie soll ich in meinem Zustand, geschwächt von der Entbindung, ohne Mittel, ohne Arbeit, für das Kind sorgen?"

128

hält ihr eine Kellnerin entgegen. „Neun Tage ist es her seit der Geburt, und schon setzt man mich auf die Straße. Da ist es doch besser für das Kind, wenn ich es weggebe."

„Und wenn Sie sich hier noch eine Weile lang erholen könnten? Wenn wir dann nachher Arbeit für Sie fänden?" fragt Helene prüfend.

„Nie würde ich dann das Kleine hergeben! Nie!"

Helene Bresslau spricht mit dem Direktor der Entbindungsanstalt. Der schüttelt den Kopf:

„Mein liebes Fräulein Bresslau, wir haben ja sowieso schon viel zu wenig Betten. Wie sollten wir da die unehelichen Mütter länger als neun Tage bei uns behalten? Wenden Sie sich an den Bürgermeister und den Stadtrat. Es ist alles eine Frage der Geldmittel."

Das Glück wollte es, daß Straßburg damals einen besonders sozial gesinnten Bürgermeister besaß. Dieser Dr. Schwander kam selbst aus einfachsten Verhältnissen, hatte als kleiner Schreiber in der Armenverwaltung begonnen, war durch eine Arbeit über die Entwicklung der Wohlfahrtspflege seinen Vorgesetzten aufgefallen und ohne Abitur zum Studium zugelassen worden. Mit nur 36 Jahren wählte man ihn zum Stadtoberhaupt, eine Ernennung, die den heftigen, aber vergeblichen Protest des in Straßburg kommandierenden Generals bei Kaiser Wilhelm dem Zweiten ausgelöst hatte.

Unter diesem, von Neuerungsehrgeiz besessenen Mann wurde die soziale Fürsorge völlig reorganisiert. Es gelang dem energischen und beliebten Dr. Schwander, Bürger aller Parteien, Klassen und Vermögensstufen zur freiwilligen Mitarbeit an der Fürsorge zu gewinnen. Junge Sozialisten und reiche Kaufleute, Geistliche aller Konfessionen, Töchter von höheren Beamten und Arbeitern wirkten hier einträchtig zusammen. Neuen Vorschlägen zur Bekämpfung sozialer Übelstände war Dr. Schwander immer geneigt, Gehör und Zustimmung zu schenken.

So hatte es Helene Bresslau nicht einmal schwer, ihn für ihren Plan der Errichtung eines Wöchnerinnenheimes zu gewinnen, in dem uneheliche Mütter mit ihren Babys so lange beherbergt und gepflegt werden sollten, bis sie selbst für ihre Kinder sorgen könnten.

„Aber", fügte Dr. Schwander hinzu, „das Geld dafür kann ich Ihnen nicht geben. Das müssen Sie selbst sammeln."

So geht im März 1907 ein Aufruf an die Bürger der Stadt Straßburg, für ein „Mütterheim" Geld zu spenden. Die Sammlung steht unter Leitung von Helene Bresslau und es gibt kein Haus, in dem sie nicht selber vorsprechen würde.

„Sie ist eine unwiderstehliche Bettlerin", sagt man von ihr, denn sie bringt selbst diejenigen dazu, ihre Brieftasche zu ziehen, die sonst nicht gerade als freigebig bekannt sind.

Eines Abends tritt sie vor Albert Schweitzer hin und verkündet ihm strahlend:

„Jetzt haben wir 15 000 Mark beisammen. Die Stadt gibt uns ein Haus. Wir können anfangen."

„Großartig", sagt er, wie immer noch halb in anderen Gedanken, „das werde ich mir merken. Diese Fähigkeit wird uns einmal sehr zustatten kommen."

„Uns" hat er gesagt . . . „uns!" War es Zufall? Ist es ihm nur entschlüpft? Helene kennt Schweitzer schon gut genug, um nicht in ihn zu dringen. Und er selbst verdeckt seine Verlegenheit, indem er schnell von seinem jüngsten Kampf um die Erhaltung der Silbermann-Orgel in der Sankt Thomaskirche spricht.

„Es liegt schon der Kostenvoranschlag für eine neue Fabrikorgel vom Hersteller vor. Ich werde den Kirchenrat davon überzeugen, dieses Projekt abzulehnen. Kennen Sie einige von den Herren? Dieses herrliche Instrument m u ß gerettet werden! Hören Sie, Helene?"

Nein, sie hört nicht.

„. . . wird u n s einmal zustatten kommen", so sagte er doch!

„. . . wird u n s einmal zustatten kommen . . . uns, uns, uns!"

Am regnerischen 13. Mai 1908 steigt Professor und stud. med. Albert Schweitzer ins erste größere medizinische Examen, das Physikum. Wieder einmal droht es bei einer Prüfung „schief" zu gehen. Denn Schweitzer, gepackt von der Begeisterung für das naturwissenschaftliche Studium, hat sich bis in die letzte Zeit mit reinen Forschungsfragen beschäftigt, statt wie die anderen Studenten nur auf das Examen hinzuarbeiten. Erst ganz kurz vor dem entscheidenden Tag läßt er sich die unter der Hand kursierenden Listen zeigen, in denen die meistgestellten Fragen und die von den Professoren erwarteten Antworten aufgeschrieben stehen. Ein paar Tage und Nächte lang versucht er sich den Text dieses Frage- und Antwortspiels einzuprägen, aber das Gedächtnis funktioniert nicht mehr so gut wie früher. Müde wie nie zuvor „steigt" Schweitzer in die Prüfung. Aber es geht alles gut.

Zwei Tage später schon tritt der „Kandidat der Medizin" als Famulus in die Universitätsfrauenklinik ein. Endlich kann er sich wirklicher ärztlicher Tätigkeit hingeben! Welch eine Freude, als man ihm zum erstenmal die Leitung einer Geburt überträgt. Albert Schweitzer neigt sonst kaum zu Nervosität, aber an jenem Abend ist er doch recht aufgeregt. Je länger die

Wehen der Gebärenden dauern, um so unruhiger wird er, und das hat einen besonderen Grund.

„Wenn der neue Herr Erdenbürger sich nur etwas mehr beeilen würde, sonst muß die liebe Elly Knapp auf ihre Hochzeitspredigt verzichten", geht es ihm immer quälender durch den Kopf, während es Nacht wird, die Dämmerung eintritt und endlich die Morgensonne aufgeht. Denn um elf Uhr soll der Vikar Schweitzer in Sankt Nicolai die alte Freundin mit einem jungen Schriftsteller und Politiker namens Theodor Heuss trauen.

Immer noch nichts. Vielleicht waren es falsche Wehen? Dann wird frühestens mittags, vielleicht sogar erst in der kommenden Nacht mit der Geburt zu rechnen sein!

Endlich, endlich, der Vormittag ist schon angebrochen, scheint es so weit zu sein. Mit unendlicher Behutsamkeit und doch so sicher und stark, als sei dies nicht seine erste, sondern seine tausendste Geburt, macht sich der Arzt an die Arbeit. Es ist gleich zehn Uhr vormittags.

Inzwischen haben sich in Sankt Nicolai die Hochzeitsgäste versammelt. Ein Knabenchor ist aufmarschiert, Universitätskollegen von Professor Knapp treffen feierlich gekleidet ein, der Bürgermeister selbst ist schon da. Er hat zuvor ausnahmsweise die zivile Trauung geleitet. Natürlich sind die Schulfreundinnen von Elly Knapp — unter ihnen Helene Bresslau — gekommen und Heuss hat selbstverständlich auch seinen Meister, den feurigen Redner und politischen Reformer Friedrich Naumann, eingeladen. Nur der Vikar Schweitzer fehlt noch. Da — es ist auf die Minute elf Uhr — kommt eine Kutsche im Galopp herangesprengt. Ihr entsteigt der erwartete Geistliche. Er trägt allerdings noch den weißen Ärztemantel. Übers ganze Gesicht strahlend verkündet er: „Ein kräftiger Junge!"

Zwei Minuten später steht Albert Schweitzer mit dem schwarzen Talar gekleidet in seiner Kirche, um die feierliche Handlung vorzunehmen. Doch riecht es in dem Gotteshause heute eher wie in einer Klinik. Denn, obwohl Schweitzer nach der geglückten Geburt seine Hände, solange es nur anging, noch unter den Wasserhahn gehalten hatte, war es ihm nicht ganz gelungen, den Carbolduft zu beseitigen.

Als Grundgedanken seiner Rede hat er sich ausgewählt: „Diese zwei Menschen, die den Lebensweg gemeinsam gehen wollen, haben viel empfangen. Sie müssen darum viel geben."

Viele Jahre später wird sich die inzwischen zur „ersten Dame Deutschlands" aufgestiegene Frau des Bundespräsidenten Heuss an eine Stelle dieser Predigt ganz besonders erinnern:

„Das hohe Glück in diesem Augenblick ist nicht, daß zwei Menschen sich innerlich geloben: wir wollen f ü r e i n a n d e r leben, sondern daß dies in ihren Gedanken zugleich bedeutet: wir wollen miteinander für e t w a s leben ... Nur die haben begriffen, um was es sich bei der Arbeit in unserer Zeit handelt, denen es aufgegangen ist, daß alles Helfen, Bessern und Fördern auf die Schaffung eines neuen Geistes gehen muß."

Es war ein schönes Motto, das der Vikar Albert Schweitzer dem vorbildlichen Leben eines vorbildlichen Paares voranstellte.

Und weiter geht das Ringen mit dem Sandmann: Arzneimittel-Lehre bei Cahn und Schmiedeberg, Operationslehre bei Madelung und Ledderhose, Bakteriologie bei Forster und Levy ... wenn man nur endlich einmal ausschlafen dürfte!

Dazwischen Reisen zu den Festspielen nach Bayreuth, Kollegs über die Apostel Jesu, nächtelange Debatten über die Ausarbeitung internationaler Richtlinien zur Rettung der Orgelbaukunst auf einem Kongreß in Wien, und immer wieder Konzerte, die in der Teilnahme an den Münchner Festwochen für französische Kunst gipfeln, bei denen der verspätete Widor fast die Hälfte eines seiner Werke ohne Brille dirigieren muß und nur durch Albert Schweitzers taktfestes Orgelspiel einem musikalischen Debakel entgeht. Bauchoperationen und Kantaten, Konfirmationsunterricht im Dorf und Champagnerfrühstücke an der Tafel eines reichen Verehrers, Briefe über Briefe an den bekannten Autor Schweitzer, die sich häufen, und die beantwortet werden wollen. Alles das, nur niemals ein Ausrasten.

Zu alledem leidet der Gehetzte auch noch unter einer privaten Belastung: Helene Bresslau hat im Frühjahr 1909 ihre Stelle als Waisen-Inspektorin der Stadt Straßburg aufgegeben, um nach einem Sommerurlaub, den sie zu einer Rußlandreise ausnutzte, in Frankfurt ihre Ausbildung als Krankenschwester zu vervollkommnen. Zum ersten Male spürt Schweitzer jetzt, wie sehr ihm die stille, hilfreiche Freundin fehlt, für die er viel zu selten Zeit fand.

Auch Helene scheint unter der Trennung zu leiden. Der Schwesterndienst ist schwer und fordert ihre letzten Kraftreserven. Doch ist der tiefe, einem Zusammenbruch ähnliche Erschöpfungszustand, dem sie nach Ablegung der staatlichen Krankenpflegerprüfung verfällt, aus den körperlichen Anstrengungen allein kaum zu erklären. Der Arzt schickt das Mädchen zur Erholung nach Königsfeld im Schwarzwald, und die gute Luft dort tut Wunder. Zuerst kann die Rekonvaleszentin kaum mehr als eine Viertelstunde lang auf ihren

Beinen sein, aber allmählich werden ihre Spaziergänge länger und länger. Als sie schließlich gar sechsstündige Wanderungen durchhält, ist Helene Bresslau gesundet. Gestärkt kehrt sie nach Straßburg zurück.

Um diese Zeit etwa hospitiert während eines Europaurlaubs in der Straßburger Universitätsklinik Frau Morel, die Gattin eines elsässischen Missionars, der seit 1908 in der Mission von Lambarene am Ogowe arbeitet. Sie und ihr Mann machen Kurse durch, um ihr medizinisches Wissen zu vergrößern, das dort unten so wichtig ist. Sie wohnen Operationen bei. Bald nach ihrer Ankunft fragt sie der Klinikchef:

„Kennen Sie eigentlich den Mediziner, der dort hinten assistiert? Nein? Wie merkwürdig! Der will doch zu Ihnen nach Afrika!"

Albert Schweitzer wird herbeigeholt und dem Gast aus Gabon vorgestellt. Er beginnt Madame Morel sogleich auszufragen. Am nächsten Tage bringt er ihr Pralinen mit, steckt sie ihr zu und bittet: „Sie müssen zu mir kommen und mehr von der Missionsarbeit erzählen!"

So sitzen denn am kommenden Nachmittage um einen Teetisch der Wohnung Dr. Schweitzers am Thomasstaden vier Menschen: das Ehepaar Morel, Schweitzer und — Helene Bresslau. Er hat die Freundin gebeten, die Hausfrau zu spielen, aber es ist ihm wohl noch um etwas anderes zu tun: er möchte Helene, die, wie er ahnt, ihn nach Afrika zu begleiten hofft, Gelegenheit geben, einmal aus dem Munde von Augenzeugen etwas über die unsäglichen Schwierigkeiten des Lebens in den Tropen zu hören. Sie soll sich nochmals prüfen, ob sie sich wirklich stark genug für ein solches Leben fühle. Wird Helene dieses „Examen" bestehen? Oder wird sie vielleicht doch vor dem großen Schritt zurückschrecken?

Nun — Helene Bresslau muß diese Probe glänzend bestanden haben, denn am Ende des Nachmittags, so berichtete später Madame Morel einer Freundin, gab Schweitzer den Gästen plötzlich seine Verlobung mit Fräulein Bresslau bekannt. Bei seiner Zurückhaltung in privaten Dingen ist es durchaus glaubhaft, daß außer den Morels auch Helene selbst bei dieser Gelegenheit zum ersten Male etwas von dem beglückenden Entschluß ihres künftigen Mannes erfuhr. „Sie war eine Schönheit" erinnert sich Madame Morel. „Und auch er sah sehr gut aus. Ein prächtiges Paar."

Diese Begegnung mit der Zukunft hatte noch ein tragikomisches Ende. Denn um die Verlobung zu feiern und noch mehr über Afrika zu erfahren, hatte nun Helene Bresslau das Missionarspaar für den kommenden Nachmittag in die Wohnung ihrer Eltern gebeten. Diesmal fragte nicht nur einer, sondern zwei: Albert und Helene wollten so viel wissen und die Fragen prasselten so dicht, daß die arme Madame Morel, wie sie später selbst lachend zu erzählen pflegte, zum ersten und zum letzten Male in ihrem Leben ohnmächtig wurde. Als sie wieder zu sich gekommen war, nahm dann Albert Schweitzer die ganze Gesellschaft abends um zehn Uhr noch in die Thomaskirche und spielte ihnen auf der Orgel vor . . .

Da — Afrika rückte schon näher. Es war jetzt nicht mehr nur ein ferner Traum, eine weitentrückte Aufgabe, sondern wurde mehr und mehr mit jedem absolvierten Semester ein Problem, mit dem man sich praktisch zu beschäftigen, auf dessen Lösung man sich vorzubereiten hatte.

Im Dezember 1911 besteht Albert Schweitzer bei dem Chirurgen Madelung die letzte seiner Prüfungen im Rahmen des großen medizinischen Staatsexamens. Die Examensgebühr hat er sich als Organist erspielt.

„Als ich aus dem Spital in das Dunkel der Winternacht hinausschritt konnte ich es nicht fassen, daß die furchtbare Anstrengung des Medizinstudiums nun hinter mir lag" erinnert er sich. „Wie aus weiter Ferne hörte ich Madelung, der neben mir ging, ein über das andere Mal sagen: „Nur weil Sie eine so gute Gesundheit haben, haben Sie so etwas fertigbringen können."

Nun galt es aber noch ein Jahr lang als Volontär in den Kliniken praktisch zu arbeiten, eine Doktorarbeit zu schreiben und vor allem — Abschied zu nehmen. Abschied vom „zweiten Hörsaal ostwärts vom Universitätseingang", wo der Theologie-Professor Schweitzer seine Vorlesungen zu halten pflegte, Abschied von den Musikfreunden in Straßburg und Paris, Abschied von der Gemeinde in Sankt Nicolai.

Die letzte Sonntagsnachmittagspredigt des „Lic. Dr. Schweitzer" findet am 25. Februar 1912 statt. Ihr hat der Pfarrer eine Stelle aus der Offenbarung des Johannes zugrundegelegt: „Sei getreu bis in den Tod, so will ich Dir die Krone des Lebens geben."

„Zum letzten Male ist es mir vergönnt als Prediger dieser Kirche in einer Nachmittagsandacht zu Euch zu reden" beginnt Schweitzer. „Diese Sonntagnachmittage gehörten für mich zum Schönsten, was ich in meinem Leben fand. Ihr habt wohl oft bemerkt, wie ich das, was ich leisten sollte, in den letzten Jahren nur in Müdigkeit und mit Aufbietung der letzten

Kraft geben konnte, und manchmal beim Herabgehen von der Kanzel hatte ich den Eindruck, daß Ihr sehr nachsichtig sein mußtet mit mir."

Da füllt sich manches Auge mit Tränen, und viele, die bis jetzt noch den Pfarrer wegen seiner Absicht, sie zu verlassen, um seine ganze Kraft den kranken Negern zu widmen, getadelt hatten, sehen ein, daß er nicht anders konnte, um sich selbst und damit sowohl ihnen wie Gott treu zu bleiben.

Sie alle, Studienfreunde, Lehrer, Bekannte und Verwandte, hatten bis jetzt wohl immer noch gehofft, Schweitzer werde seinen „verrückten Entschluß" aufgeben. Nun mußten sie diese Illusion fahren lassen. Am härtesten mag das einen Menschen getroffen haben, der bisher sich kaum in den Streit um Albert Schweitzer gemischt hatte, aber im stillen immer hoffte, er werde es sich schließlich doch überlegen: seine Mutter. Sie versuchte nun bei einem Spaziergang ins nahe bei Günsbach gelegene Altenbachtal auf ihn einzureden und ihn im letzten Augenblick von seinem Vorhaben abzubringen. Schweitzer hörte sie ruhig an und antwortete ihr dann nur mit einem Zitat: „Wer seine Hand an den Pflug legt und sieht zurück, der ist nicht geschickt zum Reich Gottes."

Die Mutter schwieg. Sie sank enttäuscht zurück in die ihr eigene schweigende Reserve.

Aber sie hat von diesem Tage an nie mehr ihren Fuß in das Tal gelenkt, wo jene Unterhaltung stattfand.

Und sie sah auch ihren Sohn nach seinem ersten Abschied von Europa nicht mehr wieder.

VIII.

AUSFAHRT IN EIN NEUES LEBEN

„BITTE nehmen Sie doch Platz, Herr Professor. Wie freundlich, daß Sie sich persönlich bemüht haben." Die Dame des Hauses weist auf das Plüschsofa des Salons.

„Ich wollte mich bei Ihnen bedanken und Ihnen vor der Abreise noch einmal die Hand drücken" antwortet der Besucher und setzt sich mit steifer Bewegung.

Albert Schweitzer, sonst durch viele Reisen und Begegnungen mit Menschen aller Stände ein recht gewandter Mann, ist heute merkwürdig linkisch. Man merkt ihm an, er möchte der vermögenden Gönnerin des Straßburger Sankt-Wilhelmschors, bei der er seine Abschiedsvisite macht, etwas ganz Besonderes sagen, aber er traut sich nicht ganz damit heraus.

„Erzählen Sie doch von Ihren Plänen. Wie aufregend! Wann werden Sie denn nun fahren?"

„Ich kann es noch nicht genau sagen, gnädige Frau. Es sind noch nicht alle Voraussetzungen erfüllt..."

„So? Sie meinen die Zollformalitäten? Das ist ja schrecklich, wie schwer es einem die französischen Bürokraten machen, nicht wahr?"

„Nein, das kann ich nicht einmal sagen. Ich meine etwas anderes. Ich ... wir ... ich meine, ich brauche noch Geld. Ein ganzes Urwaldkrankenhaus einrichten — das verschlingt eben Unsummen."

Ein verlegenes Schweigen senkt sich über die gute Stube der Frau Kommerzienrat. Jetzt weiß sie, weshalb der Herr Doktor heute so anders ist als sonst. Natürlich! Er ist gekommen, um eine Spende zu erhalten.

„Ich werde die Angelegenheit mit meinem Mann besprechen, Herr Professor", sagt sie merklich abgekühlt. „Allerdings hat er eigentlich das Prinzip, nur gute Werke zu unterstützen, die bereits durch Leistungen ihre Berechtigung bewiesen haben. Vielleicht macht er aber bei Ihnen eine Ausnahme. Darf ich Sie bitten, noch einmal in einigen Tagen vorzusprechen?"

„Geduld", flüstert sich Schweitzer zu, als er das Haus verläßt und mit gesenktem Kopf zum Gartentor geht. „Geduld. Auch das werde ich erlernen. Demütigungen ertragen — das gehört zum täglichen Brot des guten Samariters."

Er hat natürlich längst alles eigene Geld, das ihm aus dem nunmehr in drei Sprachen erschienenen Werk über Bach, aus Konzerthonoraren und aus seinen theologischen Arbeiten zugeflossen ist, als Grundstock des zur Gründung seines Spitals notwendigen Kapitals gestiftet. Aber das langt bei weitem nicht. Obwohl Schweitzer noch nicht einmal die medizinische Doktorarbeit fertig hat, nahm er das Angebot eines großen amerikanischen Musikverlages an, zusammen mit seinem Meister Widor eine Ausgabe der Bach'schen Orgelwerke vorzubereiten, damit der Dollarvorschuß in die Kasse, wandern kann. Doch immer noch fehlen tausende von französischen Francs. So muß Albert Schweitzer eben seine Bittgänge antreten und für seinen „abenteuerlichen Plan" Spender suchen.

Erschwert wird Schweitzers Anliegen gerade jetzt im Jahre 1912 durch den siedeheiß gewordenen Gegensatz zwischen dem Deutschen Kaiserreich und der Dritten Französischen Republik. Die Errichtung des französischen Protektorats über Marokko hatte jüngst erst zu einer scharfen Krise der Beziehungen zwischen Berlin und Paris geführt. Mehr denn je hört man nun vom „unvermeidlichen Krieg", immer lauter werden die Streitgespräche der Chauvinisten und Nationalisten westlich und östlich des Rheins. Besonders schmerzlich macht sich natürlich dieser Gegensatz in Straßburg bemerkbar, wo nun zwischen dem frankophilen und dem deutschfreundlichen Lager bereits jede Verbindung, jedes Gespräch ganz unterbrochen ist und sich zum Beispiel Elly Heuss-Knapp nicht mehr mit Pierre Bucher, dem ihr lange befreundeten Herausgeber der nach Paris tendierenden „Elsässischen Rundschau", sehen lassen kann.

Und gerade in dieser gespannten Situation wagt der „reine Tor" Albert Schweitzer es, bei den deutschen Bürger- und Professorenfamilien um Geld für ein caritatives Werk zu bitten, das er ausgerechnet in einer französischen Kolonie errichten will! Ungenierter kann man schon nicht gegen den Strom schwimmen. „Weshalb geben Ihnen denn die Franzosen nicht die Mittel?" bekommt der Bittsteller zu hören. „Wenn sie schon uns Deutschen in Afrika keinen Platz an der

Sonne gönnen und allein über alle Neger herrschen wollen, dann sollten sie doch was für die Leute tun!"

„Ich erhalte auch Geld von französischer Seite" antwortet Schweitzer mit ruhiger Stimme. „Die Pariser Bach-Gesellschaft hat ein Wohltätigkeitskonzert veranstaltet, dessen gesamten Einnahmen mir zur Verfügung gestellt wurden, obwohl ich deutscher Staatsbürger bin. Und in Le Havre wurde bei zwei Veranstaltungen eine beträchtliche Summe zusammengebracht. Im übrigen möchte ich mir die Bemerkung erlauben, daß Hilfe für den leidenden Mitmenschen immer von denkenden Einzelmenschen ausgehen muß, gleich welcher Nation oder Rasse sie angehören mögen. Von den Nationen, von der Gesellschaft können wir kein ethisches Handeln erwarten."

Einmal mehr wagt es Schweitzer, „verrückt" zu sein, eine Stellung zu beziehen, die den gefährlichen falschen Idealen eines ins Verhängnis treibenden Zeitgeistes entgegengesetzt ist, und einmal mehr setzt sich seine Hartnäckigkeit, seine durch keinen Widerstand zu beirrende Haltung durch. Die deutschen Professoren der Universität Straßburg spenden reichlich für das in einer französischen Kolonie zu gründende Werk, die Angehörigen der Gemeinde zu St. Nicolai erweisen sich als ungewöhnlich großzügig, Schüler und Studiengenossen Schweitzers sammeln eifrig für ihn. Während man schon in Paris „à Berlin!" und in Berlin „nach Paris!" ruft, reißt hier noch einmal der dunkle Gewitterhimmel über der internationalen Szenerie auf, ein kleines Stückchen blauer Himmel erscheint, ein Sonnenglanz fällt auf den, der es wagte, dem Unwetter zu trotzen. „Aber die Liebe, die ich auf diesen Gängen erfuhr, wog die Demütigungen, die ich hinnehmen mußte, hundertfach auf", faßt Schweitzer selbst diese Erfahrungen des Frühjahrs 1912 zusammen.

Ähnlich demütigend wie manche seiner Bittgänge um Geldspenden müssen für Schweitzer die ersten Besuche gewesen sein, die er nun bei den Leitern der Pariser Missionsgesellschaft zu machen hatte. Weit entfernt, den freiwilligen Helfer, der so schwere persönliche Opfer gebracht hatte, mit offenen Armen zu empfangen, behandelten einige der Missionsmitglieder Schweitzer eher wie einen Angeklagten.

Ihn überraschte das keineswegs. Schon als er 1905 dem damaligen Missionsdirektor Boegner mitgeteilt hatte, er habe sich entschlossen, umzusatteln, um als Arzt der Kongomission zu dienen, bereitete ihn dieser freundliche, großzügige Mann auf solche Schwierigkeiten vor. Die Pariser Missionsgesellschaft wurde nämlich von pietistischen, sogenannten „strenggläubigen" Kreisen des Protestantismus gestützt und ihnen mußte der liberale Protestantismus des Doktor Schweitzer ein Greuel sein. Damals, vor sieben Jahren, war aber das große Werk Schweitzers über das historische Jesusbild noch nicht einmal erschienen. Inzwischen hatte seine historisch-kritische Durchleuchtung der Christuslegende bei den Theologen so viel Staub und Widerspruch aufgewirbelt, daß der Verfasser vielen einflußreichen Mitgliedern geradezu als „Ketzer" erscheinen mußte.

Als sich Schweitzer nun bei Boegners Nachfolger, Direktor Jean Bianquis, im Verwaltungsgebäude am Boulevard Arago meldet, hört dieser zwar mit Freude die Nachricht, daß der Elsässer selbst die Mittel für die Errichtung eines kleinen Spitals in der zentralgelegenen Missionsstation Lambarene zusammengebracht habe, muß aber einwenden: „Ich darf Ihr Angebot leider nicht annehmen, bevor das Komitee Sie einem Glaubensexamen unterworfen hat."

Da braust Schweitzer auf: „Auf diese Bedingung werde ich

niemals eingehen. Sie wissen doch selbst, wie es kürzlich einem Pfarrer gegangen ist, der für die Mission hinausziehen wollte. Man hat ihn nicht gehen lassen, nur weil er seiner — wahrscheinlich richtigen — wissenschaftlichen Überzeugung folgend, sich weigerte, die Frage, ob er das vierte Evangelium als das Werk des Apostels Johannes ansehe, mit einem uneingeschränkten ‚Ja' zu beantworten."

„Bitte beruhigen Sie sich, Herr Kollege" fällt Bianquis ein. „Ich selbst bin ja auch der Ansicht, daß wir uns diese Gelegenheit, endlich den seit langem ersehnten Missionsarzt zu bekommen, nicht entgehen lassen dürfen."

Aber Schweitzer, der sich nach Jahren furchtbarster Anstrengung so kurz vor dem Ziele scheitern sieht, ist nicht so leicht zu beschwichtigen.

„Ich möchte doch einmal sehen, ob eine Missionsgesellschaft angesichts des Evangeliums Jesu sich das Recht zutraut, den leidenden Eingeborenen ihres Arbeitsgebietes den Arzt zu versagen, nur weil er in ihrem Sinn nicht rechtgläubig ist! Jesus hat bei der Berufung seiner Jünger von ihnen nichts anderes verlangt, als daß sie ihm nachfolgen sollten. Selbst wenn sich Ihnen ein Mohammedaner anböte, um Ihre kranken Schwarzen zu behandeln, täten Sie nicht recht daran, ihn abzuweisen!"

Damit stürmt er aus dem Raum.

Beeindruckt bleibt Monsieur Bianquis zurück. Es muß einen Weg geben, diesen Tat-Christen den ängstlichen Komiteeherren passabel zu machen. Ein Kompromiß wird ausgearbeitet: Schweitzer solle jedem einzelnen der Herren eine Visite machen. Dann werde er nicht das Gefühl haben, daß man über ihn zu Gericht sitze. Und so begibt sich der umstrittene Mann nun Nachmittag um Nachmittag auf Besuch in die Privatwohnungen der buchstabenfrommen Komiteemitglieder. Er berichtet darüber:

„Einige wenige empfingen mich kalt. Die meisten versicherten mir, daß mein theologischer Standpunkt ihnen besonders deshalb Bedenken mache, weil ich in Versuchung kommen könne, drüben mit meiner Wissenschaft die Missionare zu verwirren und mich als Prediger betätigen zu wollen. Als ich ihnen versicherte, daß ich nur Arzt sein wolle und mir im übrigen vornähme „d'être muet comme une carpe" — stumm wie ein Karpfen zu sein — waren sie beruhigt. Mit einer Reihe von Mitgliedern des Komitees kam ich durch diese Besuche sogar in ein wirklich herzliches Verhältnis."

Nur ein Mitglied der Kommission blieb unversöhnlich und erklärte sogar seinen Austritt. Die anderen stimmten, wenn auch mit Bedenken, zu. Einige hatten vielleicht sogar an der kraftvollen, selbstbewußten und dabei doch bescheidenen Weise, wie dieser Mann auftrat, gemerkt, daß sie es mit einem Menschen ganz besonderen Kalibers zu tun hatten.

Eine weitere Etappe auf dem langen Weg nach Afrika war überwunden. Schweitzer konnte nun endlich daran denken, die Medikamente, Instrumente, Verbandstoffe, Lebensmittel und einige der allernotwendigsten Gegenstände zur Einrichtung seines Spitals einzukaufen. Viele Stunden mußten nun in den Kontoren und Lagerräumen pharmazeutischer Gesellschaften verbracht werden, um die Preise miteinander zu vergleichen und das Beste für die vorhandenen Gelder zu erstehen. Denn Schweitzer war der Auffassung — und ist ihr durch alle folgenden Jahre treu geblieben — daß mit gespendeten Summen vorsichtiger umgegangen werden müsse als mit eigenem Vermögen. Sein geradezu fanatischer und sogar von manchen seiner Mitarbeiter als übertrieben angesehener Sparsamkeitssinn erträgt es nicht, daß auch nur ein Blatt Papier, eine alte Büchse oder ein Stück Schnur unbenutzt weggeworfen wird.

So sehen wir ihn nun um jeden Franc feilschen, Einkaufslisten anlegen, Kataloge miteinander vergleichen, das tropensichere Verpacken der Kisten betreiben und überwachen. Eine ganz neue Seite in seinem Wesen tritt hervor: Zum Denker, Musiker, Seelsorger tritt jetzt noch der ausgezeichnete Organisator.

Mitten in allen Besprechungen, Arbeiten, Vorbereitungen hat Albert Schweitzer am 18. Juni 1912 Helene Bresslau geheiratet. Er erwähnt die Tatsache in seinen Erinnerungen bezeichnenderweise nur durch einen Einschiebesatz wie etwas recht Nebensächliches. Und wirklich kam wohl die Feierlichkeit der Gelegenheit in diesem Wirbel von Tätigkeit auch etwas zu kurz. An eine Hochzeitsreise war unter diesen Umständen gar nicht zu denken. Albert und Helene beugten sich, wenn sie endlich einmal allein waren, über die Korrekturbogen seiner Doktorarbeit, die sich mit der „psychiatrischen Beurteilung Jesu" befaßte, und über die Druckfahnen der für eine neue Auflage verfaßten Zusatzkapitel seines Geschichtswerkes über Jesus. Es war eine Hochzeitsreise in die Vergangenheit und sie war von der eigenartigen Schönheit des großen Dramas verklärt, das sich vor fast zweitausend Jahren um das Schicksal einer gewaltigen ethischen Persönlichkeit abgespielt hatte.

Achtunddreißig Jahre ist Albert Schweitzer alt, als er am Nachmittag des Karfreitag 1913 seinen Passionsweg nach Afrika antritt. Wie schwer er es in dem fremden Erdteil haben wird, ist ihm schon bei der Abreise völlig klar. Die furchtbaren Krankheiten, die dort unten im Schwarzen Erdteil wüten, kennt er nur zu genau aus den tropenmedizinischen Kursen, die er noch vor der Abreise in Paris absolvierte. Er weiß um die Tücken des Klimas, um die furchtbare Lässigkeit, die gerade den Weißen in jenen zentralafrikanischen Regionen, die er sich für seine Tätigkeit aussuchte, bald packt, aushöhlt und zur Flucht oder aufs Siechenbett zwingt.

Trotzdem — es muß sein! Die Glocken von Günsbach läuten. Der Gottesdienst ist gerade zu Ende. Pfarrer Louis Schweitzer — wie jedes Jahr an diesem Feiertag — hat den Höhepunkt der Leidensgeschichte Christi erzählt und zu deuten versucht. Nun steht er mit seiner Familie am kleinen Ortsbahnhof, um dem ältesten Sohn Lebewohl zu sagen. Letzte Umarmungen. „In zwei Jahren sind sie ja wieder da —" tröstet eine der Schwestern sich und die Eltern, während Albert und Helene aus dem letzten Wagen des Zuges winken, der hinter dem Waldrand verschwindet.

Gewiß, so ist es ausgemacht. Alle vierundzwanzig Monate will der Arztmissionar Schweitzer auf einige Monate nach Günsbach zurückkehren, um sich in Europa für den nächsten Afrikaaufenthalt zu stärken. Aber auch in dieser Beziehung macht er sich bei seiner Wegfahrt wenig Illusionen: denn auf der Brust trägt er einen Beutel mit zweitausend Mark in Gold mit sich.

„Weshalb du dich nur damit belastest?" fragt Helene kritisch, als sie endlich in Ruhe ihr Gepäck nachzählen.

„Weil wir leider mit der Möglichkeit des Krieges rechnen müssen, mein Kind", antwortet Schweitzer. „Dann behält wenigstens das Gold seinen Wert; Papiergeld und Bankguthaben dagegen würden uns nicht viel nützen."

Der Schatten des Krieges liegt auch über dem kurzen ersten Aufenthalt, den die Reisenden machen. Es ist ein ungewöhnlich schöner Ostersonntag, als sie in Saint Sulpice, begleitet vom Klange der herrlichen Orgel, dem Freunde Widor ein „Auf bald!" zurufen.

In Frankreich wie in Deutschland freuen sich die Menschen des Feiertagfriedens, aber genau wie jenseits des Rheins sieht man überall Uniformierte, und auf den Seitengeleisen der Bahnhöfe wird Kriegsmaterial verladen. Das verleidet den beiden Reisenden die Freude an dem traumhaft herrlichen Tag, dessen warmer Frühlingswind voller Glockenklang und Blütenduft hängt.

Wieviel aber der gute Wille eines einzelnen helfen kann trotz aller strengen staatlichen Vorschriften, erfahren die Schweitzers am Ostermontag in Bordeaux. Eigentlich dürfte der Beamte das vorausgeschickte große Gepäck der beiden Afrikafahrer erst am Osterdienstag durchsehen. Das hieße aber wahrscheinlich, daß man das von Pauillac anderthalb Stunden meereinwärts vor Anker liegende Schiff nicht mehr rechtzeitig erreichen könnte. Ein Lächeln, ein Achselzucken, man ist schließlich auch ein Mensch und kein Paragraphen-Hampelmann. Eh bien ... allez ... ist schon in Ordnung!

So kommen die Schweitzers rechtzeitig mit allen ihren Koffern und Kisten zum Dock, an dem das Schiff liegt. „Europe" heißt es, Erinnerung und Mahnung an den heimatlichen Kontinent, den die Reisenden verlassen. Was treibt sie eigentlich? Und was führt sie nach Afrika? Schweitzer forscht in den Gesichtern der vielen Fremden, als man sich zum ersten Male im

Speisesaal des Dampfbootes zusammenfindet. Was werden sie in zwei bis drei Jahren ausrichten? fragt er sich. Wenn man aufzeichnete, was alle, die hier zusammen auf dem Schiff sind, in dieser Zeit tun, was gäbe das für ein Buch! Wären keine Seiten, die man rasch umblättern müßte? Auf Wiedersehen, unser Europa!

Verschüchtert wie die neuen Hühner, die Mutter Schweitzer in Günsbach jeden Sommer zu den alten Hähnen und Hennen im Gatter steckte, sitzen die beiden „grünen" Reisenden am Tisch neben den erfahrenen Afrikanern. Stumm essen sie ihre Mahlzeit und versuchen, von den Nachbarn aus Gesicht, aus Gesten und aus flüchtigen Gesprächsfetzen die Antwort auf eine Frage abzulesen, die sie mit unruhiger Spannung erfüllt: Wie ist es wirklich in Afrika?

Nun — in den ersten Tagen erfahren Albert und Helene Schweitzer nicht sehr viel darüber. Ihr Schiff, flach gebaut, um später den Kongo ein großes Stück weit hinauffahren zu können, beginnt, sobald die hohe See erreicht ist, beträchtlich zu rollen.

Im berüchtigten Golf von Biscaya wird es so schlimm, daß sich fast niemand mehr aus seiner Kabine heraus traut. Besonders arg ergeht es dem Ehepaar Schweitzer. Sie können nicht einmal ihre Betten verlassen, weil sie in ihrer Unerfahrenheit verabsäumt hatten, die Kabinenkoffer festzugurten. Die poltern nun wie ausgelassen durch den kleinen Raum. Sie aufzuhalten, erweist sich als ganz hoffnungslos und führt beinahe dazu, daß dem Herrn Doktor der Fuß an der Kabinenwand zerquetscht wird. Als sich der Sturm gelegt hat, bekommt er gleich Arbeit: mehrere Personen sind ernsthaft verletzt worden.

Doch hinter Teneriffa wird es freundlicher. Fliegende Fische umtanzen das Schiff, das nun durch sonnige Gewässer fährt.

Aber diese Sonne ist kein Freund.

Ein „alter Afrikaner" spricht den hutlosen Doktor an:

„Von heute an haben Sie, und wenn es auch noch gar nicht warm ist, die Sonne als ihren schlimmsten Feind zu betrachten. Ob sie nun aufgeht, in Mittagshöhe steht oder untergeht, ob der Himmel klar oder bedeckt ist."

Der Doktor erinnert sich an das Versprechen, das er vor Jahren schon seiner Bekannten, der Gräfin von Erlach, in Straßburg gab, niemals in den Tropen ohne Kopfbedeckung auszugehen. Als Albert und Helene Schweitzer an diesem Abend ihre weißen, noch ganz frischen, nach der Kleiderfabrik riechenden Tropengewänder und Tropenhelme aus den Koffern holen, da muß ihnen etwa zumute sein wie Rekruten, die aus der Zivilkleidung in die Uniform wechseln, mehr noch, wie Klosterinsassen, die anstelle der weltlichen Kleidung erstmals ihr Weihegewand anlegen.

Welch gehobene und nachdenkliche Stimmung erfaßt sie aber erst, als am Horizont zum erstenmal die Umrisse des Kontinents auftauchen, dem sie ihr neues, ihr zweites Leben widmen wollen. Die weißen Häuser der Bucht von Dakar leuchten ihnen entgegen. Man läuft ein, wird in einer Barkasse an Land gebracht, und jetzt berührt der Fuß endlich den anderen, den Schwarzen Erdteil. Ein feierlicher Augenblick!

Und dann, bald danach, welch ein Absturz aus der Höhe der Gefühle: auf einer neubeschotterten Straße ist ein schwerbeladener Wagen steckengeblieben. Das magere elende Zugtier vermag das Gefährt nicht mehr in Bewegung zu bringen. Schreiend, fluchend, schlagend gehen die beiden Kutscher auf das arme Tier los.

Da hält es den Tierfreund Albert Schweitzer nicht mehr.

Mit einem „Allez Hop!" steht er neben dem Wagen, zwingt die beiden Eingeborenen vom Bock herunter.

„So, nun schieben wir alle drei. Allez hooop . . ." Sprachlos gehorchen sie ihm.

Die drei Männer bringen den Wagen auch wirklich in Bewegung und bis hinaus zu einem anderen Straßenstück. Die Neger haben kein Wort des Dankes für den weißen Helfer, der schweißtriefend neben dem Wagen steht und dem armen Pferdlein auf den dürren Hals klopft. Das Tier blickt nicht einmal auf. Es ist schon viel zu müde und abgestumpft.

Der Begleiter des Ehepaares Schweitzer, ein Kolonialleutnant, den sie auf dem Schiff kennenlernten, hat kopfschüttelnd dem Schauspiel vom Straßenrand aus zugesehen.

„Sie werden hier in diesem Punkt viel Schreckliches schauen", sagt er zu Schweitzer. „Wenn Sie keine Mißhandlung von Tieren mitansehen können, gehen Sie nicht nach Afrika!"

Niedergeschlagen kehrt Schweitzer zum Schiff zurück. Er hat von diesem Augenblick an nur noch Augen für die vielen abgetriebenen, von Striemen und Wunden überdeckten Zugtiere, die ihm auf Schritt und Tritt begegnen.

So also ist Afrika!

IX.

AFRIKA ERTEILT LEKTIONEN

PFEFFERKÜSTE, Elfenbeinküste, Goldküste, Sklaven-küste ... die „Europe" schlingert in Sichtweite am Ufer Westafrikas vorbei. An der Reling lehnen zwei Menschen und schauen hinüber zu dem bewaldeten Landstreifen, über dem sich von Zeit zu Zeit heftige Gewitter entladen: Albert und Helene Schweitzer.

Pfeffer und Elfenbein, Gold und Sklaven — das war es, was die Weißen jahrhundertelang hier suchten und fanden. Ge-würze, kostbaren Tand und lebendige Menschen holten sie sich. Was haben sie dafür gegeben?

Ein Mitreisender, Angestellter eines großen Handelshauses, der nun schon zum dritten Male seinen Posten am mächtigen Kongo aufsucht, antwortet mit brutaler Offenheit:

„Man bringt den Negern Schnaps und Krankheiten, die sie nicht kannten."

Nicht alle hier an Bord des Kongodampfers sind so pessi-

mistisch. „Immerhin hat sich doch einiges gebessert", erzählt
ein Kolonialbeamter, der sich ein wenig mit der Vergangenheit beschäftigt hat. „Schließlich haben die Engländer und wir
Franzosen seit den dreißiger Jahren des neunzehnten Jahrhunderts die massenhafte Verschickung von afrikanischen
Negersklaven nach Amerika zu unterbinden versucht."

„Hat auch nicht viel genutzt" fällt ein Sägereibesitzer von
Kap Lopez ein. „Schauen Sie sich einmal in unserer Gegend
um. Da finden Sie jetzt noch Reste von Barackenlagern und
Pflanzungen, in denen die Schwarzen zusammengepfercht
darauf warteten, als Zwangsarbeiter nach der neuen Welt ver-
frachtet zu werden. In Sechsergruppen zusammengekettet hat
man sie auf die Sklavenschiffe geschafft, soweit sie nicht schon
vorher jämmerlich zugrunde gegangen waren. Kam dann
endlich so ein Kreuzer mit dem Union Jack oder der Trikolore
angesegelt, waren die Händler längst mit ihrer lebendigen
Beute auf hoher See. Nein, was dem Sklavenhandel den
Todesstoß versetzte, war nicht die Überwachung der Küsten,
sondern das Verbot der Sklavenhaltung in den Vereinigten
Staaten. Präsident Lincoln hat im großen Bürgerkriege nicht
nur die amerikanischen Neger befreit, sondern auch Zehntau-
senden afrikanischen Negern das Leben gerettet. Denn sobald
keine Nachfrage mehr war, wurden eben gewinnbringendere
Güter als Menschenfleisch aus Afrika exportiert."

„Ja — eine große Schuld lastet auf uns und unserer Kultur ... Wir müssen diesen Menschen Gutes tun. Das ist nicht
Wohltat, sondern Sühne", sagt Doktor Schweitzer ruhig und
ohne sich zu ereifern.

„Nun ja, Sie als Missionar und Ihre Kollegen haben gut
reden" meint ein anderer „alter Afrikaner". „Ihre Niederlas-
sungen sind Zuschußunternehmungen und leben von Spenden.

Wir Kaufleute und Beamte aber müssen am Ende des Jahres schließlich greifbare Resultate vorweisen können. Und die werden oft nur im ständigen ausdauernden Kampf gegen die Unzuverlässigkeit und Arbeitsscheu der Eingeborenen erzielt. Glauben Sie mir, Doktor, Sie werden schon ganz anders reden, wenn Sie erst einmal Afrika kennen und eigene Erfahrungen mit den Schwarzen gemacht haben. Wer zu freundlich ist, wer seine Autoritätsstellung verliert, der wird nur ausgenutzt und betrogen. Denken Sie an meine Worte!"

„Und dann, Herr Doktor Schweitzer, noch eines", ereifert sich ein französischer Administrator, der zwanzig Jahre seines Lebens im schwarzen Erdteil verbracht hat. „Im Vergleich zu der Grausamkeit der Schwarzen unter- und gegeneinander waren selbst die Sklavenhändler noch recht anständige Menschen. Die bezahlten wenigstens etwas für ihre Menschenfracht. Immerhin ein ganzes Faß Rum mit etwa hundert Liter Inhalt, dazu noch Baumwollstoff und Glasperlen erhielten die Häuptlinge, die, ohne viel Federlesens zu machen, eigene oder fremde Stammesangehörige verkauften. Haben Sie eine Ahnung davon, wie blutdürstig und rücksichtslos die Pahouins, ein Kannibalenstamm aus dem Inneren des Ogowegebietes, im vorigen Jahrhundert über die anderen Negervölker herfielen? Wären wir Weißen damals nicht gekommen, es hätte kaum einer von den Eingeborenen des unteren Flußlaufes und der Küste diese Massaker überlebt! So einfach wie Ihr Moralisten in Europa Euch das alles vorstellt, liegen die Sachen hier doch wieder nicht."

Da muß der Neuling schweigen. Was könnte er auch sagen? Wer würde ihm glauben, daß es anders gehen kann, anders gehen muß!

Wie eine Bestätigung der von den „Erfahrenen" gemachten

Behauptungen muß es auf den idealistischen Arztmissionar und seine Gemahlin wirken, als er die fünfzig Neger auf dem Hinterdeck zu beobachten beginnt, die in Tabou als Lademannschaft an Bord genommen wurden. Es sind kräftige, tüchtige Kerle, stolz auf ihre Muskeln unter der glatten, fast pechschwarzen Haut und ihre tierhafte körperliche Gewandtheit. Aber wie brutal betragen sie sich gegen andere Farbige, die sie auf der „Europe" als Diener oder Mitreisende finden. Was werden da für Püffe ausgeteilt und Fußtritte gegeben. Wie anders ist der harte, herrische Ausdruck in diesen Augen als die traurig ergebene Miene jenes melancholischen Negers am Denkmal in Colmar, die Schweitzer einst so erschütterte. „Habe ich mich getäuscht? Darf man, kann man zu den Wilden gut sein? Werden sie es überhaupt verstehen?"

Um so größer ist die Freude des von Zweifeln geplagten Mannes, als er in Libreville, dem letzten Hafen vor der Ankunft in Kap Lopez, die Neger der Missionsstation Baraka kennenlernt. Der Name dieses christlichen Vorpostens erinnert noch an die Greuel der Sklavenzeit, denn „Barakons" nannten einst die portugiesischen Händler ihre großen Sklavenlager an der Küste, aber Kleidung, Gesten, Mienen der Neger auf dieser Mission sind freundlich ohne unterwürfig zu sein.

Der amerikanische Missionar Ford begrüßt die Durchreisenden herzlich. Er überreicht Frau Schweitzer Blumen und Früchte aus dem Garten seiner Mission und stellt ihnen seine dunkelhäutigen Mitarbeiter vor.

„Gewiß, die Kapelle, die sie gebaut haben, und die sauberen Bambushäuschen haben mir sehr gefallen" erklärt Schweitzer beim Abschiednehmen dem neugewonnenen amerikanischen Freund. „Aber wissen Sie — etwas anderes hat mich noch mehr beeindruckt . . ."

„So? Wie interessant! Das wäre . . .?"

„Es ist das Benehmen Ihrer Schützlinge, Mister Ford! Sie haben etwas Freies und Bescheidenes zugleich. Ich bin geradezu erlöst. Die Schwarzen, die wir bisher in den Hafenstädten sahen, haben mich alle mit so frechen oder gequälten Augen angeschaut. Das hier sind überhaupt nicht mehr dieselben Gesichter!"

„Also ist es vielleicht doch nicht so sinn- und nutzlos, was wir uns vornahmen!" sagt sich das Ehepaar Schweitzer nach diesem Besuch voller Hoffnung. Es muß, es kann, es wird uns gelingen, etwas von dem großen Unrecht der Weißen gutzumachen. Und wenn wir alles leisten, was in unseren Kräften steht, so haben wir nicht ein Tausendstel der Schuld gesühnt."

Auch die seit langem gehegte und durch düstere Prophezeiungen der Mitpassagiere noch geschürte Furcht vor dem Kolonialzoll in Kap Lopez erweist sich als übertrieben. Mit ängstlichen Gesichtern legt das Ehepaar Schweitzer die langen, peinlich genauen und übersichtlichen Listen über den Inhalt ihrer siebzig Kisten vor. Diese korrekte Handhabung gefällt den Beamten und im Handumdrehen ist die gefürchtete Operation überstanden. Eine letzte Nacht noch auf dem Schiff, umtost vom Lärm der Ladekräne, den Schreien der Docker, dem Gepolter der Kohlen, die in den Schiffsbauch rutschen und nun wirklich: „Adieu, ‚Europe'!"

„Bonne Santé!" tönt es vom Bord her, wo noch hundert Weiterreisende sich zum Abschiedwinken versammelt hatten. „Gute Gesundheit!" Ach, wenn nur der Mut nicht zu kränkeln beginnt und das Herz sich verhärtet wie bei so vielen

156

„Afrikanern", die im fremden Erdteil nicht nur körperlich, sondern vor allem seelisch Schaden erlitten.

„Atmen Sie noch einmal die gute Meeresluft ein", rät der Kapitän des in der Mündung wartenden Flußbootes „Alembe" dem Ehepaar Schweitzer. „Sie werden sich in Lambarene oft genug danach sehnen. Was gäbe man dort nicht für einen einzigen frischen Windzug, besonders jetzt um diese Jahreszeit!"

Der Dampfer liegt breitausladend an der primitiven Reede. Er nimmt nur noch Passagiere und ihr Handgepäck auf, das große Frachtgepäck muß gesondert nachkommen. Da steigen Schwarze mit großen Bündeln und sogar mit Haustieren an Bord. Sie kampieren im unteren Teil des Schiffes, im oberen befinden sich die Kabinen der Weißen. Nicht alle von denen, die kommen sollten, sind rechtzeitig eingetroffen. Aber auf ihre Ankunft kann nicht gewartet werden, denn jetzt ist der Höhepunkt der Flut erreicht, der die „Alembe" sicher über die Sandbänke am Eingang des Ogowe hinübertragen muß.

Der dunkelhäutige Pilot findet ohne Karte die Einfahrt in einen der vielen Flußarme. Er kennt diese Strecke trotz ihrer Tücken ganz genau. Doch muß er immer auf der Wacht sein, denn oft treibt der träge Strom auf seinem breiten, schmutziggelben Rücken einzelne ungeheure Baumstämme zum Meer hinunter, ihm in die Fahrrinne hinein. Das sind Deserteure aus dem festen Gefüge der Holzflöße, die aus dem Landesinneren an den Ozean geschifft werden. Sie einzufangen ist nicht leicht und lohnt auch nicht, weil das Holz schon zu stark angefault ist. So können diese Marodeure ungehindert ihren Schabernack treiben: Boote zum Kentern bringen, die Schaufelräder der Flußdampfer gefährden und in der Dämmerung manchem, der sie für den Rücken von Krokodilen oder Nilpferden hält, einen Schreck einjagen.

Nur die kleinen Schiffsbohrwürmer haben ihre Freude an den hölzernen Ungeheuern, sie nisten sich in dem Monster ein, graben Gänge bis in sein innerstes Herz, höhlen es aus, vernichten es ...

So ist es von jeher hier gewesen am Lauf des großen Ogowe. Das Kleinste schmarotzt am Größten, winziges Ungeziefer, das sich in dickste Elefanten- und Nilpferdhaut einfrißt, bringt diese gepanzerten Kolosse zu Fall, Unkraut würgt die Baumriesen ab, hurtige dünne Schlangen schnüren sich um den mächtigen Brustkorb des Gorillas und drücken ihn ein, winzige Tse-Tse-Fliegen stechen die herkulischen Baumfäller auf den Holzplätzen und bald befällt sie tödliche Lethargie, magern sie bis zur Unkenntlichkeit ab, vergehen. Töten und getötet werden, kämpfen, siegen und erliegen, so heißt die Regel der hohen, dunklen Wälder, durch die der große Fluß seinen bald breiten, bald schmaleren Weg bahnt. Heute aber reisen auf seinem Rücken zwei Menschen, die mit jener Gewohnheit des Unheilbringens und Unheilempfangens brechen wollen. Sie tragen Leben und Linderung mit sich. Sie glauben inmitten der großen Sinnlosigkeit, dem Gewirr und Gewucher, dem Verwelken und Verwesen an eine Aufgabe und ein Ziel. Es kreischen die Unken, es lachen der Tukan und der Turako-Vogel, es spotten die schreienden Äffchen dem Toren entgegen, der sie aufgesucht hat: „Auch Du wirst fallen, auch Du, großer weißer Mann, kannst dem Urwaldschicksal nicht entgehen."

Der aber fühlt sich seltsam losgelöst von Zeit und Raum. In dieser vorsintflutlichen Urlandschaft, scheint alles, was ihm je geschah, Jahrtausende zurückzuliegen. Und jetzt, wie lange ist es her, seit er sich jenen erstorbenen Baum mitten im üppigen Grün dort einprägte? Seit er dem Flug eines Reihers nachblickte und zwei kleine Affen in einer Palmenkrone beobachtete? Eine Stunde? Zwei Stunden? Oder nur eine Minute? Oder eine Ewigkeit? Denn da ist er ja schon wieder, der gleiche moderne Stumpf, der gleiche schwerfällige Flußvogel, das gleiche gelbliche Wasser, sich in vielfache Arme verästelnd, Inselchen aussparend, Seen bildend, träge umbiegend und einen neuen Blick eröffnend auf — den ähnlichen Wald, die ähnlichen trägen Wellen, die bei aller Vielfalt unverändert monotone Landschaft.

Manchmal tauchen auf kleinen Anhöhen, gerade hoch genug liegend, um vor den Fluten des Flusses gesichert zu sein, verlassene Hütten auf. Man sieht noch an den Ölpalmen und verwilderten Mangobäumen, daß hier einmal Menschen lebten und ernteten. Aber die Ansiedlungen sind jetzt fast alle leer, frisches Unterholz, Büsche und Unkraut wuchern schon wieder auf Dorfplatz und Anlegestelle.

„Als ich vor zwanzig Jahren ins Land kam", bedeutet ein Kaufmann dem Neuankömmling, „waren dies alles blühende Dörfer."

„Warum sind sie es nicht mehr?"

„Schnaps . . . Das meiste Geld, das durch den Holzhandel ins Land kommt, wird in Schnaps umgesetzt. Ich bin in den Kolonien verschiedener Völker herumgekommen. Der Schnaps ist der Feind aller Kulturarbeit."

Er hat es mit einem Achselzucken gesagt.

„Kann man denn den Alkohol nicht verbieten?"

„Gewiß, aber der Schnaps wird — ich begehe damit keine Indiskretion — aus Nordamerika eingeführt und bringt der Kolonialverwaltung eine Menge Zoll. Zur Zeit sind es zwei

Francs pro Liter. Man kann diese Abgabe auch noch jedes Jahr erhöhen, wenn es gilt, das Defizit auszugleichen. Deshalb wird aber noch nicht ein Fäßchen weniger getrunken. Im Gegenteil: Sie werden es ja erleben. In vielen Dörfern betrinken sich schon die Kinder zusammen mit den Alten. Das weißgestrichene Schnapsfaß thront in jedem Laden auf dem Ehrenplatz."

„Und früher tranken die Eingeborenen nicht?"

„Doch, aber nur bei ihren Festen, Herr Doktor. Ihr selbsthergestellter Palmwein hält sich nicht und ist nur durch recht umständliche Arbeit zu beschaffen. Saufereien waren also Ausnahmen und keine zu große Gefahr. Jetzt ist es ganz anders. Hier am Unterlauf des Ogowe regiert König Alkohol. Mit Feuerwasser hat schon der englische Flußhändler Trader Horn mehr Negerfürsten zum Abschluß von Verträgen gezwungen als mit Feuerwaffen."

Der Dampfer legt in einem Negerdorf an. Er nimmt Heizmaterial auf. Es sind Holzscheite, die neben dem Ankerplatz aufgestapelt liegen.

„Du hast zu wenig Scheite bereitgelegt!" tadelt der Kapitän den Dorfältesten.

Es beginnt ein langes, wortreiches Palaver mit großen Gesten und viel Geschrei.

„Da haben Sie es", meint der Kaufmann. „Der Schwarze möchte lieber in Schnaps statt in Geld bezahlt werden. Er glaubt, wir Weißen bekommen den Alkohol zollfrei, und er wird sich so besser stehen."

In der späten Dämmerung bleibt das Dorf zurück.

„Mit dem Dunkel des ersten Abends am Ogowe breiten sich die Schatten des Elends Afrikas über mir aus", gesteht Schweitzer später. Aber zugleich wächst auch seine Entschlossenheit: „Und es wird mir gewisser als je, daß dieses Land helfende Menschen braucht, die sich nicht entmutigen lassen."

Doch alle Vorsätze, alle Bereitschaft, sich von keiner Enttäuschung erschüttern oder gar niederringen zu lassen, erhalten am nächsten Tage einen schweren Schlag.

Es ist der Tag, an dem Albert Schweitzer zum ersten Male am anderen Lebenspol seiner Welt, in seiner zweiten Heimat eintrifft: Lambarene. Frühmorgens um fünf ist der Flußdampfer nach einigen Haltestunden in einer Seitenbucht mit lautem Wassergeschaufel weitergefahren. Zwei Stunden werden auf der Missionsstation N'Gomo zugebracht, um wieder einmal genug hölzerne Nahrung für den Feuerkessel zu laden. Der Doktor und seine Frau können es nun kaum mehr erwarten: in weiteren fünf Stunden werden sie an ihrem Bestimmungsort sein.

Und wirklich, unter dem lauten Sirenenruf des Dampfers — wie oft wird Schweitzer ihn im Laufe der nächsten Jahrzehnte noch hören! — nähert man sich Lambarene. Schon eine halbe Stunde vor Anlegen werden diese Signale gegeben, damit die Angestellten der Handelsniederlassungen, die Postbeamten und die Missionare es rechtzeitig erfahren: die „große Welt" kommt zu euch in den fernen Urwald. Sie kommt mit Säcken voller Briefe, mit Kisten und Fässern voller Ware. Heute ist sogar ein ganz besonderer Gast an Bord: ein weißer Medizinmann und seine Frau, ein Heiler, ein großer Zauberer.

Da sind in der Ferne die Anhöhen von Andende, die drei Hügel, auf denen 1874 der amerikanische Missionar Dr. John Nassau Kirche, Schule und Wohnhäuser baute, da ist auch schon das Dorf mit seiner Uferstraße und der Anlegestelle: Wir sind angekommen.

Oder wenigstens beinahe. Denn von dem Landeplatz bis zur Mission, die auf einer Insel im Seitenarm des Ogowe liegt, kann man nur mit dem Boote fahren. Der Dampfer darf es nicht riskieren, in diese seichte Verästelung des Flusses einzulaufen. Bei brütender Sonne kontrolliert das Ehepaar Schweitzer das Ausladen seines Gepäcks. Noch ist niemand da, sie zu begrüßen und abzuholen, aber da schießt ein schmales Kanu heran, gerudert von mehr laut als schön singenden Negerjungen, die nun in ein Jubelgeschrei ausbrechen. Es ist nicht etwa der Anblick des Doktorpaares, der sie so begeistert, sondern die Tatsache, daß sie, die jüngere Klasse der Schule, im Rennen von der Mission zum Landeplatz über die Älteren gesiegt haben.

Doch da ist nun auch das zweite Einbaumboot eingelaufen. Dutzende von Händen greifen nach dem Gepäck der Ankömmlinge, während die mitgekommenen Missionare Christol und Ellenberger den Ankömmlingen herzlich im Schweizerdialekt ein „Gruezi!" wünschen.

Ja, es ist ein Tag, der in voller Heiterkeit und Schönheit auszuklingen scheint mit schneller, fröhlicher Fahrt über den Fluß im ungewohnt stark schwankenden Boot, mit Landung unterhalb der Mission im aufkommenden Gewitterwind und dem Einzug ins breitgiebelige, blumengeschmückte, mit Palmzweigen behängte „Doktorhaus".

Der Doktor und seine Gattin sitzen noch auf ihren Koffern und hören dem aus dem Schulsaal hinüberdringenden Choral zu, als Helene plötzlich einen leisen Schrei ausstößt. Schweitzer schaut auf. Er sieht im Lichte der Petroleumlampe einen unheimlichen Schatten an der Wand: eine riesige Spinne von einer Größe, wie er sie nie zuvor gesehen, ist gerade bereit, sich ins Haar der Frau Doktor fallen zu lassen.

Nach einer „bewegten Jagd" hat Albert Schweitzer sie erschlagen. Er fährt sich mit der Hand über die Augen:

„Meine erste Tat hier — ich habe getötet!"

Es ist mit diesem Erlebnis ein Schatten auf die ganze glücklich-erwartungsvolle Empfangsstimmung gefallen. Den verscheucht auch nicht der nun anhebende zweistimmige Gesang von Schweizer Volksliedern, die sich aus Negermund in dieser Umgebung gar merkwürdig ausnehmen.

„Nun werden Sie wohl schlafen gehen wollen. Sie müssen ja todmüde sein", sagt Missionar Christol bald nach dem Abendessen zu den Schweitzers.

„Ja, aber bevor Sie uns ins Wohnhaus zurückbringen, hätte ich — auch wenn es schon dunkel ist — gern wenigstens Ihr ... ich kann wohl noch nicht ganz sagen: m e i n Spital gesehen..."

Der Missionar schweigt verlegen und schaut hilfesuchend zu seinem Kollegen Ellenberger hinüber. Der erklärt:

„Herr Doktor, wir müssen Sie enttäuschen. Wir hatten wohl versprochen, Ihnen ein Haus zu bauen, das sich als Spital verwenden ließe und wir bereiteten auch alles dafür vor. Aber wir fanden keine Arbeitskräfte."

„Wieso denn?" fragte Schweitzer ganz fassungslos.

„Seit einigen Monaten geht das Holzgeschäft in der Gegend so gut, daß man uns alle verfügbaren Hände vor der Nase wegverpflichtete. Mit den Löhnen der Holzhändler können wir nicht konkurrieren. Da gibt es gar nichts anderes, als sich in Geduld fassen und warten."

„Wie lange denn?"

„Das läßt sich gar nicht voraussagen, lieber Doktor Schweitzer. Im Urwald lernt man Geduld. Noch etwas Unangenehmes: Der Mann, von dem wir Ihnen schrieben, der Lehrer N'Zeng, der sich schon vor einem Jahr als Dolmetscher und Gehilfe für den erwarteten Arzt angeboten hat, ist leider nicht, wie versprochen, gekommen."

„Arbeitet er etwa auch beim Holzhandel?"

„Nein, aber er hat eine umständliche Erbschaftsangelegenheit in seinem Heimatdorf auszufechten."

„Wie lange kann das dauern?"

„Wer weiß, Herr Doktor? Ihre Lehrzeit in Afrika beginnt. Zum ersten Male erleben Sie nun, was Sie dann jeden Tag als eine endlose Prüfung hinnehmen müssen: Die Unzuverlässigkeit der Schwarzen."

„Nun denn — ich lerne gern und ich lerne ziemlich schnell", antwortete Schweitzer gefaßt.

Im Schein von Lampions werden der Doktor und seine Frau in ihr Haus zurückgeleitet.

Kaum haben sie sich hingelegt, da hören sie gegen den Hintergrund des Brüllens, Ächzens, Trommelns und Schreiens aus dem Urwald ein unheimliches weiches Geflatter und Geschwirre. Das muß ganz nah sein! Im eigenen Zimmer. Sie zünden die Lampen wieder an und prallen erschreckt zurück. Denn es wimmelt jetzt überall von geflügeltem, langbeinigem, kriechendem Ungeziefer. Da sind Kakerlaken — so groß wie kleine Fledermäuse —, da sind Moskitos und Feuerfliegen, da sind Spinnen, Spinnen und wieder Spinnen in allen möglichen Farben und Größen. All dies kreuchende und fleuchende Gewürm betrachtet sich zweifellos als Besitzer dieses seit langem leerstehenden Hauses.

Mit einem großen Tuch macht sich Schweitzer daran, die Tiere zu vertreiben. Angelockt vom Licht, schwirren sie immerfort neu durch die aus mangelnder Afrika-Erfahrung offenstehende Tür und durch Löcher in der Drahtbespannung der Fenster.

Als es hell wird, die Missionsglocke läutet und der erste Kindergesang ertönt, sind noch immer nicht alle Insekten vertrieben.

„Spinne am Morgen — Kummer und Sorgen. Spinne am Abend — erquickend und labend." Welches Omen wird stimmen?

Todmüde fallen die Neuankömmlinge in einen kurzen, wirren Schlaf.

An Sorgen wird es wahrhaftig nicht fehlen. Aber auch nicht an manch tiefbefriedigender Erquickung und Labung.

X.

NUR VIER HÄNDE ...

NUR VIER Hände haben Albert und Helene Schweitzer und diese an harte körperliche Arbeit nicht gewöhnten Hände müssen in Lambarene überall zupacken.

Die Hände des Orgelspielers, von Madame Jaell und Monsieur Féré einst auf den zartesten, differenziertesten Anschlag dressiert, greifen nach dem Spaten, dem Hammer, der Zange, dem Malpinsel. Die Hände der einstigen Studentin der Kunstgeschichte waschen, putzen, schneiden, schrubben. Voller Risse und Schwielen sind diese unermüdlichen vier Hände, voller kleiner Wunden, die nur zu leicht Geschwüre werden.

Diese beiden Opferwilligen sind als Ärzte in den Urwald gekommen, um Menschen zu heilen. Aber vorläufig kann die medizinische Tätigkeit höchstens Nebensache sein. Es müssen erst noch zahllose andere Voraussetzungen geschaffen werden, ehe Albert Schweitzer mit der ärztlichen Behandlung der Kranken beginnen kann.

166

An wieviele Dinge muß doch ein Tropenarzt denken, der nicht in ein wohlinstalliertes Spital kommt. Wo wird er geeignetes Baumaterial finden? Wie kommt er zu Handwerkern und Arbeitern? Woher nimmt er Wasser? Wie bringt er Müll, Schmutz, ansteckende Abfälle weg? Und welche Widerwärtigkeiten stellt ihm die Natur in den Weg: Sandflöhe und Stechfliegen, Ratten und Moskitos, ganze Heere von Kriegerameisen, die in disziplinierter Formation „marschieren" und dann zum Überfall auf die lästigen Menschen ausschwärmen, in deren Haut sie sich zu Hunderten festbeißen. Am allerschlimmsten aber ist die heiße, feuchte Luft, die alle Medikamente zu verderben droht.

Wenn nur wenigstens schon die Kisten mit den Instrumenten und pharmazeutischen Produkten aus Kap Lopez hier wären! Denn die Ankündigung, daß der neue Doktor nicht behandeln könne, bevor der volle Mond „abgemagert" und abermals fast „ganz fett" geworden sei, wird von den Eingeborenen nicht ernst genommen.

„Tom, tom, tom ..." verkünden die Trommeln bis weit herein ins Innere:

„Ein neuer weißer Doktor ist da ... ein neuer schlauer Fetischmann ..."

Und schon werden die Kranken in die Kanus geladen, ein wenig Nahrung verstaut, die Fahrt nach Lambarene angetreten. Wenn man warten muß, dann wird es besser sein, wenigstens an Ort und Stelle zu warten. Schon die Nähe des fremden Heilers kann vielleicht helfen.

„Tom, tom, tommmm..." klingt es vom Ogowe zum Asingo-See, bis nach N'Djole und weiter noch hinein ins Herz jenes gewaltigen Waldgebietes zwischen Ogowe und Kongo, wo die giftbrauenden Pygmäenstämme im tiefen Gründunkel hausen, und der Kolokamba existieren soll, ein Waldwesen, dessen Väter Gorillas, dessen Mütter Schimpansen sind. „Der große ‚Oganga' ist gekommen, der die Blinden sehend macht und die Würmer aus dem Leibe lockt. Tomm, tomm, tooooom ..."

Indessen hat der mit so prächtiger Urwaldreklame gepriesene Arzt nicht einmal genug Verbandstoffe, Salben und Tränke, um die nächsten Nachbarn zu behandeln. Nur einen ganz kleinen Teil seines medizinischen Arsenals führt er im Reisegepäck mit sich.

„Kommt in drei Wochen wieder!" bedeutet man den Kranken und ihren Familien, die zu allen Tageszeiten vor dem Doktorhaus anlangen, klopfen und bitten, daß man sich ihrer annehme. Ablehnung können sie nicht verstehen. Einige bleiben einfach vor der Hütte des „Zauberers" liegen und schreien so lange, bis sie wenigstens kurz untersucht werden.

Dann gegen Monatsende laufen endlich die Kisten mit dem Notwendigsten vom Hafen her ein. Drei Tage lang arbeiten die Schulkinder der Mission unter Leitung ihrer Lehrer, des Doktors und seiner Frau schwer daran, all das neue Gepäck vom Landeplatz über den Strom bis zur Mission zu bringen, und dann erst muß alles noch den steilen Hügel bis hinauf zum Haus der Familie Schweitzer geschleppt werden.

Doch wo jetzt alle die Sachen unterbringen, die aus den Holzgehäusen herausgeholt werden? Die allernotwendigsten Medikamente können provisorisch im Wohnzimmer auf den schnell gezimmerten Wandregalen Platz finden, der Rest muß anderswo verstaut werden.

Nun kommt, ihr Kranken und Schmerzbeladenen, zeigt eure Gebreste, entblößt eure Wunden! Wo tut es weh?

Der Herr Doktor muß im Freien unter dem bleiernen Tropenhimmel seine Ordination aufschlagen, denn in seine Wohnräume kann er die Kranken nicht ohne Infektionsgefahr hineinlassen.

Aber hat nicht auch der Herr Jesus so geheilt? Regen, Wind und Sonne waren sie ausgesetzt, doch beschützt von der Gnade des Herrn.

Es muß Dankbarkeit, Bewunderung und ehrfürchtiges Staunen in Albert Schweitzer gewesen sein, wie er nun mitten im zwanzigsten Jahrhundert biblische Szenen nachlebte, die er als Kind zum ersten Male bei der Verlesung der Heiligen Schrift als ferne Vorstellung vor seinem Auge gehabt hatte.

Da werden Leidende auf Bahren zu ihm getragen. Sie wälzen sich im Schmerz, aber kaum hat seine Hand sie berührt, da ist schon Hoffnung und Dankbarkeit in ihrem Blick. Krämpfe lösen sich, der Atem geht ruhiger, wildrollende Augen werden sanft und ergeben.

Der Heilende geht von einem zum anderen. Er untersucht schreckliche Eiterwunden, er heißt die desinfizierten und verbundenen Fußkranken schreiten, er beugt sich voller Interesse und Mitleid über die Aussätzigen.

Doch da beginnen plötzlich schwere Tropfen zu fallen. Das tägliche Gewitter hat begonnen. Im Donnergrollen schaffen der Doktor, seine Frau und ein provisorischer Gehilfe schnell alle Flaschen, Binden, Decken, Instrumente auf die Veranda des Doktorhauses. Die Siechen werden von ihren Verwandten eilends in einen schützenden Schuppen getragen. Fünf Minuten später ist die Sonne wieder da und brennt heiß. Abermals schlägt man das Doktorzimmer unter dem großen

Himmelszelt auf, abermals füllt sich der Platz vor dem Haus mit Kranken.

„Das Praktizieren in der Sonne war furchtbar ermüdend", gesteht Doktor Schweitzer einige Wochen später in einem Brief an die Freunde in der Heimat.

„Es war ganz erstaunlich. Nicht einmal um die heißeste Mittagszeit gönnten sich Herr und Frau Doktor Schweitzer die geringste Ruhe...", erinnert sich nach so vielen Jahren noch die Missionarin Morel, die mit ihrem Gatten aus der nahegelegenen Missionsstation Samkita herbeigeeilt war, um die alten Freunde aus Straßburg zu begrüßen.

Es war eben dieser Missionar Morel, der bei einem Rundgang durch das Gelände der Mission, auf der er vor der Ankunft Schweitzers selbst lange Jahre tätig gewesen war, den Doktor auf einen unbenutzten Raum aufmerksam machte: „Hier hatte ich meine Hühner untergebracht", erzählte er. „Ich wollte sie möglichst nahe bei der Wohnung haben."

„Warten Sie einmal, Morel. Sind Ihre Hühner hier gut gediehen?"

„Ausgezeichnet!"

„Nun — dann sollte es mir doch vielleicht in diesen vier Wänden auch nicht schlecht gehen?"

„Wie meinen Sie das?"

„Morel, ich habe soeben beschlossen, Ihren ehemaligen Hühnerstall zum Spital von Lambarene zu ernennen. Da staunen Sie! Nun ja, natürlich geht das nur bis auf weiteres. Wenn man nun hier im Lande herum und auf den anderen Missionsstationen hört, daß der neue Doktor in einem Hühnerstall arbeiten muß — vielleicht wird man dann etwas für ihn tun, und ihm ein anständiges Spital bauen, eh?"

Am nächsten Tag schon wird der Stall mit Seife und Besen

ausgeschrubbt. Dann werden die Wände frisch gekalkt, der Boden desinfiziert. Der Handwerkermissionar Kast baut in größter Schnelligkeit aus edelstem Mahagoni- und Ebenholz, das hier leichter zu haben ist als gewöhnliches Kistenholz, Regale. Her mit einer alten Pritsche, einem Tisch! So, jetzt ist der Urwalddoktor ganz vornehm geworden und kann getrost sein Arztschild vor die Tür hängen.

„Ich fühle mich überglücklich ..", sagte Albert Schweitzer nach dem ersten Behandlungsvormittag im umgewandelten Hühnerstall zu seiner Frau.

„Nun ja, aber es ist doch entsetzlich schwül in diesem Raum."

„Ich bin überglücklich", antwortete der Doktor. „Als es heute zu regnen begann, brauchten wir nicht gleich zu rennen, um alles schnell in Sicherheit zu bringen, sondern konnten getrost weiterbehandeln."

„Hast du das Loch im Dach nicht bemerkt?" fragte Helene Schweitzer.

„Ich bin überglücklich", schwärmte der Doktor, und nur wer ihn kannte, entdeckte in seiner Stimme bei aller Freude auch eine Spur von Selbstironie, „wenn ich den Tropenhelm aufbehalte, macht mir das schadhafte Dach fast gar nichts. Ich bin überglücklich, meine liebe Frau ...!"

„Es gibt keine Helden der Tat, sondern nur Helden des Verzichtens und des Leidens", schreibt Albert Schweitzer einmal. Zu diesen Helden kann er sich trotz aller Bescheidenheit wohl auch selbst zählen.

Auf was müssen der Doktor und seine Gemahlin gerade

während der ersten Monate des Aufenthaltes in Lambarene alles verzichten lernen! Ihre Freunde, ihre Anregung durch Gespräch und Kunsterlebnisse, ihren im Grunde doch recht anspruchslosen Komfort — alle diese europäischen Genüsse wollen sie gern entbehren. Sie sind auch bereit, die Erinnerung an jeden Schluck frischen Wassers zu vergessen — wie scheußlich schmeckt die warme, abgekochte gelbliche Brühe, die allein hier ohne zu große Risiken getrunken werden darf! Und sie protestieren nicht gegen die eintönige Urwaldkost, ohne die gewohnten Gemüse, Salate und Früchte. All das haben sie ja erwartet und sie sind gern bereit, sich an dieses neue, in mancher Hinsicht so viel ärmere Leben, anzupassen.

Unsäglich enttäuscht aber sind sie von den Schwierigkeiten, denen ihre Arbeit bei den Eingeborenen begegnet. Der mangelnde Wille der schwarzen Gehilfen, Boys und Arbeiter, auch nur einen Augenblick unbeobachtet zu arbeiten, erschüttert sie.

„Es ist doch für euer Wohl, daß wir uns hier abmühen!" läßt ihnen Schweitzer immer wieder durch seinen Dolmetscher sagen. Da nicken und lachen und versprechen sie alles. Kaum aber hat man ihnen den Rücken gedreht, wird sofort jede Arbeit stehen und liegen gelassen.

„Da bist du selber dran schuld Oganga", entschuldigen sie sich bei dem erzürnten Arzt. „Wenn du weggehst, tun wir eben nichts mehr. Du mußt bei uns bleiben."

Aber die Arztpraxis ist viel zu anstrengend, als daß Albert Schweitzer auch immer noch genügend Zeit fände, den Arbeitsaufseher zu spielen. Morgens um halb neun Uhr beginnt die „Sprechstunde".

Die beiden Heilgehilfen, der eine ist ein ehemaliger Koch namens Joseph, ein anderer, der mit über einem Monat Verspätung schließlich doch erschienene Lehrer N'Zeng, befehlen den Kranken, sich auf die Bänke im Schatten des Ex-Hühner-stalles zu begeben.

Dann liest einer von ihnen in freier Übersetzung die Hausordnung des Doktors im Goloa-Dialekt vor, und der andere wiederholt sie nochmals im Pahouin-Dialekt:

Erstens: Ihr sollt nicht ausspucken, damit eure Würmer nicht andere Kranke anfallen.

Zweitens: Der weiße Doktor braucht Ruhe, wenn er die Krankheit beschleicht. Wenn ihr zu laut redet, kann er sie nicht unbemerkt töten.

Drittens: Bringt euch genug zu essen mit für den ganzen Tag. Manche werden warten müssen, bis die Sonne niedergeht.

Viertens: Es können nicht alle über Nacht hierbleiben.

Fünftens: Bringt die Flaschen und Blechschachteln zurück, wenn die Medizin zu Ende ist.

Sechstens: In der Monatsmitte sollen nur die ganz Schwerkranken zum Doktor kommen. In dieser Zeit schreibt er um die guten Medikamente nach dem Land der Weißen.

Siebtens: Erzählt überall weiter was ihr eben hier gehört habt.

Die Zuhörer nicken verständnisvoll mit dem Kopf. Dann aber spucken sie aus, beginnen schallend miteinander zu palavern, stehlen sich Nahrung aus den Missionspflanzungen, schleichen sich bei Nacht in die Schlafsäle der Missionsschüler, die einfach aus ihren Betten geworfen werden, verlieren und unterschlagen die Medizinflaschen oder streuen sie unordentlich auf dem Missionsgelände aus, belagern das Doktorhaus um die Monatsmitte in größerer Zahl denn je und denken gar nicht daran die „Gebote" des weißen Zauberers zu verkünden ...

Es ist Albert Schweitzer oft nicht leicht, geduldig zu bleiben, es ist oft noch schwerer, diesen schwierigen Patienten weiter jene große Zuneigung und opferbereite Nächstenliebe zu bewahren, die der Antrieb des täglichen Opfers an Tatkraft, Gesundheit und einem Stückchen der ach so kurzen eigenen Lebensspanne sind.

Am schlimmsten ist es, daß so viele Kranke auch die ärztlichen Anordnungen des Doktors nicht befolgen. Sie betasten frische Operationswunden, sie halten sich nicht an Diätvorschriften, sie baden halbgeheilt im schmutzigen Fluß oder laufen ungeduldig davon, ehe sie geheilt sind.

Als Joseph eines Tages dem Doktor meldet, daß ein Mann mit seinem immer noch schwerkranken Kind zurück zu seinem Stamm gereist sei, nur, weil er dort irgendeinen ganz unwichtigen Rechtsstreit zu regeln hatte, braust Schweitzer auf:

„Welch ein Dummkopf war ich, hierher zu euch Wilden zu kommen!"

„Ja", antwortete der Heilgehilfe, „dumm bist du vor den Menschen, aber nicht vor Gott."

Dieser Joseph ist neben Helene Schweitzer der unentbehrlichste Gehilfe des Doktors geworden.

Gewiß, er ist putzsüchtig und eitel, wie die meisten anderen Schwarzen. Er klagt stets über sein Gehalt, das ihm zu niedrig erscheint. Hat er nicht früher als Koch in Kap Lopez mehr verdient, als jetzt, wo er seiner Ansicht nach ein „Intellektueller" geworden ist? Aber über die Hälfte dieses Geldes gibt er dann für Krawatten, Parfum, schlechte Lackschuhe und ähnliche aus Paris hierher verfrachtete Ladenhüter aus.

Und doch — wenn Joseph als „erster Heilgehilfe des Doktors" in dem stickigen Hühnerstall amtiert, dann macht er seine Sache schon recht gut. In dem kleinen Raum ist kaum genug Platz für drei Menschen, und doch geht die Arbeit flott vorwärts. Dreißig bis vierzig „Fälle" sieht der Arzt pro Tag: Tropenübel, aber bis auf Krebs und Blinddarmentzündung, auch alle Leiden, die in Europa vorkommen, und besonders viele Geschlechtskrankheiten, die einst von Weißen eingeschleppt wurden.

„Wo tut es dir weh?" fragt der Arzt durch den Dolmetscher.

„Ein böser Geist nagt an mir." Dabei zeigt sie auf ihre Brust. Schweitzer klopft sie ab und richtet das Hörrohr auf ihr Herz: „Du kannst nachts schlecht schlafen. Du hast Atembeschwerden. Deine Füße sind geschwollen."

„Ja, so ist es, woher weißt du, Doktor, was der Geist an mir tut? Du mußt eine große Macht besitzen."

„Hier sind Tropfen. Nimm jeden Tag zehn davon in etwas Wasser."

„Ja, Oganga."

„Wiederhole, wie du die Medizin nehmen sollst."

„Nimm jeden Tag zehn davon in etwas Wasser."

„Joseph, bring sie vor die Tür und laß sie das noch zehnmal wiederholen."

„Ja, Herr!"

„Und gib ihr das Halsband ..."

Das „Halsband" ist ein Stückchen Bastschnur, an dem eine kreisrunde Pappscheibe hängt. Nummer, Name, Krankheit und die Medikamente, welche jeder Kranke erhält, sind darauf notiert. So kann man ihn beim nächsten Male von anderen Patienten unterscheiden und sofort seine Krankengeschichte im großen Buch wieder aufschlagen.

Leider können die Patienten nicht lesen, wie das Mittel, das man ihnen mitgibt, verwendet werden soll. Aus Vergeßlichkeit oder auch weil sie es besser zu wissen glauben, trinken sie, statt einiger Tropfen, manchmal eine ganze Flasche auf einmal aus, reiben sich ein Magenpulver in die dunkle Haut ein oder sie schlucken eine Heilpomade.

Trotz solcher „schwieriger Patienten" erzielt Schweitzer aber bereits in den ersten Wochen einige schöne Heilerfolge.

Geradezu berühmt macht ihn eine von ihm selbst zusammengemixte Heilsalbe gegen die unter den Negern weitverbreitete Krätze. Immer öfter melden die Trommeln mit ihren dumpfen Holzlauten weit über Ströme, Seen, Savannen und Sümpfe hinweg: „Der große Doktor in Lambarene hat geheilt ... Der große Doktor in Lambarene hat geheilt ..."

Und mehr und mehr Kranke strömen herbei mit ihren Familien. Sie kampieren überall auf dem Missionsgelände, kochen und streiten laut miteinander. Schon beginnen die mitgebrachten Medikamente auszugehen. Als Albert Schweitzer dringend um neue Mittel nach Hause schreibt, berichtet er: „Die Klientel ist viel zahlreicher, als ich gedacht hatte. Chinin, Antipyrin, Bromkalium, Salol und Dermatol sind bis auf wenige Gramm aufgebraucht."

Doch gleich fügt er wie immer eine hoffnungsvollere Note hinzu: „Aber was bedeuten alle diese vorübergehenden Widerwärtigkeiten im Vergleich zu der Freude: hier wirken und helfen zu dürfen. Mögen die Mittel noch so beschränkt sein: was man damit ausrichten kann, ist viel. Schon allein die Freude der mit Geschwüren Behafteten zu sehen, wenn sie endlich einmal sauber verbunden sind und mit ihren wunden Füßen nicht immer im Schmutz laufen müssen, wäre es wert, daß man hier arbeitete."

176

1885. Der zehnjährige Albert mit seinen Eltern und Geschwistern.

1893. Die Familie Schweitzer im Pfarrgarten zu Günsbach.
Links Albert Schweitzer.

1913. Mit seiner Frau Helene.

*1928.
Mit seiner
Tochter Rhena.*

Am Klavier in Lambarene.

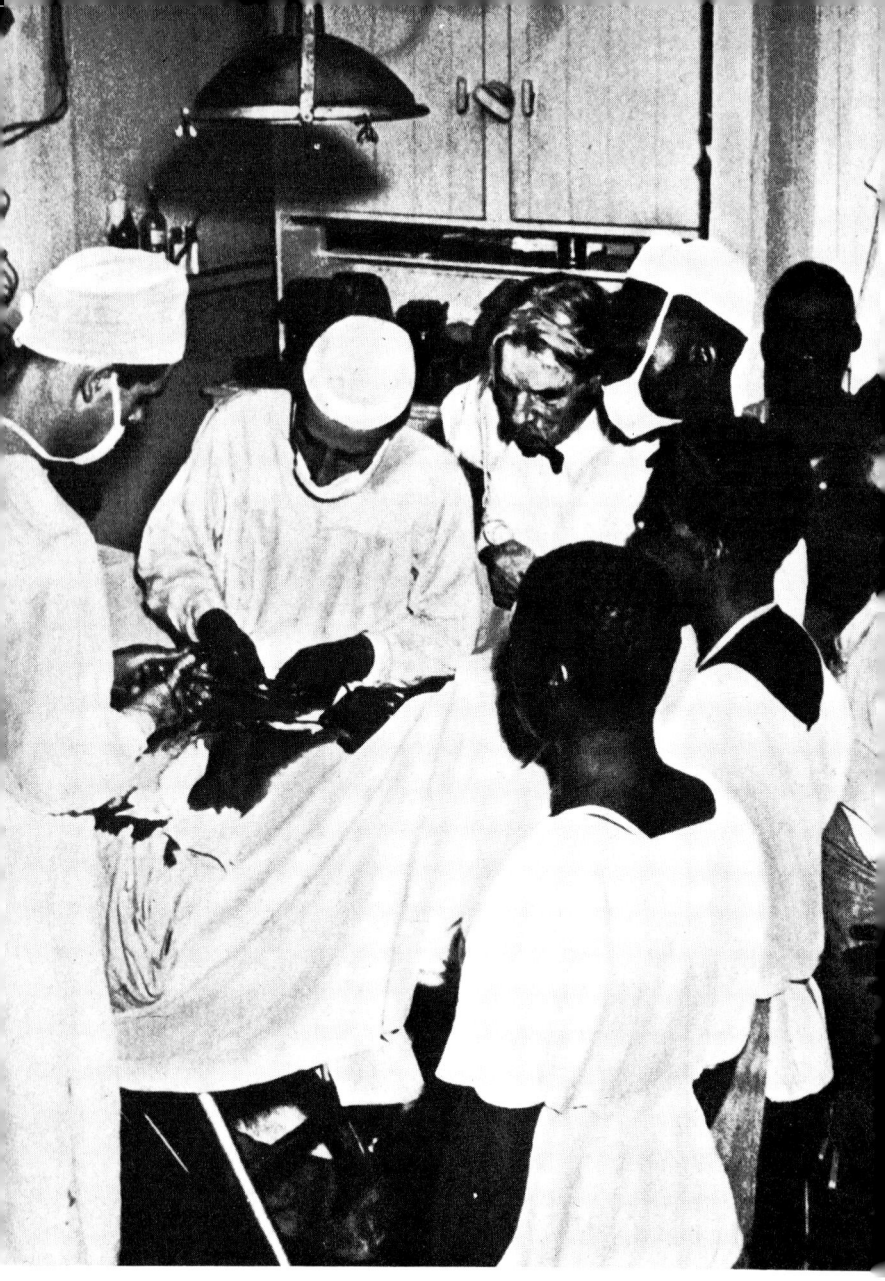

Schweitzer leitet eine Operation in Lambarene.

Der Tierfreund.

*1951. Mit Theodor Heuss nach Verleihung des Friedenspreises
des deutschen Buchhandels.*

1952. Ankunft auf einem französischen Bahnhof.

*1954. Albert und Helene Schweitzer bei der Verleihung
des Friedensnobelpreises in Oslo.*

Bald ist der Ruhm, den der neue Doktor im „großen Wald" von Gabon genießt, so groß, daß ihn die Eingeborenen mit Eliwa N'Guéwa zu vergleichen beginnen. Das war eine ebenso rätselhafte, sagenumwobene schwarze Tänzerin. Man sagte ihr nach, daß sie auf dem Wasser tanzen konnte, ohne unterzugehen. Alle großen Wasserlilien öffneten ihre Blüten, wenn die schöne Eliwa ihnen nahekam, alle bösen Geister flohen aus ihren Behausungen in toten Bäumen, verfallenen Hütten, den Körpern der Kranken und Bösen. Das war die paradiesische Zeit am Ogowe. Wird sie nun wiederkommen, da der „große Oganga" auf der Mission von Lambarene arbeitet?

Die Lieder von der zauberhaften Schönheit und der sanften, aber gewaltigen Macht der Tänzerin werden besonders auf den Bootsfahrten gesungen.

Da dichten die Ruderer immer neue Verse auf Geister und Ungeheuer, auf sich selbst und ihre Fahrgäste.

Heute ist der Doktor einer ihrer Passagiere. In Begleitung der beiden Missionare Christol und Ellenberger läßt er sich flußaufwärts nach Samkita rudern. Zwölf nackte muskulöse Männer schlagen in gleichförmigem Takt ihre Paddel. „Oh, welch ein heißer, schwerer Tag liegt vor uns", singen sie. „So früh beginnt er, so spät wird er enden."

Es ist Albert Schweitzers erste größere Reise, seit er in Lambarene ankam. Er würde sie auch jetzt nach dreizehn Wochen harter Arbeit kaum riskieren wollen, wenn es nicht für seine Kranken wäre. Am Reiseziel in Samkita, wo sich die protestantischen Missionare der Region einmal im Jahr versammeln, muß er für den nicht länger aufzuschiebenden Bau seines Spitals plädieren.

Wie herrlich diese Flußfahrt ist! Haubenkraniche flattern auf, Königsfischer kreisen mit gespreizten Flügeln, riesige

Schmetterlinge in unwahrscheinlich leuchtenden Farben schweben gegen den schwarzdunklen Hintergrund des Urwaldes an beiden Uferseiten. Aber fast noch herrlicher ist das Gefieder des Vogels Pipio. Es schimmert grüngolden, es gleißt in unzähligen Farbreflexen. „Das ist der schönste Vogel der Welt", hat ein anderer berühmter Anwohner des Ogowe, der verwegene Trader Horn, verkündet. „Sein Gefieder wurde mir in London und Paris hoch bezahlt."

„Kaiman" rufen die Ruderer, als sie ein großes Krokodil erblicken, das sich auf einem Ufervorsprung sonnt. „Laßt uns den Kaiman töten. Sein Fleisch ist süß und macht stark." Aber wenn sie im Wasser vor sich ein paar schmale schwarze Striche erblicken, verstummen sie. Das sind Nilpferde, die ihr Morgenbad nehmen. Vor ihnen haben die Eingeborenen den allergrößten Respekt. Erst als die plumpen Tiere außer Sichtweite sind, beginnen sie einen Spottgesang auf das dumme Nilpferd, das sich eines Tages von der Schildkröte verleiten ließ, mit dem Elefanten um die Wette Tau zu ziehen. „Ohé, du dickes Schlammtier, was nützt dir alle deine Kraft? Komm nur her, wir werden dich kitzeln mit unseren Speeren...", singen sie herausfordernd im Chor, bis plötzlich ein Schnauben und Pusten ganz aus der Nähe sie erneut zu ängstlichem Schweigen bringt.

So wird gerudert und gerudert trotz der immer stärker werdenden Hitze. Nur einmal hält man zum Essen in einem Dorf. Das lange Boot wird von nun an hinüber in den Schatten der hohen Uferbäume dirigiert, denn in der Strommitte hat man, wie Schweitzer feststellt, „den Eindruck, aus einem flimmernden Spiegel mit feurigen Pfeilen beschossen zu werden."

Punkt sechs Uhr fällt die Dunkelheit über die Landschaft.

Nun geht es weiter in rapidem Takt. Die Ruderer haben jeder ein Blatt Tabak als Belohnung versprochen bekommen. Da strengen sie sich noch mehr an, und das Boot schießt schneller denn je durch die Wellen. Trotzdem ist es schon spät nachts, als am Ufer die Lichter von Samkita erscheinen.

Albert Schweitzer war mit recht gemischten Gefühlen nach Samkita gefahren. Er hatte gefürchtet, die eingesessenen Missionare könnten sich als ähnlich eng und kleinlich entpuppen wie einige der Missionsdirektoren in Paris.

Tatsächlich aber findet er hier im Kreise dieser Praktiker Großzügigkeit, Mut und Opferwillen, die ihm wohltun und sein Herz erfrischen.

„Wollen Sie uns, bitte, jetzt etwas über Ihre Spitalpläne erzählen, Herr Doktor Schweitzer?" fordert man ihn am ersten Tage der Konferenz auf.

„Liebe Freunde", sagt der Doktor, „Sie erwarten vermutlich, daß ich grolle wie ein Gewitter, weil ich bei meiner Ankunft kein Spitalgebäude vorfand. Aber das Unwetter hat sich bereits ausgetobt. Jetzt bin ich heiter und froh darüber, daß wir bisher nicht bauen konnten. Denn ich habe auf Grund meiner Erfahrungen einen anderen, geeigneteren Platz für das Spital ausgewählt, als ursprünglich geplant war, und ich möchte auch eine neue Bauweise vorschlagen. Die Fußböden sollen aus Zement sein. Die Fenster sehr hoch. Bis ans Dach möchte ich sie hinaufführen. Das mag Ihnen ungewöhnlich vorkommen, aber ich glaube, daß dann die heiße Luft sich dort nicht, wie gewöhnlich bei Wellblechbauten, sammelt, sondern entweichen kann."

179

Die Missionare spenden Beifall. Daß der Herr Theologe, Philosoph und Arzt nun auch noch Architekt ist, überrascht sie angenehm. Sie gewähren Schweitzer gern den von ihm vorgeschlagenen neuen Bauplatz und bereiten ihm nun gleichfalls eine freudige Überraschung. Denn am Schlusse erhebt sich der Vorsitzende und erklärt:

„Herr Doktor, wir sind Ihnen unendlich dankbar für alles, was Sie hier tun. Die Mission hat zwar nie genügend Mittel, aber in diesem Falle scheint mir ein Griff in den Geldbeutel am Platze. Ich schlage vor: wir bewilligen für das neue Spital in Lambarene zweitausend Francs."

Einstimmig wird der Vorschlag angenommen. Jetzt kann endlich mit dem Bau begonnen werden. Halt! Erst muß noch der neue Bauplatz eingeebnet werden. Mit Mühe und Not werden fünf Neger beschafft, die diese körperlich schwere Arbeit bewältigen sollen. Aber sie leisten, wie Schweitzer seiner Frau am Abend berichtet, nur „an Faulheit Großartiges".

Doch da kommt Hilfe von unerwarteter Seite. Ein mit Schweitzer bekannter Holzhändler namens Rapp hält sich zufällig in der Nähe auf. Er stellt dem Doktor acht Träger zur Verfügung.

„Ich versprach ihnen eine schöne Belohnung", erzählt der Doktor, „und griff selber zur Schaufel, während der schwarze Aufseher der Karawane sich im Schatten eines Baumes niederließ und zuweilen ermunternde Rufe an uns richtete."

Immerhin, in zwei Tagen ist der Platz eingeebnet. Todmüde wankt Albert Schweitzer an diesem Abend den Hügel zu seinem Hause hinauf.

Joseph und seine Frau haben ihn in diesen zwei Tagen bei den Kranken vertreten müssen. Auch Helene ist so angestrengt, daß sie vor Müdigkeit kaum zu essen vermag.

180

„Ich weiß", sagt der Doktor, „wir sind zu wenige. Nur unsere vier wirklich zuverlässigen Hände, das genügt nicht. Aber es werden bald andere Hände uns helfen. Ich weiß es ganz bestimmt."

Zum erstenmal an diesem Abend klappt er das in einem Zinnpanzer steckende Tropenklavier auf, das ihm die Pariser Bach-Gesellschaft geschenkt hat.

Wie schwerfällig diese geschwollenen, klobigen, zerarbeiteten Finger über die Tasten tappen. Wie sie jede Geläufigkeit verloren haben. Und doch: mitten im regellosen Urwald wird aus hellen, klaren Tönen die himmlische Ordnung einer Bach-Fuge aufgebaut. Es ist wie eine Herausforderung an die Schreie der Bestien und an das betrunkene Gejohle der acht Helfer Schweitzers, die trotz seiner Mahnungen ihren Lohn sofort ganz in Schnaps umgesetzt haben . . .

XI.

GUTER ZAUBER — BÖSER ZAUBER

„SCHICK IHN nach Hause, Doktor. Chassez-le. Away! Away!"

Joseph, der Heilgehilfe Schweitzers, bietet all seine gemischten europäischen Sprachkenntnisse auf, um seinen Herrn zu warnen. Er hat dem Doktor schon oft gute Ratschläge gegeben, wie er mit den Eingeborenen umgehen solle, und so muß sein brutal klingendes Urteil auch in diesem Falle zumindest überlegt werden.

Der Patient, von dem die Rede ist, weiß natürlich nicht, weshalb der schwarze Diener und sein weißer Herr so laut streiten. Er schaut mit flehenden Augen auf den Oganga, der zu zögern scheint. Ganz fahlgrau ist sein Gesicht vor Schmerzen, der Bauch ist hoch aufgetrieben. Jetzt, jetzt hält es ihn nicht mehr. Er beginnt laut zu jammern und zu schreien, so daß es weit aus dem Ordinationszimmer hinaus in die Wartehalle dringt, wo die anderen Patienten hocken.

„Kann morgen wieder kommen ...", schlägt Joseph listig vor. „Du weißt genau, daß er die Nacht nicht überleben würde", antwortet der Doktor scharf. „So ein eingeklemmter Bruch muß sofort operiert werden. Vielleicht ist es sogar jetzt schon zu spät."

„Eben darum sage ich so, Doktor. Fetischmänner wissen richtig. Unheilbare Kranke gefährliche Fälle. Weg! Einfach weg! Sonst böser Ruf für Arzt", belehrt Joseph den dummen weißen Mann.

„Ich riskier's trotzdem. Schick hinauf zum Doktorhaus, die Frau Doktor soll kommen. Wir bereiten inzwischen alles vor."

Murrend und grollend macht sich Joseph ans Werk. Gewöhnlich ist er überraschend „aufgeklärt" für einen Neger dieser Region. Nicht einmal vor dem Blut, das an Tampons und an den Instrumenten klebt, schreckt Joseph zurück. Ein gewöhnlicher Neger würde nichts anrühren, was durch Blut oder Eiter verunreinigt ist, denn er fürchtet, damit selbst „unrein" zu werden. Aber „fortschrittlich" sein, heißt doch noch nicht „dumm" sein, denkt sich Joseph. Wie kann der Doktor wegen eines einzigen Falles sein gewaltiges Prestige riskieren?

Die Frau Doktor kommt in den stickigen Raum. Sie ist von dem kurzen Weg außer Atem und schweißbedeckt, ihr Gesicht ist blaß, ihre Augen liegen tief. In den wenigen Monaten des Aufenthaltes in Lambarene ist sie um Jahre gealtert. Aber sie äußert nie ein Wort darüber, wie schlecht sie das Klima verträgt.

Ihr obliegt die Leitung der Narkose.

Der Patient wird auf den Tisch gelegt und gewaschen. Sein Atem geht stoßweise. Er muß schrecklich leiden.

„Welch furchtbarer Herr der Schmerz ist, furchtbarer als der Tod", denkt sich beim Händewaschen der Doktor, der, während Joseph und Frau Helene die letzten Vorbereitungen zur Operation treffen, nebenan schnell noch einen Verband angelegt hat.

Er geht auf den Jammernden zu, legt ihm die kühle Hand auf die Stirn und tröstet: „Sei ruhig. Gleich wirst du schlafen. Und wenn du wieder aufwachst, ist kein Schmerz mehr da."

„Beginnen wir!" sagt Doktor Schweitzer.

Seine Frau legt dem durch eine Spritze schon Betäubten die Chloroformmaske auf das Gesicht. Sie zählt und beobachtet den Fortgang der Narkose.

Joseph hat sich die langen Gummihandschuhe angelegt. Die sterilisierten Instrumente liegen bereit. Sie machen sich nicht weniger seltsam in dieser primitiven Umgebung wie die Berge von Gaze und blütenweißer Operationswäsche.

„Fertig?"

„Ja."

Erstaunlich sicher handhabt Schweitzer die chirurgischen Scheren und Messer. Er führt sie so fest und sicher wie ein Günsbacher Bauer den Pflug, aber manipuliert zugleich mit einer Finesse und Fingerfertigkeit, die er sich einst am Piano und an der Orgel erwarb.

Schweitzer hat schon viele eingeklemmte Brüche operiert. Das ist hier bei den Schwarzen ein immer wieder vorkommender Fall. Aber diesmal gibt es Komplikationen. Die Operation zieht sich hin. Es wird gleich dunkel werden.

„Bring eine Lampe", sagt er zwischen den gewohnten Operationsbefehlen zu Joseph.

Und nun, beim Schimmer des künstlichen Lichtes, wird weitergearbeitet. Wenn es nur nicht so entsetzlich stickig wäre!

In der feuchten Schwüle riecht das Blut des betäubt auf dem Operationstisch Liegenden fast unerträglich penetrant.

„Tampons!" sagt der Doktor.

„Faden . . .", befiehlt er. „So, endlich", kommt es ihm nun von den Lippen. „Hol' die Träger!"

Er schließt die Augen vor Erschöpfung und wäscht sich die Hände und das Gesicht. „Wenn es nur gelungen ist . . .", sagt er leise zu seiner Frau.

Später wird der Doktor noch in der dunklen Schlafbaracke nach dem Patienten schauen. Der liegt wie ein Toter. Doch als der Arzt sich neben sein Lager setzt, öffnet er langsam die Augen. „Ich habe nicht mehr weh, ich habe nicht mehr weh!" flüstert er fassungslos. Und in fiebriger Dankbarkeit tastet er nach der schweren Hand des Arztes.

Der ist im Grunde seiner Seele nicht minder dankbar. Wie gut, daß er Josephs Rat nicht folgte! Wie herrlich, daß er nicht verzagte.

Und weil es ihm heute so ums Herz ist, beginnt er zu erzählen, wer der „Herr Jesus" ist, der ihm und der Frau Doktor gebot, hierher zu den Eingeborenen zu kommen.

Wie durch Zufall versteht einer der anderen Kranken im Nebenbett etwas Französisch und beginnt das, was der Weiße sagt, Wort um Wort zu übersetzen, so daß es alle Kranken mithören können.

„Weshalb gibt es Menschen in Europa, die etwas schenken, damit du uns helfen kannst?", will jemand wissen.

„Woher wissen diese Menschen, daß es hier bei uns so viele Kranke gibt?", fragt ein anderer. „Was haben sie eigentlich davon, uns zu helfen?"

„Wir alle sind Brüder!" sagt der Doktor. „So hat es mein Gott Jesus gepredigt."

„Ich habe ja nicht, ja nicht mehr weh ..." ruft der Operierte immer wieder. „Ich habe ja nicht mehr weh ...!"

„Ach, könnten nur die Freunde, die mir spendeten, jetzt hier sein", denkt der Doktor, während er durch die offenen drahtvergitterten Fensterhöhlen in den Missionsgarten hinausschaut.

„Ich habe ja nicht mehr weh!" klingt die verwunderte Stimme des Geretteten. Er wiederholt die Worte wie ein Gebet. „Nun schlafe gut. Du brauchst den Schlaf!" sagt der Doktor und geht.

Erst seit das neue Spital gebaut ist, kann Schweitzer solche Operationen wagen. Zuerst wurde die „Medizinbaracke" fertig. Sie hat zwei große Räume: das Konsultationszimmer und den Operationssaal sowie zwei kleine Nebenräume, die als Apotheke und zum Sterilisieren verwendet werden. Daneben ist eine Wartehalle und ein großer Schlafraum für die Schwerkranken entstanden. Auch eine Hütte für den Heilgehilfen Joseph wurde erstellt. Das ist der Kern des „Spitaldorfes" Lambarene. Es hat eine eigene, von einem großen Mangobaum beschattete Anlegestelle in einer idyllischen Bucht, wo die Kranken ihre Kanus hinlenken können.

Ganz anders als in einem europäischen Spital sieht es allerdings in jenem Schlafsaal der Kranken aus. Der Boden ist aus festgestampftem Lehm. Die Betten bestehen aus vier einfachen Pfählen, auf denen mit Lianen festgebunden Quer- und Längshölzer liegen. Bettwäsche gibt es nicht. Die Matratzen bestehen aus Tuch und getrocknetem Gras. Diese Krankenlager sind aber breit genug, daß außer dem Patienten meist auch noch zwei seiner Begleiter, die ihn herbrachten, darin Platz haben. Sind mehr Familienmitglieder als Eskorte mitgekommen, so kampieren sie auf dem Boden neben dem Bett. Gelegentlich geschieht es auch, daß die lieben Verwandten den Kranken auf den Boden betten und sich selbst auf die bequemere Bettstatt legen. Das duldet allerdings der „Weiße Doktor" nicht. Dagegen ist er großzügig genug, Männer und Frauen im gleichen Schlafsaal beisammen zu lassen. Er gestattet auch, daß die Familien für sich und „ihre" Kranken hinter der Baracke kochen.

Das ganz instinktiv herausgefundene Prinzip Schweitzers ist es, das Krankenhaus möglichst weitgehend den gewohnten primitiven Verhältnissen seiner Patienten anzupassen, damit sie sich dort wie zu Hause fühlen. Das mag bei den Regierungsärzten in der Gegend Kopfschütteln verursachen. Aber der Erfolg gibt dem Doktor recht. Während die Eingeborenen sich anderswo scheuen, die Krankenhäuser der Weißen zu besuchen, oder es nur höchst widerwillig tun, weiß sich der „Oganga von Lambarene" kaum vor neuen Patienten zu retten. Das Zutrauen der Eingeborenen zu ihm steigert sich „in einer für mich erschreckenden Weise", schreibt er damals nach Hause.

In den ersten neun Monaten seiner Tätigkeit in Lambarene werden so nach Schweitzers Schätzung etwa zweitausend Patienten untersucht und zu einem großen Teil kuriert.

Er ist Chirurg, Zahnarzt, Kinderarzt. Er behandelt Rheuma und Ruhr, Malaria und Geschwüre. Selbst Joseph, der genau hinzuschauen versteht, kann schon einige harmlose Fälle selbst diagnostizieren und behandeln.

„Habe Wunde am rechten Schlegel der Frau selbst ausgewaschen und verbunden", verkündet der ehemalige Koch, die Sprache seines alten und neuen Berufes mischend, stolz dem Meister. „Mann hat Weh in den oberen linken Koteletten", erklärt er auf Grund seiner Voruntersuchung.

Es ist ein Glück, daß Joseph so viel Selbständigkeit entwickelt, denn mindestens dreimal wöchentlich muß der Doktor jetzt operieren, und manchmal verbringt er fast einen ganzen Vormittag nur damit, eine einzige Blutprobe zu untersuchen, weil der Patient verdächtig ist, von dem wohl unheimlichsten aller Tropenübel befallen zu sein: der Schlafkrankheit.

Diesem Übel Schlafkrankheit widmet Albert Schweitzer schon deshalb seine ganz besondere Aufmerksamkeit, weil er als Weißer sich mitverantwortlich für die Verbreitung der schrecklichen Krankheit fühlt. Ursprünglich war die Schlafkrankheit auf einige wenige isolierte Herde beschränkt. Erst als die rastlosen Weißen den dunklen Erdteil von Ost nach West und von Nord nach Süd durchstreiften, wurde die gefährliche, im Blute und im Rückenmark der Kranken lebende Mikrobe in andere Regionen eingeschleppt. Vermutlich waren es die schwarzen Trägerkolonnen weißer Händler und Forschungsreisender, die den Erreger in bisher krankheitsfreie Regionen brachten. Dort wurde er dann von einer besonderen Art der Tsetsefliege überraschend schnell auf die Bewohner eines ganz neuen Gebietes übertragen. Gerade bei ihrem Vorstoß in bisher von der Seuche verschonte Gegenden erweisen sich die widerlichen kleinen Bohrkörper als wahre Massenmörder. Da können sie ganze Stämme dezimieren und Dörfer entvölkern. Im Ogowegebiet gab es bis gegen 1880 keine Schlafkrankheit. Damals wurde sie von den Trägern einer aus der Gegend von Loango kommenden Expedition hierhergebracht.

„Doktor, mein Kopf, mein Kopf! Ich kann nicht mehr leben", rufen manche Schlafkranke aus, die von furchtbaren Kopfschmerzen geplagt werden. Fast noch grausiger ist das Bild, das die Schlafkranken in einem späteren Stadium bieten. Der Doktor erkennt sie dann schon auf den ersten Blick, diese am hellichten Tage wie Traumwandler umhertaumelnden Kranken, die schließlich einmal stolpern, sich nicht mehr aufrichten und völlig gefühl- und teilnahmslos auf dem nackten Erdboden liegenbleiben, abgemagert zu Skeletten, mit Geschwüren übersät und schon von Aasfliegen überlaufen, obwohl sie noch leben.

Ist es erst einmal so weit gekommen, dann kann der Doktor leider nicht mehr helfen. Die winzigen blassen Mörder haben sich ihren Weg aus den Blutbahnen in die Hirn- und Rückenmarkflüssigkeit gebohrt. Die Entzündung der Hirnhäute bringt unweigerlich das schmerzhafte Ende mit sich.

Deshalb versucht Schweitzer, wann immer er Verdacht hat, die Krankheit möglichst früh festzustellen. Denn dann vermag er mit Einspritzungen von Atoxyl vielleicht den Erreger noch zu töten und ein Menschenleben zu retten.

Aber wieviel vergebliche Arbeit bürdet dieser Kampf gegen die Trypanosomen dem Doktor auf! Jeder Kranke, der nur über anhaltende Kopfschmerzen oder über Rheuma klagt, ist schon der Schlafkrankheit verdächtig. Nun muß sein Blut in geduldigster Anstrengung untersucht werden. Nur wenn nacheinander mehrere Blutstropfen unter dem Mikroskop betrachtet werden, besteht eine Chance, den heimtückischen Parasiten zu entdecken. Ein winziges blasses Etwas, nur Achtzehntausendstel von einem Millimeter groß, gilt es zu finden, aber zuverlässig ist eine solche Untersuchung, die mindestens eine Stunde dauert, immer noch nicht. Da muß Schweitzer nun, um gewissenhaft zu sein, den ursprünglichen Versuch von Castellani wiederholen, der zur Entdeckung der Schlafkrankheitserreger führte.

„Joseph, stell' die Zentrifuge an", ruft er dem Gehilfen zu. Jetzt wird wieder eine Stunde lang eine neue Blutprobe von zehn Kubikzentimetern im Kreise herumgewirbelt, bis nur ein letztes Quentchen übrigbleibt, in dem sich die Erreger aus den anderen neun Kubikzentimetern niedergeschlagen haben dürften.

Ein abermaliger Blick in das wunderbare Vergrößerungsinstrument: Wieder nichts!

„Hast du Tier gestellt, Doktor?" fragt Joseph.

„Nein, Gott sei Lob, nein. Der Mann hat nichts Arges. Er leidet wahrscheinlich nur unter ganz gewöhnlichem Gliederreißen."

Joseph schüttelt den Kopf. Wieder über zwei Stunden vertan für nichts. Diese verrückte Gewissenhaftigkeit des weißen Arztes begreift er einfach nicht.

„Draußen noch zwanzig Kranke!" berichtet er seinem Herrn. „Die wollen alle noch bis Mittag drankommen. Geschwüre auskratzen. Zähne ziehen. Und dann noch Wasser destillieren und Medikamente bereiten", mahnt er vorwurfsvoll.

„Entsetzlich dieses Gehetztsein", explodiert Schweitzer irritiert. Und es tut ihm gleich wieder leid. Joseph kann schließlich nichts dafür, daß die Mikrobenjagd so zeitraubend und

190

umständlich ist. „Ich bin oft so nervös, daß ich mich selber nicht kenne", vertraut der Doktor seinem Notizbuch am Abend nach einem solchen Tag an.

Manchmal allerdings versagen alle bekannten diagnostischen Methoden zur Feststellung eines Krankheitszustandes. Einige Patienten siechen trotz sorgsamster Pflege dahin und sterben, andere sind merkwürdig aufgeregt oder scheinen die Sprache verloren zu haben.

Was ist mit ihnen geschehen? Blutvergiftung? Darauf weist nur ein Teil der Symptome hin. Nierenentzündung? Ja, aber nur als Neben- oder Folgeerscheinung? Manisches Irresein? Dann müßten doch die starken Dosen von Beruhigungsmitteln wirken. Aber sie tun es nicht.

Joseph kann seinen so „schlauen", aber in vielen Urwaldangelegenheiten eben doch beinahe hoffnungslos naiven weißen Herrn aufklären: diese Kranken sind von Menschenhand vergiftet!

Zuerst will es Schweitzer gar nicht glauben. Gewiß, man hört hier viel von seltsamen, in Europa unbekannten Pflanzengiften, mit denen die Stämme des Inneren seit Jahrtausenden ihre Pfeilspitzen bestreichen. Man vernimmt von Medizinmännern, Zauberern und Rachedurstigen, die sich angeblich mit Vorliebe ganz langsam wirkender Giftarten bedienen, welche sie dem Essen beimischen. Aber gehört das nicht alles zu den vielen Märchen und Legenden, die im Urwald so wild wuchern wie nur irgendeine Tropenpflanze?

Wieder einmal steht Schweitzer vor einem medizinischen Rätsel, als ihm ein älterer Mann gebracht wird, der nach

Aussagen seiner wildblickenden Sippengenossen „verrückt" geworden sei. Sie haben ihn gefesselt. Tief schneiden ihm die Lianen ins Fleisch, Hände und Füße sind blutüberströmt und mit zu Geschwüren entarteten selbstbeigebrachten Wunden übersät.

Schweitzer stellt „manische Erregung" fest und verabreicht Morphium. Aber der alte Mann reagiert darauf fast überhaupt nicht. Es ist, als habe man ihm höchstens eine leichte Zuckerwasserlösung eingespritzt.

Nun — versuchen wir es mit Skopolamin! Die Wirkung? Fast null. Statt in ein Dösen zu verfallen, versucht der Arme, stärker denn je um sich zu schlagen. Spritzen mit Chloralhydrat und Bromkalium nützen ebenfalls nichts.

„Glaubst du mir jetzt, Oganga?" fragt Joseph. „Der verrückt, weil vergiftet worden. Mit dem nichts zu machen. Wird immer schwächer und wilder. Zuletzt krepiert. Fini! Aus!"

Und so geschieht es wirklich. Vierzehn Tage später stirbt der Mann in seinen Fesseln. Als Dr. Schweitzer den Fall einem Pater von der katholischen Mission in Lambarene erzählt, antwortet der: „O ja, von der Sache spricht die ganze eingeborene Bevölkerung. Das war einer, der zwei Frauen raubte. So hat man ihn eben aus Rache vergiftet."

Von nun an hat Dr. Schweitzer ein besonderes Auge auf solche „unerklärlichen Fälle". Will ein Kranker aus unbegreiflichen Gründen gar nicht genesen, so besteht immer Verdacht, daß ihm seine Begleiter, die sich als seine Helfer ausgeben und für ihn kochen, ständig etwas Gift in die Nahrung mischen.

Dann lautet der Befehl an den verständnisvoll zurückzwinkernden Joseph:

„Bereite den schwarzen Trank!"

Das ist nichts anderes als Wasser mit Holz- oder Tierkohle, die den Vergifteten innerlich desinfizieren soll. Gleichzeitig wird den Begleitern taktvoll bedeutet, ihr Kranker dürfe eine Zeitlang nur von den Spitalsgehilfen verköstigt werden. Er brauche eine Diät. So werden einige Giftmorde tatsächlich verhindert.

Allerdings stellt sich in einem solchen Fall immer die Frage: Was wird geschehen, wenn der Gerettete zu seinem Stamme zurückkehrt? Wird man ihn dann nicht doch noch umbringen?

Denn die Justiz der Eingeborenen ist, wie Schweitzer immer wieder erfahren muß, brutal. Hier gilt noch das furchtbare „Aug' um Aug', Zahn um Zahn". Wer in den Augen seiner Stammesgenossen oder auch nur einer Familie Schuld auf sich geladen hat, der soll dafür büßen. Einen solchen Fall erlebt Albert Schweitzer schon im ersten Jahr seiner afrikanischen Tätigkeit aus nächster Nähe mit.

Eines Tages wird der Doktor nämlich am Bette eines Sterbenden Zeuge einer seltsamen Szene. Ein beim Fischfang von einem Nilpferd schwerverletzter Neger wurde zu spät operiert, weil der Doktor drei Wochen lang abwesend sein mußte. Er hatte auf einer anderen Mission in Talagouga Schwerkranke gepflegt.

Nun, nach der Amputation liegt der Röchelnde wieder auf seinem Bett im Saal der Schwerkranken. Frau Doktor Schweitzer versucht, seine Schmerzen durch eine Spritze zu lindern. Als die Agonie eingetreten ist und der Arme die letzten Züge tut, beginnen sich seine zwei Begleiter an dem Lager, zuerst flüsternd, dann immer lauter zu streiten.

Empört gebietet der Doktor Ruhe. Er ist ganz fassungslos über die Gefühllosigkeit im Angesicht des Todes. Aber
Joseph nimmt ihn beiseite, um ihn zu beruhigen.

„Bruder des Toten im Recht, wenn schimpft. Anderer
Mann, heißt N'Kendju, hat Schuld an Unfall. War sein Vorschlag, Fischen gehen, dort wo Nilpferde. Also hat Verantwortung für Tod."

„Und was will nun der Bruder?"

„N'Kendju soll gleich mit zurück ins Dorf vor Gericht.
Will aber nicht."

„Weshalb?"

Joseph lacht:

„Strafe bestimmt: Tod!"

„Das darf nicht sein . . ." empört sich Schweitzer. „Ich werde
dem Bruder sagen, daß N'Kendju mein Angestellter ist. Dann
wird man ihn hier lassen."

Joseph schüttelt schon wieder bedenklich den Kopf. Weshalb mischt sich der Doktor in die Rechtsangelegenheiten der
Neger? Das kann nur böses Blut machen.

Tatsächlich kommt es zu unerfreulichen Szenen, als er unter
dem lauten Wehgeschrei seiner Mutter und seiner Tanten zur
Rückfahrt ins Kanu gebracht wird. Der rachedurstige Bruder
besteht darauf, daß der „Schuldige" mitkomme. Er werde
nur eine Geldstrafe bekommen, versichert er.

Schweitzer schaut Joseph mit einem fragenden Blick an.
Der gibt ihm unauffällig durch Zeichen zu verstehen, solchen
Versprechungen sei nicht zu trauen.

Zitternd verfolgt der arme N'Kendju die Szene. Wird
ihn der weiße Doktor ausliefern? Der zögert einen Augenblick. Dann läßt er durch Joseph sagen:

„Meldet eure Ansprüche beim Gericht in Lambarene an.

194

N'Kendju ist jetzt mein zweiter Heilgehilfe. Er wird bei mir genug verdienen, um allmählich seine Buße abzuzahlen."

Dann legt er schützend seinen Arm um den verzweifelten Wilden, der ihm in Dankbarkeit die Hände küßt, sobald die Boote mit dem Toten und seiner Familie vom Ufer abgestoßen und verschwunden sind.

N'Kendju wird diese rettende Tat nie vergessen. Als Joseph später seinen Herrn verläßt, weil der ihm nicht mehr genug Lohn zahlen kann, bleibt er allein Albert Schweitzer treu und dient ihm so ergeben wie einst Freitag seinem Lebensretter Robinson.

Solche Erlebnisse zehren noch stärker am Mut und Opferwillen des Ärztepaares als das mörderische Klima und die tausend kleinen Widerwärtigkeiten, die das Leben hier unten am Äquator mit sich bringt.

Erst jetzt beginnen sie langsam zu begreifen, durch welche Hölle von Ängsten die armen schwarzen Menschen durchgehen müssen. Stets zittern sie vor dem Fluch mächtiger Feinde oder vor der Macht eines eingeborenen Zauberers, der jeden, auch den Unschuldigsten, ja gerade den Unschuldigsten durch ein einziges Wort einem schrecklichen Martertode weihen kann.

Wie giftige Miasmen verpesten hier abergläubische Furchtvorstellungen die seelische Atmosphäre. Schon das Kind erfährt, sobald es nur etwas zu begreifen beginnt, daß sein Leben unter dem Schatten eines speziellen Tabus liegt. Ein Schlag auf die Schulter — so lautet das Tabu, das der Zauberer der Mutter eines Knaben mitteilte — genügt, daß du tot umfällst.

Ein anderer wird gewarnt, Bananen zu essen. Schon ein Bissen und er wird sich in Todeskrämpfen winden. „Ist dein nächstes Kind ein Knabe, so muß er sterben...", hört eine Schwangere. Sie ist aber schlau. Und als der Knabe geboren wird, tut sie so, als sei er — ein Mädchen. Sie ruft ihn mit einem Mädchennamen, kleidet ihn wie ein Mädchen, und ihre ganze Umgebung spielt mit. Eine andere Mutter, auf der das Tabu lastet, sie werde bei der Geburt eines Mädchens sterben, will nicht glauben, daß sie zu ihrem Glück einen Knaben zur Welt gebracht hat. Sie meint, man lüge sie an, und — geht an ihrem Irrwahn tatsächlich zugrunde. Gewaltige und verhängnisvolle psychische Kräfte werden also durch diesen Aberglauben mobilisiert: schon der Glaube an das Verhängnis kann morden.

Anfangs hielt es Doktor Schweitzer nur für Faulheit, wenn ihn einige Eingeborene anflehten, er möge sie doch nicht zwingen, beim Begraben von Toten zu helfen. Jetzt beginnt er einzusehen, daß ein „Tabu" ihnen das untersagte, daß er sie, ohne ihre Gründe zu verstehen, zu Unrecht verdammte.

Aber das Unheimlichste und Niederdrückendste sind die vielen Morde, die in den Wäldern des Ogowe aus reinem Aberglauben begangen werden.

Wer etwas Besonderes erlangen will, sei es auch nur eine Anstellung auf dem Flußdampfer, dem pflegen die eingeborenen Zauberer zu raten: „Du mußt einen starken Fetisch haben." Zu einem solchen Fetisch gehört aber außer Federn, Pflanzenresten, Tierkrallen und ähnlichem Kleinkram vor allem ein Stück menschliche Hirnschale. Manchmal verlangt der Zauberer sogar, dieses „unentbehrliche Stück" müsse von einem nahen Verwandten des Fetischsuchers, von Mutter oder Vater kommen. Da kann es dann geschehen, daß Söhne ihre

Eltern erschlagen, nur um einen guten Fetisch zu bekommen. Manchmal ereignet es sich allerdings auch, daß sie den frechen Mord nicht wagen. Aber nunmehr gehen sie, gequält von Zwangsvorstellungen, selbst jämmerlich zugrunde.

Besonders Helene Schweitzer erschüttern diese Vorgänge tief. Sie kann es oft nicht fassen, unter welch fremdem, brutalem Gesetz die Schwarzen leben, wie wenig sie von Liebe, Güte und Dankbarkeit zu wissen scheinen.

„Ich verstehe Deine Mißstimmung gut", sagt ihr Gatte eines Abends zu seiner Frau. „Du mußt dich manchmal fragen, ob nicht alles, was wir hier tun, ganz vergeblich ist. Wie können wir es wagen, gegen die barbarischen Traditionen von Jahrhunderten und vielleicht Jahrtausenden anzugehen? Aber sieh' dich doch einmal um!"

Da nimmt er sie in einer mondhellen Nacht hinaus aus dem Doktorhaus und führt sie durch das Missionsgelände. „Noch nicht anderthalb Jahre sind wir jetzt hier. Erinnerst du dich, wie es damals aussah? Jetzt wachsen hier Gemüse und Früchte, jetzt stehen hier die Baracken, in denen unsere Kranken genesen. Dort jenseits des Flusses — das ist der Schlafkrankensaal. Er wird auch bald fertig. Hier hinten — das ist die Dysenteriebaracke. Ich bekam wochenlang keine Arbeiter, aber nun haben wir sie doch gebaut. Kein Tabu, kein Zauber, kein Fluch hat hier im engsten Umkreis unserer Arbeit Wirkung. Das wissen unsere schwarzen Freunde. Wir haben einen Zufluchtsort geschaffen in der von unbegreiflichen Ängsten geplagten Welt der Eingeborenen. Ist das wenig? Ist das viel?"

„Es ist sehr viel", antwortet Helene Schweitzer. „Verzeih mir, wenn ich manchmal fast verzage."

„Wir sind beide sehr angestrengt. Bald werden wir uns in Europa erholen können."

Er sagte es gegen seine Überzeugung, denn die seltenen Zeitungen, die manchmal nach Lambarene kommen, erzählen, daß die Welt der Weißen jetzt unter einer noch schwärzeren Furchtwolke liegt als die der Eingeborenen des Ogowegebietes.

Da gibt es zivilisierte Völker, die an seltsame Fetische glauben: bunte Tuchstücke, die sie „Fahnen" nennen. Das Wort eines Häuptlings in Moskau oder Berlin, in Paris oder London kann jeden Moment sogenannte Kulturnationen in Kopfjäger verwandeln, die aber nicht nur ein einziges Stückchen Hirnschale, sondern das Opfer von Millionen jungen Leben als unerläßlich zur Vertreibung der Angst, zur Erlangung des eigenen Lebensglückes betrachten. Zu viel „bösen Zauber" gibt es überall in der Welt, zu wenig „guten Zauber"!

Wir schreiben Anfang Juli 1914.

XII.

DAS LICHT DER FINSTERNIS

GERADE weil er nun einen Blick in den dunklen Urwald der Ängste geworfen hat, in dem die Seele der Eingeborenen herumirrt, immer bedrängt und immer auf der Lauer, hat Albert Schweitzer eine ganz neue Einstellung zur Frage der christlichen Missionstätigkeit gewonnen. In Europa hatte man ihm oft gesagt, das Christentum sei „zu hoch" für die primitiven Völker Afrikas, und er war damals durch dieses Argument stark beunruhigt worden. Nun aber sieht er, daß die Religion der Liebe den Negern nicht nur verständlich gemacht werden kann, sondern ihnen auch in ihren tiefen seelischen Nöten Hilfe zu bringen vermag. „Das Christentum ist für den Eingeborenen das Licht, das in der Finsternis der Angst scheint", wird Schweitzer jetzt klar. „Es versichert ihm, daß er nicht der Gewalt von Naturgeistern, Ahnengeistern und Fetischen ausgeliefert ist und daß kein Mensch unheimliche Macht über den anderen besitzt, sondern daß in allem Geschehen nur der Wille Gottes waltet."

In diesem Sinne hat Albert Schweitzer nun bei einigen Sonntagsgottesdiensten der Mission wieder einmal als Geistlicher zu einer Gemeinde gesprochen. Von seinem beim Reiseantritt nach Afrika den Missionsdirektoren gemachten Versprechen, „stumm wie ein Karpfen" zu bleiben, haben ihn die Missionare, die er hier in Afrika traf, längst entbunden. Und sie müssen das nicht bereuen. Der neue Prediger trifft wie kein anderer den richtigen Ton, der, auf die besonderen Vorstellungen und Erfahrungen der Primitiven Rücksicht nehmend, ihr Herz tief berührt. Wenn Schweitzer den „Wilden" die Gleichnisse Jesu, die Bergpredigt und die Sprüche des Apostels Paulus auslegt, so bringt er ihnen mit seinen Worten Befreiung aus den Banden einer tiefen Angst.

Es gibt keine Predigt, in der Schweitzer nicht gegen den Wahn spricht, daß Fetischmänner und Zauberer im Besitze einer übernatürlichen Macht seien. Er weiß, daß die Neger auch ihn eigentlich für einen „Zauberer" halten und deshalb um so stärker beeindruckt sind, wenn er ihnen nun zuruft: „Ich besitze keinerlei andere Macht als das, was ich lernte und nun anwende. Ich habe diese Kenntnisse in den Dienst des Gottes gestellt, der liebt, verzeiht, hilft und Frieden bringt."

Würde Albert Schweitzer seinen Hörern die zehn Gebote vorhalten, dann würden sie einige davon gar nicht begreifen. Ihnen erscheint Lügen, Stehlen und Unsittlichkeit im christlichen Sinne durchaus nicht verwerflich, sondern als etwas ganz Selbstverständliches. Trotzdem hält der frühere Vikar von St. Nicolai seine neuen Pfarrkinder durchaus nicht für „schlecht". Wie oft ist er gerührt von der Gutmütigkeit dieser Naturkinder! Er hat in Gesprächen mit einigen seiner Kranken herausgefunden, daß sie sich viel tiefere Gedanken über die letzten Lebensfragen machen, als er je vermutete.

Bevor der Herr Doktor in der Kirche sprechen will, setzt er sich stets mit seinem guten Freund, dem schwarzen Missionslehrer Ojembo zusammen, um mit ihm die Predigt durchzugehen. Denn Ojembo ist am Sonntag sein Übersetzer, der nach jedem Satz Schweitzers seine Stimme erhebt und dolmetscht.

Am liebsten spricht Schweitzer zu den Negern vom friedlosen und friedvollen Herzen. Da sie alle ständig in irgendwelche Streitigkeiten verwickelt sind, kann der Prediger hoffen, verstanden zu werden, wenn er etwa von der Notwendigkeit des Verzeihens erzählt. Unübertrefflich versteht er es, über die Frage des Petrus an Jesus, ob es genug sei, daß man siebenmal verzeihe, zu predigen. Er tut es in Begriffen, die der Vorstellungswelt seiner Zuhörer entsprechen. Das hört sich dann so an:

„Kaum, daß du morgens auf bist und vor deiner Hütte stehst, kommt einer, den alle Leute als bös kennen, und beleidigt dich. Weil der Herr Jesus sagt, daß man verzeihen soll, schweigst du, statt das Palaver zu beginnen.

Nachher frißt dir die Ziege des Nachbars die Bananen, die dein Mittagessen abgeben sollten. Statt mit dem Nachbar Streit zu beginnen, sagst du ihm nur, daß es seine Ziege war und daß es gerecht wäre, wenn er die Bananen ersetzte. Aber wenn er dann widerspricht und behauptet, es sei nicht seine Ziege gewesen, gehst du still fort und denkst daran, daß der liebe Gott dir in deiner Pflanzung so viel Bananen wachsen läßt, daß du wegen dieser keinen Streit anzufangen brauchst. Nachher kommt der Mann, dem du zehn Büschel Bananen mitgegeben hast, damit er sie für dich mit den seinen auf dem

Markte verkauft, und bringt dir nur das Geld von neun. Du sagst, das sei zu wenig. Er aber entgegnet, du hättest dich ver- zählt und ihm nur neun Büschel mitgegeben. Schon willst du ihm ins Gesicht schreien, daß er ein Lügner ist. Da mußt du aber daran denken, wie viel Lügen, die nur du allein kennst, dir der liebe Gott verzeihen muß, und gehst still in deine Hütte.

Beim Feuermachen wirst du dann gewahr, daß dir jemand von dem Holze, das du gestern aus dem Walde gebracht hast und das dir für eine Woche zum Kochen genügen sollte, weg- genommen hat. Noch einmal zwingst du dein Herz zum Ver- geben und stehst davon ab, bei allen Nachbarn nachzuschauen, wer dein Holz haben könnte, und den Dieb beim Häuptling zu verklagen.

Nachmittags, beim Aufbruch zur Arbeit in der Pflanzung, entdeckst du, daß einer dein gutes Buschmesser weggenom- men und dir sein altes, schartiges an die Stelle gelegt hat. Du weißt, wer es ist, denn du erkennst das Buschmesser. Da denkst du, daß du viermal verziehen hast, und daß du es auch noch ein fünftes Mal fertigbringen willst. Obwohl es ein Tag war, an dem du viel Unangenehmes hattest, fühlst du dich so froh, als wäre es einer der glücklichsten. Warum? Weil dein Herz darüber glücklich ist, daß es dem Willen des Herrn Jesus gehorsam war.

Am Abend willst du fischen gehen. Du langst nach der Fackel, die in der Ecke der Hütte stehen soll. Aber sie ist nicht da. Da kommt der Zorn über dich und du denkst, daß du heute genug vergeben hast und daß du jetzt dem auflauern willst, der mit deiner Fackel zum Fischen ging. Aber noch ein- mal wird der Herr Jesus Meister über dein Herz. Mit einer beim Nachbar geliehenen Fackel gehst du ans Ufer hinunter.

Dort entdeckst du, daß dein Boot nicht da ist. Ein anderer ist damit zum Fischfang gefahren. Zornig versteckst du dich hinter einem Baum, um auf den zu warten, der dir dieses angetan hat, und hast vor, ihm bei seiner Rückkehr alle Fische wegzunehmen und ihn beim Bezirkshauptmann zu verklagen, daß er dir eine Buße zahlen muß, wie es recht ist. Aber während du wartest, fängt dein Herz an zu reden. Immer wiederholt es den Spruch Jesu, daß uns Gott unsere Sünden nicht vergeben kann, wenn wir den Menschen nicht vergeben. Das Warten dauert so lange, daß der Herr Jesus noch einmal Meister über dich wird. Statt mit den Fäusten auf den andern loszugehen, wenn er endlich bei Tagesgrauen zurückkehrt und vor Angst niederfällt, wie du hinter dem Baum hervortrittst, sagst du ihm, daß der Herr Jesus dich zwingt, ihm zu vergeben, und läßt ihn ruhig gehen. Selbst die Fische verlangst du ihm nicht ab, wenn er sie dir nicht freiwillig überläßt. Aber ich glaube, er gibt sie dir, vor lauter Erstaunen, daß du keinen Streit mit ihm anfängst.

Nun gehst du heim, froh und stolz, daß du es über dich gebracht hast, siebenmal zu vergeben. Aber wenn an jenem Tage der Herr Jesus in dein Dorf käme, und du vor ihn trätest und meintest, er würde dich vor allen Leuten darum loben, dann würde er zu dir sagen wie zu Petrus, daß siebenmal nicht genügt, sondern daß du noch einmal siebenmal und noch einmal und noch einmal und noch viele Male vergeben mußt, bis Gott dir deine vielen Sünden vergeben kann..."

Es ist paradox: Gerade in den Monaten und Wochen, die dem Ausbruch des Weltkrieges vorhergehen, predigt Albert

Schweitzer im fernen Afrika mit besonderer Leidenschaft die christlichen Grundsätze der Liebe und des Verzeihens. Inzwischen aber bereiten die „christlichen Nationen" in Europa die furchtbarste Orgie des Hasses vor.

Den ganzen Juli 1914 über hat man in Lambarene keine Post und keine Zeitungen bekommen. So ist das dem Attentat von Sarajewo nachfolgende Hin und Her von Noten, Ultimaten, letzten Vermittlungsversuchen und Mobilmachungsbefehlen auf diesem fernen Außenposten des von Kriegsangst geschüttelten Erdteils nicht bekanntgeworden. Nur durch einen handgeschriebenen Zettel erfährt Albert Schweitzer schließlich vom Beginn der Katastrophe. Joseph brachte ihn von einer nahen Faktorei, deren Leiter ersucht worden war, mit dem nächsten Dampfer ein Paket mit Medikamenten nach Kap Lopez mitzunehmen. Die vielsagende Antwort lautete:

„In Europa ist Mobilmachung und wahrscheinlich schon Krieg. Wir müssen unseren Dampfer der Behörde zur Verfügung stellen und wissen nicht, wann er nach Kap Lopez fährt."

Immerhin läßt diese Nachricht noch eine kleine Hoffnung übrig, an die man sich im Doktorhaus klammert. Aber am nächsten Tag, dem fünften August, geschieht etwas, das mit brutaler Deutlichkeit Klarheit schafft: es erscheint ein Beauftragter des französischen Bezirkshauptmanns mit dem Befehl: „Doktor Albert Schweitzer und seine Gattin sind Untertanen des Deutschen Kaisers. Sie haben sich als Gefangene zu betrachten und dürfen bis auf weiteres ihr Haus nicht verlassen. Jeder Verkehr mit der Außenwelt hat zu unterbleiben."

Schweigend fügt sich Albert Schweitzer in sein Schicksal. Daß man ihn, der hier in die französische Kolonie nur kam,

weil er kranken Menschen helfen wollte, nun wie ein gefährliches Tier einsperrt, scheint ihm nicht widersinniger als der
Krieg selber. Wieviel Leid müßten doch die jetzigen Kriegs-
gegner in ihren eigenen Ländern und in ihren Kolonien be-
kämpfen, wenn sie es mit der Religion und all den großen
Worten ihrer Proklamationen ernst meinten! Statt dessen be-
kämpfen sie einander und bringen nur noch mehr Leid in die
Welt, denkt er sich.

Nicht ganz so ruhig nehmen die Patienten des Doktors sein
plötzliches Fernbleiben hin. Sie rotten sich vor seinem Hause
zusammen und beschimpfen die schwarzen Soldaten, die dort
Tag und Nacht, Gewehr bei Fuß, Wache halten.

„Wie könnt Ihr Euch Gewalt über den ‚großen weißen
Oganga‘ anmaßen?" werden die Wächter von den Eingeborenen zu Rede gestellt.

Allmählich nimmt die Strenge dieses Hausarrestes ab. Mehrmals schon hat der Bezirkshauptmann an Weiße und Schwarze
auf deren dringenden Wunsch Sondergenehmigungen, Pas-
sierscheine für einen Besuch beim Doktor ausgeben müssen,
als fast vier Monate nach Kriegsbeginn, Ende November,
veranlaßt durch die Intervention von Meister Widor und
anderen einflußreichen Freunden Schweitzers, aus Paris bei
den Kolonialbehörden die Weisung eintrifft: „Doktor
Schweitzer bleibt zwar der Form nach interniert, darf aber
seine Tätigkeit im Spital sofort wieder aufnehmen."

Albert Schweitzer ist noch wie betäubt, als er nun, nach Ende
des Hausarrestes, wieder an seine gewohnte ärztliche Arbeit
geht. In den Wochen erzwungener, ungewohnt geworde-

ner Muße hat er, der keine kranken Menschen mehr behandeln durfte, statt dessen der kranken Zeit den Puls gefühlt, das Hörrohr auf das wild und laut klopfende Herz der westlichen Zivilisation gerichtet, geduldig die Fieberkurve eines verhängnisvollen, todbringenden Kräfteverfalls aufgezeichnet.

Tag um Tag nahm Schweitzer, während vor der Pforte seiner Urwaldbehausung die Senegalesen patroullierten und mit unbeweglicher Miene die Beschimpfungen der „ihren Doktor" zurückverlangenden Eingeborenen anhörten, die Krankengeschichte der europäischen Kultur auf.

„Hätte ich nur damals zur Jahrhundertwende mein geplantes kritisches Buch geschrieben, als ich, im Gegensatz zu den meisten, die ersten Symptome dieses nun so offensichtlich und furchtbar ausgebrochenen Leidens entdeckte", wirft er sich selber vor. „Nun ist es eigentlich zu spät. Mein Werk wollte den Niedergang der Kultur feststellen und auf seine Gefahren aufmerksam machen. Aber jetzt ist die Katastrophe bereits eingetreten. Ist es da noch sinnvoll, Betrachtungen über die zutageliegenden Gründe anzustellen? Trotzdem — ich muß meinen Befund schreiben. Sei es auch nur für mich selbst."

Und er notierte:

„Jetzt wütet der Krieg als das Ergebnis des Niedergangs der Kultur . . . In dem neuzeitlichen europäischen Denken ereignet sich das Tragische, daß sich in einem langsamen, aber unaufhaltbaren Prozeß die ursprünglich zwischen der Welt- und Lebensbejahung und dem Ethischen bestehenden Bande lokkern und schließlich ganz lösen. Es kommt also dahin, daß die europäische Menschheit von einem Fortschrittswillen geleitet wird, der veräußerlicht ist und die Orientierung verloren hat . . . Frage: Wie konnte es geschehen, daß die neuzeitliche Weltanschauung der Welt- und Lebensbejahung sich aus einer ursprünglich ethischen in eine nicht ethische verwandelte? Das ist nur so erklärlich, daß sie nicht wirklich im Denken begründet war."

Die ersten Zeitungen und Illustrierten kamen in das Haus des Internierten. Ihre Lektüre erfüllte den Menschenfreund Schweitzer mit tiefer Trauer. Welche Verblendung sprach aus ihnen. Als selbstverständlich, ja sogar mit Jubel wurde dieses große Blutvergießen begrüßt. Der Arzt schreibt auf die großen weißen Blätter der Krankengeschichte seines Jahrhunderts:

„Noch ist keine Einsicht in unser geistiges Elend vorhanden. Von Jahr zu Jahr wird das Verbreiten der Meinungen mit Ausschaltung des Denkens von den Kollektivitäten immer weiter ausgebildet ... Mit der eigenen Meinung gibt der moderne Mensch auch das eigene sittliche Urteil auf ... Er unterdrückt Bedenken, die in ihm aufsteigen, um gut zu finden, was die Kollektivität in Wort und Tat dafür ausgibt. So verliert er sein Urteil an das der Masse und seine Sittlichkeit an die ihre. Insbesondere ist er befähigt, alles Sinnlose, Harte, Ungerechte und Schlechte in dem Verfahren seines Volkes zu entschuldigen ... Wenn unter den modernen Menschen so wenige mit intaktem menschlichem und sittlichem Empfinden anzutreffen sind, so ist es nicht zum wenigsten, weil sie fortwährend ihre persönliche Sittlichkeit auf dem Altar des Vaterlandes opferten."

Ja, Doktor Schweitzer sieht die Symptome des Verfalls unheimlich scharf. Er zählt sie mit peinlicher selbstquälerischer Genauigkeit auf. Sein Röntgenbild des modernen Menschen geht dem von Selbstlob Gemästeten auf die Knochen. „Ein Unfreier, ein Ungesammelter, ein Unvollständiger, ein sich in Humanitätslosigkeit Verlierender, ein seine geistige Selbständigkeit und sein moralisches Urteil an die organisierte Gesellschaft Preisgebender ...", so schildert er ihn in seiner Diagnose.

Aber wo ist eine Therapie für diese kranke Zeit und diese beschädigten Menschen? Gibt es eine Arznei? Eine erfolgversprechende Behandlung? Der Arzt zermartert sich den Kopf. Er füllt viele Seiten mit unzusammenhängenden Bemerkungen, er sitzt stundenlang an seinem Tisch mit aufgestützten Händen. „Ich werde es finden", schwört er sich. „Ich muß es finden. Nur vom Denken her kann Heilung kommen."

Als er aus dem Hausarrest entlassen wird, wagt der Doktor es zuerst kaum, mit den auf der Mission lebenden Negern zu sprechen. Sie müssen doch jetzt über ihn, den Weißen, spotten, der so beredt von der Notwendigkeit siebenmal siebenfachen Verzeihens zu sprechen wußte, sagt er sich.

Aber gerade nun erfährt Schweitzer den ursprünglichen Herzensadel dieser primitiven Menschen. Nicht einer, der ihn „Lügner" nennt, nicht einer, der ihn hart zur Rede stellt und etwa sagt: „Weshalb verlangst du von uns, daß wir dem Evangelium der Liebe nachleben, wenn doch dein Volk ihm selbst nicht nachleben kann?"

Schweitzer achtet aber streng darauf, daß die aus der Ferne gesandten neuesten Zeitschriften mit Illustrationen, die grausige Bilder der Selbstzerfleischung Europas zeigen, den Eingeborenen nicht unter die Augen kommen. Ergibt sich jedoch mit einem nachdenklichen schwarzen Freund, wie dem Lehrer Ojembo, ein Gespräch über die schrecklichen Ereignisse, so versucht der Doktor nichts zu beschönigen. Er schüttelt nur traurig den Kopf:

„Ich kann dir die richtige Erklärung noch nicht geben. Wir stehen vor etwas Unbegreiflichem, etwas ganz Furchtbarem."

So kommt die erste Kriegsweihnacht heran. Im Doktorhaus ist es ganz dunkel, als Albert Schweitzer nun die Kerzen des Weihnachtsbaumes, eine nach der anderen, ansteckt.

Es ist kein Tannenbaum wie noch vor zwei Jahren in Günsbach, sondern eine Palme, unter der sich ein bescheidener Gabentisch breitet.

Sinnend und schweigsam starren Albert und Helene Schweitzer in die Lichter.

Als die Kerzen halb heruntergebrannt sind, bläst der Doktor sie mit einem starken Atemzug aus.

„Was tust du?" fragt ihn seine Frau.

„Es sind unsere einzigen. Und sie müssen noch für nächstes Jahr halten."

„Für nächstes Jahr?"

Sie schüttelt ungläubig den Kopf. Schon ist mancher gute Freund gefallen, schon wütet seit Monaten im heimatlichen Elsaß Brand und Zerstörung. Auf den Hängen und Bergen rund um Günsbach brüllen schwere Geschütze. Die Tannenwälder am Lingenkopf bestehen oft nur noch aus nackten, weißen oder verkohlten Stümpfen. Almen, die einst Ausflugsorte der Familie Schweitzer waren, sind nun Massengräber.

„Ich glaube nicht an das schnelle Kriegsende wie so viele Optimisten", gesteht Schweitzer, so schwer es ihm fällt, die Gefährtin zu betrüben.

„Die neuen Waffen bringen keine frühere Entscheidung. Sie werden nur noch mehr Opfer fordern. Wieviele braven Leute meinen, sie zögen ins Feld, um den letzten aller Kriege zu schlagen, um den endgültigen Sieg über das Ungeheuer zu erringen. Es gibt Kurzsichtige, die jetzt glauben, der Krieg sei nur ein vorübergehender Wirbelsturm, der die Atmosphäre wieder reinigen werde. Das ist nicht so. Das Übel steckt viel zu tief."

Die beiden Menschen sitzen trauernd im Schwarz der Urwaldnacht. Sie halten sich eng aneinander fest.

„Wenn unsere Liebe nur weit ausstrahlen könnte über die Welt", denkt Helene Schweitzer.

„Wenn ich nur eine Lösung fände, einen fruchtbaren Gedanken, aus dem wieder eine ethisch bindende Weltanschauung erwachsen könnte", grübelt Albert Schweitzer.

Draußen im Urwald aber trommelt es lauter denn je. Die Schwarzen erzählen einander, wie jetzt fast jede Nacht, von dem, was im dunkelsten Europa geschieht.

Leider behält Albert Schweitzer mit seiner pessimistischen Prognose von langer Kriegsdauer recht. Selbst am Ogowe, Tausende von Kilometern entfernt vom Zentrum des Erdbebens, spürt man nun die Folgen des Krieges. Die Eingeborenen klagen über die wachsende Teuerung. Die Kolonialmacht preßt schwarze Soldaten in die Armee: sie sollen als Träger beim Kampf im nahen Kamerun eingesetzt werden. Wenn der Flußdampfer abfährt, sieht man jetzt oft weinende Frauen und Mütter, die ihre Männer und Söhne begleiten.

Zufällig erlebt Albert Schweitzer eine solche Szene mit. Auf einem Stein am Ufer sitzt eine alte Negerin. Längst ist die Rauchfahne des Schiffes, auf dem sich ihr Sohn befindet, hinter den hohen Urwaldbäumen verschwunden, aber immer noch bleibt sie hier an dem Fleck, wo er sie zuletzt umarmte, und weint lautlos vor sich hin. Der weiße Mann setzt sich zu ihr und nimmt ihre Hand. Stammelnd versucht er sie zu trösten. Aber sie schluchzt weiter, als hörte sie ihn gar nicht. „Plötzlich fühlte ich, daß ich mit ihr weinte, lautlos in die untergehende Sonne weinte, wie sie", gesteht der Doktor später.

Der Abtransport so vieler jagdfähiger Männer hat einige unvorhergesehene Folgen. Jetzt sind nicht genug Elefantenjäger da, die den wilden grauen Rüsseltieren den Eintritt in die Äcker und Gärten verwehren könnten. Herden von zwanzig und mehr Dickhäutern stürmen nachts in die Bananenpflanzungen nordwestlich von Lambarene; sie verwüsten alles, fressen die Früchte, zertreten die Stauden. Die Folge ist Lebensmittelknappheit im ganzen Gebiet. Es wächst ja ohnehin so wenig Eßbares hier, und man war seit jeher auf Einfuhren aus anderen Erdteilen angewiesen. Jetzt bleiben diese Importe fast ganz aus. Helene Schweitzer muß unendlich vorsichtig wirtschaften mit dem Wenigen, was an Vorräten bleibt. Mehr und mehr gewöhnt man sich daran, das süßliche Affenfleisch zu essen.

Zu allem Unglück entdeckt der Doktor eines Tages, daß die Termiten in die Reservekisten eingedrungen sind. Da muß nun ausgepackt und umgepackt werden. Helene Schweitzer lernt das Löten. Stundenlang verschließt sie mit der bläulich brennenden Lötlampe alles Mehl und Mais in Büchsen. In vielen Fällen ist es aber schon zu spät. Die Eier der winzigen Rüsselkäfer waren schon vorher in die Büchsen geraten und später, wenn sie sich einmal entwickelt haben, beginnen sie dann, alles zu zerfressen. Öffnet man die Büchse, so findet sich oft darin nur noch Staub, nichts als Staub!

Doch wie geringfügig sind diese Unannehmlichkeiten, verglichen mit dem Schmerz, den jede aus Europa kommende Post bringt. So viele Tote, so viel Leid!

Es scheint dem guten Doktor manchmal, als hätten die meisten seiner Bekannten den Verstand verloren. Wie könnten sie sonst so begeistert, aus Deutschland wie aus Frankreich, über ihren „heiligen Krieg" schreiben? Wohltuend empfindet er da die einsame Stimme seines alten Freundes Romain Rolland, der sich in einem Artikel im Schweizer „Journal de Genève" „Über das Kampfgemenge" („Au dessus de la melèe") zu erheben versucht und den kurzsichtigen Fanatismus der „Geistigen" diesseits wie jenseits des Rheins verurteilt.

Eine kleine Gruppe von starken unabhängigen Geistern, durch Korrespondenz miteinander verbunden, bildet sich um Romain Rolland. Der feinsinnige österreichische Dichter Stefan Zweig gehört dazu, der geniale französische Bildhauer Auguste Rodin, der Engländer Bertrand Russell, der Ire George Bernard Shaw, der Deutsche Albert Einstein und — der Elsässer Albert Schweitzer.

Es ist dem einsamen Manne in Lambarene ein Bedürfnis, aus dem Urwald dem vom Großteil der öffentlichen Meinung Frankreichs als „Judas" verschrienen Romain Rolland seine Sympathie auszudrücken. Im Spätsommer 1915 schreibt er dem fernen Gesinnungsgenossen:

„Lieber Freund, Sie wissen vielleicht, daß ich hier interniert bin. Nachdem ich durch dreieinhalb Monate von schwarzen Soldaten sehr streng bewacht worden war, wurde meine Lage gemildert und mir eine gewisse Bewegungsfreiheit und die Erlaubnis für eine ärztliche Tätigkeit wiedergegeben. Gesundheit ziemlich gut, zu essen genügend. Nur verspüre ich deutlich die zweieinhalb am Äquator verlebten Jahre und meine Frau verspürt sie auch. Diese Nachricht nur, um Ihnen zu sagen, daß ich zeitweilig lese, was Sie schrieben. Die Zeitungen erreichen mich bis in die Einsamkeit des Urwaldes und

212

Ihre Gedanken sind eines der seltenen tröstlichen Dinge in dieser traurigen Zeit. Nach all dem, was Sie von mir wissen, fühlen Sie wohl, wie sehr wir uns gedanklich begegnen. Und ich muß Ihnen sagen, wie sehr ich Ihren Mut bewundere, mit dem Sie sich der Vulgarität entgegenstemmen, in die das fanatische Denken der Massen heute verfällt. Antworten Sie nicht auf diesen verlorenen Gruß aus dem Urwald, Sie haben gewiß viel zu schreiben. Wenn Sie jemals antworten, bedenken Sie, daß andere Leute den Brief lesen könnten, bevor er an mich gelangt. Auf Wiedersehen. Wann? Und führen Sie gut einen Kampf, bei dem ich mit dem Herzen bei Ihnen bin, unfähig in meiner jetzigen Lage, Ihnen darin beizustehen. Herzlichst Ihr Albert Schweitzer."

Ein zweiter Brief, geschrieben im Oktober des gleichen Jahres, festigt das geistige Bündnis der beiden Friedensfreunde noch stärker:

„Lieber Freund, ich erhielt Ihren Brief vom Sonntag. Ich erkenne, daß Sie viele Freunde verloren, auf die rechnen zu können Sie glaubten. So müssen also jene, die Sie verstehen, Sie noch mehr lieben, weil Sie ein Mensch blieben, Ihnen doppelt ihre Zuneigung und ihre Verbundenheit mit Ihnen zu erkennen geben. Wir werden eine ungeheure Arbeit vor uns haben, um eine neue Mentalität zu schaffen. Sie werden mich an Ihrer Seite finden... Danke für die Nachricht über die Musiker. Jedes Wort von Ihnen ist in meiner Einsamkeit wie schöne Orgelmusik. — Ihr Albert Schweitzer."

Sich nicht ganz allein zu fühlen mit seiner dem fanatischen Patriotismus der Völker so völlig entgegengesetzten Meinung, gibt dem Menschenfreunde Albert Schweitzer erneuten Mut, nach harter Tagesarbeit sein großes kulturkritisches Werk wieder vorzunehmen. Gewiß, es ist noch dunkel auf der Welt, aber überall sieht er schon vereinzelte Lichter der Vernunft aufgehen. Sind es Strohfeuer oder Leuchtfeuer? Wird sie der böse Wind ausblasen? Wie dem auch sei: Schweitzer verscheucht solch skeptische Fragen. Er empfindet es jeden Tag als eine große Gnade, daß er, während andere töten müssen, Leben retten darf, daß er daneben sogar noch mit der Feder „für das Kommen des Zeitalters des Friedens" arbeiten kann. Zu einer derart selbstbewußten Beurteilung seines neuen Werkes kommt der sonst so bescheidene Mann jetzt im zweiten Kriegsjahre, weil ihm nicht lange zuvor endlich jene Erkenntnis leuchtend aufging, nach der er so verzweifelt gesucht hatte. Nun will er, daß jeder dieses Erlebnis, diese Offenbarung mit ihm teile.

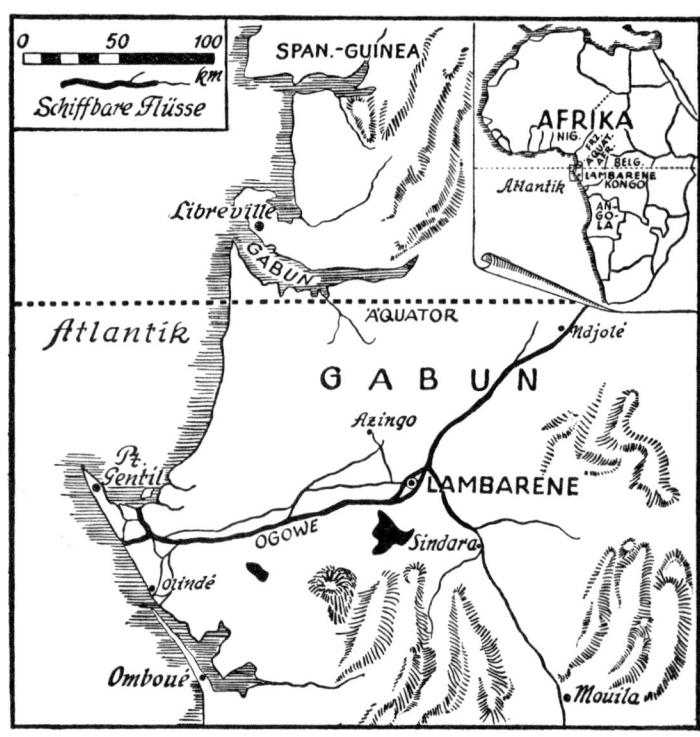

XIII.

KRIEGSJAHRE IM URWALD

MAN MUSS es als Offenbarung bezeichnen, was Albert
Schweitzer auf der Suche nach einer heilenden, kulturaufbau-
enden Erkenntnis eingegeben wurde. Er selbst hat dieses my-
stische Erlebnis mit unübertrefflicher Eindringlichkeit geschildert:

„Monatelang lebte ich in einer stetigen inneren Aufregung
dahin. Ohne jeglichen Erfolg ließ ich mein Denken in einer
Konzentration, die auch durch tägliche, im Spital getane
Arbeit nicht aufgehoben wurde, mit dem Wesen der Welt-
und Lebensbejahung und der Ethik und mit dem, was sie miteinander gemeinsam haben, beschäftigt sein. Ich irrte in einem
Dickicht umher, in dem kein Weg zu finden war. Ich stemmte
mich gegen eine eiserne Tür, die nicht nachgab ...

Schon war ich erschöpft und mutlos. Wohl sah ich die Erkenntnis, um die es sich handelte, vor mir. Aber ich konnte
sie nicht fassen und aussprechen.

In diesem Zustand mußte ich eine längere Fahrt auf dem Fluß unternehmen. Als ich — es war im September 1915 — mit meiner Frau, ihrer Gesundheit wegen, in Cap Lopez am Meere weilte, wurde ich zu Frau Pelot, einer kranken Missionarsdame, nach N'Gômô, an die 200 Kilometer stromaufwärts, gerufen. Als einzige Fahrgelegenheit fand ich einen gerade im Abfahren begriffenen kleinen Dampfer, der einen überladenen Schleppkahn mit sich führte. Außer mir waren nur Schwarze, unter ihnen Emil Ogouma, mein Freund aus Lambarene, an Bord. Da ich mich in der Eile nicht hatte genügend verproviantieren können, ließen sie mich aus ihrem Kochtopf mitessen.

Langsam krochen wir den Strom hinauf, uns mühsam zwischen den Sandbänken — es war trockene Jahreszeit — hindurchtastend. Geistesabwesend saß ich auf dem Deck des Schleppkahnes, um den elementaren und universellen Begriff des Ethischen ringend, den ich in keiner Philosophie gefunden hatte. Blatt um Blatt beschrieb ich mit unzusammenhängenden Sätzen, nur um auf das Problem konzentriert zu bleiben. Am Abend des dritten Tages, als wir bei Sonnenuntergang gerade durch eine Herde Nilpferde hindurchfuhren, stand urplötzlich, von mir nicht geahnt und nicht gesucht, das Wort „Ehrfurcht vor dem Leben" vor mir. Das eiserne Tor hatte nachgegeben; der Pfad im Dickicht war sichtbar geworden. Nun war ich zu der Idee vorgedrungen, in der Welt- und Lebensbejahung und Ethik miteinander enthalten sind! Nun wußte ich, daß die Weltanschauung ethischer Welt- und Lebensbejahung samt ihren Kulturidealen im Denken begründet ist."

Abend für Abend sitzt nun Doktor Albert Schweitzer noch zwei, drei oder mehr Stunden über dem großen Werk seiner Kulturphilosophie. Vier Teile soll sie umfassen:

Erstens: Von der gegenwärtigen Kulturlosigkeit und ihren Ursachen.

Zweitens: Auseinandersetzung der Idee der Ehrfurcht vor dem Leben mit den bisherigen Versuchen der europäischen Philosophie.

Drittens: Darstellung der Weltanschauung vor dem Leben.

Viertens: Vom Kulturstaat.

Seit das „eiserne Tor" durch den Schlüssel der wie durch eine Offenbarung geschenkten Formel „Ehrfurcht vor dem Leben" aufgeschlossen wurde, durcheilt der Denker mit ruhigem, sicherem Schritt die gewaltigen Geisteslandschaften, die sich vor ihm öffnen.

Meist arbeitet Schweitzer bei offener Zimmertür, die auf die vergitterte Veranda hinausführt. So kann er sich manchmal ein wenig an der schwachen Abendbrise erfrischen. An manchen Tagen allerdings zieht der Doktor gleich ganz auf die Veranda hinaus, er schreibt dann dort nicht nur, sondern schlägt nachher auch sein Nachtlager auf, weil er sein eigenes Zimmer wieder einmal einem weißen Patienten abgetreten hat. Pflanzer, Holzhändler, Angestellte der nahen Faktoreien kommen jetzt, öfter als früher, zum Doktor „in Reparatur". Ihr Organismus verträgt das feuchtheiße Klima Zentralafrikas höchstens zwei Jahre lang. Nun aber sind manche von ihnen wegen des Krieges schon viel länger hier.

Lambarene wird jetzt geradezu von weißen Patienten überlaufen. Statt sich in das viel näher gelegene Militärspital bei Cap Lopez zu legen, reisen sie ins Innere zum berühmten Urwalddoktor. Und fast ebensosehr wie dessen ärztliche Kunst

zieht sie die Kochkunst der Frau Doktor an. „Zum Glück habe ich noch einen guten Vorrat an Büchsen mit kondensierter Milch für die Kranken", schreibt Schweitzer nach Hause.

Bei diesen Begegnungen mit anderen Weißen macht der Doktor eine interessante Beobachtung: „Der Gebildete, so merkwürdig es klingen mag, erträgt das Leben im Urwald besser als der Ungebildete, weil er eine Erholung hat, die dieser nicht kennt. Beim Lesen eines ernsten Buches hört man auf, das Ding zu sein, das sich den ganzen Tag gegen die Unzuverlässigkeit der Eingeborenen und die Zudringlichkeit des Getiers aufreibt, und wird wieder Mensch. Weh dem, der hier nicht immer wieder zu sich selbst kommt, und neue Kräfte sammelt. Er geht an der furchtbaren Afrikaprosa zugrunde."

So empfängt Schweitzer durch die allabendliche, weit in die Nacht hinein fortgesetzte Arbeit an seinem großen neuen Werk unentbehrliche Stärkung. Seine persönliche „Medizin" gegen Erschlaffung und Lebensunlust empfängt er allmonatlich aus den großen Bücherpaketen, die der Zürcher Professor Strohl ihm über das Rote Kreuz zugehen läßt. An den philosophischen Werken des achtzehnten Jahrhunderts erfrischt er sich. Seither, so will es ihm scheinen, hat die Philosophie vor ihrer großen Aufgabe, Kulturideale aufzurichten, mehr und mehr versagt.

Während der Doktor schreibt, führen die Unken und Grillen dabei ihr Nachtkonzert auf, ab und zu übertönt von dem Kreischen und Brüllen, das aus dem zweihundert Meter von der Mission beginnenden Urwald kommt. Unter dem Arbeitstisch liegt die zahme Zwergantilope, das „Antilöpeli", und stößt von Zeit zu Zeit mit ihren zierlichen Hörnern gegen die schweren Stiefel ihres Herrn. Nicht weit davon treibt sich knurrend ihr unzertrennlicher Freund, der Hund Caramaba,

herum. Bellt er zu laut oder will er das Herrchen durch Winseln und Hochspringen von der Arbeit weg und zum Spielen verleiten, dann ruft ihm die tiefe Stimme Schweitzers wohl zu: „Sei schön ruhig, jetzt schreib' ich gerade etwas über dich."

Und das ist nicht gelogen. Der Tierfreund Albert Schweitzer ist soeben dabei, die vierbeinige und geflügelte Kreatur in den feinen, bisher nur für Menschen zugänglichen Salon der Philosophie hereinzulassen. Seine „Ehrfurcht vor dem Leben" beschränkt sich nicht nur auf den Respekt vor dem menschlichen Leben, sondern umfaßt jedes lebendige Wesen. Er schreibt: „Der große Fehler aller bisherigen Ethik ist, daß sie es nur mit dem Verhalten des Menschen zum Menschen zu tun zu haben glaubte ... Ethisch ist der Mensch nur, wenn ihm das Bereich des Lebens als solches, das der Pflanze und des Tieres wie des Menschen, heilig ist, und er sich dem Leben, das in Not ist, helfend hingibt."

„Aber töte ich nicht selbst Ungeziefer? Schieße ich nicht Raubvögel? Esse ich nicht gelegentlich Fleisch?" fragt sich Schweitzer. „Ja, das ist wahr. Ein Dasein setzt sich auf Kosten des anderen durch, eines zerstört das andere. Nur in dem denkenden Menschen ist der Wille zum Leben wissend geworden und will mit ihm solidarisch sein. Dies kann er aber nicht vollständig durchführen, weil auch der Mensch unter das grausige Gesetz getan ist, auf Kosten anderen Lebens fort und fort schuldig zu werden. Als ethisches Wesen ringt er aber darum, dieser Notwendigkeit, wo er nur immer kann, zu entrinnen ... Er dürstet danach, Humanität bewähren zu dürfen und Erlösung vom Leiden bringen zu müssen."

In arge Gewissensnöte bringt den Tierfreund Schweitzer gerade damals ein rotborstiges Wildschwein namens Josephine. Eines Tages erscheint beim Doktor eine Negerfrau mit einem zahmen Wildschweinchen, das vielleicht zwei Monate alt ist.

„Nimm es", drängt sie den Arzt, „es wird dir nachlaufen wie ein Hund." Nach einem Moment des Zögerns entschließt sich Schweitzer, das Angebot anzunehmen, denn sonst, das ist ihm ganz klar, wird das Tier noch den gleichen Abend am Bratspieß enden. Kaum hat der Doktor den neuen Hausgast gegen eine Zahlung von fünf Francs erworben, tut es ihm gleich wieder leid. Er hatte nämlich seiner Frau hoch und heilig versprochen, ohne ihre Einwilligung keine neuen Erwerbungen mehr für seinen immer größer werdenden privaten Tierpark zu machen. Was wird Helene, die gerade einige Tage lang verreist ist, sagen, wenn sie bei ihrer Rückkehr nun als neuestes Mitglied der Menagerie, die sich um ihr Haus und leider meist auch in ihrem Haus tummelt, ein veritables Wildschweinchen findet?

So atmet Schweitzer fast auf, als das Rüsseltier sich über Nacht selbst einen Weg aus einem mit Drahtgitter gesicherten Pferch gebahnt hat und verschwunden ist. Nun wird es wenigstens keinen Familienstreit um Josephine geben. Aber die Freude war verfrüht. Als Schweitzer zum Mittagessen vom Spital nach Hause kommt, erwartet ihn auf der Hausschwelle niemand anders als die rothaarige Schönheit. Der Doktor hat das Gefühl, der vorwurfsvolle Blick, den sie ihm zuwirft, wolle sagen: „Den Spaß mit dem Pferch mußt du aber nicht wiederholen. Ich bleibe dir auch so treu."

Und wirklich! Josephine, die sich allerdings niemals mit der ihr offensichtlich nicht freundschaftlich gesinnten Frau

Doktor verstehen kann, wird Schweitzers treueste Begleiterin. Am liebsten hält sie sich, während der Doktor im Spital arbeitet, in der Missionskirche auf. „Sobald die Glocke ertönte, lief sie zur Kirche", erzählt Schweitzer später schmunzelnd seinen elsässischen Freunden. „Ich glaube, sie hat keinen Morgen- und keinen Abendsegen der Schulkinder versäumt."

Peinlich ist es allerdings, wie sich Josephine im Sonntagsgottesdienst benimmt. Man ist in Lambarene durchaus daran gewohnt, daß nicht nur Menschen, sondern auch Tiere während des Gottesdienstes in die als Kirche dienende Wellblechbaracke hineinstreuen. Da die Türen offen bleiben, damit etwas Luft einströmen kann, kommen und gehen Hunde, Hühner, Hammel und Ziegen, unbekümmert um die heilige Handlung. Josephine wäre also gar nicht weiter unangenehm aufgefallen, wenn sie nicht eines Sonntags schnurstracks aus dem Morast, wo sie sich eben noch wohlig grunzend getummelt hatte, triefend von schwarzem Schlick in den Gottesdienst gestürmt wäre. Schweitzer erinnert sich noch heute mit humorigem Graus daran: „Und jetzt ging sie durch die Bänke der Kinder, die die Knie an den Hals zogen! Jetzt kam sie zu den Weibern! Jetzt zu den Männern! Jetzt zu dem anderen Missionar! Jetzt zu den Missionsdamen mit ihren weißen Röcken, versuchend, sich an ihnen abzureiben! Jetzt zur Frau Doktor! Jetzt zu mir! Da hatte sie aber schon einen Fußtritt, den ersten, den sie von mir erhielt. Er war aber gründlich..."

Ja, Josephine war ein rechtes Ärgernis, und der Doktor hatte es nicht leicht, sie gegen fast alle anderen Missionsbewohner zu verteidigen. Sie schleicht in den Knabenschlafsaal und drängt sich dort den Buben als unliebsamer Schlafgenosse auf. Sie streckt sich unter das erste beste Moskitonetz und schlummert auf sauber gemachten Betten ein, schlimmer aber noch: sobald Josephine ein halbes Jahr alt geworden war, kamen von überall her Klagen, daß Hühner „verschwunden" seien. N'Kendju, des Doktors zweiter Heilgehilfe, hat sofort eine Erklärung: „Doktor, Wildschwein jetzt über sechs Monate alt, fressen Hühner."

Schweitzer, der Josephine zärtlich liebt, nimmt sie in Schutz: „Josephine wird doch keine Hühner fressen."

Worauf N'Kendju, wie immer, wenn er sich einmal dem weißen Mann an Kenntnissen überlegen fühlt, selbstbewußt und seiner Sache ganz sicher antwortet:

„Sie Hühner fressen, sie Wildschwein."

Bald kommt ein Neger und jammert:

„Mein Huhn weg!"

Bald kommt die Frau Missionar und klagt:

„Mir fehlt ein Huhn!"

Worauf der Doktor, jedesmal mit immer unsicherer werdender Stimme, antwortet: „Ja, mit den Schlangen hier herum ist es halt eine üble Sache."

Bis eines Tages kein Zweifel mehr übrig ist. Der Oganga sitzt gerade wieder einmal vor dem Mikroskop, um das Blut eines der Schlafkrankheit Verdächtigen zu untersuchen. Da hört er vom Doktorhause her wildes Gegacker und Menschengeschrei. Ein paar Minuten später erscheint der Boy Akaga mit einem Zettel, den ihm die Frau Doktor mitgab. Darauf steht: „Josephine ist zu den Kücken eingedrungen, hat drei gefressen und der Glucke den Schwanz ausgerissen. Ich habe es mit eigenen Augen gesehen. Du weißt, was Du zu tun hast..."

Er wußte es:

Das war das Todesurteil für Josephine...

Als Schweitzer in Lambarene ankam, war es eigentlich seine Absicht gewesen, sich nicht mit Haustieren zu belasten, wie es viele andere Europäer taten. Der Versuchung, einen Schimpansen bei sich aufzunehmen, den ihm ein junger Europäer zum Geschenk anbot, widerstand er noch erfolgreich. Aber dann kam die Geschichte mit dem Papagei und da gab es keinen Widerstand mehr. Dieses Tier wurde Schweitzer von einem schwarzen Koch, sozusagen als Versöhnungsgabe, angeboten, weil er ihn und seine Frau im Stich gelassen hatte. Das Tier abzulehnen wäre beleidigend gewesen. Also blieb es im Haus, und bald waren auch schon ein zweiter und ein dritter Papagei da, die allen nur erdenklichen Schabernack trieben.

Da war „Kudeku", der mit einem stattlichen Vokabular saftiger französischer Schimpfworte in den Besitz des Ehepaars Schweitzer kam. Es war ihm nur schwer abzugewöhnen, jedermann sein schallendes „cochon!" („Schwein!") oder „saligaud!" („Schmutzkerl") entgegenzurufen. Ärger noch trieb es „Sakku", der andere Papagei. Er belauschte die Frau Doktor, wenn sie am Morgen die Hühner mit: „Komm, Bibi, Bibi, Bibii ..." fütterte, und ahmte sie bald so vollkommen nach, daß die Federtiere jedesmal aufgeregt angerannt kamen, wenn Sakku mit seinem „Komm, Bibi ..." begann. Es war seine Spezialität, sobald sein Käfig geöffnet war, sofort zu dem nach treu durchwachter Nacht schlafenden Hund Caramaba zu hüpfen und ihn durch einen Biß in den Schenkel zu wecken. „Da mich der Hund dauerte", berichtete Schweitzer einmal seinen amüsierten Zuhörern, „stand ich auf, sobald meine Frau die Papageienkiste öffnete, und rannte hinter das Haus, um ihn zu wecken."

Viel Freude erlebte Schweitzer an seinen Antilopen. An

den zwei Zwergantilopen, Samba und Antilöpeli, hing er so
sehr, daß er sie sogar auf die kurzen Erholungsurlaube mit-
nahm, die er mit seiner Frau in der frischen Meeresluft von
Cap Lopez verbrachte. Als Schweitzer die erste Zwergantilope, ein ungemein zartes und zierliches Wesen, im Sommer
1915 geschenkt erhielt, sagte man ihm, diese Tiere seien in
der Gefangenschaft nicht aufzuziehen, weil sie von der Kon-
densmilch Durchfall bekämen und eingingen. Wie schon so
oft behielt aber Schweitzers Optimismus recht. Er mischte der
Saugflasche stets ein Tröpfchen Opium bei, und die prophe-
zeiten Ernährungsschwierigkeiten blieben aus. Die Tatsache,
daß dieses bei den Negern als das scheueste aller Waldwesen
bekannte Tier dem Arzt wie ein Hündchen folgte und der
Frau Doktor gar aus der Hand fraß, trug viel dazu bei, den
Nimbus des Ehepaares Schweitzer bei den Eingeborenen noch
zu vergrößern. Sie kamen manchmal nur darum nach Lambarene, um dieses „Wunder" mit eigenen Augen zu sehen.

Noch erstaunlicher aber war es, daß sich der ersten Zwergantilope bald eine zweite zugesellte. Sie war das Geschenk
eines Pflanzers, dessen Hund das Tier halbtot angeschleppt
hatte. Nur schwer gewöhnte sich Samba — so war die Antilope getauft worden — an das Haus des Doktors, denn sie
hatte ja, im Gegensatz zum Antilöpeli, einmal wirklich die
große Freiheit des Waldes kennengelernt. Aber bald fraß auch
sie der Frau Doktor aus der Hand und nagte dem Herrn
Doktor zärtlich an seinen Schuhsohlen herum, wenn er nachts
an seiner großen „Kulturkritik" schrieb.

Eine Antilope von normaler Größe, die Schweitzer bei sich
aufzog, erhielt den Namen Clas. „Diese Antilope brachte mir
den Ruhm ein, ein sehr guter Sohn zu sein", erzählt der Doktor in einer Kalendergeschichte. „Dies ging so zu: Als sie eines

Morgens wieder mit mir im Spital erschien, nahm mich ein altes Negerweib beiseite. „Doktor", sagte sie, „deine Antilope ist schon groß und feist. Du mußt sie jetzt essen." „Das hat noch eine gute Weile", antwortete ich. Am anderen Tage frug sie mich wiederum, warum ich die Antilope noch nicht äße. Die Neger verstehen nicht, daß man ein eßbares Tier hat und es nicht schlachtet. Wieder antwortete ich ausweichend. Nach einigen Tagen kam sie abermals darauf zu sprechen. Um sie ein für allemale zu beruhigen, sagte ich ihr, daß ich die Antilope mit nach Europa nehmen wolle. Da rief sie die anderen Weiber zusammen. „Höret alle", sagte sie, „was für ein guter Sohn der Doktor ist. Er will die Antilope mit nach Europa nehmen, um sie mit seiner Mutter zu verspeisen."

Wie sehr mag die tapfere Adele Schweitzer gelacht haben, als sie aus einem Brief ihres Sohnes diese Geschichte erfuhr. Ja, ein Antilopenbraten wäre jetzt in Günsbach gar nicht unwillkommen gewesen, denn schon begannen auch im „glücklichen Tal" die Lebensmittel knapp zu werden. Die Truppen, die in jedem Orte lagen — auch das Günsbacher Pfarrhaus war zum Teil für Offiziere requiriert — wollten verpflegt werden. Da blieb für die Zivilbevölkerung nicht sehr viel übrig.

Ein Glück für das Ehepaar Schweitzer war es daher, daß der Fabrikant Kiener, in dem nahegelegenen Örtchen Walbach, den Herrn Pfarrer und seine Frau gelegentlich an die selbst im Kriege gutbestellte Tafel lud. So geschah es auch am dritten Juli 1916. Zu Fuß mußten der Seelenhirt und seine 74jährige Gattin den vier Kilometer langen Weg hin und zurück gehen, denn eine öffentliche Fahrgelegenheit dorthin gab es im Kriege nicht.

Es mochte gegen vier Uhr nachmittags sein. Die Eheleute waren guter Laune und schon nicht mehr weit von ihrem Heim, als den beiden ein deutscher Soldat mit einem Pferde begegnete. Aus unerklärlichen Gründen scheute das Tier plötzlich, riß sich los, galoppierte davon und ehe Pfarrer Schweitzer seine Frau beiseiteziehen konnte, hatte das Tier sie niedergerissen. Sie schlug so heftig mit dem Kopf auf das Pflaster, daß sie besinnungslos liegen blieb. Bauern, die des Weges kamen, holten aus dem nächsten Haus einen Leiterwagen und fuhren die schwerverletzte Frau Schweitzer in das Pfarrhaus nach Günsbach. Dort starb sie um elf Uhr nachts an den Folgen eines schweren Schädelbruches, ohne das Bewußtsein wieder erlangt zu haben.

Wie niederschmetternd diese Todesnachricht auf ihren Sohn im Urwald wirkte, kann man sich unschwer vorstellen. Tagelang war er wie gelähmt. Nun hatte ihm der Krieg die Mutter auf so jähe Art geraubt. Vor allem aber muß es ihn gequält haben, daß es ausgerechnet — ein Tier gewesen war, das den Tod der geliebten Mutter verursacht hatte. —

„Weshalb, weshalb bin gerade ich ausersehen, die Rache der gequälten Kreatur zu empfangen?" so muß Albert Schweitzer seinen Gott in Zweifel und Hader gefragt haben. Die Antwort aber wird gelautet haben:

„Vergelte Böses mit zwiefach Gutem!"

Weihnachten 1916 — und immer noch ist Krieg, immer noch liegt Dunkelheit über der Erde. Über drei Jahre sind die

Schweitzers jetzt in Lambarene, ein Jahr länger, als Europäer im feuchten Klima Zentralafrikas, ohne gesundheitliche Schäden zu erleiden, aushalten können. Schon klagen der Doktor und seine Frau über Tropenanämie, eine Blutarmut, die sich in starken Ermüdungserscheinungen manifestiert. Schon das kleine Stück, das der Arzt von seinem Spital bis zu seinem Haus hinaufsteigen muß, erschöpft ihn jetzt so sehr wie eine große Bergpartie, obwohl der Weg in vier Minuten zurückgelegt werden kann. Auch die Nerven werden immer gespannter. Die kleinste Widrigkeit — und gegen wieviele solche kleinen Plagen gilt es im Urwald jeden Tag standzuhalten! — treibt dem Doktor den Jähzorn in die Stimme, bringt seine Frau zum Weinen.

Zu alledem leiden sie jetzt beide unter einem der quälendsten Urwaldübel — Zahnverfall. „Meine Frau und ich legen uns gegenseitig provisorische Füllungen ein", schreibt Schweitzer. „Ihr kann ich einigermaßen helfen. Aber mir kann niemand tun, was eigentlich getan werden müßte, denn es würde sich um die Entfernung zweier unrettbar kariöser Zähne handeln."

Auch eine schwere persönliche Enttäuschung muß der Doktor verwinden. „Sein" Joseph, der sich so stolz „erster Heilgehilfe des Doktor Albert Schweitzer" nannte, hat ihn verlassen. Und weshalb? Nur wegen einer vorübergehend notwendigen Gehaltsherabsetzung.

„Aber Joseph", hielt ihm Schweitzer vor, „ich bekomme doch jetzt kein Geld aus der Heimat. Das, was ich dir geben will, muß ich bereits hier von Freunden ausleihen. Hab doch etwas Verständnis."

Joseph aber schüttelt den Kopf:

„Wenn ich monatlich für nur fünfunddreißig Francs arbeiten, alle sagen, du mir weniger zahlen, weil ich nicht gut schaffen — meine Würde nicht erlauben, das annehmen."

Schwerer fast noch, als der Verlust dieses fast unentbehrlich gewordenen Mitarbeiters, trifft den Doktor die Erkenntnis, daß alle seine Erziehungsversuche an Joseph nichts genützt zu haben scheinen. Er hatte den leichtsinnigen Helfer dazu überredet, einen Teil seines Geldes für den Erwerb einer Frau zu sparen, denn in dieser Region müssen die Männer bekanntlich ihre Gattinnen der elterlichen Familie abkaufen. Doch nun werden dem Doktor über Joseph, der auf das andere Flußufer zu seinen Eltern gezogen ist, ständig Nachrichten wie folgende hinterbracht:

„Joseph hat ein Paar schöne Lackschuhe gekauft", oder — „Joseph gestern ganz betrunken mit Schnaps", oder — „Joseph hat großes Paket aus Paris bekommen. Viele hübsche bunte Schlipse." In ein paar Wochen ist all das gesparte Geld vertan, aber trotzdem kehrt der Treulose nicht zu seinem Doktor zurück, der nun hunderterlei kleine Handgriffe in der Praxis allein machen muß. Der „zweite Heilgehilfe", N'Kendju, ist bei aller rührender Bemühung nicht intelligent genug, diese Dinge selbständig zu erledigen.

Vom Krieg hört man in Lambarene nur alle vierzehn Tage. Dann erscheint ein schwarzer Soldat mit einer Zusammenstellung der in Cap Lopez oder Libreville eingelaufenen Telegramme an der Tür des Hauses oder des Spitals. In aller Eile muß diese einzige „Zeitung" durchflogen werden, denn der Bote hat das gleiche Bulletin noch in zwei oder drei Dutzend andere Faktoreien, Farmen und Missionshäuser zu tragen. Ist er gegangen, so kann der Doktor oft vor Entsetzen stundenlang kaum sprechen. Dieses Blutbad an der Somme, dieser mörderische Kampf um Verdun,

228

in dem die Blüte der großen europäischen Kulturvölker zugrunde geht — welch ein nie wieder gutzumachendes Unheil!

Was soll er da dem alten Manne vom Kannibalenstamm der Pahouins sagen, der ihn fragt: „Schon zehn Weiße aus dieser Gegend sind in diesem Kriege gefallen! Ja, warum kommen denn die Stämme nicht zusammen, um das Palaver zu besprechen? Wie können sie denn diese Toten alle bezahlen?"

Nichts könnte der Doktor darauf antworten. Höchstens etwa: „Vielleicht seid ihr Menschenfresser doch bessere Menschen." Denn bei den Pahouins ist es Sitte, daß Sieger und Besiegte nach dem Kriege der anderen Seite eine Entschädigung für jeden Gefallenen bezahlen.

Jedesmal, wenn Post gekommen ist, steckt der Koch Aloys sein dickes Gesicht in die Tür des Wohnzimmers.

„Doktor, ist immer noch Krieg?" fragte er.

„Ja, Aloys, es ist immer noch Krieg."

„Oh là là, oh là là", sagt da der Koch, und macht sich kopfschüttelnd wieder an die Arbeit.

Wir schreiben September 1917.

Eines Morgens steht, wie so oft, der schwarze „Briefbote" vor der Tür, aber diesmal bringt er nicht das bewaffnete Kriegsbulletin, sondern einen amtlichen Befehl, der besagt:

„Herr Doktor Albert Schweitzer und seine Gemahlin sind mit dem nächsten fälligen Schiff in ein Gefangenenlager nach Europa zu bringen."

Welch ein Schlag! Längst schon hat ihn Schweitzer erwartet und doch heimlich gehofft, er werde ihm erspart bleiben. Aber je länger der Krieg sich hinzog, um so schärfer sind auf beiden Seiten die Maßnahmen gegen die Angehörigen anderer Nationen geworden. Der steigende Haß kennt keine „Ausnahmen" mehr. Was wird nun aus dem Spital werden? Die geduldige Aufbauarbeit von über vier Jahren wird wohl in wenigen Monaten zunichte gemacht sein.

Doch wie immer ergibt sich Schweitzer in ein scheinbar unvermeidliches Schicksal, von der bestimmten Hoffnung getragen, es dann allmählich von innen heraus zum Besseren wenden zu können.

Beim Packen hilft die ganze Mission. Sakku, der freche Papagei, schaut zu und krächzt seine respektlosen Bemerkungen. Aber als er merkt, wie die Zimmer immer leerer werden, wie die Frau Doktor keine Zeit, nicht einmal mehr zum Füttern der Hühner, findet, und der Doktor mittags nicht nach Caramaba pfeift, um ihm die beim Essen abgefallenen Knochen und Fischköpfe hinzuwerfen, da merkt das intelligente kleine Wesen, daß sich etwas Schlimmes vorbereitet. Zuerst verstummt Sakku vor Kummer und will nichts fressen. Dann sträubt sich sein Gefieder, es beginnen Zuckungen und das treue Tier verendet in Krämpfen. Manche Träne wurde ihm nachgeweint, und der Freundfeind Caramaba strich noch jeden Tag traurig wedelnd um das kleine Grab im Missionsgarten.

Kudeku, der andere Papagei, ist weniger sentimental. Der macht sich nichts daraus, dem Doktor seine letzte Gold-Schreibfeder zu zerbeißen, die Schweitzer unvorsichtigerweise nur einen Augenblick lang unbeaufsichtigt auf dem Tisch neben dem Tintenfaß liegen ließ. Nun — es muß eben mit einer anderen Feder auch gehen. Der Doktor setzt sich zwei Nächte lang hin, um wenigstens für sein Handgepäck einen kurzen

Auszug aus seinen umfangreichen Skizzen und Notizen über „Verfall und Wiederaufbau der Kultur" zu machen. Denn das Originalmanuskript traut er sich nicht in die Gefangenschaft mitzunehmen. Es könnte ihm von irgendeinem rabiaten Wärter abgenommen und dann vielleicht vernichtet werden. Der Doktor notiert folgende Stichworte, die eine Essenz seiner neuen Lehre von der „Ehrfurcht vor dem Leben" darstellen:

„Dem denkend gewordenen Menschen gilt als gut:

Leben erhalten.

Leben fördern.

Entwickelbares Leben auf seinen höchsten Wert bringen.

Dem denkend gewordenen Menschen gilt als böse:

Leben vernichten.

Leben schädigen.

Entwickelbares Leben niederhalten."

Da aber diese Worte vielleicht von den Zensoren und Leibesvisitatoren, deren Willkür Schweitzer, wie er weiß, nun in der nächsten Zukunft unterworfen sein wird, als „aufrührerisch" erscheinen könnten, greift er zur alten Kriegslist der geistigen Menschen, die ihre Gedanken aus Zeiten der Unvernunft in eine bessere Zukunft hinüberretten wollen: er „tarnt" seinen Manuskriptauszug durch Kapitelüberschriften, so, als handle es sich nicht um eine Studie über gegenwärtige, aktuelle Ereignisse, sondern um einen Aufsatz über die Renaissance. „Tatsächlich erreichte ich damit, daß er der ihm mehrmals drohenden Konfiskation entging", berichtet er später.

Den eigentlichen, doch schon recht umfangreichen Text seines Werkes muß Schweitzer jemandem bis Kriegsende zu treuen Händen überlassen.

„Wollen Sie, bitte, das hier für mich aufheben?" fragt der

Doktor den amerikanischen Missionar Ford, der vor einiger Zeit aus Libreville, wo er seinerzeit die Schweitzers als erster Missionar auf afrikanischem Boden begrüßte, nach Lambarene versetzt wurde.

„Weiß nicht", knurrt der und wiegt dabei zweifelnd das dicke Paket in der Hand. „Eigentlich sollte ich den ganzen Unsinn in den Fluß werfen. Glaub nicht an Philosophie. Verwirrt die Leute nur."

Schweitzer schaut ihn halb entsetzt, halb bittend an.

„Nein — keine Angst. Ich paß schon drauf auf — aus christlicher Liebe", beruhigt ihn der Missionar.

Welch ein Himmelsgeschenk, daß die „Afrique", auf der die Schweitzers deportiert werden sollen, einige Tage Verspätung hat. So können noch alle Instrumente und Medikamente eingelötet, fest verpackt und sicher untergestellt werden. Das Urwaldspital, die Doktorhütte — wie leer schauen sie jetzt aus. Aber so will es eben die „Staatsvernunft". Sie meint, es sei besser, daß ein Arzt im Interniertenlager vor die Hunde gehe, als daß er kranken Menschen helfe.

Wie eine Demonstration der Unentbehrlichkeit Schweitzers wirkt es, als zwei Tage vor seiner Abreise noch ein Mann mit einem eingeklemmten Bruch zu ihm gebracht wird. Hilft ihm der Doktor nicht sofort, so muß der Arme qualvoll sterben. Also schnell wieder die Kisten aufgebrochen, die notwendigsten Instrumente herausgeholt. Fertig zur Operation? Ja, Herr Doktor! Mit vor Müdigkeit und Erregung zitternden Händen rettet Albert Schweitzer zum vorläufig letzten Male das Leben eines schwarzen Bruders. Mit blankem Bajonett paßt der schwarze Wachsoldat neben der die Narkose besorgenden Frau Doktor auf, daß sein Gefangener auch ja kein gefährliches Wort spricht.

Weinend stehen die Eingeborenen am Flußufer, als der Oganga sich auf das Flußboot begibt. Im letzten Augenblick erscheint noch, in seinem schönsten Kultgewand, der französische Pater Superior der katholischen Mission, um sich zu verabschieden.

Den Wächter, der sich zwischen ihn und Schweitzer drängen will, weist er mit hoheitsvoller Gebärde ab.

Dann drückt er dem „deutschen Feind" und wackeren protestantischen Kollegen warm die Hand mit den Worten:

„Sie sollen nicht von diesem Lande scheiden, ohne daß ich Ihnen beiden für alles Gute, das sie ihm erwiesen, Dank gesagt habe."

Die „Alembe" stößt ab. Wieder Winken, Tränen, Rufe aus Sehnsucht und Hoffnung. Ist es „Adieu Lambarene?" Oder „Auf Wiedersehen Lambarene?"

XIV.

GANZ VERÄNDERTES EUROPA

AUF DEM schon recht heruntergekommenen Dampfer „Afrique" — er wird nur zwei Jahre später bei einem Sturm im Golf von Biscaya untergehen — reist der Zivilinternierte Nummer 65 432 (die Nummer mag anders gelautet haben, aber eine vielstellige Zahl war es jedenfalls), nach Europa. Sein Reiseziel: ein Interniertenlager. Als er viereinhalb Jahre zuvor die gleiche Route in Richtung Afrika fuhr, war er das Universalgenie Albert Schweitzer, das glückliche Produkt eines Zeitalters der vielfältigen Bildung, des hochentwickelten Wissens und Könnens, unverwechselbar und einmalig, aus freiem Entschlusse sein Leben einer selbstgewählten Aufgabe widmend — ein Mensch des neunzehnten Jahrhunderts.

Nun ist er Nummer, Faszikelstück, Objekt bürokratischer Maßnahmen. Was er denkt? Schweigen wir lieber darüber, denn es könnte die Kriegsmoral untergraben. Was er kann? Vergessen wir es lieber, bis der „Endsieg", „la victoire finale" oder „the victorious Peace", errungen ist. Du wirst geschoben und gestoßen, Albert Schweitzer. Man schreibt dir vor, mit wem du reden darfst, man zensiert deine Post, man befiehlt dir: „Pack aus!" ... „Pack ein!" Man wühlt in deinen Koffern, deinen Taschen. „Ziehen Sie sich aus, aber schnell, Leibesvisitation." Was ist das? Ein Buch? „Wir werden sehen, ob Sie das lesen dürfen." Und das? Ein Manuskript? „Wir werden es prüfen. Sie haben nur Erlaubnis, diejenigen Seiten zu behalten, auf denen unser Stempel steht." Du bist eine Nummer, du bist Nummer 65 432 (oder ein anderes, vielstelliges, auswechselbares Zahlenungetüm) – ein Mensch des zwanzigsten Jahrhunderts.

Nur wenig über vier Jahre sind verflossen, seit der bangen, aber doch fröhlichen Reise auf der gleichen Route. Diesmal müssen alle Speisen in der Kabine eingenommen werden. Der gefährliche „Boche" — sieht er nicht ein wenig aus wie ein Brandstifter, ein Mörder oder wenigstens wie jemand, der einem deutschen U-Boot Lichtsignale geben könnte, damit es die „Afrique" versenke? — wird von den anderen Passagieren nur zu gewissen Stunden in militärischer Begleitung an Deck gesichtet und gebührend aus der Ferne bestaunt.

Nun — es muß auch so gehen, es wird auch so gehen. Bücher hat man dem Gefangenen nicht gelassen. Aber, Gott sei Dank, Noten. Stundenlang übt er Bach'sche Fugen und die sechste Orgelsymphonie von Widor. Sein Instrument? Ein ganz gewöhnlicher Tisch, in der Phantasie des Organisten aber mit allen notwendigen Manualen, Registern, sogar mit einem Orgelpedal versehen. Und auf den eingebildeten Tastaturen werden Fingersätze erprobt, wiederholt, geändert, abermals wiederholt. Wie herrlich diese Fuge im inneren Ohr des Spielers klingt! Wieviel ruhige Kraft liegt darin, wie leicht ist es, der in Unordnung geratenen Welt zu entfliehen, in die höhere Ordnung der Musik.

Aber die Menschen? Was ist denn mit ihnen? Weshalb unterwerfen sie sich menschenunwürdigen, unmenschlichen, antimenschlichen Bestimmungen? Weshalb traut sich zum Beispiel der Steward, Monsieur Gaillard, der so anständig zu dem Paar ist, nie etwas zu sagen, das er doch zweifellos schon auf der Zunge hat? Angst, natürlich Angst, nichts als Angst ist es.

Aber als Bordeaux schon nahe kommt, die ersten kleinen Kriegsschiffe auftauchen, die Leuchtfeuer Europas herüberblinken, läßt der Mann endlich seinem Herzen freien Lauf. Seine Worte überstürzen sich. Denn jeden Augenblick kann der Unteroffizier dazu kommen, der mit der Überwachung Schweitzers betraut ist.

„Haben Sie gemerkt, daß ich Ihnen immer sauber serviert habe, wie? In Ihrer Kabine war nicht mehr Schmutz als in den anderen, nicht wahr? Weshalb meinen Sie wohl, daß ich dies getan habe? Ein reichliches Trinkgeld? Darauf rechnet man nicht bei Gefangenen. Also warum? Dies will ich Ihnen nun sagen. Vor einigen Monaten fuhr hier auf diesem Schiff in einer Kabine, die zu meinem Dienst gehörte, ein Monsieur Gaucher nach Hause. Den hatten Sie monatelang in Ihrem Spital liegen. Gaillard, sagte er zu mir, Gaillard, es kann sein, daß sie den Doktor von Lambarene bald gefangen nach Europa schaffen. Fährt er je auf Ihrem Schiff und können Sie ihm in etwas behilflich sein, so tun Sie es um meinetwillen."

Tief holt der Steward Atem. Er verstummt einen Augenblick und tut so, als mache er sich beim Aufräumen des Geschirrs zu schaffen, denn an der offenen Tür ging eben jemand vorbei. „So", flüsterte er, „jetzt wissen Sie, warum Sie es so gut bei mir hatten."

Nicht zufällig wiederholen sich ähnliche ermutigende Erlebnisse auf dem Leidensweg, den das Ehepaar Schweitzer, wie so viele Menschen dieses Jahrhunderts, antreten muß: fast stets stoßen sie ganz zufällig auf Personen, die ihnen gutwollen. Mal ist es ein Mitgefangener, der sich für eine einstmals seiner Frau zugekommenen Medikamentensendung durch das Bauen eines Schreibtisches revanchiert, ein andermal ein Patient, der dem Doktor Geld anbietet. Die zwei Menschenfreunde können jetzt von den „Zinsen" ihrer guten Taten zehren. Sie finden auch immer Beamte, die ihnen helfen, sogar, wenn dies gegen die ausdrücklichen Befehle „von oben" verstößt.

Da sind zum Beispiel die zwei Gendarmen in Bordeaux. Dort wurden Albert und Helene Schweitzer nach der Landung zunächst in einer düsteren Kaserne einquartiert, die als Durchgangsstation zum Internierungslager dient. Es ist da kalt, zugig, im höchsten Grade ungemütlich. Zum ersten Male seit vielen Jahren wird Albert Schweitzer ernstlich krank: Ruhr! Die Tropen haben ihm nichts anhaben können, aber die schlechte, unsauber zubereitete Gefangenenkost in Europa zwingt ihn nun in die Knie. In diesem Zustand erhalten die Schweitzers eines Tages die Nachricht von der Verlegung in ein anderes, in den Pyrenäen gelegenes Lager. Aber leider ist die Mitteilung nicht präzise gefaßt.

Mitternacht ist schon vorbei, als zwei Polizisten an die Tür pochen, um die beiden im Wagen wegzuführen.

„Weshalb habt Ihr denn Eure Sachen nicht fertig?" herrscht sie der eine der beiden Gendarmen ungeduldig an, während Schweitzer und seine Frau noch schlaftrunken beim Lichte einer kleinen Kerze versuchen, schnell ihre Sachen zusammenzuraffen. — „Wir glaubten, Sie kämen erst morgen", antwortet der Doktor höflich. „Unsinn! Bis Sie all Ihr Zeugs zusammen haben, können wir jetzt nicht warten. Dann kommen Sie eben beide ohne Ihr Gepäck mit. Allez, allez, en route!"

Schweitzer sieht den jungen Mann nur mit einem unendlich traurigen Blick an. Der zögert. Schließlich, nun ja, dieser „Boche" ist vielleicht doch kein Untier. Fließend französisch spricht er sogar auch.

„Eh bien", sagt der Gendarm, „wir dürfen das zwar nicht, aber wir werden Ihnen beim Packen helfen. Und wirklich — nun schnallen die beiden Uniformierten ihre Waffen ab, um besser beim Zusammensuchen und Verstauen der Sachen zu helfen.

„Wie oft hat das Gedenken an diese zwei Gendarmen mich dann gezwungen, mit Menschen geduldig zu verfahren, wo ich mich zur Ungeduld berechtigt fühlte ...", das ist die Lehre, die Schweitzer aus dieser kleinen Begebenheit für sein weiteres Leben zieht.

Voller Güte und Nachsicht ist aber auch der Direktor des Lagers, wohin die beiden Elsässer nun gebracht werden. Er war früher einmal in den Kolonien und ist Theosoph. So gut er kann, versucht er den ihm unterstellten Zivilinternierten das Leben zu erleichtern.

Das ist nicht leicht im Lager Garaison. Hier hat man Hunderte bei Kriegsausbruch in Frankreich oder in den französischen Kolonien lebende Angehörige des Zweibundes in ein altes, seit Jahren nicht mehr bewohntes Kloster gesteckt. Im Winter — und der ist inzwischen hereingebrochen — bleiben die langen steinernen Gänge und die meisten Schlafsäle immer kalt, weil es in ihnen keinerlei Heizungsanlage gibt. Es regnet viel, die Kost ist langweilig, die Zukunftsaussichten für fast alle hier Internierten düster, denn viele hatten vor der Gefangennahme Französinnen geheiratet, ihre Kinder sprechen nur französisch. Frankreich, wo sie ihre Existenz aufgebaut hatten, ist für sie ein feindliches Land geworden, das Geburtsland, Deutschland oder Österreich, aber ein fremdes Land. Wohin sollen sie sich im Falle eines Interniertenaustausches oder bei Kriegsende wenden? Überall werden sie nun als fremd und lästig angesehen werden. Ihre gleichfalls eingesperrten Kinder aber spielen im Hof und in den hallenden Fluren lärmend Krieg. Täglich schlagen sie „Schlachten" zwischen „Zweibund" und „Entente".

Albert Schweitzer — und hierin zeigt sich, daß jemand, der als „Nummer" behandelt wird, deshalb noch lange keine „Nummer" werden muß — versteht es sogar, aus diesem trüben Erlebnis Sinn und Gewinn zu ziehen. Als der einzige Arzt unter den Internierten hat er Gelegenheit, mit all den Entwurzelten in engen Kontakt zu kommen und sie zu studieren. Während viele Internierte, ihren Sorgen und ihrer Trauer um das Vergangene nachhängend, gar nicht mehr die seelische Energie aufbringen, irgend etwas mit sich anzufangen, gehört Schweitzer zu den wenigen, die aus diesem seltsamen Zusammengeworfensein mit Menschen verschiedenster Herkunft und Berufe eine Unmenge von einzigartigen Erfahrungen schöpfen:

Beredt weiß der Doktor diesen kleinen unfreiwilligen „Völkerbund" zu schildern:

„Wer einigermaßen gesund und frisch blieb, dem bot das Gefangenenlager mancherlei Interessantes dadurch, daß in ihm Menschen aus vielen Völkern und fast allen Berufen anzutreffen waren. Es beherbergte: Gelehrte und Künstler, besonders Maler, die vom Kriege in Paris überrascht worden waren; deutsche und österreichische Schuster und Damenschneider, die in den großen Pariser Firmen gearbeitet hatten; Bankdirektoren, Hoteldirektoren, Kellner, Ingenieure, Architekten, Handwerker und Kaufleute, die in Frankreich und seinen Kolonien ansässig gewesen waren; katholische Missionare und Ordensleute aus der Sahara, die zu weißer Tracht den roten Fez trugen; Kaufleute aus Liberia und anderen Gebieten der afrikanischen Westküste; Kaufleute und Reisende aus Nordamerika, Südamerika, China und Indien, die auf dem Meere gefangengenommen waren; Mannschaften deutscher und österreichischer Handelsdampfer, die dasselbe Schicksal gehabt hatten; Türken, Araber, Griechen und Angehörige der Balkanstaaten, die aus irgendeinem Grunde im Verlaufe des Krieges im Orient deportiert worden waren, unter ihnen Türken mit verschleiert gehenden Frauen. Welch buntes Bild bot der im Hofe täglich zweimal abgehaltene Appell!

Um sich zu bilden, brauchte man im Lager keine Bücher zu lesen. Für alles, was man wissen wollte, standen einem sachkundige Menschen zur Verfügung. Von dieser einzigartigen Gelegenheit, zu lernen, habe ich reichlich Gebrauch gemacht. Über Bankwesen, Architektur, Mühlenbau und Mühlenwesen, Getreidebau, Ofenbau und so vieles andere eignete ich mir Kenntnisse an, die ich sonst wohl nie erlangt hätte."

Während die meisten Berufstätigen im Lager unter der erzwungenen Untätigkeit leiden — mit welcher Begeisterung bieten sich daher der Frau Doktor alle internierten Schneider umsonst an, als sie Stoff für ein warmes Kleid geschickt bekommen hat — gibt es dort zwei Berufsgruppen, die sich nicht einmal unwohl fühlen. Das sind einmal die Matrosen, die von ihren langen Reisen her an das Eingesperrtsein gewohnt sind, und zweitens die ungarischen Zigeunermusiker, denen Heimatlosigkeit und Entwurzeltsein nichts Neues sind. „Sind Sie vielleicht der Albert Schweitzer, von dem Romain Rolland in seinem Buch ‚Musiciens d'aujourd'hui' schreibt"? fragt der Älteste von ihnen den Doktor.

Als dieser bejaht, wird er begeistert in die Bruderschaft der Musiker aufgenommen, probt mit ihnen auf dem Speicher, zeigt ihnen lachend, wie er auf seiner „Phantasieorgel" — sie ist wieder nur ein einfacher Tisch — jeden Tag übt. Rührend ist das Ständchen, das die einstige elegante Kaffeehauskapelle der Frau Doktor am Morgen ihres Geburtstages darbringt. Wie unwirklich klingt der romantische Walzer aus „Hoffmanns Erzählungen" durch die kahlen Fliesengänge des einstigen Klosters. Eine Botschaft aus einer anderen, freundlicheren Zeit, dem Paris Offenbachs, das noch eine französische Oper mit einem deutschen Titelhelden freudig beklatschen konnte.

Es tut den Schweitzers, die sich, so gut es geht, eingelebt haben, leid, als sie zur Vergünstigung in ein besonderes Lager für Elsässer überführt werden sollen. Aber Eingaben bei den Behörden gegen die Versetzung nützen nichts. Wieder wird das Ehepaar in dem aus dem 11. und 12. Jahrhundert stammenden ehemaligen Kloster Saint Paul de Mausole bei St. Rémy en Provence, nicht weit von Arles, interniert.

Hier findet Schweitzer ein altes Harmonium, das er an den Sonntagen für beide christlichen Konfessionen mit einem überraschenden Erfolge spielt: von nun an besuchen die Protestanten auch die katholische Zeremonie und die Katholiken nehmen außerdem am evangelischen Gottesdienst teil, um den Organisten beide Male zu hören.

In St. Remy hat Schweitzer ein ungewöhnliches Erlebnis. Er begegnet in dem kahlen, häßlichen Raum dem Schatten eines anderen Großen. Dieser eiserne Ofen, dieses durch den ganzen armseligen Raum geführte Ofenrohr kam Schweitzer gleich nach der Ankunft merkwürdig bekannt vor. Er zermartert sich nun den Kopf, wo er das schon einmal gesehen haben könnte. Und da fällt es ihm plötzlich ein: Hier waren doch früher Geisteskranke interniert. Hier, in diesem Hof mit der hohen Mauer gingen sie stumpf im Kreise. Natürlich — Vincent van Gogh war einer von ihnen. Er hat das alles mit Zeichenstift und Pinsel der Nachwelt überliefert. „Wie wir hat er auf diesem steinernen Fußboden gefroren, wenn der Mistral wehte!" sagt Schweitzer zu seiner Frau.

Die gibt trocken zurück:

„Aber wir sind nicht verrückt, sondern normal. Und die da draußen in den Parlamenten und Regierungsbüros ... na ja ..." „Nun, so reden bekanntlich alle Geisteskranken", versucht Schweitzer sie aufzuheitern.

Manchmal jedoch zweifelte der Doktor jetzt selbst am Verstand seiner Mitmenschen. Der Kriegshaß hatte die Bewohner dieses südfranzösischen Dörfchens angefallen wie eine Art kollektiver Wahn. Kaum zeigten sich die Internierten auf den Straßen, so wurden sie mit Schimpfworten verfolgt, Fäuste ballten sich, Steine flogen. Die meisten zogen es künftighin vor, hinter den schützenden Klostermauern zu bleiben.

Albert Schweitzer aber tat, als bemerke er nichts von alledem. Lächelnd, nach allen Seiten freundlich grüßend ging er hinunter in den alten Ort mit seinen winkligen Straßen, um sich dort mit einem alten Mann zu unterhalten, der noch van Gogh in dem Jahre seiner Gefangenschaft gekannt hatte.

Bald führten den Doktor dringende Geschäfte nach St. Rémy. Rückkehrer von der Front hatten Epidemien eingeschleppt: Grippe und Ruhr grassierten. Der alte Dorfarzt wurde mit der Fülle von Arbeit nicht mehr fertig. Er wandte sich an Schweitzer und an einen anderen Internierten, den rothaarigen Doktor Schwob, um Hilfe.

Doch so stark war die Besessenheit des Hasses, daß die Kranken die Hilfe der beiden elsässischen Ärzte zunächst nicht annehmen wollten. Eines Tages wird aber der Doktor mitten in der Nacht zu einer sich in Krämpfen Windenden geholt, da sonst kein anderer Arzt zu finden ist. In einem kleinen, weißgekalkten Bauernzimmer ringt er verzweifelt um das Leben, legt ihr kalte Kompressen auf, gibt der alten Frau Spritzen, beruhigt die verängstigten Angehörigen.

Und als die Morgendämmerung anbricht, wandelt sich das Röcheln der Kranken in ruhiges Atmen. Sie scheint gerettet zu sein. Der Bann des Todes ist gebrochen. Zugleich aber auch der Bann des Hasses. Die Kunde von Schweitzers Rettungstat verbreitet sich in St. Rémy, und als die Schweitzers zusammen mit anderen Elsässern am 12. Juli 1918 den Ort verlassen sollen, um über die Schweiz ausgetauscht zu werden, ist es vielen Bewohnern des Dorfes, als verlören sie einen Freund.

Wieder heißt es, die Bündel schnüren, zur Kontrolle vorweisen, fremde Hände jedes Stückchen Habe begreifen lassen, fremden Augen jede geschriebene Zeile zeigen. In St. Rémy hat Albert Schweitzer sein großes Buch ein gutes Stück vorwärts gebracht. Seine Skizzen vom „Kulturstaat" finden nun ihren ersten, allerdings ungebetenen Leser: Den Herrn Zensor, der gnädig auf soundsoviele Seiten seinen runden Stempel drückt, ehe er die Arbeit zur Mitnahme freigibt.

„Bald werden wir zu Hause sein! Wie es dort nur aussieht? Wie es unseren Lieben wohl geht?" das sind die Fragen, welche Albert und Helene Schweitzer bewegen, während sie dem Bahnhof von Tarascon zustreben, in dem der Austauschzug die Internierten aufnehmen soll. Menschen, mit Bündeln und Packen schwer beladen, erwartungsvoll und besorgt, so stapfen die Gefangenen über das geschotterte Bahngleis zu einem Schuppen, weit außerhalb der Station, wo sie bis zur Abfahrt warten sollen. Jeder ihrer Schritte auf den spitzen großen Steinen ist eine Qual. Das kränkelnde Ehepaar Schweitzer kommt nur schwer vorwärts. Da bietet sich ihnen jemand zum Mittragen an. Es ist ein Krüppel, den der Doktor einmal im Lager behandelte. Der arme Kerl hat selbst fast gar kein Gepäck, weil ihm so gut wie nichts blieb.

„Ergriffen nahm ich seine Hilfe an", erzählt Schweitzer später in seinem Erinnerungsbuch „Aus meinem Leben und Denken". „Während wir in der brennenden Sonne nebeneinander hergingen, gelobte ich mir, im Andenken an ihn, hinfort auf allen Bahnhöfen nach beladenen Menschen Ausschau zu halten und ihnen Hilfe zu leisten."

Welch ein ungewöhnliches Menschengemisch ist in dem „Train des internés" zusammengepfercht! Immer länger wird der Zug. Man hängt auf anderen Stationen neue Wagen mit den Insassen anderer Lager an. In zwei Waggons geht es besonders laut und ungeregelt her: Er beherbergt Landstreicher, Zigeuner, Scherenschleifer und Kesselflicker; fahrendes Volk, das statt im grünen Wagen nun in der vierten Klasse hinter Gitterfenstern durchs Land reisen muß.

Wie damals, bei der jubelnden Fahrt von Paris nach Bordeaux, vor Antritt der Afrikareise, rührt die Schönheit der französischen Landschaft das Ehepaar tief. Und wie damals sehen sie auf den Bahnhofsgleisen Militärmaterial. Aber es ist nun nicht mehr so glänzend und neu wie im Jahre 1913, sondern schwer mitgenommen, voller Schrammen, Risse, Löcher, rostig, schmutzig und blutbespritzt, mit der unfrohen Buntheit der Tarnfarben überstrichen. Tanks, Geschütze, Lastwagen, Scheinwerfer werden von diesen Verschiebebahnhöfen in die Reparaturwerkstätten des Hinterlandes geführt. Und auf den Perrons der Bahnhöfe, die man durchfährt, warten Amputierte, stehen Frauen in schwarzer Trauer oder Krankenschwestern in Erwartung eines Transportes.

Irgendwo zwischen Tarascon und Lyon erlebt Albert Schweitzer eine Verwechslungskomödie mit, die plötzlich das tragische Zeitgeschehen mit einem satirisch-komischen Licht erhellt. Es stürzen sich nämlich an einer kleinen Station freundliche Damen und Herren auf die Internierten, führen sie — es klingt wie im Märchen — vor reichbeladene Tische. Da gibt es gebratene Hähnchen, guten Burgunderwein, kalte Pasteten und Schokolade. Ein wahres Fest! Plötzlich aber fällt ein Schatten auf das Schlaraffenland. Die Gastgeber tuscheln und flüstern in einer Ecke. Schließlich ermannen sich einige, bei einem Internierten höflich anzufragen, wo er denn eigentlich herkomme und wo er hinfahre? Welch ein Schreck, als sie nun hören, das seien deutsche Staatsbürger auf dem

Rückwege in die Heimat. Sie hatten nämlich französische Internierte aus Nordfrankreich erwartet, die, von den Deutschen entlassen, nun zur Erholung nach dem Süden geschafft werden sollen. Als der Stationsvorsteher verkündete: Der „Train des internés" sei eingetroffen, wähnten sie natürlich, dies seien ihre Leute.

Was soll man da machen? Den behaglich Schmatzenden, die seit Jahren solche Delikatessen nicht mehr gesehen haben, das Essen von den Tellern nehmen? Nein, das geht wirklich nicht. Es sind ja schließlich doch auch Menschen. Nur eines bleibt: Lachen. Und die hereingefallenen Herren und Damen vom Komitee sind gescheit genug, das zu tun. „Quelle histoire!", rufen sie und machen gute Miene zu ihrem Hereinfall!

Sie lachen über das Mißverständnis, aber sie lachen zugleich auch der verrückten Zeitgeschichte ins Gesicht.

Die meisten der Internierten waren so sehr mit dem Schlemmen beschäftigt, daß sie bei Weiterfahrt des Zuges noch immer nichts von dem Mißverständnis gemerkt haben.

„Weshalb lachen die denn", fragen sie ahnungslos. „Über uns vielleicht? Wir sind doch wirklich eher zu bedauern."

Mit einem Male ändert sich das Bild: die Schweizer Grenze wurde während der Nacht überschritten, Zürich in der Frühe erreicht. Den Internierten, die das neutrale Land nur durchfahren dürfen, bietet sich vom Fenster aus wie ein schöner Traum das Bild eines Landes, das keinen Krieg gekannt hat. Wie entzückend sind diese Dörfer, die gepflegten und gutbestellten Felder, die sauberen Häuschen mit ihrem Blumenschmuck, ihren Gärtlein und fröhlich winkenden Menschen im Fensterrahmen. Die Schweitzers können sich nicht satt daran sehen. Welch ein Schmuckkästchen ist diese Schweiz und wie herrlich könnte es auf der Welt sein, wenn es überall so viel ruhige Vernunft und echten Bürgersinn gäbe!

Nur zu schnell ist die andere Schweizer Grenze erreicht. Konstanz ist da, das den beiden eine große Freude schenkt: Professor Bresslau und seine Gattin sind gekommen, Tochter und Schwiegersohn abzuholen. Doch wird die Freude des Wiedersehens getrübt durch den Anblick der deutschen Menschen am Ende des vierten Kriegsjahres. „Wie müde sie umhergehen. Daß sie sich überhaupt noch aufrecht halten", bemerkt Albert Schweitzer zu seiner Frau.

Helene darf mit ihren Eltern sofort nach Straßburg weiterfahren. Der Doktor muß, wie alle männlichen Austausch-Internierten, in Konstanz noch zur Erledigung von Formalitäten zurückbleiben. Erst spät nachts, am kommenden Tage, langt er in Straßburg an. Ja, ist das überhaupt Straßburg? Tiefschwarz, wie nie zuvor, liegt die Stadt im Dunkel. Nirgends ein Licht. Fliegergefahr! In der mondlosen Finsternis tastet sich Albert Schweitzer durch die Gassen.

Das Münster? Sankt Nicolai? Die Wilhelmskirche? Alle sind sie durch Sandsäcke seltsam verunstaltet. Die Glasfenster wurden herausgenommen und durch Holzverschläge ersetzt.

Um zur Wohnung der Familie Bresslau zu fahren, die in einem Vorort liegt, ist es jetzt zu spät. Nur mit Mühe findet er den Weg zum Haus von Frau Fischer, bei St. Thomas, erinnert sich Schweitzer. Die Tür öffnet sich auf Klopfen, die wackere Helferin, die einst bei der Vorbereitung der Afrikareise unentbehrlich war, steht als dunkler Schatten auf der Schwelle.

„Welch ein Wiedersehen!" sagt Schweitzer.

„Ja, welch ein Wiedersehen ...!"

Aber wie erschütternd ist erst die Begegnung mit dem „glücklichen Tal", mit Günsbach, von dessen lieblicher Schönheit Albert Schweitzer so oft an afrikanischen Gewitterabenden geträumt hatte; und mit dem Vater, der nun die liebe Mutter nicht mehr an seiner Seite hat. Die fünfzehn Kilometer von Colmar her muß Schweitzer zu Fuß gehen, denn die Lokalbahn ist wegen des Krieges und der Frontnähe stillgelegt. Hören wir die Stimme des heimgekehrten Sohnes, wie er dieses Erlebnis beschreibt:

„Dies also war das friedliche Tal, von dem ich am Karfreitag 1913 Abschied genommen hatte! Dumpf dröhnten Kanonenschüsse von den Bergen. Auf den Straßen wandelte man zwischen mit Stroh belegten Drahtgittern wie zwischen hohen Mauern einher. Sie sollten den feindlichen Batterien auf dem Kamm der Vogesen den im Tale stattfindenden Verkehr verbergen. Überall ausgemauerte Stellungen für Maschinengewehre! Zerschossene Häuser! Berge, die ich als bewaldet in Erinnerung hatte, standen kahl da. Nur einige Stämme hie und da hatte das Granatfeuer übriggelassen. In den Dörfern war der Befehl angeschlagen, daß jedermann stets die Gasmaske mit sich tragen müsse.

Günsbach, der letzte bewohnte Ort vor den Schützengräben, verdankte es den Bergen, zwischen denen es versteckt lag, daß es von der Artillerie auf dem Vogesenkamm nicht schon längst vernichtet worden war. Inmitten der vielen Soldaten und zwischen zerschossenen Häusern gingen die Bewohner ihrer Beschäftigung nach, als gäbe es keinen Krieg. Daß sie das Ohmt von den Wiesen nicht am Tage, sondern nur nachts heimfahren durften, war ihnen so selbstverständlich geworden, wie daß sie beim Alarm in die Keller sollten und jeden Augenblick den Befehl erhalten konnten, das Dorf, eines drohenden feindlichen Angriffes wegen, unter Zurücklassung ihrer Habe alsbald zu verlassen. Mein Vater war gegen alle Gefahren so gleichgültig geworden, daß er bei Beschießungen, statt mit den andern den Keller aufzusuchen, in seinem Studierzimmer verblieb. Daß es eine Zeit gegeben hatte, wo er das Pfarrhaus nicht mit Offizieren und Soldaten geteilt hatte, konnte er sich nicht mehr vorstellen.

Schwer aber lastete auf den gegen den Krieg abgestumpften Menschen die Sorge um die Ernte. Es herrschte eine furchtbare Trockenheit. Das Getreide vertrocknete; die Kartoffeln standen ab. Auf vielen Wiesen war das Gras so dünn, daß sich das Mähen nicht lohnte. Aus den Ställen erscholl das Gebrüll des hungernden Viehs. Zog ein Wetter am Horizont auf, so gab es keinen Regen, sondern nur Wind, der der Erde die letzte Feuchtigkeit entzog, und Staubwolken, in denen das Gespenst des Hungers einherfuhr."

Dieses Erlebnis hat die seit der Ruhr-Infektion in Bordeaux ständig angegriffene Gesundheit Albert Schweitzers völlig zerrüttet. Fiebernd liegt er in seinem Pfarrhauszimmer, wo er einst so glücklich war. Schmerzen quälen ihn unsäglich und die beste Pflege von Helene hilft nichts.

„Es kann sich um eine Spätfolge der Dysenterie handeln", stellt der Doktor die Selbstdiagnose. „Vielleicht ist ein chirurgischer Eingriff notwendig. Wir müssen sofort nach Straßburg."

„Wenn man nur eine Fahrgelegenheit für dich fände. Du kannst doch jetzt unmöglich die drei oder vier Stunden bis nach Colmar zu Fuß gehen", wendet Frau Schweitzer ein.

„Hilft nichts, wir müssen es eben versuchen."

So schleppt sich der schwerkranke Mann über die Straße
nach der Stadt. Die einst so fröhlich durchradelte Route wird
zum Passionsweg. Endlich, nach sechs Kilometern, findet sich
ein Fuhrwerk, das den todblassen Mann aufnimmt.

Am ersten September 1918 legt sich der Chirurg Albert
Schweitzer selbst auf den Operationstisch der Straßburger
Universitätsklinik. Der Eingriff gelingt. Komplikationen
scheint es nicht zu geben. Aber was soll aus dem Mann werden, dem der Krieg sein Lebenswerk in Lambarene zerstörte?

Das Spitaldorf Lambarene

1 Untersuchungs- und Operationsräume 2 Operierte 3 Tuberkulöse 4 Schwarze Wöchne-
rinnen 5 Kranke des Galoa-Stammes 6 Eingeborene Kranke 7 Lebensmittel 8 Kranke aus
dem Innern Afrikas 9 Dysenteriekranke (abgeschlossener Hof) 10 Eingeborene Kranke
11 Eingeborene Schwerkranke 12 Eingeborene Kranke 13 Waschraum für Operationswäsche und Verbandsraum für Fußgeschwüre 14 Hütten für schwarze Helfer 15 Hütte
für Eingeborene 16 Lärmende Geisteskranke 17 Ruhige Geisteskranke 18 Anatomie
19 Allgemeine Kranke 20 Schwarze Heilgehilfen 21 Küchenräume der Heilgehilfen
22 Wohnungen für Schwarze 23 Großes Betonwasserreservoir 24 Glocke 25 Haus für
europäische Kranke 26 Feuerstelle 27 Brunnen 28 Bootsschuppen und Reparaturwerkstätte
29 Haus der schwarzen Arbeiter 30 Wohnhaus der europäischen Pflegerinnen 31 Küche,
Vorratshäuser 32 Wohnhäuser 33 Gemeinsamer Eßsaal 34 Ökonomiegebäude 35 Ställe
Ökonomiegebäude 36 Ställe, Ökonomiegebäude 37 Gebäude für Eingeborene 38 Küchenräume für Eingeborene 39 Pouponnière (Nursery) 40 Nervenkranke Europäer 41 Haus
zum Aufbewahren von Petroleumvorräten (rechts abseits stehend, man sieht es nicht)
42 Haus für Schwerkranke 43 Sans-souci für leichtkranke Europäer 44 Haus für
schwarze Mütter 45 Abseits im Walde links Absonderungshaus für besonders ansteckende
Krankheiten 46 Ein zweiter Brunnen.

XV.

NACHKRIEGSLEIDEN – NACHKRIEGSFREUDEN

„WERDE ICH je wieder meine volle Gesundheit zurück-
erlangen?" fragt sich der Rekonvaleszent Albert Schweitzer.
Seit seiner Operation hat er nicht die erwarteten schnellen
Fortschritte gemacht. Immer noch quälen ihn Schmerzen,
Müdigkeit, Schwäche.

Und gerade jetzt müßte er alle Kräfte zur Verfügung haben,
um eine neue Existenz zu gründen. Denn Helene erwartet
ein Kind. Sie hat nun, nach den entbehrungsvollen Jahren im
Urwald und in der Internierung, mehr denn je das Recht auf
ein Heim, ein wenig Wärme, Sicherheit und Behaglichkeit.

Wieder einmal helfen die Freunde. Straßburgs prächtiger
Bürgermeister Schwander bietet dem Heimkehrer sofort eine
Assistentenstelle auf der Hautklinik des Bürgerspitals an,
die treue, alte Gemeinde von St. Nicolai wünscht sich ihren
Vikar Schweitzer zurück. Sie ist großzügigerweise bereit, dem
„zurückgekehrten Sohn" das Nicolaipfarrhaus am Nicolaus-

staden Nummer 5, zur Verfügung zu stellen. Für das Notwendigste wäre also gesorgt.

Trotzdem kann Albert Schweitzer seines Lebens nicht recht
froh werden. Auf seinem Gewissen drückt die Schuldenlast,
die er während der Kriegsjahre auf sich nehmen mußte, um
das Weiterbestehen des Urwaldspitals zu ermöglichen. Wie
soll er das je abzahlen? Sammlungen? Daran ist doch nicht zu
denken, solange noch der Krieg wütet. Und nach dem Krieg?
Da gibt es dann in Deutschland und Frankreich für die Wohl-
tätigkeit näherliegende und dringlichere Probleme, als die
alten Schulden eines afrikanischen Missionskrankenhauses.

Mit seinen Freunden in Paris, in der Schweiz, in England
und in Spanien hat Schweitzer den Kontakt verloren. Er
habe das Gefühl gehabt, ein unter ein Möbel gerollter und dort
verlorener Groschen gewesen zu sein, resumierte er später
seine damalige Stimmung.

Als endlich im November 1918 die Glocken das Ende des
furchtbarsten modernen Krieges verkünden, kann Schweitzer
nicht in den Hoffnungsjubel einstimmen, der weithin den
neuen Frieden grüßt. Die Staatsmänner der siegreichen Nationen, so scheint es ihm, beugen sich zu sehr den unvernünftigen
Wünschen, der durch den langen Krieg verständlicherweise
bitter und hart gewordenen Völker. So wird schon wieder
die Saat neuer Konflikte ausgestreut.

In seiner nächsten Nähe sieht Schweitzer mit an, wie der
Geist des Nationalismus nicht nur ungeschmälert, sondern
sogar gestärkt das Blutbad überlebt hat. Denn das Elsaß, das
gestern noch mit Gewalt germanisiert werden sollte, muß

nun von den neuen Herren wieder mit Gewalt französisch gemacht werden. Beide Pfarrer von Sankt Nicolai dürfen zur Zeit nicht mehr predigen. Der eine, namens Gerold, den die deutsche Verwaltung wegen angeblich im Kriege gefallener antideutscher Bemerkungen absetzte, muß von den Franzosen dennoch erst noch auf seine „Zuverlässigkeit" überprüft werden, der andere, ein Pfarrer Ernst, wurde gezwungen, seinen Posten wegen „nicht genügend französischer Gesinnung" aufzugeben.

Schwer trifft die Familie Schweitzer der uralte Ungeist in neuester Ausprägung, als Helenes Vater, Harry Bresslau, Befehl erhält, unverzüglich Straßburg zu verlassen. Das einzige „Verbrechen" des schon betagten Gelehrten war es, daß er die Leitung einer Abteilung der nach den Quellen deutscher Geschichte forschenden „Monumenta Germaniae Historica" übernommen und von Straßburg aus geleitet hatte. Das genügt dem neuen, von Paris eingesetzten Gouverneur aber schon, die sofortige Ausweisung zu verfügen. Am ersten Dezember 1918 müssen Professor Bresslau, ehemaliger Rektor der Universität Straßburg, und seine Frau zu Fuß mit ihrem Gepäck über die Kehler Brücke den Weg nach Deutschland antreten. Man hat sie rücksichtslos aus ihrem schönen Heim vertrieben.

Wie deprimiert würde Albert Schweitzer aber erst sein, wenn er damals schon um das kommende Schicksal seines Schwiegervaters wüßte: die im nächsten Weltkrieg von den Nationalsozialisten angeordnete Ausgrabung der sterblichen Überreste des 1926 verstorbenen „Juden Harry Bresslau" aus dem Heidelberger Friedhof und ihre summarische Überführung auf einen Totenacker für Andersrassige! Von den Chauvinisten auf dem linken Ufer des Rheins wegen seines

Deutschtums ausgewiesen, von den Rassenfanatikern rechts des Rheins als unwürdig erachtet, auf einem deutschen Friedhof zu ruhen — ein Zeitschicksal, das Schicksal Harry Bresslaus.

Nein, diesem „Frieden" ist nicht zu trauen. Der Niedergang der Kultur ist durch den nun beendeten Krieg nicht aufgehalten, sondern eher noch beschleunigt worden. „Nun ist es allen offenbar, daß die Selbstvernichtung der Kultur im Gange ist", äußert Schweitzer mitten in jener allzu optimistischen, auf den Völkerbund hoffenden, von Weltverbrüderung schwärmenden ersten Nachkriegszeit. „Auch was von ihr noch steht, ist nicht mehr sicher. Es hält noch aufrecht, weil es nicht dem zerstörenden Drucke ausgesetzt war, dem das andere zum Opfer fiel. Aber es ist ebenfalls auf Geröll gebaut. Der nächste Bergrutsch kann es mitnehmen."

Solche, dem oberflächlichen Zeitoptimismus widersprechenden Worte mögen damals von manchen Leuten als der Enttäuschung eines Gescheiterten, eines „raté" entsprungen erklärt worden sein. Aber wie wenig kennen diese Kleinlichen Albert Schweitzer!

Selbst in diesem dunkelsten Jahre seines Lebens verliert er nie wirklich den Mut. Ja, als ihm gerade genau an seinem 44. Geburtstag, dem 14. Januar 1919, sein erstes Kind, die Tochter Rhena, geschenkt wird, da dünkt ihn das als ein besonderes Lichtzeichen. Auf ihn selbst trifft ja am meisten zu, was er im „Evangelisch-protestantischen Kirchenboten für Elsaß und Lothringen" vom 3. Januar 1920 über die schweren Monate seinen Lesern zum Trost und zur Erbauung zuruft:

„Du weißt nicht, wie mit dem alten Jahre fertig werden. Für uns alle war es ein schweres, für dich vielleicht dein schwerstes, indem es dir nicht nur versagte, was du von ihm erwarten zu dürfen glaubtest, sondern dir Not und Sorge brachte, auf die du nicht gefaßt warst. Es hat dir vielleicht den Wohlstand, vielleicht gar die Heimat genommen, dich Freunde verlieren lassen, dir Feinde gebracht, deinen Glauben an die Menschen wankend gemacht, dich aus deiner Lebensbahn geworfen, dir die liebsten Menschen durch den Tod entrissen, dich dem Hohn und der bösen Nachrede preisgegeben.

Trotzdem: scheide nicht von dem Jahre als ein Grollender, sondern ringe mit ihm, wie — nach der geheimnisvollen Erzählung der Schrift — der Erzvater mit dem Engel rang und ihm Segen abrang.

Ringe mit dem Jahre, hadere nicht mit ihm. Jedes Jahr ist uns gesetzt, daß es uns nicht nur in der Zeit unseres Lebens, sondern auch innerlich vorwärts bringe. Es führt uns der Ewigkeit entgegen und soll uns für sie reif machen. Reifen aber will heißen, Sonnenschein, Regen und Sturm des Lebens erleben und darin wachsen am inwendigen Menschen. Dieses wisse und überlege. Tritt aus dem Weltgetümmel auf den stillen hohen Berg, rufe deine reinsten Gedanken, rufe Jesus, rufe zu Gott und dann setze dich mit dem Jahre auseinander.

Vergiß den rechten Anfang nicht: den Dank. In allem Schweren hat dir Gott Gutes zukommen lassen, wo du es am wenigsten erwartetest. Denke aufmerksam in das Jahr zurück, was du zu danken habest, dann gehen dir an demselben Lichter auf, wie du sie nicht gegenwärtig hattest, wie man beim langen Anschauen des Himmels Sternlein an Sternlein sieht, wo man vorher nur Dunkel erblickte."

Diese Neujahrsbetrachtung ist eine von den zahlreichen

Leitartikeln, Betrachtungen und Glossen, die Albert Schweitzer in den ersten zwei Nachkriegsjahren für den unter seiner Redaktion wöchentlich erscheinenden „Kirchenboten" schrieb. Daß der vielbegabte Mann neben seinen zahlreichen anderen Berufen auch einmal ein „Zeitungsmacher" war, wurde bisher von seinen vielen Biographen nicht gewürdigt. Damit übersehen sie aber eine in keiner anderen Tätigkeit so ausgeprägte Seite seines Wesens: das kämpferische Temperament dieses Unermüdlichen.

Nicht nur versteht der Schriftleiter Schweitzer sein Blatt durch Gedichte, Anekdoten, Kurzgeschichten, chinesische Weisheitssprüche amüsant und lesbar zu machen, er zeichnet sich auch durch die Kraft und Schärfe aus, mit denen er zu brennenden Zeitfragen Stellung nimmt. Da verteidigt er zum Beispiel einen Berliner Lehrer, der mit seinen milden und gütigen Erziehungsmethoden auf den Widerstand der Schulbehörden gestoßen ist. Oder er nimmt die Feder, um in einem mit seinen schnell berühmt gewordenen Initialen „A. S." gezeichneten Aufsatz zur mißlichen Lage des französischen Protestantismus folgende, geradezu eine Revolution des Berufspriestertums fordernde Bemerkungen zu machen:

„Heute erwartet der Pfarrer, daß die Kirche ihm die Mittel zu seinem Lebensunterhalte gewähre. Sie wird es immer weniger vermögen. Wir gehen einer vollständigen Umwälzung der sozialen Lage entgegen. Die alten Begriffe von der Familie bis zum Besitz lösen sich auf. Die produktive Arbeit wird für alle Gesetz werden. In dieser neuen Gesellschaftsordnung wird kein Platz sein für Berufe, die ihre Vertreter als Drohnen erscheinen lassen. Wenn die Kirchen ihre Beamten nicht mehr erhalten können, so ist das ein Zeichen, daß die Pfarrer nicht mehr fähig sind, die Kirche lebensfähig zu gestalten. Der Pfarrer als Kirchenbeamter hat sich überlebt. Missionsdienste muß er leisten. Unser Volk muß für das Evangelium neu gewonnen werden. Der Pfarrer muß fähig sein, diesen Dienst seinem Volk zu leisten und zugleich das Beispiel der produktiven Arbeit zu geben. Im übrigen wäre dies nichts Neues, sondern nur eine Rückkehr zu den Quellen des Evangeliums. Jesus und die Apostel waren Handwerker und haben von ihrem Handwerk gelebt. Und unsere Missionare müssen auch darin geübt und Meister sein.

Werden unter solchen Umständen sich noch Männer finden, die Glauben und Idealismus genug besitzen, ihre Zukunft, die so wenig gesichert erscheint, dem Dienste der Kirche zu opfern?"

Sogar für die sonst in kirchlichen Kreisen meist als „Ausgeburt der Hölle" angesehene Kommunistin Rosa Luxemburg findet Albert Schweitzer verständnisvolle Worte. Er zitiert aus den Gefängnisbriefen der bei den blutigen Spartakistenaufständen in Berlin ums Leben Gekommenen eine Stelle, die ihre Tierliebe deutlich macht und schließt daran folgenden Kommentar: „Das Wort „Selig sind die Barmherzigen, denn sie werden Barmherzigkeit erlangen", hat diese Frau verstanden. Nicht begriffen hat sie, daß durch Gewalt keine geistige Erneuerung der Menschheit kommen kann. „Wer das Schwert nimmt, soll durch das Schwert umkommen" ist an ihr in Erfüllung gegangen. Wie viel hätte diese edle Seele der Menschheit geben können, wenn sie nur mit Gedanken für Gedanken gekämpft hätte und nur geistige Kraft hätte sein wollen!"

Das ist bei allem Verständnis für jene Menschen, die aus ethischen Beweggründen der damals noch neuen politischen Modebewegung des Bolschewismus nachlaufen, Schweitzers entschiedene Ablehnung des modernen Kommunismus. Sie ist in ihrer Knappheit und Klarheit vorbildlich.

Als Redakteur des „Kirchenboten", — er übernahm schließlich die bis dahin mit dem Pfarrer Metzger geteilte Schriftleitung ganz alleine —, vollbrachte Albert Schweitzer eine wahre Rettungstat für den elsässischen Protestantismus. Seine Zeitschrift mußte an zahlreichen Orten den Pfarrer zu ersetzen versuchen. Denn da die Geistlichen zahlreicher Gemeinden von der neuen französischen Verwaltung als „deutschfreundlich" abgesetzt worden waren, standen viele Pfarrstellen leer und es drohte den führungslosen Gemeinden Zerfall. Ihnen rief Schweitzer zu:

„Seit dem Dreißigjährigen Kriege und der großen Revolution haben wir ein solches Elend nicht mehr gekannt, und es ist nicht abzusehen, wann es ein Ende nehmen werde. Seid treu, haltet aus! Lasset das Wort Gottes bei euch nicht in Vergessenheit geraten, auch wenn es in eurem Gotteshause nur unregelmäßig gepredigt, und eure Jugend darin nicht so unterrichtet werden kann, wie es sein sollte. Als Protestanten glauben wir, daß die Kirche nicht auf Pfarrer gebaut ist, sondern ihren Bestand in der Frömmigkeit hat. Wo die Kirche zur Zeit nur wenig geben kann, muß das Haus desto mehr geben. Hausandacht und religiöse Unterweisung der Kinder durch die Eltern müssen die Frömmigkeit wachhalten. In der Mission hat es neubekehrte Gemeinden gegeben, die jahrelang lebendig blieben, auch wenn ihnen kein Seelsorger geschickt werden konnte. Gott helfe unseren verwaisten Gemeinden durch gottesfürchtige, tätige Laien und lasse uns erleben, daß es ein allgemeines Priestertum gibt."

Im Sommer 1919 muß sich Albert Schweitzer, wie er schon längst befürchtet hatte, zum zweiten Male operieren lassen. Die Wunde will nicht recht heilen, aber der Doktor geht trotzdem bald wieder an seine wie immer überreichlich vorhandene Arbeit. Tiefe Genugtuung bereitet es ihm, als ihn die alten Vorkriegsfreunde in Barcelona einladen, sich wieder auf der Orgel bei ihnen hören zu lassen. Die letzten verfügbaren Geldmittel kratzt Schweitzer jetzt zusammen, um die Reisespesen bezahlen zu können. Welch einen Triumph bereitet man ihm in der katalanischen Hauptstadt! Nicht nur aus alter Anhänglichkeit klatschen die Musikfreunde Barcelonas dem Organisten aus Straßburg zu, sondern es will ihnen scheinen, als sei das Spiel Schweitzers noch inniger und reiner geworden. Die „zur Erholung" gemachten geduldigen Übungen auf dem Zinkklavier von Lambarene, auf dem armseligen Holztisch in Garaison und dem Harmonium von St. Rémy tragen jetzt herrliche Früchte. Der ausgezeichnete Orgelspieler Albert Schweitzer ist nun zum einzigartigen Orgelspieler geworden, dessen von aller Virtuosenmanier freies Musizieren jeden Zuhörer erhebt und läutert.

Schon die Reise nach Spanien zeigt Schweitzer, daß man ihn in der Welt nicht vergessen hat. Taktvolle Anfragen der theologischen Fakultäten in Zürich und Bern, die von der Möglichkeit einer Dozentenanstellung in absehbarer Zeit sprechen, beweisen, daß die Schweizer Kollegen sich seiner erinnern, aber die größte Freude bereitet dem Doktor doch die Einladung des schwedischen Erzbischofs Nathan Söderblom, ab Ostern 1920 in der uralten Universitätsstadt Upsala die Vorlesungen der Olaus-Petri-Stiftung zu halten. Nur eine einzige Bedingung ist an die Einladung geknüpft: die Vorträge müssen sich mit den Problemen der Ethik beschäftigen.

Es ist, als hätte der schwedische Geistliche geahnt, daß gerade dieser Themenkreis Albert Schweitzer seit Kriegsbeginn besonders stark beschäftigt hat.

Kurz vor dem Christfest des schweren Jahres 1919 trifft der Brief aus Schweden ein: er ist das schönste Weihnachtsgeschenk, das sich Albert Schweitzer gerade jetzt wünschen kann. Einen Augenblick lang zögert er aus Gewissensgründen, ob er wirklich fahren dürfe. Er teilt dem Bischof mit, als Rekonvaleszent strenge Diät halten zu müssen! Sei es nicht eine zu große Last, ihn unter diesen Umständen zu beherbergen und zu verköstigen? Die Antwort aus Schweden lautet: „Das ist ja gerade ein Grund mehr für Ihr Kommen. Bei uns werden Sie genesen. Wir pflegen Sie schon gesund."

Und wirklich: Die Schwedenreise bringt die Wendung zum Besseren. Das verträumte alte Upsala mit seinen sandsteinroten Gebäuden, seinem idyllischen, kleinen, birkenbestandenen Fluß, der mitten durch die Stadt fließt, seinen Büchereien, Kirchen und den vielen frischen, jungen Menschen, die hier aus Schweden zusammenströmen, schenken dem „als müder, gedrückter und kränkelnder Mann" hergekommenen Schweitzer das Gefühl, immer noch unverbraucht, immer noch jung und voller Schaffensdrang zu sein. Als er am Tage des traditionellen Frühlingsfestes auf dem Aussichtsbalkon der an Schätzen so reichen Bibliothek steht und den Augenblick erlebt, da Tausende von Studenten als frohen Gruß an die wärmere Jahreszeit gleichzeitig ihre weißen Mützen aufsetzten, da taut in ihm seit langem zum ersten Male wieder das Eis der Trauer.

In Nathan Söderblom, dem kämpferischen, heiteren, vitalen, zu Hause von einer Schar glücklicher Kinder, im Amte von begeisterten Helfern umgebenen Geistlichen, findet Albert

Schweitzer endlich einen Berufstheologen, wie er ihn sich wünscht. Und in den Menschen, vor denen er jetzt über das Problem der Welt- und Lebensbejahung spricht, hat er ideale Zuhörer. Als Schweitzer in der letzten Vorlesung seine ihm im afrikanischen Urwald geschenkte Vision beschreibt und „Ehrfurcht vor dem Leben" als philosophischen Neubeginn hinstellt, spürt er, wie stark diese seine bisher nur ihm und seiner Gattin bekannten Gedanken auf andere wirken. Er ist so bewegt von diesem Widerhall, daß er nur mit Mühe zu Ende sprechen kann.

Körperlich und seelisch gestärkt, beginnt Albert Schweitzer nun erstmals ernsthaft wieder an eine Rückkehr nach Lambarene und den Wiederaufbau seines Spitals zu denken. Er spricht mit seinem Protektor und Freund Söderblom darüber auf einem Spaziergang in die schöne Umgebung von Upsala und gesteht, halb im Ernst, halb im Scherz:

„Sie sehen es mir wahrscheinlich gar nicht an. Ich bin zur Zeit finanziell leider ganz ‚unsolide'. Schulden bis über den Hals, bis über den Schnurrbart, bis über den Kopf. Mein Spital und fast alle Kranken mußten ‚auf Kredit' leben, als der Krieg uns von den Geldquellen europäischer Freunde abschnitt. Wie ich das wohl alles abzahlen werde?"

Söderblom erfaßt intuitiv, daß eigentlich nur diese finanzielle Frage der Wiederaufnahme des großartigen Werks im afrikanischen Urwald im Wege steht.

„Wissen Sie", sagt er und fuchtelt dabei in seiner lebhaften Begeisterung mit dem Regenschirm, unter dem beide Männer gehen, „hier in Schweden ist während des Weltkrieges viel Geld verdient worden. Das drückt uns ein wenig. Wie kamen wir dazu, reich zu werden, während andere Nationen verbluteten und verarmten? Helfen Sie uns, das schlechte Gewissen loszuwerden, ja? Sprechen Sie zu meinen Landsleuten über Ihr Liebeswerk im dunklen Erdteil, spielen Sie ihnen auf der Orgel vor. Das bißchen Geld sollten wir zusammenbekommen."

Sofort organisiert der tatkräftige Bischof eine solche Vortragstournee für Schweitzer. Mitte Mai begibt der Doktor sich auf die Rundreise. Ein junger Theologiestudent begleitet ihn als Dolmetscher, der jeweils, Satz um Satz, die Reden Schweitzers den Zuhörern übersetzt. Und überall empfängt man den Gast freudig, gibt man ihm gern für sein fernes Spital. Selbst an Werktagen sind die Konzerthallen immer überfüllt.

„Wie ist es möglich, daß Ihre Gemeinde mitten in der Woche, an einem Arbeitstag, für mich Zeit findet?" fragt Schweitzer einen Pfarrer nach einer solchen Veranstaltung. „Es ist zwar heute nach dem Kalender Donnerstag", antwortet der, „aber wenn Sie kommen, dann ist es eben bei uns — Sonntag!"

Baronin Lagerfelt, die später auch in Lambarene unter Schweitzer arbeiten wird, hat eindrucksvoll geschildert, wie Schweitzer auf seinen Rundreisen durch Schweden nicht nur Geld für die Rettung der afrikanischen Brüder sammelte, sondern nebenbei auch viele alte schwedische Dorforgeln rettete.

Damals stand die Schwedenkrone im Verhältnis zur deutschen Mark hoch und manche Gemeinde glaubte, es sei jetzt die Zeit, durch den Erwerb einer deutschen Fabrikorgel, ein gutes Geschäft zu machen. Das aber hat Albert Schweitzer oft verhindern können. „Unser Gast hat wirklich das ganze Land durchstreift", schrieb die Baronin, „er hat sich nicht damit begnügt, die großen Städte zu besuchen, in die jeder fährt, sondern ist bis zu den entferntesten Ortschaften vorgedrungen. Er hat in den weißen Kirchen gespielt, die mitten in den großen Wäldern am Ufer blauer Seen stehen. Kein ausländischer Künstler oder Reisender hatte bisher auch nur ihre Existenz geahnt. Nun aber klangen unter den Bogen dieser Kirchen die alten Orgeln wie nie zuvor. Von Erstaunen und Bewunderung ergriffen, flüsterte man sich zu: „Ist das wirklich unsere altersschwache Orgel? Was für einen wunderbaren Ton sie mit einmal von sich gibt!"

Ja, die Schwedenreise war ein voller Erfolg. So groß, daß Schweitzer nun Einladungen nach der Schweiz und nach Dänemark, nach England und der Tschechoslowakei annahm, um dort Vorträge zu halten, Orgel zu spielen und Geld für Lambarene zu sammeln. In Deutschland, Frankreich und Belgien wollte er dagegen nicht „betteln", wie er es selbst nannte, weil diese Länder zu schwer unter dem Krieg gelitten hatten und ihre Mittel besser für den Wiederaufbau im eigenen Lande verwenden sollten.

Bei diesen Reisen trug der in einen weiten Lodenmantel gekleidete „Wanderprediger" Schweitzer als Gepäck einen großen Sack mit sich herum. In ihm befanden sich viele kleine Säcke, die durch ihre Aufschrift verrieten, was sie enthielten. Der Doktor hatte sich angewöhnt, auch die vielen verschiedenen Währungen, die er bei sich tragen mußte, auf kleine weiße Leinensäckchen mit Aufschriften wie „Französische Franken", „Englische Pfunde", „Schwedische Kronen", „Holländische Gulden" zu verteilen. Wenn man ihn hänselte, das sehe doch gar zu bäurisch aus, antwortete er:

„Einmal, in Paris, war ich so in Gedanken versunken, daß ich weiter fuhr als mein Billett erlaubte. Schon kam die Kontrolle und bezichtigte mich des versuchten Betruges. Eine Geldstrafe müßte ich nun zahlen, hieß es. Erklären wollte ich nichts, zog also wohl oder übel mein Beutelchen mit den französischen Franken aus der Tasche. Da hätten Sie einmal die anderen Fahrgäste sehen sollen. Die gingen auf den Kontrolleur los! ‚Wie können Sie den Mann bestrafen?‘ hieß es. ‚Sie sehen doch, daß er vom Lande kommt und nicht Bescheid weiß.‘ Und schon ließ man mich ohne Strafe laufen."

Nicht nur als Vortragender und Organist erwirbt sich Albert Schweitzer nun im Europa der Nachkriegsjahre europäischen Ruf. Es wird ihm nun auch in wachsendem Maß wieder Erfolg als Schriftsteller zuteil. Auf Anregung von Bischof Söderblom, den die Erzählungen seines Gastes über seine Erlebnisse in Afrika gefesselt hatten, war ein schwedischer Verlag an den Doktor herangetreten und hatte ihn gebeten, diese bisher in Berichten an seine Freunde verstreuten Mitteilungen zu veröffentlichen. Allerdings — sehr großes Zutrauen kann der Verleger nicht zu dem Unternehmen gehabt haben, sonst hätte der vorsichtige Mann nicht verlangt, Schweitzer müsse sich kurz fassen und dürfe eine bestimmte Anzahl von Worten als Gesamtlänge nicht überschreiten.

Das ist jammerschade, denn wieviel bereits Geschriebenes mußte Schweitzer nun zur Seite tun und wieviel erst blieb ganz ungeschrieben. Auch der papiergeizige Verlag mag das später bedauert haben, als das so entstandene Buch: „Zwischen Wasser und Urwald" ein Welterfolg wurde.

Neben diesem für das große Publikum bestimmte Buch konnte Schweitzer nun endlich die ersten beiden Bände seiner Kulturphilosophie beenden. Erst lange nach dem Kriege war er endlich wieder in Besitz seines beim amerikanischen Missionar Ford in Lambarene zurückgelassenen Manuskriptes gelangt. So mußte zuvor für die Vorlesungen in Upsala ein Teil ganz neu geschrieben werden, eine Arbeit, die Schweitzer dazu zwang, seine Gedanken über den Verfall und den erhofften Wiederaufbau der Kultur erneut und damit oft viel prägnanter zu formulieren. Vor allem achtete er jetzt darauf, daß keinerlei gelehrter Jargon, keine unverständliche Fachsprache im Texte blieb. Er hoffte ja, daß seine Diagnose der schweren Erkrankung unserer europäischen Kultur recht viele nach Heilung strebende Geister erwecken möge. Dieses, sein bisher wichtigstes Werk, widmete er: „Meiner Frau, dem treuesten Kameraden".

Seine Vortragsreisen und seine schriftstellerischen Arbeiten hatten Schweitzer so stark in Anspruch genommen, daß er seine Stellungen am Straßburger Spital und an der Nicolaikirche aufgeben mußte. Er baute nun für sich und seine Frau ein Häuschen in Königsfeld im Schwarzwald. Hier hatte Helene einst als junges Mädchen nach ihrem Zusammenbruch Heilung gefunden, hier würde sie sich von den schweren Strapazen der letzten Jahre erholen können.

Mit welcher Freude hatten Albert und Helene Schweitzer das neue Haus, ihr erstes eigenes, nur ihnen gehörendes Heim, eingerichtet. Und wie bedrückt waren sie bald darauf, als sie über die nächste Etappe ihres Lebens nachdachten.

Denn es war ohne große Worte von ihnen der Entschluß gefaßt worden, daß der Doktor erst einmal alleine nach Lambarene zurückfahren sollte. Helenes Gesundheitszustand und das zarte Alter der kleinen Rhena ließen diese Entscheidung als einzig richtig erscheinen.

„Ich werde dir dieses Opfer, das du für unser Werk bringst, nie vergessen!" sagte Schweitzer zu seiner Frau. Sie aber antwortete in einem heroischen Bemühen, ihren zeitweiligen Verzicht auf den geliebten Gatten als nicht so schwer hinzustellen, nur:

„Wie weit bist du denn mit den Vorbereitungen?"

„Ziemlich weit", antwortete Schweitzer. „In wenigen Wochen kann ich fahren..."

XVI.

EIN HELD AUF VERLORENEM POSTEN

„ASB" MALT der Doktor liebevoll auf Kisten und Koffer. „Albert Schweitzer-Bresslau" sollen diese Initialen bedeuten. Wenn auch seine treueste Helferin diesmal aus Gesundheitsrücksichten nicht mit nach Afrika fahren kann, so soll ihr Mädchenname Bresslau wenigstens „mitreisen". Durch dieses Symbol will ihr Mann zum Ausdruck bringen: „Du bist bei uns im Urwald. Auch wenn du tausende Kilometer weit entfernt ausharren mußt."

ASB und noch einmal ASB und wieder und wieder ASB, auf kleinen und großen, schmalen und umfangreichen Gepäckstücken muß es angebracht werden. Der gefeierte Orgelkünstler, Buchautor, Philosoph von Weltrang trägt einen farbbekleksten Mantel, während er in einem kahlen Dachzimmer des Straßburger Thomasstifts das Packen der Vorräte und Utensilien überwacht. Wie er da so vor offenen Kartons und Ballen steht, ungewohnt füllig und ausgerundet vom trotz aller Vortragsreisen etwas ruhigeren Europaleben, hat er etwas von einem Überseekaufmann an sich, der den Abgang seiner Exportgüter kontrolliert. Aber würde so ein Handelsmann selbst Kisten zunageln, selbst die umfangreichen Listen für den Zoll schreiben, selbst so ganz nebenbei eine zusammenlegbare Wellblechbaracke erfinden und in Auftrag geben? Und würde er, wenn er mal mit seinen Helfern eine halbe Stunde Pause macht, mit ihnen von einer Debatte über die Tropenverwendbarkeit von Blechschachteln zu einem tiefernsten Gespräch über den Sinn seiner Mission überspringen?

„Weshalb, Doktor Schweitzer", so fragen die Freunde, „überlassen Sie die Fortsetzung Ihres Werkes jetzt nicht den Regierungen der Kolonialmächte? Sie haben doch nun schon gezeigt, wieviel selbst ein einzelner ohne offizielle Unterstützung als Arzt im Urwald ausrichten kann."

„Weil ich glaube, daß der Staat allein Humanitätsaufgaben niemals lösen kann. Die sind ihrem Wesen nach Sache der Gesellschaft und der einzelnen. Der Staat kann nur so viel Kolonialärzte aussenden, als er zur Verfügung hat. Wir müssen Ärzte haben, die freiwillig unter die Farbigen gehen und auf verlorenem Posten das schwere Leben unter dem gefährlichen Klima und alles, was mit dem Fernsein von Heimat und Zivilisation gegeben ist, auf sich nehmen."

Aber, so entwickelt der Doktor weiter, diese freiwilligen Kolonialärzte könnten draußen nur bestehen, wenn sie in ihrer alten Heimat Helfer fänden. Es müßten sich ihnen in der Heimat als unentbehrliche ‚Etappe‘ andere Menschen zur Verfügung stellen, die den ‚Nachschub‘ an die ‚Front‘ regelten. Könne denn der im Kriege im Dienste des Todes stehende Opfergeist sich nicht auch einmal im Frieden bewähren und Leben retten, statt sie zu vernichten?

Auf die Frage aber, wer diese Helfer sein sollen, gibt Schweitzer vor seiner zweiten Afrikareise eine herrliche Antwort, die ihm in den Stunden, Tagen, Wochen und Monaten seiner allmählichen Genesung von schwerer Krankheit aufging:

„Die, die an sich erfuhren, was Angst und körperliches Weh sind, gehören in der ganzen Welt zusammen. Ein geheimnisvolles Band verbindet sie. Miteinander kennen sie das Grausige, dem der Mensch unterworfen sein kann, und miteinander die Sehnsucht, vom Schmerze frei zu werden. Wer vom Schmerz erlöst wurde, darf nicht meinen, er sei nun wieder frei und könne unbefangen ins Leben zurücktreten, wie er vordem darin stand. Wissend geworden über Schmerz und Angst, muß er mithelfen, dem Schmerz und der Angst zu begegnen, soweit Menschenmacht etwas über sie vermag, und andern Erlösung zu bringen, wie ihm Erlösung ward.

Wer durch ärztliche Hilfe aus schwerer Krankheit gerettet wurde, muß mithelfen, daß die, die sonst keinen Arzt hätten, einen Helfer bekommen, wie er einen hatte.

Wer durch eine Operation vom Tode oder der Qual bewahrt wurde, muß mithelfen, daß da, wo jetzt Tod und Qual noch ungehemmt herrschen, der barmherzige Betäubungsstoff und das helfende Messer ihr Werk beginnen können.

Die Mutter, die es ärztlicher Hilfe verdankt, daß ihr Kind noch ihr und nicht der kalten Erde gehört, muß helfen, daß der armen Mutter da, wo noch keine Ärzte sind, durch einen Arzt erspart bleiben kann, was ihr erspart blieb.

Wo das Todesleiden eines Menschen hätte furchtbar werden können, durch die Kunst eines Arztes aber sanft werden durfte, müssen die, die sein Lager umstanden, mithelfen, daß andern derselbe letzte Trost für ihre Lieben zuteil werden könne. Dies ist die Brüderschaft der vom Schmerz Gezeichneten, der das ärztliche Humanitätswerk in den Kolonien obliegt. Aus ihren Dankbarkeitsgaben soll es entstehen. Als ihre Beauftragten sollten die Ärzte hinausgehen, um unter den Elenden in der Ferne zu vollbringen, was im Namen der Menschlichkeitskultur vollbracht werden muß."

„Aber Europa ist doch ruiniert und elend", wirft man dem Doktor vor. „So vieler Not haben wir in unserem nächsten Gesichtskreise zu wehren. Wie können wir da noch der fernen Not gedenken?"

Auch dafür hat Albert Schweitzer eine überzeugende Antwort:

„Die Wahrheit hat keine Stunde. Ihre Zeit ist immer und gerade dann, wenn sie am unzeitgemäßesten scheint. Die Sorgen um die nahe und um die fremde Not vertragen sich, wenn sie miteinander genug Menschen aus der Gedankenlosigkeit wecken und einen neuen Geist der Humanität ins Leben rufen. Man sage auch nicht: Wenn die Brüderschaft der vom Schmerz Gezeichneten vorerst einen Arzt hierhin, einen anderen dorthin sendet, was ist das im Vergleich zum Elende der Welt? Aus meiner Erfahrung und aus der aller Kolonialärzte antworte ich darauf, daß ein einziger Arzt draußen mit den bescheidensten Mitteln für viele Menschen viel sein kann. Das Gute, das er zu wirken vermag, übersteigt das, was er von seinem Leben darangibt, und den Wert der zu seinem Unterhalte gespendeten Mittel um das Hundertfache. Allein mit Chinin und Arsen für die Malaria, mit Novarsenbenzol für die verschiedenen mit Geschwüren einhergehenden Krankheiten, mit Emetin für die Dysenterie und mit den Mitteln und Kenntnissen für die dringlichsten Operationen vermag er in einem Jahre Hunderte von Menschen, die sich sonst verzweifelt in ihr Schicksal ergeben müßten, aus der Gewalt der Qual und des Todes zu befreien. Gerade die Fortschritte, die die exotische Medizin in den letzten fünfzehn Jahren gemacht hat, geben uns die ans Wunderbare grenzende Macht über viele Leiden der fernen Menschen in die Hand. Ist dies nicht wie ein Ruf, der an uns ergeht?"

Daß dieser Ruf wirklich gehört wurde, daß ihm immer mehr Menschen nicht nur durch Spenden, sondern durch persönliche Tat und den vollen Einsatz ihrer Person beistehen, gibt Schweitzer in den kommenden Monaten und Jahren die Kraft, die er braucht, um sich gegen die „afrikanische Prosa" — wie er die so ganz unromantische Wirklichkeit des schwarzen Erdteils gern nennt — behaupten zu können. Pfarrer Wyott, Frau Emmy Martin und Charles Michel in Straßburg, Pfarrer Hans Baur, Dr. J. Karcher, J. Fr. Dinner-Obrist und Frau Emmy Hopf in der Schweiz beginnen, um sich einen immer größer werdenden Freundeskreis zu sammeln. Sie geben bald ein kleines gedrucktes Mitteilungsblatt in deutscher Sprache heraus, das mit der Bemerkung „Vertrauliche Bitte" an Freunde Albert Schweitzers gesandt wird. In ihm werden wir während der kommenden Jahre nicht nur immer wieder durch Briefe aus Lambarene über den manchmal fast hoffnungslosen Kampf gegen Krankheit und Urwald unterrichtet, sondern auch über die Gaben einfacher Menschen, die von dem Liebeswerk des erstaunlichen Mannes gehört haben. Hier spendet eine angehende junge Lehrerin ihr erstes Monatsgehalt, da geben Genesene, dort durch eine erfolgreiche Operation Gerettete; ohne „Vereinsmeierei", mit einem Minimum von organisatorischem Getriebe formt sich der Bund der vom Schmerz Gezeichneten.

Am 21. Februar 1924 hat Albert Schweitzer auf dem holländischen Frachtdampfer „Orestes" Europa wieder verlassen. In den letzten hektischen Inflationsmonaten von 1923 hatte er noch in schlaflosen Nächten die Korrekturfahnen von „Kultur und Ethik" redigieren müssen. Sie kamen verspätet aus einer nordbayerischen Druckerei, die überbeschäftigt war mit der Herstellung neuer Milliarden- und Billionengeldscheine. Auch ein kleines Nebenwerk ist entstanden, das die höchste Auflage aller seiner Arbeiten erleben soll, die gemütvollen und bedeutsamen Jugenderinnerungen „Aus meiner Kindheit und Jugendzeit", Produkt einer Anregung des Zürcher Pfarrers und Psychoanalytikers Dr. Oskar Pfister, der bekennt, Schweitzer sei eine so tiefe Persönlichkeit, daß er sich nicht einfach auf eine tiefenpsychologische Formel bringen lasse.

Die Hoffnung des Doktors, während der Überfahrt seine in vier großen Säcken aufgehäufte Korrespondenz zu erledigen, geht zunichte. Während des ersten Teiles der Reise ist es grimmig kalt, weil die Heizung nicht funktioniert, während des zweiten erfüllt lautes Gehämmer fast unaufhörlich die Luft: es wird der alte Rost abgeschlagen, damit später neu übermalt werden kann. Enttäuscht, mit wehem Kopf und summenden Ohren verkriecht sich Schweitzer auf einen Platz über der Schiffsschraube. Seine Lektüre, die einzige, für die er in diesem Höllenlärm genügend Aufmerksamkeit aufbringt, ist ein alter Band mit — Indianergeschichten.

Wie üblich aber sorgt das Leben Schweitzers bald für mehr Spannung, Furcht und Freude als der schönste „Schmöker": Eine Dame an Bord spürt früher als vorgesehen Geburtswehen. Der Doktor ist gleich bei der Hand, bringt das Kind unter schwierigen Umständen zur Welt und hat dann gleich noch die Aufgabe, achtmal täglich in der unter dem Tropenhimmel glühheißen Schiffsküche das Fläschchen für den jüngsten, manchmal selbst den Lärm der Klopfhämmer überschreienden Passagier der „Orestes" zu bereiten.

Schweitzer wird von einem achtzehnjährigen Engländer elsässischer Abstammung namens Noel Gillespie begleitet, der ihm während der ersten Monate behilflich sein will. Jetzt muß sich der junge Mann, der von Leopardenjagden und Elefantenpirsch im afrikanischen Dschungel träumte, erst einmal als Kindermädchen bewähren, das durch Wiegenschütteln und Hin- und Hertragen den brüllenden Balg zur Ruhe bringen soll.

Nach einem kurzen Abstecher in die frühere deutsche Kolonie Kamerun hinein, wo Dr. Schweitzer ein ehemaliges Missionsgelände besichtigt, auf dem er vielleicht ein zweites Krankenhaus errichten soll, legt man in Cap Lopez, dem alten, nun schon wohlvertrauten Hafen an der Mündung des Ogowe an. Port-Gentil heißt der Anlegeplatz mit seiner großzügig modernisierten Reede jetzt. Der kleine Ort, so benannt nach einem der tüchtigsten Mitarbeiter des kühnen und klugen französischen Kolonisators de Brazza, liegt nun wie ein Schmuckstück im grünen Samt eines prächtigen Naturparks.

„Der weiße Oganga ist wieder da!" so tönt es dem Arzt, der vor sechseinhalb Jahren als Gefangener deportiert wurde, schon hier am dreihundert Kilometer von Lambarene entfernten Hafenplatz entgegen. Man läuft ihm freudig auf offener Straße nach, umarmt ihn, küßt ihm die Hände.

Und noch in der gleichen Nacht beginnen die Trommeln, es allen weit und breit zu künden:

„Tom tomm tomm ... er ... ist ... wieder ... zurück ..."

Ja, „er" ist wieder da. Mit Sorge sieht er die neuen Sägemühlen im Hafen, die Bars und billigen Vergnügungslokale, das Florieren der Ramschgeschäfte, in denen die Ladenhüter Europas zu enden pflegen. Es scheint viel Geld im Umlauf zu sein. Der Holzhandel blüht, und das bedeutet, wie Schweitzer aus bitterer Erfahrung weiß, daß nicht genügend Arbeitskräfte im Inneren zu finden sein werden.

Eine Begegnung erschüttert Albert Schweitzer. Er trifft den alten Freund und Übersetzer seiner Sonntags-Predigten, den Lehrer Ojembo, auf der einzigen langen Straße von Port Gentil.

„Wie, du bist jetzt auch beim Holzhandel?" fragt der Doktor den freundlichen Neger. Er kann seine Enttäuschung kaum verbergen, denn Ojembo war ihm stets als ein Idealist erschienen, dem das Lehramt wichtiger zu sein schien als das Geldverdienen. Nun hat ihn scheinbar doch die Möglichkeit schnellen Verdienstes verleitet. Das scheint dem Doktor ein böses Omen zu sein. Erst viel später wird er erfahren, daß Ojembo Erzieher geblieben ist, nämlich, der Erzieher und Weiterbildner von den Weißen der Region seines ganzen Dorfes, das als vorbildliches Beispiel echten Fortschrittes betrachtet wird. Dieser fälschlich vermutete „Verrat" Ojembos an seinen Idealen drückt auf die Wiedersehensstimmung Schweitzers.

„Wie arm ist doch dieses Land, verglichen mit der Goldküste und Kamerun", bemerkt er niedergeschlagen zu seinem englischen Reisebegleiter. „Arm, weil es an kostbaren Wäldern so reich ist. Die Ausbeutung der Wälder geht auf Kosten des Anbaus von Lebensmitteln. Die müssen fast alle eingeführt werden. Passen Sie nur einmal auf, was unser Dampfer auf den Haltestellen auslädt."

Und tatsächlich sieht Noel Gillespie, wenn man die Landestellen anläuft, wenn die zerlumpten Neger aus ihren zerfallenen Dörfern herangeeilt kommen, wie aus dem Laderaum der klapprigen alten „Alembe" immer wieder dasselbe zum Vorschein kommt: Säcke mit Reis, Kisten mit Konserven und Stockfisch, vor allem aber Fässer mit Rotwein und billigem Schnaps.

Nein, es ist nicht besser hier geworden, seit ich das Land verließ, sagt sich der Doktor beim ersten Blick auf die Ufersiedlungen des Ogowe. Im Gegenteil: manches Dorf, das noch gedieh, als er es zum letzen Male sah, ist jetzt ausgestorben. Spanische Grippe, Hungersnöte und die Schlafkrankheit haben hier seit 1917 furchtbare und gründliche Arbeit geleistet.

Die Holzhändler, die sich an Bord des Flußdampfers befinden, bestätigen den Eindruck Schweitzers. Gewiß, die Holzpreise sind im Steigen, ein sich allmählich erholendes Europa verlangt wieder nach Okume-Mahagoni und den anderen wertvollen Holzarten der Kolonie Gabon, aber die Arbeiter „sind nicht mehr die gleichen wie früher". Vor dem Kriege war der „weiße Mann" geachtet bei ihnen, jetzt hat er sein Prestige verloren. Kolonialsoldaten, die in ihre Dörfer zurückgekehrt sind, haben dort, inmitten ungläubigen Staunens, von den Leichenbergen erzählt, die sich vor unkämpften Forts wie Douaumont aufhäuften. Und aus purem Haß, nicht einmal zu dem „vernünftigen Zweck", die Feinde aufzuessen, hat man sie getötet! Welch ein Frevel.

„Afrika ist in Gärung geraten. Der Bolschewismus, Europas modernste politische Lehre, geht mit dem primitiven Fanatismus und dem uralten Aberglauben seltsame Verbindungen ein", hört Schweitzer. „Das Ärgste sind die Leopardenmenschen. Wissen Sie, Herr Doktor, daß einer von diesen Wahnsinnigen vor zwei Jahren auf der Mission in Lambarene einen Mord begangen hat?"

Das Thema vom Aufkommen dieser unheimlichen neuen Sekte beherrscht alle Gespräche unter den Weißen. Ihre Mitglieder sind Menschen, die in der Wahnvorstellung leben, sie seien eigentlich Leoparden. Deshalb töten sie ihre Opfer durch Krallenhiebe in die Halsschlagader. Anhänger der Geheimgesellschaft wird mancher Eingeborene wider Willen. Man mischt aus dem Blute eines Gemordeten in einem Menschenschädel einen „Zaubertrank", der ganz unbemerkt in die Nahrung des „Erkorenen" eingeschmuggelt wird. Dann erst teilt man dem „Neuen" diese Tatsache mit. Widerstandslos fügt er sich seinem „Schicksal".

Von schrecklichen Greueln dieser auf allen Vieren kriechenden Tiermenschen berichten die Mitpassagiere Schweitzers auf der „Alembe". In einigen Gegenden wage man sich seit Monaten bei Dunkelheit nicht aus der Hütte. Niemand sei sicher. Den Novizen würden meist die schrecklichsten „Proben" auferlegt. Als erstes Opfer hätten sie ihren Bruder oder ihre Schwester in den Wald zu locken, wo sie dann von anderen Leopardenmenschen überfallen würden.

„Ein Bekannter von mir, er ist Beamter im Innern, hat neulich neunzig Verdächtige gefangengenommen und festgesetzt", erzählt ein Pflanzer, während die „Alembe" mit gemütlichem Tuten ihren Weg stromaufwärts sucht. „Und was geschah? Als er am nächsten Morgen mit dem Verhören beginnen wollte, war keiner von den Kerlen mehr am Leben. Hatten sich vorsichtshalber gegenseitig vergiftet, damit keiner zum Verräter werden könnte."

Böse Ahnungen lassen diese Unterhaltungen in Schweitzer auftauchen. Die nächtliche Urwaldlandschaft im Mondlicht sieht großartig und lieblich zugleich aus, wie eh und je. „Wie werde ich Lambarene wiederfinden?" quält es ihn. „Vielleicht haben manche meiner Freunde doch recht. Ich opfere mich vergebens auf verlorenem Posten. Es ist wohl zu schwer und zu spät, diesen Erdteil und seine Menschen durch den Geist der Liebe aus schweren Banden zu lösen."

Und dann ist es plötzlich da, taucht hinter einer Flußbiegung auf: Lambarene. Dem Doktor steigen die Tränen in die Augen: „Ich sehe es also wieder — ohne die Gefährtin!" ist sein erster Gedanke. Soweit er bei der Einfahrt in den Nebenarm des Ogowe erkennen kann, ist das Doktorhaus unversehrt. Da sind sie wieder, die drei Hügel mit ihren weißen Gebäuden. Das Kanu, das Schweitzer und seinen Begleiter vom Dampferlandeplatz herüberbrachte, läuft ein, der große Mann springt ungeduldig wie ein Junge hinaus und läuft zu seinem Spital.

Genauer: er will laufen, wird aber daran gehindert. Denn da, wo einst so viele Kranke und ihre Begleiter kamen und gingen, wächst jetzt hohes Gras und dichtes Gestrüpp. Stand hier nicht eine Baracke? Gewiß. Aber nun ist dort nur ein überwucherter Bauplatz. Und hier, im Schatten großer Bäume, die noch ganz klein waren, als der Doktor 1917 abreisen mußte, steht das Hauptgebäude. Es sieht aus wie ein afrikanisches Dornröschenschloß. Aus dem Boden des Operationssaales schießen allerlei Pflanzen, der Eingang zum Konsultationszimmer ist durch einen Stachelbusch versperrt, die einstige Apotheke scheint Schlangen als Zufluchtsplatz zu dienen. Nun — die Wände stehen wenigstens noch. Aber die Dächer sind hundertfach durchlöchert.

„Bis vor einem Jahr noch haben wir sie immer noch erneuern können", erzählt Missionar Hermann, der den Doktor abgeholt hat. „Aber seit die Holzhausse eingesetzt hat, will niemand in den Dörfern mehr neue Blätterziegel machen. Die Eingeborenen lassen sogar ihre eigenen Hütten zugrundegehen. Jeder, der eine Axt rühren kann, arbeitet jetzt im Walde."

Die beiden Männer gehen den alten Pfad vom Spital zum Doktorhaus hinauf, während der wackere Noel Gillespie das Abladen des Gepäcks überwacht.

„Gleich morgen werden meine Schüler den Weg für Sie freilegen", verspricht der Missionar.

„Oh, lassen Sie das nur. Ich will ihn selbst wieder austreten", sagt Schweitzer, aus seinen Gedanken schreckend. „Was mich viel mehr interessiert: Woher soll ich nun noch Ziegel bekommen? Ich muß sofort die Dächer reparieren. Vorher ist an Krankenbehandlung ja überhaupt nicht zu denken."

„Ich glaube, Sie werden damit nicht mehr Glück haben als wir, Herr Doktor", meint der Missionar.

„Nun, ich muß es wenigstens versuchen . . ."

„Viel Glück!"

Es klingt etwas ironisch.

Genau um Mittag ist Albert Schweitzer auf der Mission Lambarene angekommen. Drei Stunden später schon sitzt er mit seinem englischen Gefährten wieder im Boot und läßt sich in ein anderthalb Stunden weit weggelegenes Dorf fahren.

Mit großem Jubel wird der Oganga dort begrüßt. Man umringt ihn, drückt ihm die Hände, wünscht ihm Glück, erkundigt sich nach der Frau Doktor. Schweitzer aber antwortet auf alles, was man ihm sagt, immer wieder nur stereotyp:

„Gebt mir Blätterziegel, sonst kann ich das Spital nicht wieder aufmachen."

Er bittet und er klagt, er geht von Hütte zu Hütte, er schmeichelt und er „spioniert" herum. Schließlich wird er sogar böse und droht: „Ich behandle niemals mehr einen Kranken aus eurem Dorf, wenn ihr mir keine Ziegel gebt."

Man lächelt ihn an, versucht ihn mit Ausreden irrezuführen, beteuert, es seien einfach keine Ziegel da. Aber — am Schluß eines aufreibenden Nachmittages haben die beiden Männer doch 64 Ziegel zusammengebracht. Unter einer Regenflut bringen sie den Schatz nach Hause. Sie könnten nicht glücklicher sein, wenn sie 64 Ziegel aus purem Gold in ihrem Kanu mit sich führten.

Am Ostersamstag ist Albert Schweitzer zu seinem zweiten Afrikaaufenthalt eingetroffen. Am Ostermontag kommen schon die ersten Schwerkranken und wollen behandelt werden. Dabei weiß der Doktor noch nicht einmal, wo und wie er die Medikamente unterbringen soll. In einem der Zimmer des Doktorhauses lebt noch ein Missionar, in einem anderen hat sich ein Schwarm wilder Bienen eingenistet. Das ganze Gebäude steht windschief. Ein Tornado hat es unlängst fast ganz aus den Fugen gehoben. Wenn man nur ein paar Arbeiter hätte, um Ordnung zu schaffen. Wie soll das sonst weitergehen? Es gibt jetzt leider nur eines, um wirklich zu erreichen, daß die Eingeborenen helfen: Drohung und Zwang!

„Nein, geh nicht zum Doktor nach Lambarene hinauf. Er ist böse geworden und zwingt die Menschen zur Arbeit." So spricht eine Negerfrau im Dorfe Igendja zu einer anderen Negerin. Man hinterbringt Schweitzer den Ausspruch, er lacht etwas bitter und sagt zum Missionar Hermann, der ihm die Geschichte erzählte: „Da sehen Sie, wie mein Ruf leidet. Aber so ganz Unrecht hat die gute Frau nicht."

„Was soll ich denn anderes tun? Die Kranken kommen, wollen unbedingt, wie sie es gewohnt waren, hier bei mir liegen. Aber ihre lieben Angehörigen rühren nicht einen Finger, um mir zu helfen. Jeden Morgen, wenn ich in den großen Krankensaal komme, finde ich meine Patienten durchnäßt auf dem feuchten Boden. Natürlich, denn wie soll das löchrige Dach bei den schweren Gewittern, die in der Nacht niedergehen, dichthalten? Andauernd kommen schwere Erkältungen vor. Zwei davon waren schon tödlich."

Manchmal trommelt der Doktor durch Versprechung von Geschenken fünf oder sechs Leute für die notwendigsten Bau- und Reparaturarbeiten zusammen, oft nur zwei bis drei, öfter noch — niemanden. Dann sind er und Noel Gillespie ganz allein. Sie sind darauf angewiesen, das Material für die Blätterziegel, Raphia und Bambusstäbe, von weither im Boote heranzuschaffen, zu sägen und zimmern und hämmern und bauen. Der Engländer muß zum Beispiel für einen Irren, den der Doktor im Spital behalten hat, weil er sonst von seinen Stammesgenossen ermordet worden wäre, eine feste Isolierzelle basteln, aber immer wieder versteht es der gar nicht so blöde Kerl, eine Lücke zu finden, auszubrechen und die Arbeit vieler Stunden in ebenso vielen Minuten zu zerstören.

Mit „Erpressungen", die ihm widerstehen, versucht Schweitzer die eingeborenen Patienten zu Versprechungen auf spätere Arbeitsleistung oder zur Lieferung von Baumaterial zu zwingen. „Nur wer mir Blätterziegel bringt, bekommt dieses neue Mittel gegen das Himbeergeschwür", verkündet er einmal. Aber konsequent durchführen läßt sich diese Drohung nicht. Manche arme Frau, manches Kind müßte sonst abgewiesen werden. Also stellen sich bald alle an Himbeergeschwür Erkrankten arm.

Da ist ein Häuptling, der sich bei der Wildschweinjagd eine Hand zerschmetterte. Er hatte zuviel Pulver in den Lauf gestopft und die Flinte zersprang ihm beim Abschuß.

„Wenn du mir fünfhundert Blattziegel gibst, heile ich dich", sagt der Doktor. „Laß Deine Leute sofort liefern."

Das tun sie auch ein paar Tage lang. Dann halten sie plötzlich ein.

„Gut, dann muß ich Deine Hand verfaulen lassen", sagt Schweitzer, der weiß, daß er den Patienten jetzt ohne Gefahr ein paar Tage lang sich selbst überlassen kann. Und so kommt er dann wenigstens zu einigen, wenn auch längst nicht zu allen Ziegeln.

Als der Doktor für den Unterbau seiner aus Europa mitgebrachten zusammenlegbaren Wellblechbaracke selbst Backsteine herstellen lassen will, laufen ihm die Eingeborenen einfach zum Fischen davon. Schweitzer entzieht denjenigen, über die er eine gewisse Gewalt hat, nämlich den gesunden Begleitern seiner Patienten, die Essensration. Leicht Geschwürkranke, die durchaus arbeitsfähig wären, aber sich einfach tagsüber verstecken, um nicht helfen zu müssen, werden vorläufig nicht mehr verbunden. Jeden Abend tritt der Doktor müde, abgearbeitet, ein Bild der Sorge und Verzweiflung, vor alle Spitalsinsassen hin und predigt ihnen:

„Es ist doch für euer Spital. Wenn wir nicht bis zum Ende der Trockenzeit mit dem Backsteinbau fertig werden, ist alles vergebens." Sie versprechen, am nächsten Tage mitzuarbeiten, und — es ist alles wieder genau wie am Vortage.

Schweitzer beginnt, nachts von Backsteinen zu träumen. Er sieht sich als biblischen Pharao oder als ägyptischen Fronvogt, der das arme Volk Israel zur Arbeit pressen will und damit die zehn Plagen gegen sich heraufbeschwört. Zuletzt muß er sich doch geschlagen geben.

Also keine Backsteine! Aber nun müssen wieder Blätter-ziegel heran und Hartholz für Betten und Bretter für ein neues Haus. Ein Zimmermann, dessen Frau als Schlafkranke in Behandlung beim Doktor steht, läßt sich überreden, ihm zu dienen. Das Metermaß kann er allerdings nicht lesen. Schweitzer kann ihm nur durch Zeichensprache und mit Hilfe eines gekerbten Bambusstabes klarmachen, was er will.

Er stöhnt in einem Brief an die Seinen in Europa: „Soeben werde ich in ein auf dem anderen Ufer gelegenes Negerdorf gerufen, um Belebungsversuche mit einem neuge-borenen Kinde anzustellen. Ich finde es nackt und eiskalt, mit allerlei Kräutern bedeckt, in den Händen der alten Weiber. Nach anderthalb Stunden bin ich so weit, daß es anfängt rich-tig zu atmen. Und gleich lasse ich mir vom Vater fünfhundert Blätterziegel, lieferbar in vierzehn Tagen, als Geschenk ver-sprechen. Meine Moralität beginnt wirklich zu sinken. Wie ich als Knabe jede auf Besuch kommende Tante fragte, ob sie mir auch etwas mitgebracht habe, so heische ich jetzt von jedem, der mit mir zu tun bekommt, Blätterziegel und der-gleichen. Mein Traum ist, einmal ausgebaut zu haben und wieder Arzt sein zu dürfen, nicht mehr Blätterziegel erpres-sen zu brauchen, nicht mehr Fronvogt zu sein, der die Leute von den Kochtöpfen zu ihrer Arbeit aufjagt und alle ihre Schliche, sich dem Fronen zu entziehen, kennen und zunichte machen muß. Aber bis dahin ist noch lange."

Dieses Stoßgebet Albert Schweitzers stammt aus dem Oktober 1924. Nie hat er früher so bitter über die Eingeborenen geschrieben, nie war er so niedergeschlagen. An manchen Tagen ist er wirklich so nahe daran wie nie zuvor, aufzugeben, abzureisen und dieses unordentliche, regennasse Chaos, das sein Spital jetzt trotz aller Anstrengungen immer noch ist, wie einen bösen Albdruck zu vergessen. Denn er sieht klarer als die Missionare der Station voraus, daß im nächsten Jahre, zu allen Schwierigkeiten, auch noch eine Hungersnot droht, da in diesem Jahre die Trockenzeit ungewöhnlich kurz, ja beinahe nicht existent war und die Eingeborenen daher nicht dazu kamen, ihre Felder zu bestellen.

Einen Tiefpunkt erreicht die Stimmung des Doktors, als Noel Gillespie, wie vorhergesehen, Ende August abreist, um in Oxford sein Studium wieder aufzunehmen. Glücklicherweise kommt im Oktober Ersatz in dem elsässischen Pfarrerssohn Dr. Victor Nessmann, und nicht lange darauf trifft in Lambarene eine tapfere junge Frau, entsandt von den treuen Freunden in Straßburg, als Helferin ein. Es ist die unerschütterlich ruhige, immer gut gelaunte Schwester Mathilde Kottmann. Sie wird nun über viele Jahre eine der unermüdlichsten und unentbehrlichsten Helferinnen Dr. Schweitzers sein.

Auch ein alter Bekannter ist wieder nach Lambarene zurückgekehrt: Joseph, der erste Heilgehilfe Schweitzers, der ihn im Kriege leichtsinnig verließ, weil sein Gehalt herabgesetzt werden mußte, hat nach Abzahlung seiner Schulden in Libreville seine alte Stellung wieder angetreten. N'Kendju, der treue Wilde, den Schweitzer zum zweiten Heilgehilfen machte, um ihn der Rache seiner Stammesgenossen zu entziehen, bleibt trotz aller Nachforschungen leider verschollen. Haben ihn vielleicht nach der erzwungenen Abreise des Doktors im Jahre 1917 die unversöhnlichen Feinde schließlich doch noch in ihre Fänge bekommen?

Der neue zweite Heilgehilfe heißt G'Mba. Schweitzer ist mit ihm recht zufrieden. Nur für Ordnung und Sauberkeit hat der Brave nicht das geringste Verständnis. Nie bringt er es fertig, die Frauen der Kranken zu zwingen, ihre Abfälle auf den Misthaufen zu tragen.

„Weshalb kannst du mir zuliebe das nicht durchsetzen?" fragt ihn der Doktor. Worauf ihn G'Mba treuherzig anschaut und jammert: „Was willst du, daß ich ihnen sage? Meine eigene Frau gehorcht mir nicht. Wie sollen da andere Weiber auf mich hören?"

Auch nur einigermaßen Ordnung im Spital zu halten, ist jetzt fast unmöglich geworden. Schuld daran ist, daß sich seit der Rückkehr des Doktors Kranke von ganz anderen Stämmen in seine Behandlung begeben, als in den Jahren von 1913 bis 1917. Es sind Wilde, die aus dem Inneren nach dem Ogowe gebracht wurden, um hier beim Holzschlagen beschäftigt zu werden. Da Arbeitermangel unter den ansässigen Eingeborenen herrscht, und nicht genügend Arbeiter aufgetrieben werden, locken die Holzhändler immer mehr und mehr von diesen ganz primitiven Negern an den Ogowe. Die meisten dieser Ärmsten können weder die ihnen ungewohnte Kost, noch das feuchtheiße Klima vertragen, denn sie stammen aus den Steppen und dem Bergland.

So finden sich gerade unter diesem Holzarbeiter-Proletariat besonders viele Kranke. Die meisten von ihnen gehen zwar auf den abgelegenen Holzplätzen zugrunde, viele sogar schon auf dem Anmarsch zum Ogowe, aber zahlreiche finden doch ihren Weg zum „weißen Doktor".

Während es früher dem Doktor und seinen Helfern nicht schwer war, in den drei gebräuchlichen Eingeborenen-Dialekten sich den Patienten verständlich zu machen, so ist das jetzt oft fast ein Ding der Unmöglichkeit. Nicht weniger als fünfzehn verschiedene Eingeborenensprachen sind unter den neuen Patienten zu finden. Die Mehrzahl von ihnen versteht keiner der Dolmetscher, die Doktor Schweitzer zu seiner Verfügung hat.

Welch nahezu hoffnungsloses Unterfangen ist es, diesen auf der tiefsten Intelligenzstufe stehenden Wesen gewisse, ihnen ganz fremde Begriffe verständlich zu machen. Sie stehlen dem Doktor seine kostbaren Baubretter und verheizen sie. Sie nehmen sogar Kranken, die sich nicht rühren können, einfach das Essen weg. Natürlich versuchen sie jede Nacht, in den Hühnerstall einzubrechen. Den erwischten Hühnerdieben läßt Schweitzer mit Methylviolett ein Federvieh auf die Stirn, auf die Brust und auf den Rücken malen. Erst amüsieren sie sich darüber königlich. Dann scheint diese Methode aber etwas zu wirken.

Natürlich brennen die Wilden — sie werden nach einem ihrer Stämme von Schweitzer und seinem Stab kollektiv die „Bendjabis" genannt — ungeniert unter den Krankenpritschen ihr Feuer. Vergeblich versucht Schweitzer, ihnen beizubringen, daß sie das Feuer in den Gängen zwischen den Betten anzünden sollten. Erst sanft mit Liebe, dann mit lebhafteren Gesten, endlich zum dritten Mal am gleichen Tage mit Pathos, versucht der Doktor, zu ihnen zu sprechen. Jetzt müssen sie ihn doch begriffen haben! Und als er am Abend noch einmal durch die Krankenbaracke geht, flackern die Feuer der Bendjabis lustig wieder genau unter den Pritschen!

Bei Albert Schweitzer, Doktor Nessmann und Schwester

Mathilde Kottmann heißt es jetzt jeden Tag im bösen Scherz: „Wie schön wäre Afrika ohne die Wilden."

Und doch geht kein Tag zu Ende, ohne daß Schwester Mathilde vor dem Schlafengehen beinahe herzlich sagte: „Jetzt müs i zu mine Bendschabi abe!"

Albert Schweitzer aber meint, wenn er seinen Ärger mit dem Essen heruntergeschluckt hat, zu Doktor Nessmann, der sich wieder einmal laut und entrüstet über die letzten Missetaten der Bendjabis ergeht: „Sie werden einmal in Europa mit Liebe an diese ganz vertierten Menschen zurückdenken. Die Armen sind entwurzelt und schädigenden Einflüssen ausgesetzt worden. Was können sie denn für ihre Streiche?"

Doktor Nessmann schüttelt ungläubig den Kopf.

Ob er vielleicht im Zweiten Weltkrieg, als er in einem Konzentrationslager langsam zugrunde ging, wirklich mit Liebe an die armen, nur aus Unwissenheit sündigenden Bendjabis zurückgedacht hat?

Was Albert Schweitzer vorausgesehen hatte, trifft 1925 wirklich ein. Eine furchtbare Hungersnot bricht über das ganze Ogowegebiet herein. Sie steigert sich mit jedem Monat noch. Das Spital bleibt zunächst davon verschont, da der Doktor vorsorglich, wie einst Joseph in der Bibel, für die magere Zeit durch den rechtzeitigen Ankauf großer Mengen von Reis gesorgt hat.

Mit ungläubigem Erstaunen erlebt Schweitzer es bei seinen Abstechern ins Innere, wie manche Dörfer, statt nun wenigstens etwas vom schnellwachsenden Mais anzubauen oder auf die Jagd zu gehen, stumpf und ergeben den Tod erwarten.

„Hier gilt nicht ‚Not macht erfinderisch‘ “, schreibt er nach Hause, „sondern ‚Not macht blöde‘ “.

Fast gleichzeitig bricht in und um Lambarene eine schwere Ruhrepidemie aus. Seit Ende Juni nimmt die Zahl der Dysenteriekranken immer mehr zu. Wo soll man sie unterbringen? Wie kann man sie isolieren? Ja, wenn das Spital ein paar abgesonderte Baracken hätte! Aber es ist nicht einmal Platz da, welche zu bauen. So können nur im Inneren der großen Krankenbaracken provisorische Bretterverschläge für die Ruhrkranken errichtet werden. Es ist fast unmöglich, diese ansteckenden Kranken zu Reinlichkeit und Vorsicht zu bewegen. Ihre Verwandten bringen ihnen oft mit Ruhrbazillen verseuchtes Flußwasser, statt ein paar Schritte weiter an der sauberen Quelle zu schöpfen. Trotz solcher scheinbar herzlosen Nachlässigkeit halten die Wilden rührend zusammen. Als ein wegen eines Fußgeschwürs behandelter Bendjabi bei den Dysenteriekranken einen Stammesgenossen entdeckt, geht er freiwillig in die Ruhrabteilung, um mit den anderen zu kochen und auf dem gleichen Lager zu schlafen.

„Willst Du Dir den Tod holen?“ fragt ihn Doktor Nessmann tadelnd.

„Lieber bei dem Bruder sein und sterben, als den Bruder nicht sehen“, heißt die Antwort. Wirklich wird der Mann angesteckt und geht zugrunde: ein Opfer mehr zu den vielen, die nun fast täglich, eingewickelt in Palmblätter, auf dem Urwaldfriedhof von Lambarene begraben werden.

Gerade jetzt, wo die Ruhrepidemie so viele Menschen im Spital dahinrafft, hat Dr. Schweitzer in dem tüchtigen schweizer Chirurgen Dr. Mark Lauterburg einen unschätzbaren Helfer erhalten. Dr. N'Tschinda nennen ihn die Eingeborenen, das heißt übersetzt: Doktor Schneidemutig. Seine Operationen machen ihn weit herum berühmt. Sogar Amputationen, gegen die sich die Eingeborenen sonst besonders sträubten, lassen sie sich von dem energischen Berner gefallen, wenn er ihnen lange genug erklärt, daß er damit ihr Leben retten könne. Auch eine weitere Schwester ist eingetroffen: Emma Hausknecht, die es versteht, wo sie hinkommt, Freude und Ordnung um sich zu verbreiten.

Aber was nützt alle menschliche Anstrengung gegen das verhängnisvolle Zusammenwirken von Ruhr- und Hungerepidemie?

Mitte Oktober 1925 wird plötzlich in Albert Schweitzer ein Entschluß reif. Schon lange hatte er geplant, drei Kilometer flußaufwärts, am Platze, wo einst das Dorf und der „Palast des Sonnenkönigs" N'Kombe stand, ein viel größeres Spitaldorf zu bauen. Jetzt sieht er sich das Gelände noch einmal an: eine weite Talmulde, gleich am Fluß gelegen, darüber sanfte Hügel, auf denen die Wohnhäuser Platz finden können. Es ist ein idealer Platz. In aller Heimlichkeit, ohne jemand anderem noch davon zu erzählen, holt sich Albert Schweitzer vom Bezirkshauptmann die Konzession über ein Gebiet von etwa siebzig Hektar.

Als er von seinem Besuch bei der Behörde zurückkehrt, ruft er Ärzte und Pflegerinnen zusammen:

„Wir wären längst mit der Ruhr fertig, wenn wir Isolierbaracken bauen könnten. Wir brauchten die weitere Hungersnot nicht zu fürchten, wenn wir auf eigenem Boden Mais anbauen können. Zu all diesen Anlagen ist aber hier auf der engen Missionsstation, wo wir nur zu Gast sind, kein Platz", führt der Doktor aus.

„Weshalb er uns das nur erzählt?" denkt sich Doktor Nessmann.

„Das Konsultationszimmer ist so klein, daß wir Ärzte und die Pfleger uns ständig gegenseitig im Wege sind", fährt der Doktor fort. „Manche Reiberei, manchen Ärger untereinander hätten wir vermieden, wenn wir ein größeres Behandlungszimmer hätten ... Stimmt das?"

„Gewiß", antwortet Doktor Lauterburg, „aber ..."

„Nun eben, dieses ‚aber' habe ich mir selbst gegenüber auch geäußert", fällt ihm Schweitzer ins Wort. „Es gibt nur eine Lösung. Sie ist gerade jetzt leichter zu finden als sonst, weil wir mit unseren Reisvorräten Arbeiter anlocken können: Wir müssen neu bauen. Wir müssen größer, heller, gesünder, solider bauen. Und wir werden es tun. Ich weiß schon wo ..."

Zuerst sind die Zuhörer „starr vor Überraschung".

Dann brechen sie in Beifall und lauten Freudenjubel aus. Und umringen Schweitzer begeistert. Die Eingeborenen schauen verständnislos zu. So aufgeregt haben sie ihre weißen Freunde noch nie gesehen.

„Ich aber", so schreibt Schweitzer etwas später nach Europa, „denke an das Opfer, das meine Frau und mein Kind für die Verlegung des Spitals bringen müssen, Für Ende dieses Winters erwarten sie mich zurück. Nun werde ich aber kaum vor Beginn des nächsten Herbstes nach Europa kommen. Ohne mich kann nicht gebaut werden ..."

Es dauert aber fast zwei Jahre ...

XVII.

BAUMEISTER IN DER WILDNIS

IM KELLERGESCHOSS eines der ältesten Gebäude auf dem neuen Spitalgelände von Lambarene hat Albert Schweitzer in die damals noch weiche Zementmasse vor ihrer Härtung mit einem Holzstab die folgende Inschrift eingezeichnet:

A. Schweitzer, ingénieur (Ingenieur)

A. Schweitzer, maçon (Maurer)

A. Schweitzer, menuisier (Schreiner).

Er hätte noch hinzufügen können, daß er auch Landvermesser und Rodemeister, Arbeitsaufseher und Architekt sei. Am Bau des neuen Spitaldorfes erprobt der erstaunliche Mann seine Tatkraft wie nie zuvor. Im Zeitalter der großen Straßenbaumaschinen, der gepanzerten Ungetüme, die mit riesigen Haken Baumwurzeln reißen, Bäume mit dumpfem Motorengebrüll niederrennen, Erde mit riesenhaften eisernen Kauwerkzeugen ausheben, ganze Hügel aufschaufeln oder einebnen, bahnt sich dieser Mann mit einer Handvoll von Zufallshelfern und Maroden Wege durch die Schlinggewächse, die Sümpfe und das zähe Unterholz des Urwaldes. Moderne Baumaschinen würden, selbst wenn Schweitzer das Geld hätte, sie einzusetzen, und Zufahrtswege beständen, sie heranzubringen, in diesem Klima vermutlich schnell versagen. Hier kann nur menschlicher Muskel und Mut den Kampf erfolgreich aufnehmen.

Jetzt ringt Schweitzer buchstäblich mit der Wildnis Brust an Brust. Es überfallen ihn und seine paar nur mit Äxten, Hacken und Buschmessern ausgerüsteten Kameraden die roten Ameisen. Sie warten, bis eine Gruppe von Rodungsarbeitern in der Nähe ist, dann lassen sie sich in Klumpen aus den Zweigen des Gebüsches auf sie hinunterfallen. Es zischen und zielen Schlangen aus ihren Verstecken hervor, Eidechsen, Vipern, Skorpione, Sandflöhe, Stechfliegen: sie alle werden aufgestöbert, versuchen sich zu widersetzen, weichen zurück. Schon ist ein Stück Land urbar gemacht, auf dem Mais angepflanzt werden kann. Nun müssen Pfähle eingerammt, Pfade ausgetreten werden! Mit Kompaß und primitiven Vermessungsgeräten wird der Baugrund abgesteckt.

Albert Schweitzer ist jetzt fast ausschließlich auf dem Bauplatz zu finden. Die Ärzte und Schwestern im alten Spital rufen ihn nur bei besonders schwierigen Fällen. Mit Geschenkgutscheinen, die später gegen Löffel, Becher, Teller, Messer, Kochtöpfe, Schlafmatten, Decken, Stoffe, Moskitonetze oder die begehrten Taschenmesser eingetauscht werden können, schafft der Doktor notwendigen Anreiz für seine Arbeiter, die trotz aller schönen Reden nie einsehen wollen, weshalb sie an einem Haus bauen sollen, das doch nur für andere zukünftige Patienten bestimmt ist, von dem sie also selbst kaum Nutzen ziehen werden. Läßt jemand einen Baumstamm zu früh los, weil er Angst hat, die anderen Träger könnten ihm das schwere Ungetüm auf den Fuß fallen lassen, so wird ihm ein Geschenkgutschein abgezogen. Zeichnet sich jemand durch besonderen Eifer aus, so gibt ihm der Doktor eine kleine Zulage von diesem seinem selbsthergestellten Urwaldgeld.

Zehn, zwölf, vierzehn Stunden steht der nun Fünfzigjährige hier im Dschungel. Wenn ihn, wie so oft, Gedanken überkommen, daß er sein Talent verschwende und sich mit widerspenstigen Eingeborenen und tausenderlei kleinen materiellen Problemen herumschlagen muß, denkt er an Goethes „Faust". Dem hatte der Dichter „als Letztes erdacht, daß er dem Meere Land abgewönne, wo Menschen darauf wohnen und Nahrung finden könnten". Ein paar Jahre später wird Albert Schweitzer bei der Verleihung des Goethepreises der Stadt Frankfurt bekennen: „Und so stand Goethe im dumpfen Urwald als lächelnder Tröster, als großer Verstehender neben mir."

Und auch Beethoven, der alte Freund, ist mit dem Doktor, wenn er die widerspenstigen Arbeiter antreibt, wenn er ihre Stimmen, den Lärm, ihre Spaten, den wechselnden Rhythmus ihrer Arbeit vernimmt. Ein solcher Arbeitstag verläuft dem Musiker Schweitzer, wenn er gerade gut gelaunt ist und nicht gar zu gallig seinem Unmut Luft machen muß, wie eine Symphonie:

„L e n t o : Verdrossen empfangen die Leute die Äxte und Buschmesser, die ich ihnen beim Landen austeile. Im Schnekkentempo geht es an die Stelle, wo Gebüsch und Bäume niedergelegt werden sollen. Endlich steht jeder an seinem Platze. Behutsam werden die ersten Streiche getan. — Moderato· Äxte und Buschmesser laufen in überaus mäßigem Takte. Vergebens versucht der Dirigent das Tempo zu beschleunigen. Die Mittagspause macht dem langweiligen Stück ein Ende. — Adagio: Mit Mühe habe ich die Leute wieder auf die Arbeitsstelle im dumpfen Walde gebracht. Kein Lüftchen regt sich. Von Zeit zu Zeit hört man einen Axtstreich. — Scherzo: Einige Spässe, zu denen ich mich in der Verzweiflung aufraffe, gelingen mir. Die Stimmung belebt sich. Lustige Worte fliegen hin und her. Einige Leute fangen an zu singen. Es wird auch schon etwas kühler. Ein Lüftchen stiehlt sich vom Fluß herauf in das Dickicht. — Finale: Die Lustigkeit hat alle erfaßt. Dem bösen Wald, um dessentwillen sie hier stehen müssen, statt ruhig im Spitale sitzen zu dürfen, soll es übel gehen. Wilde Verwünschungen werden gegen ihn laut. Johlend und kreischend geht man ihm zu Leibe. Äxte und Buschmesser hämmern um die Wette. Jetzt aber darf kein Vogel auffliegen, kein Eichhörnchen darf sich zeigen, keine Frage darf gestellt werden, kein Befehl darf ergehen. Bei der geringsten Ablenkung wäre der Zauber aus. Die Äxte und Buschmesser kämen in Ruhe, und die Leute würden sich über das Gesehene oder Gehörte bereden und wären nicht mehr in Gang zu bringen.

Zum Glück kommt keine Ablenkung. Das Toben geht weiter. Wenn dieses Finale nur eine gute halbe Stunde anhält, war der Tag nicht verloren. Und es hält an, bis ich „Amani! Amani!" (Genug! Genug!) rufe und der Arbeit für heute ein Ende setze."

Über jedem Arbeitstag hängt als Drohung die Furcht vor Gewitter und Regen. Denn die Arbeiter dürfen auf keinen Fall naß werden. Sonst bekommen sie fast mit Sicherheit

Malaria. Schlimmer noch ist die Angst vor einem Tornado. Packt er ein Boot mit den Arbeitern auf der Rückfahrt vom Arbeitsplatz zum alten Spital, so könnte das für viele von ihnen den Ertrinkungstod bedeuten, denn sie stammen ja aus den Savannen und dem Bergland des Inneren, sind also keine Flußmenschen und können nicht schwimmen.

Einmal, es ist am 4. Dezember 1925, tritt dieses lange befürchtete Unheil wirklich ein. Ausnahmsweise hat sich Doktor Schweitzer einmal als Arbeitsaufseher durch den jungen, tüchtigen Doktor Nessmann vertreten lassen, der die Vorzeichen des Wirbelsturmes aber noch nicht genügend kennt.

Ängstlich wartet man im Doktorhaus. Jetzt sind sie schon eine halbe Stunde überfällig, jetzt fünfzig Minuten, nun eine Stunde, anderthalb Stunden ... die Uhr tickt. Was bringt die nächste Stunde? Da, ein Ruf von der Landungsstelle. Eines von den erwarteten Kanus ist im sintflutartigen Regen gelandet.

„Wißt ihr, wo die anderen sind?"

„Nein ..."

Es kommt ein zweites Boot, ein drittes, ein viertes ... Gott sei Dank, es ging knapp an ihnen vorbei. Sie hatten sich vor der Wut des Tornados an ein Ufer retten und dort das Ende des Sturmes abwarten können.

„Niemand ist ertrunken. Vor Freude betäubt, steige ich zum Doktorhaus hinauf ...", wird Dr. Schweitzer später am Abend an seinem Schreibtisch notieren.

Endlich ist der Bauplatz für das neue Spitaldorf urbar gemacht. Es sprießen bereits Bananenstauden, Mais und Brotfruchtsetzlinge auf dem neugewonnenen Ackerboden. Nun kann an die Errichtung der Gebäude selbst gegangen werden. Albert Schweitzer hat sich auf Grund seiner Tropenerfahrung einen besonderen Haustyp ausgedacht, der eine seltsame Mischung aus prähistorischer und modernster Zeit ist. Das Dach wird aus neuestem Fabrik-Wellblech bestehen, das Gebälk aus Hartholz und das Ganze soll auf Pfählen stehen wie die Fluß- und Seesiedlung grauer Vorzeit.

„Weshalb ich Pfahlbauten haben will, liebe Freunde?" erklärt der Doktor seinen Mitarbeitern, „weil ich an die Möglichkeit von Überschwemmungen zu denken habe. Baue ich auf dem Hügel, so fühlen sich die Eingeborenen nicht wohl. Sie sind eben gewohnt, in der Nähe des Wassers zu leben, wo sie ihre Boote im Auge behalten können. Außerdem ersparen wir uns mit den Pfählen die korrekte Einebnung des Bodens. Laßt mich nur machen."

Nun beginnt die Suche nach geeigneten Pfählen, dann kommt das Ausgraben der Löcher und ihre Ausmauerung. Die Pfähle müssen durch geduldiges Ankohlen gehärtet werden. Mit versengten Händen und kohlschwarzem Gesicht kommt der jetzt gar nicht mehr so weiße Doktor todmüde nach Hause, bis er es schließlich auf vierhundert Pfähle gebracht hat.

Jetzt eine Bauhütte, dann das Einrammen der Pfähle für mindestens fünf Bauten, und nun sollte mit dem eigentlichen Hausbau begonnen werden. Käme doch nur eine Entlastung!

Diesmal geht dem Doktor ein dringlicher Wunsch überraschend schnell in Erfüllung. Wie ein Wunder ist es, als, entsandt von den Freunden, im April 1926, gerade vor Beginn der zum Bauen wichtigen Trockenzeit, ein tüchtiger Schweizer aus Sankt Gallen, mit dem vielversprechenden Namen Hans Muggensturm, im „Urwäldli" eintrifft.

Im Sturm der Begeisterung macht er sich an die Arbeit und es gelingt sogar, die schwarzen Handwerker mitzureißen. Nichts geht doch über Frische und Unverbrauchtheit, die allen Weißen, welche erst einmal einige Monate lang hier in Zentralafrika gelebt haben, verlorengehen muß.

Tatsächlich sind bis zum Herbst die neuen Bauten fast fertig. Nun kann an ihre Inneneinrichtung gedacht werden. Zuvor müssen allerdings noch die Außenwände bemalt werden. Das will der Doktor den Eingeborenen nicht überlassen, **weil sie ihm die Pinsel ruinieren** würden, und so müssen sich Schweitzer, die Ärzte und Schwestern ein paar Tage lang als Hausmaler betätigen. Doktor Trensz, der neue aus Europa als Ablösung für den prächtigen Doktor Nessmann gekommene Arzt, mag sich erst über solche durchaus nicht-medizinischen Pflichten wundern, aber er packt wie alle anderen zu. Kein „akademischer Spezialist" zu sein, sondern auch etwas Handwerker und Handarbeiter, das verlangt der „Geist von Lambarene". Hier müssen Krankenschwestern einen Tag mit größter Behutsamkeit einen Bruch bandagieren und am nächsten Tag beim Urwaldroden einspringen. Sie haben am Morgen Hühner zu füttern und werden vielleicht am Nachmittag eine Boa constrictor erschießen. Schweitzers getreue Freundinnen und Helferinnen, Mathilde Kottmann, Emmy Haußknecht und Gertrud Koch, könnten, wenn sie Zeit hätten, ein schönes Buch mit Erinnerungen an Lambarene schreiben — aber sie haben keine Zeit. —

Nur sich nicht zu „hoch" und „gescheit" vorkommen — das ist die unausgesprochene Devise Schweitzers für seine europäischen Mitarbeiter. Natürlich hält er es auch selber so. Als er einmal einen untätig zuschauenden Eingeborenen bittet, ihm beim Tragen von Balken behilflich zu sein, antwortet der ihm hochmütig: „Das ist keine Arbeit für mich. Ich bin ein Intellektueller."

„Wie schade...", meint der mehrfache Doktor, Schriftsteller, Organist und Philosoph mit einer Ironie, die der andere nicht einmal bemerkt. „Ich wollte auch ein Intellektueller werden, aber es ist mir eben nicht geglückt."

Und so ist schließlich zu Beginn 1927 das „Dorf der Barmherzigkeit", die kleine Ansammlung neuer Spitäler, schon so fortgeschritten, daß an den Umzug aus dem alten Krankenhaus auf den neuen Platz gegangen werden kann.

Der 21. Januar ist der große Tag. Da werden die Operationsfälle und Schwerkranken auf Bahren geladen, des Gehens unfähige Geschwürkranke von ihren Frauen oder Männern auf dem Rücken geschleppt, da tastet sich ein von der Geißel Schlafkrankheit des Augenlichtes Beraubter am Arm eines Heilgehilfen vorwärts, da zieht eine Gruppe von Aussätzigen mit Sack und Pack fröhlich im seltsamen Zug. Es geht hinunter zum Landeplatz, wo Kanus und Motorboote warten, die von weißen Patienten geliehen wurden.

Stoßt ab vom alten Dreihügelgelände und singt vom „Palast", der euch erwartet. Was die Ruderer nicht alles schon auf dem Wege vom neuen Spital zu dichten wissen! Da wird unversehens aus dem weißen Oganga ein Nachfolger des schwarzen Sonnenkönigs, der einst in Adolinanongo – so hieß der Platz, wo das neue Spitaldorf steht – regierte und „über die Völker hinaussah". „Oganga-Adolinanongo ... Oganga-Adolinanongo...", wie schön lassen sich zu diesem Refrain die Ruder rühren.

Nun werden sie ausgeladen oder humpeln an Land, die Kranken, Mühseligen und Beladenen. Mit lautem „Ah" und „Oh" besehen sie die hellen und luftigen neuen Krankensäle, die sogar einen Holzboden haben, während in den dunklen alten Baracken feuchte, gestampfte Erde genügen mußte.

„Eine gute Hütte!" rufen sie dem Doktor voller Anerkennung zu, als er zum ersten Male im neuen Spital nach dem Rechten sieht. Der aber kann sich nicht so recht an der Vollendung seines neuesten Werkes freuen. Wie üblich, drängen ihn schon neue Aufgaben, ihnen gilt sein Wachtraum, während er durch die fertigen Räume geht:

Nun muß noch das alte Spital abgerissen, die Bretter sorgfältig aufgehoben und mitgenommen, die Nägel, die dabei herausfallen, geradegeschlagen werden. Dann gilt es, das neue Doktorhaus auf dem neuen Spitalplatz zu vollenden. Dann – nicht vergessen: nach Grundwasser suchen und einen weiteren Brunnen graben. Dann: die Verpflegung zwischen dem im Abbruch befindlichen alten Platz und dem neuen organisieren. Dann: Malen, malen, malen. Ach, ich armer Malermeister! Die der Sonne ausgesetzten Schmalseiten der Spitalbaracken sind mit Ölfarbe zu bestreichen. Dann: neue Bestellungslisten anfertigen, die mit dem nächsten „Fadji" (Postdampfer) abgehen müssen. Die jungen Leute haben keine solche Übersicht. Dann: O Gott — das Sonderhaus für die weißen Patienten, von denen immer mehr kommen. Ist ja nicht einmal halb fertig. Und gerade jetzt, mitten im vollsten Umzug, muß eine „weiße Dame" kommen, um zu gebären. Zum Glück habe ich mit solcher Schicksalstücke gerechnet . . . und schon drei Zimmer mit je zwei Betten im Hause der weißen Kranken einrichten lassen. Dann: die Geisteskranken müssen noch als Letzte ins neue Spital geschafft werden. Wenn nur keiner wild

wird und mitten auf dem Wasser anfängt zu toben! Dann . . .
Dann . . . Dann . . . Es nimmt eben nie ein Ende.

„Eine gute Hütte, das ist eine gute Hütte", rufen die Kranken immer von neuem, während ihnen der Doktor die Hand
schüttelt. Und den Zaun müssen wir in drei Wochen fertig
haben, sonst können wir die Ziegen nicht herüberbringen, geht
es Schweitzer durch den Kopf. Und der Kanadierin, einer Mrs.
Russell, die sich angeboten hat, muß ich zusagen. Wenn mich
nur der ärgerliche Schreibkrampf jetzt nicht so plagen würde.
Hab' ganz verlernt, die Feder zu führen. Und . . . ach was,
heute abend gönne ich mir etwas Gutes. Ich werde Klavier
spielen. Zum Abschied und zum Gruß. Denn es ist gelungen.
Wo vor einem Jahr noch der Urwald wucherte, steht jetzt
mein Spitaldorf. Wenn ich nur nicht so müde wäre.

„Das Kind ist übrigens ein Junge, Herr Doktor. Ein kräftiges Kerlchen . . .!" ruft man ihm zu.

Ein gutes Omen für das neugeborene Spital.

Spätestens zu Weihnachten 1926 hatte Albert Schweitzer
wieder in der Heimat sein wollen. Aber es war nun Januar,
Februar, März 1927 geworden.

„Das Anstreichen hält uns viel länger auf, als ich dachte",
schrieb er nach Hause. „Aber ich rege mich nicht mehr auf.
Ob jetzt die Heimreise einen Monat früher oder später
kommt, die Hauptsache ist: Ruhig Blut behalten."

Im April sind es volle drei Jahre, daß Albert Schweitzer
getrennt von Frau und Kind in Zentralafrika lebt. Er klagt
über die große Ermüdung seiner Augen. Die Tropenanämie
macht sich wieder bemerkbar.

Endlich, Ende Juli 1927, ist es soweit. Das neue Spitaldorf steht. Es hat Isolierbaracken für Schlafkranke, Ruhrkranke, Geisteskranke. Es gibt darin Schuppen für Lebensmittel und Medikamente. Die Ärzte und die Heilgehilfen sind für zentralafrikanische Verhältnisse geradezu prächtig untergebracht. Sogar ein Bootshaus wurde gebaut, und das wichtigste Gebäude im Dorf, die große Baracke, wo sich die Untersuchungs- und Behandlungsräume befinden, besitzt jetzt zwei Operationssäle, ein Laboratorium, einen Raum für Tücher und Verbandstoffe, eine Medikamentenkammer. Im Operationssaal hängt ein Bild des Entdeckers der Lokalbetäubung, Carl Ludwig Schleich.

Hat der Doktor einen schmerzenfreien Eingriff hinter sich und empfängt die überströmenden Dankesbezeugungen des Operierten, so weist er sie — auf das Porträt zeigend — von sich mit den Worten ab: „Bedank' dich bei dem da! Sag' „Merci, Monsieur Schleich!"

Nun hat wieder einmal die Abschiedsstunde geschlagen. Aber wieviel leichteren Herzens fährt der Doktor, begleitet von Mathilde Kottmann, dem guten Stern von Lambarene, diesmal ab, als im Jahre 1917! Er weiß sein Werk festgegründet und in guten Händen. Die Freunde in Europa sorgen für regelmäßige Ablösung der Ärzte und Schwestern. Sie sammeln und geben selbst unermüdlich das notwendige Geld. Es sind genügend Vorräte an Medikamenten und Lebensmitteln vorhanden. Eine prächtige neue Mitarbeiterin, die Kanadierin Mrs. Russell, leitet die Arbeitsabteilungen.

Kurz bevor das Flußboot geht, hören der Doktor und seine Helfer auf Schallplatten, die Mrs. Russell mitbrachte, die Matthäuspassion. Es ist ein herrliches Erlebnis und steigert noch die Vorfreude auf Europa.

Als Albert Schweitzer im Spätsommer 1927 von seinem zweiten, dreieinhalbjährigen Afrikaaufenthalt nach Europa zurückkehrt, kommt er sich zuerst merkwürdig heimatlos vor. Denn im Pfarrhaus von Günsbach, das ihm so viele Jahre vertrautes Elternhaus war, lebt jetzt ein Fremder. Fünfzehn Monate zuvor ist nämlich Alberts Vater, Louis Schweitzer, wenige Wochen nur vor seinem fünfzigjährigen Pfarrerjubiläum gestorben. Den Sohn, dessen wachsenden Ruhm er noch miterlebte, hat er nicht wiedergesehen. Den letzten Brief, den ihm der Doktor auf einer Bootsfahrt im Mai 1926 geschrieben hatte, bekam der alte Mann nicht mehr. Und nun ist der neue Seelenhirt Günsbachs, wie es ihm zusteht, in das Pfarrhaus gezogen. Seltsam ist es für Albert Schweitzer, dort nun plötzlich kein eigenes Zuhause mehr zu besitzen. Es ist dem Doktor zumute, als sei eine Wurzel seines Wesens verdorrt.

Gewiß — er hat ja sein Haus in Königsfeld, dessen Ehrenbürger er ist und wo Frau und Tochter ihn erwarten. Aber wird er je eine so innige Beziehung zu diesem gemütlichen Ort im Schwarzwald entwickeln können wie zu dem kleinen Weiler im Münstertal, wo er die ersten Schritte tat? Die eigene Tochter ist inzwischen acht Jahre alt geworden. Ist es verwunderlich, wenn sie den Vater zuerst kaum noch kennt, wenn es sogar seine Zeit braucht, die enge, herzliche Beziehung zwischen Albert und Helene Schweitzer wieder zu festigen? Es ist den beiden manchmal, als läge ein halbes Menschenleben zwischen dem Weggang und dem Wiederkommen des Doktors. Der Denker, der Musiker, der Schriftsteller Albert Schweitzer kam in diesen letzten Urwaldjahren kaum zur Geltung. Der Tatmensch hat sich vorgedrängt. Als Urwaldbezwinger und Baumeister mit den schwielig gewordenen Händen ist er zurückgekehrt.

Fast wie ein Schock wirkt es auf Albert Schweitzer, daß sein „gedrucktes Ich", der Name, der auf seinen Büchern steht, inzwischen in der Welt nicht nur weitergelebt hat, sondern gewachsen ist. Europa ruft nach dem Denker und Musiker Schweitzer. Es hat seine Werke gelesen und in einer Zeit, die große Männer gern in Pantoffeln zeigt oder aber rücksichtslos demaskiert sehen will, um sich über die Kleinheit der Zeitgenossen zu trösten, staunend eine echte Persönlichkeit entdeckt. Es könnte einfach nicht gelingen, diese große Persönlichkeit nur als ein Bündel von Reflexen und Komplexen, Enttäuschungen und Größenwahn zu analysieren und so auf das Durchschnittsniveau herabzuziehen.

„Was für ein Kerl . . .", sagen die Leute, wenn Albert Schweitzer jetzt wieder Tag um Tag von Vortrag zu Vortrag, von Orgelkonzert zu Orgelkonzert fährt und doch scheinbar bei allen Anstrengungen lustig und gutgelaunt bleibt. Viele bestaunen ihn allerdings mehr als eine Art von Rekordmann, denn das Zeitalter des Sports hat begonnen. Welch ein Weltmeister an Gelehrsamkeit und Können! Und wieviele Doktordiplome und andere Auszeichnungen er so allmählich sammelt! Fast so viele Preise wie der Langstreckenläufer Nurmi!

Andere wieder bewundern ehrlich die Universalität des Mannes. Sie sehen, wie jede seiner vielfachen Begabungen von den anderen Stütze und Anregung erhält, wie hier, im Zeitalter wachsender Spezialisierung, einer in vielen Sätteln gerecht ist. Als Albert Schweitzer 1928 den Goethepreis der

Stadt Frankfurt erhält, fühlen sich zwar ein paar „Berufs-
gelehrte" bemüßigt, seine Leistungen als Philosoph und Theologe zu bekritteln, aber die meisten Geistigen stehen doch
verblüfft vor dem Phänomen Schweitzer. Immer weiß er sie
durch eine andere unvermutete Seite seiner Persönlichkeit
zu überraschen. Wenn zum Beispiel die Herren Professoren
nach seinen Vorträgen beim Zusammensein am Wirtshaustisch
ihn und sich selbst mit ihrer Fachsimpelei anzuöden beginnen,
dann holt er allerdings gleich aus seinem Gepäck einen Neger-
fetisch hervor, amüsiert die Tafelrunde mit recht grausig-
komischen Geschichten über Urwaldmagie und zaubert im
Handumdrehen die akademische Langeweile weg.

Und dann gibt es noch eine dritte, ständig zunehmende
Gruppe von Menschen, die Schweitzer verehren. Es sind jene
vielen nach einem Halt, einem Glauben, einer Hoffnung
Suchenden, die ihn erstmals schon im Jahre 1928 vor einer
Wiesbadener Kirche nach seinem Orgelspiel und von da ab
immer häufiger, wo er sich öffentlich zeigt, auf der Straße
erwarten. Sie spüren undeutlich, daß dieser Mann, der in einem
Zeitalter der Partei- und Interessenkämpfe, des Brotneides,
der Karrieremacherei, der brutalen Ellbogengewalt mit seinem
Werk in Afrika eine uneigennützige Liebestat vollbrachte,
die eine leuchtende Ausnahme ist; einer von den wenigen
Gerechten, um derentwillen Sodom und Gomorrha hätten
gerettet werden können. Er hat im Zivilisations-Urwald
der Meinungen und Parolen, Dunkelheiten und Widersprüche
eine Lichtung gerodet und darauf die einfachen und klaren
Gebäude seines Lebens und Denkens errichtet. Gewiß, Albert Schweitzer mag wichtig für Afrika sein, aber es scheint
mehr und mehr, daß er durch seine ungewöhnliche Tat als
Mahnung und Leuchte für ein zweifelndes und irrendes

Europa noch wichtiger wäre. Dort unten in Lambarene heilt er kranke Körper, hier in Europa führt er manche kranke Seele auf den Pfad zur Besserung.

Ein Heiliger also? Nein, der Vorstellung, die man sich von einem Heiligen macht, entspricht er eigentlich nicht. Er ist nie in mystischer Ekstase, sondern immer vernünftig, erdig, mit beiden Bauernbeinen auf dem Boden. Und wie schallend er lachen kann! Eine junge Ärztin, die sich ihm als Gehilfin für Lambarene anbietet, fragt er ganz zuerst: „Können Sie auch lachen?" Denn das scheint ihm die wichtigste Eigenschaft, wenn man mit Kranken zu tun hat.

Erst als sie diese Frage mit recht perplexem Gesicht bejaht hat, erkundigt er sich nach ihrer fachlichen Ausbildung.

Seine Bescheidenheit erinnert allerdings an das Leben der Heiligen. In seinen alten Anzügen, seinem abgetragenen Lodenmantel, mit immer dem gleichen verdrückten Hut auf dem buschigen Haar fährt er auf den harten Holzbänken der dritten Klasse durch ganz Europa, nach Deutschland, der Schweiz, nach Holland, Schweden, Dänemark, England und Schottland, um für sein Werk zu sammeln, Ehrendoktorate zu empfangen, Ehrenbürgerschaften anzunehmen. Als sich einer der Veranstalter in einer Schweizer Stadt entschuldigt:

„Wir haben leider kein Zimmer mit fließendem Wasser für Sie bekommen ...", erhält er zur Antwort:

„Macht gar nichts. Ich bin ja schließlich keine Forelle."

Alles Geld, das er bei seinen anstrengenden Vortrags- und Musikreisen bekommen kann, gibt der Doktor seinem Werk, das immer größere Geldmittel braucht, weil es immer mehr

Kranken helfen muß. Doch den Goethepreis benutzt er dazu, um sich in Günsbach, der seit dem Tode des Vaters halbverlorenen Heimat, ein eigenes Haus zu bauen. Hier sollen seine Bücher stehen und die immer zahlreicher werdenden Übersetzungen seiner Werke in alle Weltsprachen. Hier werden seine persönlichen Erinnerungen aufgehoben, hier will er, so oft er nach Hause kommt, rasten, hier werden aber auch seine Arzthelfer und Schwestern, wenn sie auf Europa-Urlaub sind, sich erholen können.

„Goethe hat mir mein Haus gebaut", pflegt er zu sagen. Gleichzeitig pachtet Albert Schweitzer auf Lebenszeit von der Gemeinde Günsbach für den symbolischen Betrag von jährlich einer Mark jenen Felsen am Kanzelrain, der an der Straße von Günsbach nach Münster liegt. Auf ihm saß er so gern und so oft als junger Mensch. Auf ihm wird er sich auch in späteren Jahren immer wieder ausruhen, so oft er in Günsbach zu Besuch ist. Von hier aus hat er den schönsten Blick in das glückliche Tal, das Tal seiner Kindheit.

Der Baumeister Schweitzer ist in seinem neuesten Element, als er die Pläne für das Haus entwirft. Bequem soll es sein, einfach, hell und friedlich. Vor allem aber, so erklärt er bei der Wahl des Platzes, müsse es möglichst geschützt liegen vor eventuellem Kanonenbeschuß von den Günsbach umringenden Bergen.

Hat man das richtig gehört, was der Doktor von dem „Kanonenbeschuß" sagte? Man sieht ihn erstaunt an, denn 1929 will noch niemand an einen neuen Weltkrieg glauben. Albert Schweitzer aber sieht die Schatten heraufziehen. Als er am 29. November 1929, diesmal begleitet von seiner Frau, von Straßburg aus zu seinem dritten Lambarene-Aufenthalt hinausfährt, hat es gerade in Amerikas und Europas Wirtschaft zu kriseln begonnen. Noch haben erst wenige begriffen, daß der Bankkrach in der Wallstreet vom vorhergehenden Oktober sich wie eine große Erschütterung weiter fortpflanzen wird, noch nimmt man in Deutschland die bereits in allen Dörfern und Kleinstädten auftauchenden Parteiredner der Nationalsozialisten viel zu wenig ernst.

„Wenn wir Europa bei der Rückkehr nur noch so vorfinden wie das letztemal...", sagt der Doktor. Dann beugen er, Helene Schweitzer und die beiden als Ärztinnen und Pflegerinnen mitfahrenden Begleiterinnen sich über die Korrekturbögen seines neuesten Buches: „Die Mystik des Apostels Paulus".

XVIII.

OASE DES FRIEDENS

EINE SELTSAM gegenläufige Entwicklung beherrscht von nun an Albert Schweitzers Leben: während in Lambarene, dem einen Pol seiner Existenz, das Chaos der ungeregelten Natur, nun, da das Schlimmste geschafft ist, in stetigem Ringen einer harmonischen Ordnung weicht, gerät Europa, Wurzelgrund und Ankerplatz Schweitzers, immer tiefer in Widerspruch und Unordnung hinein. In seiner „zweiten Heimat" Afrika findet Albert Schweitzer bei seiner dritten Rückkehr, daß sein Spitaldorf in eindreiviertel Jahren seiner Abwesenheit, unter Leitung treuer ärztlicher Freunde und ergebener freiwilliger Krankenschwestern, sich nicht nur so hielt, wie er es verließ, sondern kräftig weiterentwickelte. Und so wird es bei jeder späteren Rückkehr des großen Mannes sein. Sein „Kind", seine „Schöpfung" Lambarene hat gelernt, ohne ihn eigene Schritte zu machen. Er empfindet es wie jeder Vater halb mit Stolz, halb mit uneingestandenem Bedauern. Nie zuvor sind soviele Kranke operiert worden — in einem einzigen Jahre verdoppelt sich die Zahl der schweren chirurgischen Eingriffe auf beinahe fünfhundert —, nie zuvor kamen die Eingeborenen von so weit her aus dem Inneren, um im Spital am Ogowefluß Erlösung von ihren Leiden zu finden.

Da wächst jetzt unter der Pflege der Frauen ein veritabler Obstgarten rund um das Spital heran. „Wir müssen eben so viele Bäume und Sträucher pflanzen", sagt der Doktor, „daß niemand mehr in Versuchung kommt, Früchte zu stehlen, weil sowieso für jeden genug da sind." Es gibt jetzt Pumpen und Brunnen, ja sogar ein Badezimmer mit zwei Zementwannen, einen Eisschrank und — eine wunderschöne, vom Elsaß hergesandte Glocke, die am Abend zum Schlaf und am Sonntag zum Gebet läutet. „Die Glocke ist die Stimme Gottes", sagen die Schwarzen, „der Gong, der am Morgen zur Arbeit ruft, ist die Stimme des Doktors."

Und immer wird weitergebaut. Eine Baracke für die Tuberkulösen, ein Eßraum, ein Trakt mit Besuchszimmern, besser isolierte Zellen für die Geisteskranken, ein spezieller Saal für Schwerkranke, ein besonderes Gebäude, in dem Gebärende und Säuglinge untergebracht sind: auf vierzig Bauten ist das Dorf der Barmherzigkeit angewachsen, als das dritte Jahrzehnt des Jahrhunderts zu Ende geht, und noch wachsen die Pflanzungen tiefer in den Urwald hinein.

Die Einrichtung einer besonderen Gebär- und Säuglings-Abteilung geht wohl auf Helene Schweitzer zurück. Im Urwald sollte nachgeschaffen werden, was sie einst in Straßburg angeregt und durchgesetzt hatte: ein Heim für elternlose, mütterlose Kinder, zugleich eine Stätte, wo eingeborene Frauen, unbekümmert um die Tabus und Aberglauben ihrer Umgebung, gebären könnten. Wie erstaunlich wenig die hiesigen Neger von der Säuglingspflege verstehen! Ihr vielgerühmter „Naturinstinkt" scheint sie da kaum zu lenken. Sonst würden sie nicht kranke Babys in kaltem Wasser baden oder den kleinen Würmern, die noch nicht einmal eine Woche auf der Welt sind, ihren mit schwarzen Rußpunkten gesprenkelten Reisbrei ins Mäulchen stopfen. Die abnorm hohe Säuglingssterblichkeit in der Region geht wirklich bald zurück. Es ist ein Zeichen wachsenden Vertrauens, daß immer mehr Mütter zum „weißen Doktor" ins Spital gehen, sobald sie die Stunde der Niederkunft ahnen. Allerdings — auch in Doktor Schweitzers Spital wird das winzige, kreischende Wesen, kaum daß es das Licht der Welt erblickte, im ganzen Gesicht mit weißer Farbe bestrichen. Das soll die bösen Geister verscheuchen. Der Christ Schweitzer ist klug genug, gegen diese tiefsitzende heidnische Tradition nicht anzukämpfen, ja meist fragt er sogar selbst, wenn ihm eine neue Geburt gemeldet wird: „Habt ihr auch nicht vergessen, das Kind zu bemalen?"

So waltet über der Mütter- und Säuglingsbaracke das immer freundliche und gemütliche Fräulein Koch, der gute Geist der Frau Doktor. Helene Schweitzer aber hat leider abermals vor dem Klima den Rückzug antreten müssen. Ehe noch Albert Schweitzer von seinem dritten Afrikaaufenthalt nach Europa zurückkehren konnte, hat seine treue Lebensgefährtin das Schiff nach Europa nehmen müssen. Sie hat es gelernt, zu verzichten, sie weiß, daß der Gatte seinem Lebenswerk gehört. Dennoch: leicht wird es in Zukunft nicht sein, sich immer für ihn bereitzuhalten, immer wieder auf ihn zu warten. Ein wenig — das ist ein wunder Punkt, aber man darf sich nicht scheuen, ihn zu berühren — muß sich Helene Schweitzer auch von den anderen Frauen, die des Doktors Helferinnen geworden sind, zur Seite gedrängt vorkommen. Oft scheinen einige dieser opferfreudigen und tüchtigen Fräuleins zu vergessen, daß „ihr" Doktor Schweitzer, dem sie nachfolgen wie Jüngerinnen einem Propheten, nur aus der Kraft seiner Ehe das schaffen konnte, was sie nun gleich einem Augapfel so eifersüchtig hüten. Ist es nicht manchmal, als richteten sie — unabsichtlich — einen Wall zwischen Albert und Helene Schweitzer auf?

Wie ein Symbol erscheint es, daß der Doktor seine geliebte Frau, seinen besten Kameraden, Helene Schweitzer-Breslau, bei der Abreise aus Afrika nicht einmal selbst zum Schiff bringen kann. In letzter Minute ist ein weißer Geisteskranker eingeliefert worden und nur Schweitzer persönlich darf die notwendigen Formalitäten zu seiner Internierung bei den Behörden erledigen. Schrecklich einsam fährt Helene diesmal auf dem Flußdampfer hinunter nach Kap Lopez.

Nun — so wird der Doktor eben versuchen, jetzt öfter nach Hause zu kommen, um doch häufiger mit seiner Familie zusammen sein zu können. Viermal ist er von 1932 bis 1939 nach Europa gereist, jedesmal von wachsender Sorge um das Schicksal der Welt erfüllt. Denn seine bösen Ahnungen haben sich seit dem November 1929 womöglich noch verstärkt und bekommen mit jedem Jahre deutlichere Bestätigung. Als ihn die ehrende Aufforderung erreicht, am hundertsten Todestag Goethes in Frankfurt die Festrede zu halten, weist er sie zuerst zurück, da ihm andere Goethekenner und Goetheforscher in Deutschland befugter scheinen, über den Dichterfürsten zu sprechen. Aber da man in der alten Reichsstadt darauf besteht, gerade jetzt Schweitzers Stimme zu vernehmen, entschließt er sich doch zu der Reise. Er schreibt nun während der Dampferrückfahrt seine vielleicht tiefste und schönste Rede, die sich wie eine letzte Warnung vor dem vorübergehenden Hinabtauchen Deutschlands in die Finsternis anhört.

Deutschland steht, als Schweitzer es zum ersten Male seit vielen Monaten wiedersieht, im Schatten der Wirtschaftskrise. Die Zahl der Arbeitslosen hat eine Höhe von vielen Millionen erreicht. In Saal- und Straßenschlachten wird ein tatsächlich bestehender, aber offiziell nicht anerkannter Bürgerkriegszustand offenbar. Überall fehlt es an Geldmitteln, und nicht zuletzt das Bildungswesen beginnt gerade im Goethejahr fühlbar darunter zu leiden. Doch mehr noch als von der materiellen Not, von der jedermann spricht, wird Albert Schweitzer bei seiner diesmaligen Rückkehr von der seelischen Not seiner Mitmenschen erschüttert. Die einzelnen haben nicht nur ihre wirtschaftliche, sondern auch ihre geistige Freiheit weitgehend verloren. Was kann ihnen da die Botschaft Goethes vom wahren Menschentum noch sagen? Selbst wenn sie diese Botschaft hören, so fehlt ihnen doch wohl der Glaube an die Kraft ihrer Verwirklichung.

Mit dieser tragischen Situation, die von den meisten anderen Goethefest-Rednern ignoriert wird, setzt sich Albert Schweitzer mannhaft auseinander. Klingt es nicht wie Prophetenstimme, wenn er damals, nicht ganz ein Jahr vor dem Beginn des „Dritten Reiches", verkündet:

„In jeder Weise entwickelt sich unsere täglich unnatürlicher werdende Lage dahin, daß der Mensch in jeder Hinsicht immer mehr aufhört, ein der Natur und sich selber angehörendes Wesen zu sein, und immer mehr ein der Gesellschaft unterworfenes wird.

Da stellt sich die Frage, die wir noch vor einem halben

Menschenalter für unmöglich gehalten hätten: Hat es noch einen Sinn, an dem Ideal persönlichen Menschentums festzuhalten, wo doch die Verhältnisse sich dagegen entwickeln, oder ist es nicht im Gegenteil geboten, daß wir uns auf ein neues Ideal von Menschentum einstellen, demzufolge dem Menschen bestimmt ist, eine andersgeartete Vollendung seines Wesens in dem restlosen Aufgehen in der organisierten Gesellschaft zu erreichen?

Aber was ist das anderes, als daß wir, wie Faust, uns in furchtbarer Verirrung von der Natur loslösen und der Unnatur überantworten?

Überhaupt, was ist das, was in dieser grausigen Zeit vor sich geht, anderes als eine gigantische Wiederholung des Faustdramas auf der Bühne der Welt? In tausend Flammen brennt die Hütte von Philemon und Baucis! In tausendfacher Gewalttätigkeit und tausendfachem Morden treibt entmenschte Gesinnung ihr frevelhaftes Spiel! In tausend Fratzen grinst uns Mephistopheles an! In tausendfacher Weise hat sich die Menschheit dazu bringen lassen, das natürliche Verhältnis zur Wirklichkeit aufzugeben und ihr Heil in den Zauberformeln irgendeiner Wirtschafts- und Sozialmagie zu suchen, die die Möglichkeit, aus dem wirtschaftlichen und sozialen Elend herauszukommen, nur immer in weitere Ferne rückt!

Und der grausige Sinn dieser Zauberformeln, welcher Art von Wirtschafts- und Sozialmagie sie auch angehören, ist immer eben dieser, daß der einzelne sein materielles und geistiges Eigendasein aufzugeben und nur noch als ein Angehöriger einer materiell und geistig restlos über ihn verfügenden Vielheit zu existieren habe.

Daß einmal die wirtschaftlichen Verhältnisse in dieser

Weise auf eine Zerstörung der materiellen Selbständigkeit des einzelnen hinarbeiten würden, konnte Goethe nicht voraussehen."

Der Redner, der da am 22. März 1932 auf der Bühne des Frankfurter Opernhauses steht, hat Angst um die festlich Ergriffenen, deren Gesichter wie Schemen aus dem Halbdunkel zu ihm hinaufleuchten. Schweitzer spricht ohne Manuskript. Es steht nicht einmal ein Pult vor ihm, und darum fühlt mancher sich von ihm angesprochen wie von einem besorgten Freunde, als er nun beschwörend ausruft:

„Gebt das Ideal persönlichen Menschentums nicht preis, auch wenn es den Verhältnissen, wie sie sich ausgebildet haben, zuwiderläuft. ... Bleibt Menschen mit eigener Seele. Werdet nicht Menschendinge, die sich eine auf den Massenwillen eingestellte und mit ihm im Takt pulsierende Seele einsetzen lassen! ... Und mögen wir — denn dies entscheidet! — jeder in der uns gegebenen Möglichkeit das schlichte Menschentum des ‚Edel sei der Mensch, hilfreich und gut!‘ auch zur Tat werden lassen, daß es nicht nur als Gedanke, sondern auch als Kraft unter uns sei."

Dann leert sich das Haus, die Lichter gehen aus — zwölf Jahre später wird es, Zeugnis des Versagens einer Generation, nur noch eine ausgebrannte Hülle, ein wirrer Haufen von Stein und Metall sein.

Nach dieser Mahnung, die damals unterging im Geschrei der Massenversammlungen, hat Albert Schweitzer viele Jahre auch nicht einmal andeutungsweise zur politischen Entwicklung Stellung genommen. Er setzt seinen Namen nicht unter

Manifeste, die das Dritte Reich verdammen, weil er nicht an die Kraft solcher Demonstrationen glaubt. Der tiefe Erkenntnis-Pessimismus in bezug auf die Gesamtentwicklung der Menschheit, den er in bewußtem Widerspruch seinem Optimismus der Tat entgegenstellte, schien ihn zu lähmen. „Mein Platz ist nicht in der Politik", antwortete er Menschen, die ihn baten, doch seine Stimme gegen das, was in Deutschland geschah, zu erheben.

Darüber, daß er die „neue Ordnung" in Deutschland zutiefst ablehnte, konnte es ja keinen Zweifel geben. Die Schicksale seiner Schwiegermutter und seines Schwagers, die als Juden verfolgt wurden, brachten ihm das Grausame in fühlbarere Nähe als vielen anderen. Freunde, wie der Prager Philosoph Oscar Kraus, der zartbesaitete Stefan Zweig, mußten leiden und fliehen. Wie schwer, ja fast unmöglich war es, Stefan Zweig, den Schweizer im Londoner Exil besuchte, zu überzeugen, daß all dies einmal vorbeigehen werde und man nur die Kraft haben müsse, die dunklen Jahre zu überleben. An einem regnerischen Tage gingen die beiden Männer, die schönere Zeiten gekannt hatten, in einer häßlichen Londoner Straße auf und ab, es war um sie schon die Trauer des späteren Freitodes von Stefan Zweig, des unfaßbaren Opferganges von Millionen seiner „Rassegenossen".

Niemals in diesen Jahren, da die Hakenkreuzfahne über Deutschland wehte, hat Schweitzer Deutschland besuchen oder gar dort öffentlich sprechen wollen. Man streckte aus dem Propagandaministerium offizielle Fühler nach ihm aus. Gar zu gerne hätte man den als Künder deutschen Geistesgutes weltbekannten Mann für das undeutsche Hitlertum eingespannt. Einmal kam mit der Post auch ein Brief Dr. Goebbels' nach Lambarene. „Mit deutschem Gruß" wurde da dem Urwalddoktor vorgeschlagen, er möge doch in Deutschland wieder Vorträge halten und Orgelkonzerte geben. Schweitzer schrieb höflich, aber eiskalt ab und setzte unter den Brief die Grußformel: „Mit zentralafrikanischem Gruß!"

Als Schweitzer zum letzten Male nach zweijährigem Afrikaaufenthalt im Januar 1939 nach Europa reiste, legte er sich auf Grund der Nachrichten, die er in der Bordzeitung las und am Schiffsradio hörte, Rechenschaft darüber ab, daß der Krieg aller Wahrscheinlichkeit nach im gleichen Jahre noch ausbrechen würde.

Und nun, da er in Bordeaux landet, tut der weitsichtige Mann etwas Ungewöhnliches: er läßt sein Gepäck bis auf das Notwendigste an Bord des Dampfers, denn er will mit dem gleichen Boot sofort wieder nach Afrika zurück.

Nur zwölf Tage blieben ihm bis zum Abgang des Schiffes, nicht einmal ganz zwei Wochen, die er bis zur letzten Minute ausnutzen mußte, um noch möglichst viel unter Dach und Fach zu bringen, bevor der große Wirbelsturm beginnen mußte.

Die meisten Freunde aber schütteln den Kopf:

„Der Albert sieht wieder einmal zu schwarz."

Schon am 3. März 1939 fährt Albert Schweitzer wieder auf dem Flußdampfer aus der Bucht von Kap Lopez in den Ogowe ein. Noch schwereren Herzens als sonst hat er Frau und Kind diesmal in Europa zurückgelassen, denn er ist fest davon überzeugt, daß der Krieg unvermeidlich geworden ist und leider auch, daß die Überklugen, welche von einem „Blitz-Krieg" sprechen, der schlimmstenfalls drohe, sich genau so irren wie 1914.

„Während wir zwischen den waldigen Ufern, die sich uns auftun, das Meer außer Sicht bekommen, frage ich mich mit Bangen, was sich alles ereignet haben wird, wenn ich einmal wieder aus dem Fluß ins Meer hinausfahren werde", teilt der Doktor den Freunden später mit.

Und wirklich: es werden mehr als neun Jahre darüber vergehen!

Die letzten fünf Monate bis zum Kriegsausbruch „mobilisiert" Albert Schweitzer alle seine Mittel, die Hilfe aller seiner Freunde:

„Wir müssen uns auf eine lange Zeit des Abgeschnittenseins vorbereiten", betont er immer wieder. „Was ihr jetzt noch tun könnt, das tut ihr doppelt!"

Dieser energische Appell lohnt sich: bis auf eine stark verspätete Sendung, die ein halbes Jahr nach Kriegsbeginn mit dem Passagierdampfer „Brazza" versenkt wird, bekommt er, der Gewittergewohnte, alles unter Dach und Fach, ehe das Superunwetter, von Menschenhand vorbereitet, losbricht.

Trotzdem sieht sich der Doktor gezwungen, eine ganze Anzahl von Kranken, die weit aus dem Inneren gekommen waren, um von lästigen Tumoren befreit zu werden, ohne Operation vorläufig in ihre Heimat zurückzusenden. Denn alles kostbare Operationsmaterial muß für die dringenden Fälle, bei denen es sich um Leben oder Tod handelt, bereitgehalten werden. Es sind herzzerreißende Szenen, die sich bei dieser Rückweisung der Kranken abspielen. Dennoch — es geht nicht anders.

Ungewohnt leer, ja geradezu verödet erscheint den Zurückgebliebenen jetzt das Spital, in dem nur noch für die Schwerkranken und Geisteskranken gesorgt werden kann. Der Ungar, Dr. Ladislas Goldschmid, der als rassisch Verfolgter schon in den dreißiger Jahren zu Doktor Schweitzer stieß und sich als ein meisterhafter Operateur buchstäblich in ganz Afrika hohen Ruf errungen hat, und Fräulein Doktor Anna Wildikann, die auf abenteuerlichen Wegen nach Kriegsbeginn aus dem Baltikum nach Zentralafrika gekommen ist, teilen sich mit Doktor Schweitzer in die ärztliche Arbeit. Bei dem stark eingeschränkten Betrieb des Spitals finden der Doktor und seine Mitarbeiter mehr Muße als früher.

Doch noch einmal füllt sich das „Dorf der Barmherzigkeit" in beinahe erschreckender Weise: im Oktober und November kämpfen französische Einheiten, die der Vichyregierung die Treue halten, und Anhänger General de Gaulles um den Besitz der Kolonie Gabon. Dabei gerät Lambarene ins Kampfgebiet. Täglich brummen Flugzeuge tief über dem Urwald, es werden Artillerieduelle ausgefochten, Kanonenboote eingesetzt und regelrechte kleine Schlachten um einzelne strategisch wichtige Punkte geschlagen.

Sehr schnell hat es sich bei den Bewohnern der Gegend herumgesprochen, daß Doktor Schweitzer von den Anführern beider Parteien die Zusicherung erhalten hat, sie würden sein Spital respektieren. So ziehen Weiß und Schwarz mit Sack und Pack und Kind und Kegel, ja sogar mit ihren Tieren auf das Spitalgelände. Hier finden sie Asyl, in der Friedensoase sind sie sicher. Nur ganz gelegentlich verirren sich auch dorthin Geschosse. Der Doktor ist sofort dabei, alle Häuser, die dem Ort der Kampfhandlungen, dem Dörfchen Lambarene, zugekehrt liegen, mit Wellblech zu verstärken.

Eines dieser Häuser wird von nun an scherzhaft „der Panzerkreuzer" genannt.

Mehr denn je tritt in diesen kritischen Tagen der tiefe Charakter des Werkes von Albert Schweitzer deutlich zutage. Das Stückchen Erde, das er dem Urwald abgerungen hat, ist eben mehr als ein Spital, es ist ein Modell dessen, was sein könnte, wenn mehr Liebe und Güte in der Welt herrschen würden. Hier haben sich nun seit 1913 Menschen fast aller europäischen Nationen helfend über die kranken schwarzen Brüder gebeugt, hier gab es keine Verfolgung aus rassischen oder politischen Gründen, hier hat man alles Leben respektiert und zu erhalten gesucht. Lambarene ist wie eine Arche inmitten der großen Sintflut, bewohnt von Negern und Weißen, Protestanten, Katholiken, Juden, Heiden, Katzen und Hunden und Ziegen und zahmen Wildschweinen und Pelikanen und Menschenaffen und Antilopen.

So sicher ist Noah Schweitzer des Sinnes seiner Aufgabe, daß er nicht einmal sehr neugierig zu sein scheint, in Erfahrung zu bringen, ob die Wasser sich schon verlaufen haben. Ein Radio besitzt das Spital zunächst nicht, der Besitz eines Apparates wird vom Doktor auch nicht gewünscht. Nur aus dem zweimal wöchentlich erscheinenden, mit der Schreibmaschine getippten Nachrichtenbulletin erfahren die Spitalsleiter etwas über den Fortgang des Krieges. Gelegentlich bringt ein weißer Patient ein Empfangsgerät mit. Er wundert sich dann, daß die Ärzte und Schwestern gar nicht besonders interessiert zu sein scheinen, daß man ihnen die gehörten Kriegsnachrichten weitererzählt.

Doch da erscheint im August 1941 ein Augenzeuge des Zeitgeschehens in Lambarene und berichtet in bewegten Worten von der Massentragödie des französischen Rückzuges. Es ist niemand anders als die Frau Doktor selbst. Sie hat alle Ratschläge der Ärzte, die ihr besorgt von einem neuerlichen Aufenthalt in Lambarene abrieten, in den Wind geschlagen und seit dem Fall Frankreichs alles darangesetzt, zu ihrem Gatten zu gelangen.

Ohne zu großes Bedauern verließ Helene ihr Haus im Schwarzwald. Wie eine Vorahnung muß es ihr jetzt erschienen sein, daß sie und ihr Mann, als sie dieses Heim im Jahre 1923 bauten, die beiden folgenden Sprüche in die Balken über dem Eingang eingekerbt hatten:

„Dieses Haus ist mein und doch nicht mein,
Wer nach mir kommt,
Bleibt auch nicht drein."

Das war der eine Spruch. Der andere lautete:

„Denn wir haben hier keine bleibende Statt,
Sondern die zukünftige suchen wir."

Oft genug mag Helene Schweitzer an diese Lebensweisheiten gedacht haben, als sie vom Elsaß her kommend mit Hunderttausenden von Menschen im Zug, im Auto, zu Fuß durch Frankreich vor dem Vordringen der Front flieht, verfolgt vom Kreischen der Sturzkampfflieger, aufgeschreckt von der Explosion der Bomben.

Nach dem Waffenstillstand vom Juli 1940 war Helene Schweitzer Tag um Tag auf die in den ehemaligen Kurhotels eingerichteten Regierungsbüros gegangen.

„Bitte, geben Sie mir die Ausreise-Erlaubnis nach Gabon. Ich muß zu meinem Mann."

„Füllen Sie dieses Formular aus ..."

„Aber ich habe doch schon zwanzig ähnliche Anträge gestellt."

„Stellen Sie den einundzwanzigsten!"

Schließlich bot man der immerhin schon über sechzigjährigen Frau nicht einmal mehr einen Stuhl an. Das störte sie aber nicht. Mit eiserner Hartnäckigkeit gelang es ihr schließlich doch, die notwendigen französischen Dokumente zu erhalten.

Nun mußte noch eine Fahrgelegenheit gefunden werden. Direkten Schiffsverkehr gab es im Frühjahr 1941 von Bordeaux aus nach dem zu den „gaullistischen Rebellen" abgefallenen Zentralafrika nicht mehr. Die einzige Schiffsverbindung von Europa ging ab Portugal. Also mußten erst noch spanische und portugiesische Durchgangsvisen beschafft werden, die aber nur gegeben wurden, wenn der Antragsteller beweisen konnte, daß er einen Schiffsplatz besitze.

Abermals vergingen viele Wochen im Kampf mit bürokratischer Engstirnigkeit.

„Bitte bringen Sie uns eine Einreise-Erlaubnis nach Belgisch-Kongo oder Gabon...", bestand der portugiesische Konsul.

„Sie wissen doch, daß beide auf alliierter Seite sind und schwerlich in Vichy eine Vertretung haben können."

„Ja, dann weiß ich auch nicht, Madame ..."

Nun, selbst das wurde endlich überstanden. Es folgte noch die umständliche Reise auf einem überfüllten, nicht gerade sauberen Schiff und die stockende Weiterfahrt mit Bahn und Auto auf afrikanischem Boden.

Nach all diesen harten Gedulds- und Energieproben hatte der Urwald für Helene Schweitzer keine Schrecken mehr!

Sie wurde während der nächsten Jahre wieder allen klimatischen Schwierigkeiten zum Trotz die unermüdliche Helferin ihres Gatten. Ihr Mann notiert:

„Meine Frau übernimmt der Reihe nach Vertretungen. Sie ermöglicht es so, daß die seit Kriegsbeginn ohne Unterbrechung arbeitenden Pflegerinnen sich zum erstenmal etwas mehr Ruhe gönnen können. Auch widmet sie sich der Instandsetzung des Operationsmaterials, hilft überall aus, wo es gerade not tut, und unterstützt mich mit der Erledigung der Korrespondenz."

So ließ das böse Kriegsgeschehen die alte, ganz enge Partnerschaft von Albert und Helene Schweitzer neu erstehen.

„In Lambarene nichts Neues . . .", so könnte man die folgenden Kriegsjahre zusammenfassen. „Nur" der ewig gleiche Kampf gegen Krankheit und Tod, ermöglicht vor allem durch tatkräftige Hilfe amerikanischer Freunde. Nur? Ist das nicht genug?!

Manchmal könnte man in dieser blühenden, geordneten Siedlung vergessen, daß Krieg ist, und es gibt kaum einen der weißen Helfer, der deswegen nicht manchmal ein schlechtes Gewissen verspürt. Wie beredt schreibt Schweitzer darüber:

„Obwohl wir nicht ständig auf dem laufenden sind, sind wir doch stets durch das Furchtbare, das sich fort und fort ereignet, beschäftigt und bedrückt. Wir sorgen uns um so viele uns nahestehende Menschen, die durch die Ereignisse gefährdet sind. Es überkommt uns wie eine Scham, daß wir hier genügend zu essen haben, während Millionen in der Ferne Hunger leiden. Die Nachrichten von dem, was in den Gefangenenlagern geschieht, von der Mißhandlung der Juden und von den Leiden, die die verschleppten Bevölkerungen erdulden, erfüllen uns mit Entsetzen. Die Not der Holländer, von der wir erst nach und nach erfahren, erschüttert uns.

Wir wissen es voneinander, daß wir uns alle täglich aus der ständigen Niedergeschlagenheit zu der Arbeit, die es zu tun gibt, aufraffen müssen. Miteinander erleben wir es fort und fort als etwas Unbegreifliches, daß wir, während andere zum Leiden verurteilt sind oder eine Leiden und Tod verursachende Tätigkeit ausüben müssen, das mitleidsvolle Helfen zum Beruf haben dürfen. Daß wir in dieser Weise begnadet sind, gibt uns täglich neue Kraft zur Arbeit und macht uns diese kostbar."

Am 14. Januar 1945 wird Albert Schweitzer siebzig Jahre alt. Wäre er jetzt zu Hause im Elsaß — wie würde man ihn feiern! Aber vielleicht ist es sinnvoller, daß er nun bei Erreichen des biblischen Alters hier in seiner zweiten Heimat weilt, umringt von Mitarbeitern und dankbaren Kranken.

Es ist eine vom Thomasstift nach Lambarene übernommene Tradition, daß das Geburtstagskind sein Menü selber bestimmen darf. Albert Schweitzer hat sich — Höhepunkt feinschmeckerischer Ansprüche im Urwald! — Bratkartoffeln gewünscht, die hier eine so feine und seltene Speise sind wie höchstens Kaviar in Europa.

Doch der Doktor darf nur ganz wenig von dieser für ihn bereiteten „Delikatesse" kosten. Mit größter Gewissenhaftigkeit hält er sich an seine Diät, auch wenn er deshalb manchmal nur halbgesättigt vom Tische aufstehen muß. Wie er jetzt mit der Gabel ans Glas schlägt und es dreimal klingen läßt, erscheint der große, breitschultrige Mann mit dem weißen Haarschopf immer noch kräftig und heiter, so wie ihn einst Romain Rolland empfand, als er ihm den Beinamen „der lachende Löwe" gab.

„Liebe Freunde", sagt Schweitzer, „ich merke zu meinem Schrecken, daß ich verhext war. Das kommt von der achteckigen Uhr dort drüben, die jeden Tag fünfundzwanzig Minuten nachgeht. Ich — ging auch nach. Und als ich am vergangenen 9. November anhalten mußte, begriff ich mit einem Male: Du bist ja gar nicht 65 Jahre, sondern ... schon 70! Nehmt die Logarithmentafeln und rechnet nach. Ihr werdet konstatieren, es stimmt.

In diesen siebzig Jahren habe ich alle meine Wünsche erfüllen können. Ich bin völlig zufrieden mit meinem Leben. Das Schicksal hat mich immer begünstigt. Beispiel: mein Kant, der war wirklich nichts Besonderes, aber mein Freund Holtzmann hat ihn seinem Verleger zusammen mit seinen eigenen Werken empfohlen. Und statt für den Druck der Doktorarbeit zu zahlen, habe ich noch Autorenhonorare bekommen. Und so ging es mir mit allem ...

Jetzt, wo ich 70 Jahre alt bin, werde ich meine Mucken haben. Ich werde alles nach meinem Kopf machen wollen, und man muß es mir durchgehen lassen, ohne mir lange Erklärungen abzuverlangen. Ihr könnt dann sagen: Das ist das Alter. Der ist jetzt eben so alt.

Meine Antilope hat mich heute früh liegend erwartet. Ich konnte in ihren Augen lesen: Warum mußt du dich immer rühren? Wir sind doch jetzt zwei alte Tiere, du und ich. Da konnte ich ihr lange erzählen von Pflicht und der Abhängigkeit der Menschen voneinander. Sie sah mich nur mit Augen an, die traurig über meine Unwissenheit waren und schien mir zu sagen: Sieh mich doch an und mach's so, wie ich. Ich stehe nicht einmal auf, wenn du mir mein Fressen bringst.

Ich hatte geträumt, so etwa mit 65 Jahren haltzumachen, um es mir noch wenigstens zehn Jahre meines Lebens recht süß und bequem zu machen. Ein Jahr wollte ich sozusagen als Amateur hierher kommen, dann ein Jahr nach Frankreich, um zwischen zwei Vergnügungsreisen ruhig an meinen philosophischen Büchern arbeiten und mich dabei um meine Frau, mein Kind und um meine Enkel kümmern zu können.

Ja, schön, aber leider, leider, muß ich weitermachen und ich sehe voraus, daß meine letzten Jahre noch viel härter und mit Aufgaben übervoll belastet sein werden als meine ersten Jahre. Das macht mich sehr traurig.

Wollte man meine Seele analysieren, so fände man dort drei gleiche Teile: Erstens ein Drittel Professor, zweitens ein Drittel Apotheker, drittens ein Drittel Bauer. Dazu kommen noch ein paar Tropfen „Wilder Mann".

Nun ja! Von jetzt ab werden die paar Tropfen ,Wilder Mann' noch zunehmen. Und wenn ihr findet, daß es gar nicht geht, dann nehmt weiter keinen Anstand daran. Sagt euch nur: Der Wilde bekommt bei ihm die Oberhand."

Am Abend dieses Geburtstages hörte man in Lambarene ausnahmsweise Radio. Die British Broadcasting Corporation übertrug eine Geburtstagssendung für Albert Schweitzer. Er selbst und seine Freunde konnten mit Tränen der Rührung die Schallplatte eines Bachkonzertes hören, das er vor dem Kriege an der Orgel einer Straßburger Kirche hatte aufnehmen lassen. Es war ein feierlicher Abschluß des großen Tages.

Als dann endlich am Montag, dem 7. Mai 1945, gegen Mittag die Nachricht vom Waffenstillstand in Europa bekannt wird, hat Albert Schweitzer nicht einmal Zeit sich darüber zu freuen. Denn er ist gerade dabei, in höchster Eile die Briefe fertig zu machen, die in Kürze mit dem schon auf die Post wartenden Flußdampfer abgehen sollen. Erst am Nachmittag wird die große Glocke gerührt und den Spitalinsassen das große Ereignis mitgeteilt.

Beim Abendessen ist heute jedermann voller Pläne und Gedanken. Der Doktor erzählt, wie ihm zumute war, als er seinerzeit endlich sein Militärjahr hinter sich hatte.

„Aus Übermut habe ich meinen Helm aus dem Thomasstift hinunter in die Ill geworfen...", gesteht er. „So muß sich jetzt mancher Soldat fühlen."

Dann, als die Nacht näher kommt, holt er ein Büchlein mit den Sprüchen Laotses hervor und verliest die folgenden Worte:

„Die Waffen sind unheilvolle Geräte, nicht Geräte für den Edlen. Nur wenn er nicht anders kann, gebraucht er sie... Ruhe und Frieden sind ihm das Höchste.

Er siegt, aber er freut sich nicht daran. Wer sich daran freuen würde, würde sich des Menschenmords freuen...

Bei der Siegesfeier soll der Oberführer seinen Platz einnehmen nach dem Brauch der Trauerfeiern. Menschen töten in großer Zahl soll man beklagen mit Tränen des Mitleids. Darum soll, wer im Kampfe gesiegt, weinen wie bei einer Trauerfeier."

Wenn nur auch die siegreichen Staatsmänner jetzt zuhören könnten!

XIX.

VOM RUHME VERFOLGT

1945, 1946, 1947... Albert Schweitzer wird in Europa erwartet, aber er kommt nicht. Was hält ihn in Afrika zurück? Er selbst sagt: „Die Pflicht. Jetzt fahren so viele alte, treue Mitarbeiter, die der Krieg hier bannte, zurück in die Heimat und es kommen so viele neue. Einer muß doch bleiben, der Erfahrung und Autorität hat."

Aber es muß wohl noch mehr sein, was ihn in Lambarene das sechste, siebente, achte Tropenjahr ohne Unterbrechung festhält. Es ist die Furcht, Europa in sein vom Zweiten Weltkriege so schrecklich entstelltes Antlitz zu sehen. Und noch etwas anderes: Er hat jetzt wirklich in Lambarene fest Wurzel gefaßt.

Wenn man ihn drängt, er möge doch endlich in die Heimat zurückkehren, so pflegt er den Mahner vor einen im Spitalgarten gepflanzten Strauch zu führen.

„Sehen Sie den da!" sagt der Doktor. „Das ist ein Holunder, den ich aus Günsbach herbrachte. Dort blüht er im Juli, bei uns hier fällt der Sommer und die Blütezeit in den Dezember. Wie wird sich nun der Holunderstrauch in Afrika verhalten? habe ich mich damals gefragt. Nun — er blüht im Juni u n d im Dezember! Das ist ein Beispiel, das manchem Auswanderer als Lehre dienen kann. Möge er in der Fremde zweifach Blüte tragen."

Aus der Heimat kommen immer dringendere Briefe, und kurz vor dem 73. Geburtstag langt ein Brief vom Studio Basel des Schweizerischen Rundspruchs ein, das den Doktor darüber informiert, daß man am 14. Januar über den schweizerischen Kurzwellensender eine Sendung ausstrahlen werde, die vor allem für ihn, den Doktor Schweitzer, bestimmt sei. Nur soviel könne man verraten: ein paar Freunde aus seiner Heimat Günsbach hätten die Absicht, zu ihm zu sprechen.

Und so hört denn der Doktor am 13. Januar 1948 plötzlich im Eßraum von Lambarene die Glocken des Günsbacher Kirchleins, dann aber treten dort drüben fünf Männer, fünf alte Freunde, nacheinander vors Mikrophon, um ihm im heimischen Dialekt zuzurufen: „Kehre heim, Albert Schweitzer, Du bist schon zu lange draußen geblieben."

Zuerst meldet sich der Bürgermeister von Günsbach:

„Bonschour Herr Albert. Ja, ich bens, dr Herr Maire vo Genschbach. Des hatt ich mer o nit traime losse, dass ich Eich emol par Radio zum Geburtsdai, so wir ewers Mär, Gleck wensch. Awer so esch's. En dene Sache macht die Walt halt Fortschritt. — Drei-e-sevezig Johr sen Er jetz alt. Des zählt. Un derbi kene Er net emol lawa, wea mer vernünftiger wies en dene Johr lawa sott, sondre Er bringe Eiri Johr dert züe mit Schaffe un gar noch enere so e Hitz. Die Genschbacher un die Grischbacher danga het an Eich und wenschen Eich alles Güata, agfange mit der Gsundheit. Awer ebes soll ich Eich doch üsrechta. Se sin alli a bessela bees uf Eich, dass Er so lang net heimkomme. Des esch net racht. Galda meer nix meh? Er ghere doch o uns, net nur dene Schwarze, geje dea ich awer domet nix well gsait ha. Eier vieresevezigscht Geburtsdai, oder wenigeschtens der 75scht, mean Er awer bi uns fira. Anders tüan mer's net.

Jetzt haißt's ze End komme. Dea Herr am Apparat han gsait, am Radio gehts net zöa wea am Telefon oder em Gemeineroot. Do haißt's sich kurz fasse, was ich domit o gedohn ha will. Bheat Eich Gott, leawer Herr Albert, bliewe gsund, triewe's net ze arig met em Schaffe un vergesse net heimzekomme für der 74scht. Han Er's gheert?"

Kaum ist sein Baß verklungen, so läßt sich schon eine andere vertraute Stimme vernehmen und dann eine dritte und eine vierte. Wie herzlich bitten sie den großen Bürger ihres Dorfes, er möge sie nicht ganz vergessen. Gegen den Hintergrund von wilder Urwaldmusik rühren sie an Schweitzers Heimweh:

„Ich, dr Koch Fritz, komm Eich saja, daß es ganze Derfla stolz uf Eich esch. Ich frei mi jetz schun, wann ich met Eich e Gang durch unseri Raawe un uf der Kanzerain mache derf. Hoffentlich esch' des bol. Un's versprochene Concert isch net vergasse, hoffentlig erlawe mer's bol."

„Ich, der Neef, Nochber un Pompierchef, sa Eich frank, wea trürig des fer uns esch, daß en Eirem Dorf Kender, an die zeh Johr alt, herum loife un Eich nea gsehn han, sondra em Name nooch kenne."

„Ich, dr Arnold, der Nochber, mächt, daß er wesse, daß ich in schlimme Zitte guat ewer Eier Hüs gewacht ha, as war's mis. Fer Eich esch mer nix ze vill gsee."

„Un ich, liawer Herr Schweitzer, der Lehrer Ortlieb, der Letscht, wo noch redde derf, geb Eich ze bedanga, daß net nur meer, sondern o di Kerich un d'Orijel uff Eich waarde. D'Genschbacher Glocke, wo ner under de Palme gheert han, solle Eich 's raachte Heimweh ens Harz geletta ha."

Hat diese einzigartige Rundfunksendung, die Günsbach und Lambarene zu einmaligem, erstaunlichem Zusammenklingen brachte, Albert Schweitzer schließlich bewogen, endlich „nach Hause" zurückzukehren? Oder war es einfach die Tatsache, daß nun im Herbst 1948 der Spitalsbetrieb wieder so weit normal geworden war, daß er es wagen konnte, seinen Helfern, allen voran dem tüchtigen Doktor Percy, die Zügel für eine Weile zu überlassen?

Jedenfalls schifft der Doktor sich am 1. Oktober 1948 auf dem Flußdampfer ein und fährt auf der „Foucauld" nach Europa zurück. Am 29. Oktober kann er den fünf Männern, die ihn nach Günsbach gerufen hatten, die kräftigen Hände drücken. Dann reist Schweitzer nach Männedorf am Zürichsee. Hier lebt seine Tochter Rhena als glückliche Mutter von vier Kindern. Sie hat, der Familientradition treubleibend, einen Orgelbaumeister geheiratet. Zum ersten Male in seinem Leben spielt Großvater Schweitzer, auf dessen Knien schon so viele Negerkinder gesessen haben, mit eigenen Enkeln. Was er ihnen für wahre Urwaldgeschichten erzählen kann! Sie bekommen nie genug davon. Und es sind immer neue, die der prächtige alte Herr auftischt. Mindestens zehn Jahre lang könnte er so, Abend für Abend, neben Kinderbetten sitzen, und immer noch Neues berichten von seinem Pelikan und seiner Antilope, die ihn kürzlich mit ihren Hörnern schwer verletzt hat, seinem Hunde Tschütschü, dem frechen Affen Julot und der Katze Sizi.

„Wie hast du die denn bekommen, Großvater?"

Der läßt sich nicht lange bitten: „Einmal, wie ich in die Baracke der Operierten kam, hörte ich etwas, das wie ein schwaches Miauen klang. ‚Da muß doch irgendwo eine Katze sein', sagte ich. Aber die Neger meinten: ‚Du irrst dich, Oganga. Das ist kleines Kind draußen in der Säuglingsbaracke.' Und am nächsten Tag, was höre ich? Wieder: ‚Miau ... Miau ...' So kläglich war das, so erbarmungswürdig. Nun, diesmal lasse ich mir nichts mehr erzählen. ‚Die will ich doch gleich mal holen', sage ich. Und geh' dem Miauen nach und lasse Brecheisen holen und die Beißzange und den Hammer. Dort hinter der Holzverschalung muß das Kätzchen sein und — nun ja, da ist es wirklich, das arme Wesen: ein reizendes rotgeflecktes, furchtbar scheues Wesen."

„Und dann ...?" fragen die Kinder.

„Dann wurde die Katze glücklich bis an ihr Lebensende. Ich zog sie selbst mit der Flasche auf. Immer war sie bei mir. Sie sprang auf den Tisch, wenn ich ins Behandlungszimmer kam und gebärdete sich so drollig, daß die Kranken, die sie sahen, vor Lachen ganz ihre Schmerzen vergaßen. Am Abend legt sie sich meist neben meinem linken Arm zur Ruhe hin. Dann schnurrt sie im Schlaf ..."

„Wie macht sie das denn?" fragen die Enkel wohlig gähnend.

Und der berühmte Festredner Albert Schweitzer schnurrt wie das Kätzchen Sizi, bis die Enkelkinder eingeschlafen sind ... Wie anders könnte er sonst heute abend noch hoffen, wieder an seine Arbeit zu kommen?

Denn Arbeit hat der Doktor Schweitzer natürlich auch in Europa wieder einmal mehr als genug. Er schreibt, wie er seinem Bekannten, dem Basler Pfarrer und Dozenten Dr. Fritz Buri anvertraut, an seinem „theologischen Testament", dem dritten Teil seiner Kulturphilosophie. Und er leitet natürlich aus der Ferne wie stets die Geschäfte seines Spitals, soweit das möglich ist. Mitten in ein theologisches Gespräch hinein, das er mit dem Schweizer Kollegen führt, läutet es: der Vertreter einer bekannten Basler Arzneimittelfirma ist da, um dem Doktor eine Spende seiner Fabrik anzubieten. Mühelos wechselt Schweitzer von der Diskussion über die echte oder falsche Eschatologie zu einer Debatte über das neue Leprapräparat Promin. Währenddessen liest Dr. Buri in dem Manuskript Schweitzers, das auf dem Tische liegt. Die Blätter, die er benutzt, sind — Rückseiten alter Spitalrechnungen. „Ja, ja" erklärte der Doktor, sobald der Vertreter gegangen ist, „ich halte Sparsamkeit immer noch für eine Tugend. Die heutige Jugend ist verschwenderisch. Neulich haben sie mir unten in Lambarene für eine Notiz einen ganz neuen Bogen gereicht. Da mußte ich ihnen sagen: ‚Das Spital kostet viel Geld, und wir müssen sparen‘."

Allerdings, das Spital ist groß geworden und kostet viel Geld. Vierhundert Menschen sind zu ernähren. Und es fällt nicht ganz leicht, Geld für die leidenden Neger zu bekommen. Ja, es ist jetzt viel schwerer als früher, seit es in Europa so viel Flüchtlingselend gibt. Denn das Hemd ist vielen näher als der Rock. Schweitzer selbst besteht darauf, daß ihm aus Ländern, die ein Flüchtlingsproblem zu bewältigen haben, keinerlei Spenden zukommen. So schreibt er einem deutschen Freunde, der eine Sammlung für Lambarene einleiten will, wörtlich:

„Es ist ein Grundsatz von mir, daß, solange es in Deutschland das Flüchtlingselend gibt, ich öffentlich nichts unternehme oder unternehmen lasse, um Gaben für mein Spital zu erhalten. Es darf nicht sein, daß ich Gaben den Flüchtlingen wegnehme. Ich bitte, meine Auffassung zu verstehen. Ich kann nicht anders. Ich danke Ihnen dafür, daß Sie mir helfen wollten."

Doch da kommt ein Angebot ins Haus geschneit, das überlegt werden muß: Wenn Albert Schweitzer bereit sei, bei der 200-Jahrfeier von Goethes Geburtstag in dem amerikanischen Ort Aspen eine Festrede zu halten, so wolle man ihm 6100 Dollars geben. Die Reisespesen würden natürlich besonders bezahlt.

„6100 Dollars? Wieviel ist denn das? Holt einmal die Zeitung. Das sind . . . zwei Millionen Francs! Mon Dieu, ein ganz hübsches Stück Geld! Woher kommt denn die Einladung? Aha, Chicago. Nun ja, man sollte es sich überlegen. Damit könnten wir das neue Lepraspital zu bauen anfangen. Wieder ein Haus, eine ganze Reihe von Häusern, die Goethe mir baut . . ."

An Kanzler Robert Hutchins von der „Northwestern University" in Chicago geht also eine Zusage ab. Er hoffe, auf diese Weise auch seine Dankbarkeit gegenüber den Amerikanern für die während des Zweiten Weltkrieges geleistete Hilfe persönlich überbringen zu können, teilt Schweitzer dem Einladenden mit.

Mitte Juni 1949 schifft sich das Ehepaar Schweitzer auf dem schönen, großen Schiff der Holland-Americalinie „Nieuwe Amsterdam" ein. Am 29. Juni nähert sich das Schiff der „Skyline" von Manhattan. Mit Spannung erwartet Albert Schweitzer das Auftauchen der Freiheitsstatue, die von der Hand des Colmarer Bildhauers Bartholdi stammt, dessen „trauriger

Neger" am Bruat-Denkmal ihn einst so entscheidend inspirierte.

Aber da, lange bevor das Schiff am Pier eingelaufen ist, sind schon die Schiffsreporter auf dem Zollkutter dem Dampfer entgegengekommen und klettern an Bord.

Es ist die erste Begegnung Albert Schweitzers mit einem „Jägertyp", der in Zukunft nicht aufhören wird, ihn zu beunruhigen: dem Bildjäger. Diese Art von Wilden, besonders häufig in den USA anzutreffen, aber allmählich sich über die ganze Welt ausbreitend, ist mit einer Waffe ausgerüstet, die klein, schwarz und viereckig erscheint. Sie heißt Kamera. Der Jäger trägt außerdem eine Art Köcher über der Schulter und in einer Hand ein Licht, das er beliebig aufblitzen lassen kann, wodurch sein Wild für Augenblicke völlig geblendet wird und sich von da an willenlos blöde lächelnd dem Wilden überläßt. Der Bildjäger macht sich durch gutturale Laute verständlich. Er schreit: „Heh — dreh dich nach dort!" oder er schmeichelt: „Bitte, winken Sie ‚Willkommen'!" Meist geht diese Jägerrasse rückwärts, ihre drei Augen, zwei menschliche und ein gläsernes, sind starr auf das Wild gerichtet, so bleibt kein Auge übrig, um den eigenen Weg zu beobachten, der deshalb besonders häufig in offene Bodenluken oder fahrende Autos hineinführt.

Begleitet wird der Bildjäger oft vom Schlagzeilenjäger. Dieser versteht es, aus dem harmlosesten Wort eine Knallpatrone zu machen, den unschuldigsten Satz so zu schleifen und zu schärfen, daß er ins Gewissen schneidet oder ins Auge sticht. Selbst der Mister Schweitzer, so vorsichtig auf unbekanntem Gelände, ist diesen Wilden nicht gewachsen.

„Haben Sie nicht eine Botschaft für unsere Leser?" fragen sie ihn.

„Einer, der aus der Einsamkeit in die Welt kommt, kann der Welt keine Botschaft bringen ...“

„Was denken Sie über den Kommunismus?“

„Solche Fragen existieren im Urwald nicht.“

Nun, daraus kann man schon was machen. K e i n e Botschaft, k e i n Kommunistenproblem. Wie ungewöhnlich! Der Mann ist ja hochinteressant. Und seine „Story“ hat eine Menge „human interest“ in sich. „Schreibt spät nachts, wenn seine Kranken schlafen, philosophische Abhandlungen. Muß seine Blätter an Schnüren aufhängen und hochziehen, damit die Antilopen sie ihm nicht auffressen. Will ein neues amerikanisches Verfahren gegen Lepra versuchen. Hatte von seinen Freunden allerhand über Amerika gehört, das ihm nicht gefiel. Bewundert die Wolkenkratzer. Meint: Die Amerikaner sind alle so nett zu mir. Sie behandeln mich wie einen Bankier oder einen Boxer. Die künstliche Klimaanlage im Zug ist ihm zu kalt. Stellt sie ab. Zieht feuchte Hitze vor“, liest man im feuchtheißen New York und tröstet sich über das eigene Klima.

Und lachen kann er auch. Wenn man ihn auf seinen Wegen durch das wilde, fremde Land begleitet, gibt es immer etwas zu erzählen. In Chicago an der Union Station ist er doch tatsächlich mitten im Gespräch mit Freunden davongelaufen, um einer Frau, die zwei schwere Koffer schleppte, beim Tragen zu helfen. Dabei ist der „guy“ immerhin schon vierundsiebzig.

„Kabelt mehr Schweitzer“, verständigen die Agenturen und Blätter ihre Korrespondenten. Und wichtiger noch: „Kabelt nicht nur Anekdoten, sondern auch etwas über seine Gedanken.“ Ja, so geht es: über die „Story“ mit „menschlichem Interesse“ führt der Weg zu einer Beschäftigung mit dem ganzen Mann, seinem Werk und seinen Ideen. In wenigen Tagen kennt ihn ganz Amerika als „Mister Wellblech" oder als „den dreizehnten Jünger Jesu" oder schlicht als „den größten Menschen der Welt". Im Sturm hat Albert Schweitzer sich die Herzen eines Volkes erobert, das für seine gutherzige Naivität, seinen Humor, seine biblische Einfachheit fast noch mehr Verständnis besitzt wie die skeptischen, mißtrauischen Europäer.

Albert Schweitzer hatte geglaubt, Aspen, der Ort, wo die Zweihundertjahrfeier des Goethe-Geburtstages stattfinden sollte, läge im Flachland nicht weit von Chicago entfernt, woher die Einladung gekommen war. In Wirklichkeit ist Aspen aber noch anderthalb Tagereisen gen Westen von der großen Stadt am Michigansee entfernt und liegt gut tausend Meter höher. Es ist eine ehemalige Silberminen-Stadt, gelegen auf dem Colorado-Hochplateau, einige Stunden westlich von Denver. Sie hatte im Jahre 1949 ihre große Zukunft längst hinter sich. Denn seit dem Silberboom, zu Ende des neunzehnten Jahrhunderts, war der Ort allmählich zu einer „Ghost Town" herabgesunken, deren Bretterhäuser, einschließlich des einstigen Opernhauses und der romantischen „Saloons", nur noch zum Teil bewohnt wurden.

Seinen Wiederaufstieg verdankt Aspen einem Millionär deutscher Abstammung, namens Walter Paepcke, der die größte amerikanische Firma für Verpackungsmaterial managet. Mister Paepcke und seine bildhübsche Frau Lotte waren Ski-Enthusiasten und interessierten sich daher für die schönen Abfahrten im Bergort Aspen. Sie brachten ein paar aus

Österreich und Deutschland emigrierte Skilehrer hierher, bauten einen Skilift, legten Pisten an, sicherten sich für einen Pappenstil recht viel Grund und begannen, Aspen in den USA populär zu machen. Eine Skilaufweltmeisterschaft hatten sie schon nach Aspen gebracht, nun wollten sie auch noch eine Sommerattraktion und verfielen so auf — Goethe.

Es war immerhin eine beträchtliche Leistung, nach diesem weltabgeschiedenen Gebirgsnest im Sommer 1949 den großen spanischen Philosophen Ortega y Gasset, den italienischen Denker Borgese, den amerikanischen Dichter Thornton Wilder, den deutschen Goetheforscher Professor Bergsträßer und als Hauptstern im Prominentengestirn Albert Schweitzer zu bringen. Zu alledem waren auch noch ein ganzes Symphonieorchester unter Leitung von Mitropopulos und der Klaviervirtuose Arthur Rubinstein gekommen . . .

Albert Schweitzer bekam aber die scharfe Höhenluft in Aspen nach seinen vielen Urwaldjahren gar nicht, er litt unter Atembeschwerden und blieb auch nur zwei Tage lang. Aber seine im großen Zirkuszelt auf deutsch und französisch gehaltene Rede, sein Klavierspiel im gemütlichen kleinen Gästehaus, vor allem aber sein wunderbarer Humor und seine Menschlichkeit hinterließen einen tiefen Eindruck.

Vor allem bewunderte man die Herzlichkeit und Offenheit, mit der sich der weißhaarige Mann jedem, sei es nun ein berühmter Professor oder ein einfacher Student, zur Verfügung stellte. Alle Beschwörungen seiner Umgebung, er möge mit seiner Kraft haushalten, schlug er in den Wind. Wenn etwa in der „Cafeteria" von Aspen ein junger Mensch an ihn herantrat und um eine Buchwidmung bat, sprang der alte Herr sofort auf, führte den Bittsteller an einen anderen Tisch, setzte sich hin und schrieb schön deutlich und langsam ein paar Worte und seinen Namen hinein. Schon war ein zweiter Bewunderer mit ähnlicher Bitte da und ein dritter. Inzwischen wurde Schweitzers Essen kalt. Seine Gattin schüttelte den Kopf: „Ich sollte ihn doch schon kennen und mich nicht mehr über so etwas aufregen. Es ist schrecklich, wie wenig er sich schont. Er kann einfach schlecht Nein sagen." Schweitzer aber antwortete auf solche Vorwürfe:

„Ich darf mich keinem Menschen, der glaubt, daß ich ihm helfen kann — und sei es auch nur durch ein Autogramm — versagen. Vielleicht empfängt er davon einmal in einer dunklen Stunde Ermutigung."

Pressekonferenzen, Tonbandaufnahmen, Radiointerviews — die knappe Zeit in Aspen war entsetzlich anstrengend. So sehr, daß Albert Schweitzer zum Schluß doch einmal die Geduld verlor. Aber er tat selbst das mit so viel Grazie, daß es ihm niemand übelnahm. Ein Reporter, der seine Zeit bereits übergebührlich lange in Anspruch genommen hatte, bat ihn nämlich:

„Und nun geben Sie mir doch ein Beispiel für das, was sie ‚Ehrfurcht vor dem Leben' nennen."

Schweitzer kräuselte zornig seine Stirn. Dann aber sagte er halb böse, halb lachend:

„Ich, Albert Schweitzer, bin ‚Leben'. Wie wäre es, wenn Sie mich jetzt in Gnaden entlassen und ein wenig Rücksicht auf mich nehmen würden? Das wäre praktische Anwendung der ‚Ehrfurcht vor dem Leben'."

Nicht immer hat sich Albert Schweitzer in den folgenden Jahren so charmant über die Neugierigen und Sensationslustigen ausgedrückt, die nun begannen, ihm nachzustellen. Denn seit seiner Amerikareise war er weltberühmt geworden und mußte nun den schweren Preis aller derjenigen zahlen, die im Lichte der öffentlichen Aufmerksamkeit stehen.

„Ich bin eine neue Abart des afrikanischen Elefanten. Sie jagen mich mit ihren Photoapparaten und Filmkameras, als wenn ich ein Stück Großwild wäre...", klagt er einmal der südafrikanischen Freundin Clara Urquhart. „Unlängst habe ich mich mit amerikanischen Fernsehreportern buchstäblich herumschlagen müssen. Sie ließen sich einfach in meinem Spital nieder und wollten sich durchaus nicht damit abfinden lassen, daß ich mich kategorisch weigerte, im Fernsehprogramm zu erscheinen. Sie behandelten mich, als hätte ich durch diese Haltung ihnen gegenüber eine heilige Pflicht verletzt. Wenn ich bedenke, daß ich zu der Zeit gerade bei einem europäischen Patienten wachte, der zwischen Tod und Leben schwebte..."

In einem Brief, den der Gefeierte an seinen treuen Freund Richard Kik im Januar 1953 nach der Rückkehr von einer Europareise aus Lambarene schrieb, heißt es: „Ich habe Erfolg im Leben, aber niemand weiß, wie schwer mein Leben ist und wie teuer ich ihn bezahle. In Europa bin ich ein Blatt, das in den Strudeln eines Baches dahintreibt."

Jede neue Europareise wird jetzt von Schweitzer und den Schwestern mit gemischten Gefühlen erwartet, denn sie bringt mit sich: laute Empfänge, Pressekonferenzen, Zeremonien, Festessen, Dankbesuche, Hunderte von Briefen und Autogrammen, obwohl der Schreibkrampf immer schlimmer wird.

„Ich wollte, der Doktor wäre noch so unberühmt wie früher!" lesen wir in dem Brief einer seiner treuen Helferinnen an den Kreis der Schweitzerfreunde.

Und doch fühlt sich Albert Schweitzer oft tief gerührt von der echten Liebe und Anhänglichkeit, die er in vielen Menschen hervorzurufen vermag. Da schreibt ihm ein Flüchtling einen wunderschönen Brief, in dem es heißt: „Es tut so sehr gut, zu wissen, daß inmitten eines Jahrhunderts, in dem das Herz starb, ein Lambarene möglich ist, Tatsache ist." Da gibt es Schulklassen, die sich mit seinem Lebenslauf beschäftigen; es werden Tierschutzvereinigungen für Jugend'iche gegründet, die sich unter sein Patronat stellen. Schulen, Internate und Studentenheime wollen seinen Namen tragen, mehr noch: in seinem Geist der Liebe wirken. So geht neben dem Unkraut der mit ihm veranstalteten „Boxerreklame", über die Schweitzer sich zu beschweren pflegt, auch manch guter Same auf.

So müde der Mann durch sein an Arbeit überreiches Leben ist — er wird nie einem Menschen, der wirklich glaubt, ihn sehen zu müssen, die Türe verschließen. Er wird sich nie in seinem Hause zu Günsbach hinter Verbotstafeln verstecken.

Wenn mehr und mehr Menschen nach Günsbach wie nach einem Wallfahrtsort pilgern, oder gar in ganzen Autobusladungen anrollen, so drückt er ihnen gern die Hand, auch spielt er ihnen auf der Orgel des Kirchleins vor. Jeder, der ihm in sein nach der großen Straße hinausgehendes Zimmer einen Gruß hineinruft, kann sicher sein, einen Rückgruß zu bekommen.

Viel zu oft kommt jetzt die laute ferne Welt auf der Suche nach dem großen Mann in das idyllische Vogesendorf. Da stehen etwa ein paar Tage lang zwei große Lastwagen mit amerikanischer Nummer bei der Kirche.

„Quiet! Silence!" ruft ein langer Kerl in kariertem Hemd den Dorfkindern zu, die neugierig um seinen Wagen stehen und in eine Wunderwelt von Lämpchen, Spulen, Hebeln hinein schauen. Sie verstehen schon, was er meint und schweigen.

„O. k. let's go ..."

Aus der kleinen weißen Kirche erhebt sich hell und schön und rein der Klang der Orgel: Albert Schweitzer spielt. Er hat dieses Stück zwar vier oder fünf Stunden lang geübt, damit es makellos, wie auferstanden nach Jahrhunderten, töne. Die amerikanische Schallplattenfirma, die ihre Aufnahmewagen herschickte, soll zufrieden sein.

Ist das Spiel zu Ende, so klettert der Doktor selbst in den Tonwagen und läßt sich die Aufnahme zurückspielen.

Zu arg, daß irgendwie ein Quieken aus dem benachbarten Schweinestall mithineingeraten ist. Eigentlich sollte man es drinlassen. Nein, das wäre geschmacklos. Also noch einmal!

„O. k.", sagt der Lange wieder. „Let's do some work, doctor!"

Und abermals erklingt das tönende Gebet zum Himmel von Günsbach ...

Im Herbst 1949 reist Albert Schweitzer nach kurzem Zwischenaufenthalt in Europa wieder nach Lambarene zurück, um sofort mit dem Bau des neuen Lepraspitals zu beginnen. Diesmal bleibt er bis zum Frühjahr 1951. Am 16. September 1951 erhält er den Friedenspreis des deutschen Buchhandels in der Frankfurter Paulskirche aus der Hand seines alten Freundes und inzwischen zum Präsidenten der Deutschen Bundesrepublik gewählten Theodor Heuss. Am 12. Dezember ist er schon wieder in Lambarene, wo er die nächsten acht Monate bleibt. Ende September 1952 empfängt der Urwaldarzt, der sich bei diesem Anlaß als die niedrigste Art des Landarztes bezeichnet, die Paracelsus-Medaille der deutschen Ärzteschaft. Im Oktober wird er als Nachfolger von Marschall Pétain auf einen Sitz der Pariser „Académie des Sciences Morales et Politiques" gewählt, obwohl er keine Zeit fand, selbst den Antrag zu stellen und die üblichen Kandidatenbesuche zu machen. Bei diesem Pariser Besuch entdeckten die Reporter, daß Albert Schweitzer, dieser philosophische Gegenpol des Existenzialisten Jean Paul Sartre, dessen – Großonkel ist. Damals pflegte Albert Schweitzer den kleinen Jean Paul in einem Kinderwagen durch den „Jardin du Luxembourg" zu schieben.

Im November empfängt Schweitzer aus der Hand der Schwedischen Königin in Stockholm die Prinz-Karl-Medaille. Er wird Ehrenbürger von Colmar, Kaysersberg und Münster, er wird Doktor der Rechtswissenschaften honoris causa der Universität von Kapstadt und der Universität von Chicago, er wird Ehrenmitglied zahlreicher Gesellschaften ... nur einen Preis hat man ihm bisher nicht gegeben, den er mehr als irgendeinen anderen und mehr als irgendein anderer verdiente: den Nobelpreis.

Immer und immer wieder war Schweitzer als Kandidat für den Friedensnobelpreis vorgeschlagen worden, und im Jahre 1952 erwartete man nun mit Bestimmtheit, er werde den Preis erhalten. Aber Anfang Oktober verkündete das Komitee in Oslo, das zu entscheiden hatte: es sei keiner von den 31 genannten Kandidaten für würdig befunden worden.

Da aber brach in Norwegen ein wahrer Sturm los. Daß dreißig Persönlichkeiten der Kandidatenliste vor den Richtern nicht bestanden hatten, schien die hitzigen Nordländer nicht allzu sehr anzufechten, nur der eine, Albert Schweitzer, dessen

341

Schriften durch Vermittlung des aus dem „Dritten Reich" nach Norwegen geflüchteten Dr. Max Tau in weiteste Kreise gedrungen waren, brachte die Gemüter in Wallung. Noch nie hatte die norwegische Presse so zornig gegen die Herren ihres Nobelkomitees losgeschlagen. Noch nie hatte die Jugend sich mit so vielen Zuschriften an die Öffentlichkeit gewandt, die alle sagten: Gebt Schweitzer den Nobelpreis! Als Ausdruck dieser Stimmung dichtete der Lyriker Rangvald Skrede:

> *„In prunkenden Mänteln*
> *führen Deine Richter*
> *Dich, Albert Schweitzer,*
> *zum Pranger.*
> *Ruhig, gerade*
> *gehst Du Deinen Gang —*
> *s i e starren auf den Boden.*
> *Vom Meer bis zum höchsten Gipfel*
> *in Sorge und Scham*
> *ergraut unser Nordlichtland."*

Und als im nächsten Jahre die Entscheidung wieder bevorstand, da wurde verkündet:

„Albert Schweitzer erhält den Friedensnobelpreis!"

Um diese Zeit befand sich der Urwalddoktor gerade wieder in Lambarene. Er wurde mit Telegrammen überhäuft, er sollte Interviews geben und Artikel kabeln, er sollte am Radio sprechen. Doch souverän erklärte er:

„Bitte, laßt mich arbeiten. Ich muß mein neues Lepradorf bauen. Die 147 000 Kronen des Preises sind mir sehr willkommen, dafür kann ich viel Wellblech kaufen ..."

„Und werden Sie nicht im November nach Oslo fahren, um den Preis in Empfang zu nehmen?" fragten die von Libreville hergeflogenen Reporter.

„Leider nicht. Ich bin hier unabkömmlich", lautete die Antwort.

„Meine Leprakranken sollen möglichst schnell unter Dach und Fach kommen."

Damit wandte er sich wieder seinem bellenden Hunde mit dem scharfen Tadel zu: „Benimm dich, Tschütschü. Du bist jetzt ein Nobel-Hund."

Ein Jahr später, im November 1954, ist Albert Schweitzer mit seiner leidenden Gemahlin dann nach der norwegischen Hauptstadt gefahren. Man empfing ihn wie keinen Nobelpreisträger zuvor. Stundenlang standen die Menschen vor der Universität bei nebligem Wetter, um nur einen einzigen Blick auf den großen, wunderbaren Mann werfen zu können, dessen Lebenswerk nun seine äußere Krönung erhielt.

„Welch eine Macht hat doch das Gute, und wie sehnen sich die Menschen nach der Persönlichkeit, die heilt und hilft . . .", so lautete das Urteil aller, die erlebten, wie das Volk von Oslo den einfachen Pfarrerssohn ehrte.

Ist damit die Geschichte zu Ende? Nein. Sie wird auch nicht mit Albert Schweitzers Tod enden. Denn seine Idee, daß die „Ehrfurcht vor dem Leben" zur Grundlage neuen Vertrauens zwischen den Menschen und den Völkern, zum Beginn einer ethischen Wiedergeburt, zur Grundlage einer echten harmonischen Kultur werden könne, wird ihn überleben.

Sein Spital in Lambarene kann ruhig einmal zerfallen, denn sein Beispiel hat bewirkt, daß zahlreiche neue Tropenspitäler, die ohne ihn nicht denkbar wären, gebaut wurden. Nicht zufällig wurde gerade in Französisch-Äquatorial-Afrika der afrikanische Hauptsitz der Welt-Gesundheitsorganisation errichtet.

Lambarene ist heute schon nicht mehr das weltentlegene Dorf, in das Albert Schweitzer 1913 reiste. Es besitzt einen kleinen Flughafen, es ist der Schnittpunkt neuer großer Landstraßen, die ins Innere führen und – es ist zufällig das Zentrum eines neuen Erdölgebietes geworden. Schon stehen unweit vom Spital Doktor Schweitzers Bohrtürme, schon gehen die Pumpen dort Tag und Nacht. Das primitive Idyll, das Doktor Schweitzer suchte und allmählich schuf, wird dem Vormarsch der Technik wohl in absehbarer Zeit ebenso weichen müssen, wie die wilden Tiere der Region.

Das ist nicht unbedingt ein echter, ein positiver Fortschritt. Manches, was von Albert Schweitzer in die Seelen seiner Patienten gepflanzt wurde, mag von dem Vormarsch der eisernen Elefanten, die wir Maschinen nennen, zerstampft werden. Dennoch ist die Aussaat von Liebe und Hingebung nicht vergeblich gewesen. Wir wissen nur noch nicht, in welchem Boden sie aufgehen wird.

„Wenn Sie zu meinem Begräbnis kommen wollen, werden Sie sich nach Lambrene bemühen müssen", sagte Albert Schweitzer den Journalisten in Oslo.

Er spricht jetzt nicht selten über den Tod. Er tut es gelassen und ohne Furcht. Dankbar wäre er allerdings, wenn ihm noch Zeit genug bliebe, seine Kulturphilosophie in den einsamen Nachtstunden, die er in seinem afrikanischen Arbeitszimmer verbringt, ganz zu Ende schreiben zu können.

Sogar an eine Grabinschrift hat der Doktor schon gedacht. Und da er, wie wir ja wissen, ein Spaßvogel ist, stellt er sich vor, seine Kannibalenfreunde aus dem Inneren könnten ihm vielleicht einmal die letzte Ehre antun, ihn zu verspeisen.

Dann, so meint er, würden sie ihm auf den Grabstein schreiben:

> „Nous avons mangé
> le Docteur Albert Schweitzer.
> Il a été bon jusq' à sa fin!"

Was auf deutsch nicht weniger lapidar klingt:

> „Wir haben ihn gegessen,
> den Doktor Albert Schweitzer.
> Er war gut bis zu seinem Ende!"

Der Menschenfreund gegen die Atomversuche

In den Wochen, Monaten und Jahren, die der Verleihung des Friedens-Nobelpreises folgten, machte Albert Schweitzer den schwersten Gewissenskonflikt seines Lebens durch. Gleich den meisten seiner Zeitgenossen litt er unter der großen Unsicherheit unserer Epoche, gleich ihnen ward ihm die Freude am Gedeihen seiner Arbeit verdunkelt von der ständig gegenwärtigen Drohung eines neuen Krieges, der diesmal zur Weltkatastrophe, zur Vernichtung alles Lebendigen führen mußte.

Aber während Schweitzers Mitmenschen sich hilflos der Möglichkeit einer solchen Zerstörung des Planeten ausgeliefert fühlten und daher meinten, für das, was da kommen könnte, letztlich keinerlei Verantwortung tragen zu müssen, spürte der große alte Doktor, daß er nicht nur die Pflicht, sondern vielleicht sogar die Macht hätte, den durch menschliche Torheit verschuldeten Weltuntergang zu verhindern. Jede neue Ehrung, die ihn erreichte, das Ergebnis jeder neuen Publikumsrundfrage, die immer wieder ihn, den ganz „einfachen Bauernbuben", zur meistbewunderten, meistgeachteten Persönlichkeit der Gegenwart erhoben, trugen nur dazu bei, ihn die Größe seiner Verantwortung noch mehr spüren zu lassen.

Wie oft vernahm er in Briefen und Gesprächen die Aufforderung: „Erheben Sie Ihre Stimme, Doktor Schweitzer! Auf Sie hört die Welt noch, weil man weiß, daß Sie keiner bestimmten Ideologie, Nation oder Interessengruppe verpflichtet sind. Nehmen Sie erneut Stellung gegen den Wahnsinn der Kriegsrüstungen, gegen die Entwicklung immer schrecklicherer Waffen." Doch Schweitzer schwieg. Es waren nicht Gleichgültigkeit oder gar Vorsicht, die ihm den Mund verschlossen, sondern die Sorge, sich in Dinge einzumischen, von denen er nicht genug verstehe, von politischen Propagandisten eingefangen zu werden, die vom „Frieden" nur schwärmen, um damit die von ihnen geübte Unterdrückung der Freiheit und Gerechtigkeit zu entschuldigen. Wie schwer kann in dieser Zeit der Doppelzüngigkeit selbst ein Großer verhindern, daß man ihm seine Worte im Munde verdrehe.

Fast jeder, der in den Jahren zwischen 1954 und 1957 mit Albert Schweitzer privat zusammentraf, wurde von ihm intensiv über die „Atomgefahr" ausgefragt.

Ich selbst erinnere mich wie Schweitzer, der wußte, daß mich damals die Arbeit an einem Buch über die Gewissensprobleme der Atomforscher beschäftigte, während eines Spazierganges entlang des Pariser Luxemburggartens, immer wieder auf diese Probleme einging.

Noch im neunten Jahrzehnt seines ereignisreichen Lebens begann Albert Schweitzer sich mit gewohnter Gründlichkeit über eines der neuesten Gebiete der Wissenschaft zu unterrichten: die Kernphysik, deren Entdeckung und Freisetzung er schon 1954 als ein Zeitereignis von größter Bedeutung erkannt hatte.

Schweitzers „Atom-Neugier", wie er selbst wohl mit leichter Selbstbespöttelung dieses sein neuestes Interesse nannte, war auch Norman Cousins, dem Herausgeber der führenden amerikanischen Literaturzeitschrift „Saturday Review of Literature" wohlbekannt. Als dieser hervorragende Publizist zu Beginn des Jahres 1957 Lambarene besuchte, brachte er daher gleich einen ganzen Koffer voll neuester wissenschaftlicher Veröffentlichungen über die Folgen der Kernspaltung für den Urwalddoktor mit.

Während der ersten vier Tage seines Aufenthaltes in Lambarene sah Cousins seinen Gastgeber fast nur beim Essen, wo er den üblichen Ehrenplatz für Besucher gegenüber von Schweitzer zugewiesen erhalten hatte. „Doch am Nachmittag des vierten Tages sandte er schließlich nach mir . . .", erzählt Cousins. „Während der folgenden Woche verbrachten wir täglich mindestens zwei Stunden im Gespräch über eine große Anzahl von Themen: seine eigenen unbeendeten literarischen Arbeiten, Geschichte, Philosophie, Musik und vor allem die Lage des Menschen in der heutigen Welt . . . Im Zusammenhang mit diesem Thema kamen wir auf die Kernenergie zu sprechen."

Schweizer hätte allerdings zu diesem Thema, das seine Gedanken mehr und mehr beherrschte, kaum einen geeigneteren Gesprächspartner finden können als Norman Cousins. Denn der amerikanische Redakteur hatte die Wirkungen der Atombombe nicht nur durch Zahl, Buchstaben und Bild kennengelernt, sondern in den zerstörten Körpern der Überlebenden von Hiroshima gelesen, in Narben, die nie mehr vergehen würden, in den blassen Gesichtern derjenigen, die an langsamer Blutzersetzung dahinsiechten, ohne daß ihnen selbst beste ärztliche Hilfe noch nützen konnte. Dreimal seit dem schrecklichen Tag des ersten Atombombenabwurfes hatte Cousins Hiroshima, die Märtyrerstadt des nuklearen Zeitalters, besucht, hatte Freundschaften mit den ehemaligen „Feinden" seines Landes angeknüpft, und eine Bewegung für die Adoption junger Menschen ins Leben gerufen, deren Eltern im unvergeßlichen Schreckensmoment des 6. August 1945 umgekommen waren.

Und dabei war diese „Hiroshima-Bombe", verglichen mit den neuen, tausendfach stärkeren Uran- und Wasserstoffbomben, ja noch verhältnismäßig „klein" und primitiv gewesen. Als der noch junge Amerikaner nun in Schweitzers winzigem Arbeitszimmer saß, versuchte er dem Doktor auf anschauliche Weise klarzumachen, um wieviel gewaltiger die seither erfundenen „verbesserten" Atomwaffen seien.

„Stellen Sie sich einen Zug von einer Million Lastwagen vor...", sagte er zu Schweitzer. „Jeder dieser Lastwagen trägt zehn Tonnen Dynamit. Nun laden sie ihre furchtbare Fracht ab. Und es entsteht ein Gebirge, das vielmal so hoch ist wie das ‚Empire State Building', mit seinen 102 Stockwerken unser höchster Wolkenkratzer. Diese fast unvorstellbare Zerstörungskraft kann heute ein e i n z i g e s Flugzeug, das eine einzige Wasserstoffbombe von 20 Megatonnen Sprengkraft in seinem Rumpf trägt, über einem feindlichen Territorium abwerfen!"

Beredter noch wurde Cousins, wenn er von den radioaktiven Wirkungen der neuen Bomben sprach. Einer der Berichte, den er dem guten Doktor vorlegte, zeigte, daß bereits jetzt im zwölften Jahre der Atom-Ära durch die Bomben-Tests soviel Radioaktivität in den biologischen Kreislauf der Erde geraten wäre, daß man für die Gesundheit und das Leben nicht nur der jetzigen, sondern auch künftiger Generationen zittern müßte.

Schweitzer fiel lebhaft ein: Ja, das Gleiche habe er unlängst erst von Professoren der Physik, der Biologie und Medizin auf der Nobelpreisträger-Tagung in Lindau vernommen. Schon damals sei ihm zum erstenmal klargeworden, daß es, gemessen an der Schwere dieses Problems, keine andere Zeitfrage von gleicher Bedeutung gebe. Noch vor ein paar Jahren sei ihm allerdings die Behauptung, daß unser Planet durch den Einsatz einiger Bomben unbewohnbar gemacht werden könne, zu melodramatisch erschienen, nun aber beginne er an die Wirklichkeit solcher Befürchtungen zu glauben.

Nach der ersten Erörterung dieser Schicksalsfragen trennten sich Schweitzer, Cousins und die Südafrikanerin Clara Urquhart, die als Dolmetscherin an dem Gespräch teilgenommen hatte, bewegt aber unschlüssig. Als sie sich am nächsten Abend wiedersahen, trug Schweitzer auf seinem Gesicht die Spuren einer schlaflosen Nacht und vieler Stunden angestrengten Nachdenkens. „Nach unserem Gespräch von gestern habe ich mich gefragt, weshalb der menschliche Geist eine Gefahr von solcher Größe so schwer begreifen kann", begann er. „Es verläuft doch ein Tag nach dem anderen auch heute noch wie gewohnt. Die Sonne geht weiter auf und unter, die wunderbare Regelmäßigkeit der Natur selbst scheint solchen furchtbaren Vorstellungen zu widersprechen. Aber wir vergessen, daß die Sonne zwar wohl weiter auf- und untergehen mag, daß der Mond wie stets still über unseren Himmel zieht, daß aber trotz alledem die Menschheit jetzt imstande ist eine Situation zu schaffen, in der Sonne und Mond schließlich auf eine Erde hinunterschauen müssen, von der jede Spur des Lebens getilgt worden ist . . ."

Während er dies sagte, schien sich sowohl die Haltung wie das Aussehen des alten Mannes zu verändern. Statt eines

Ausdrucks von unendlichem Mitleid trat jetzt ein Zug von Entschlossenheit in sein wunderbares Antlitz. „Wir müssen auf irgendeine Weise das Wissen um diese schreckliche Gefahr vergrößern helfen", sagte er. „Es ist eine ernste Lage dadurch entstanden, daß die Regierungen ihren Völkern so wenig über dieses Thema erzählt haben. Es gibt doch keinen Grund, weshalb die Menschen nicht erfahren sollten, in welcher gefährlichen Lage sie sich befinden. Wir brauchen die volle Wahrheit, wirkliches Wissen, echte Information."

„Das, was Sie eben zu Clara Urquhart und mir gesagt haben, müßten Sie der ganzen Welt erzählen!" fiel Norman Cousins ein, als Schweitzer einen Augenblick lang schwieg und in die Ferne schaute.

Der Doktor sah nun seinem Gesprächspartner direkt ins Gesicht. Da war sie wieder, diese Aufforderung, sich öffentlich zu äußern, Stellung zu beziehen, zu warnen, zu beschwören. „Mein ganzes Leben lang habe ich mich davor gehütet, öffentliche Erklärungen über öffentliche Angelegenheiten zu machen . . .", sagte er zögernd. „Das hielt ich immer so, keineswegs aus Gleichgültigkeit an der Politik. Mein Interesse und meine Sorge in bezug auf die Angelegenheiten der Welt waren stets sehr groß. Ich dachte aber, meine Verbindung mit der Außenwelt wüchse ganz allein aus meinem Werk. Ich wollte nicht in den Streit der Gruppen und Mächte hineingezogen werden. So versuchte ich einfach, ein Mensch zu sein, der zu anderen Menschen über die ewigen Probleme zu sprechen versucht, die in uns und zwischen uns debattiert werden."

Doch Cousins ließ nicht locker. Hier gehe es um mehr als eine politische, mehr als um eine nationale Frage, insistierte er. Es sei eine moralische Frage von allgemeinmenschlicher Bedeutung, über die da entschieden werden müsse. In dieser großen Debatte aber dürfe ein Mann wie Albert Schweitzer, der als Verkünder der „Ehrfurcht vor dem Leben" über mehr Autorität verfüge als irgendein anderer Lebender, nicht schweigen ohne mißverstanden zu werden.

Es begann nun in der Folge zwischen den beiden Männern eine Unterhaltung darüber, ob nicht eine solche öffentliche Stellungnahme Schweitzers von den Vereinigten Staaten, der stärksten Atommacht des Westens, als Einmischung in ihre Angelegenheiten aufgefaßt werden könnte. Hierzu bemerkte Cousins, daß ein Protest gegen die Bombenversuche ja im tiefsten Sinne ein Ausdruck des Glaubens an die Freiheit und das Mitbestimmungsrecht der Völker sei. Denn durch die Tests würden auch Angehörige von Völkern, die in keiner Weise am Atomwettrüsten beteiligt seien, gesundheitlich gefährdet, ohne daß man sie vorher gefragt hätte, ob sie dieses Risiko für die eigene Gesundheit und die ihrer Nachkommen auf sich nehmen wollten. „Unser Hauptargument gegen den Nationalsozialismus und den Kommunismus ist es doch stets gewesen, daß sie die Rechte anderer mißachteten, daß sie in ihrem Streben nach militärischen Vorteilen unschuldige Menschen ins Unheil stürzten", führte der amerikanische Schriftsteller aus. „Ist es vielleicht weniger unmoralisch, wenn eine demokratische Nation nun durch die Ausstreuung radicaktiver Gifte die Gesundheit und Sicherheit anderer Völker aufs Spiel setzt?"

Dieses Argument schien Dr. Schweitzer tief bewegt zu haben. Als Norman Cousins aus Lambarene abreiste, hatte der Doktor zwar dem Vorschlag, sich an die gesamte Weltöffentlichkeit zu wenden, noch nicht endgültig zugestimmt, aber von nun an ließ ihn diese Idee nicht mehr los. Wesentlich war es, daß in den folgenden Wochen der von Schweitzer verehrte indische Ministerpräsident Nehru sich dem Vorschlag von Cousins anschloß und in einer Reihe vertraulicher Schreiben, die zwischen New York, New Delhi und Lambarene gewechselt wurden, betonte, daß Schweitzer mehr als irgendeine andere zeitgenössische Persönlichkeit imstande wäre, die Mauer des Schweigens und der gespielten Gleichgültigkeit, welche die Frage der Bombentests umgab, zu durchstoßen.

Außer Cousins, Nehru und Miss Urquhart wußte zu diesem Zeitpunkt nur noch Helene Schweitzer, mit welcher Entscheidung ihr Mann rang. Wenn sie ihn nun gelegentlich in seinem Arbeitszimmer besuchte und auf dem für sie stets reservierten Stuhl aus Drahtgeflecht Platz nahm, hörte sie wohl von ihm das „Für" und das „Wider" eines solchen Schrittes. Daß seine Frau einen solchen Appell an das Weltgewissen herbeisehnte, wußte Albert Schweitzer, ohne daß viele Worte zwischen ihnen gewechselt werden mußten.

Um diese Zeit fühlte sich Helene Schweitzer gesundheitlich angegriffener denn je. Man warnte sie. Man sagte ihr, sie müsse so schnell wie möglich wieder ins europäische Klima zurückkehren. Man sprach von akuter Lebensgefahr. Sie aber reiste erst ab, als sie sicher war, daß Albert Schweitzer für dieses eine Mal seine Scheu vor der Einmischung in die öffentlichen Angelegenheiten der Menschheit aufgeben werde.

Wenige Wochen nach ihrer Ankunft in der Schweiz ist Helene Schweitzer Anfang Juni 1957 dann gestorben. Aber sie hatte noch die Freude und die Genugtuung, den bewegenden Aufruf ihres Mannes zu hören, der am 23. April 1957 durch die norwegische Kommission für den Friedens-Nobelpreis über den Sender Oslo und weitere 140 Rundfunkstationen in der ganzen Welt verbreitet wurde.

Der Zeitpunkt für Albert Schweitzers Appell war besonders günstig gewählt. Denn nach einer langen Periode der

Apathie war die Weltöffentlichkeit gerade in diesem Augenblick durch zwei Ereignisse wieder auf die Atomgefahr aufmerksam gemacht worden. Einige Tage zuvor hatten achtzehn deutsche Kernphysiker, darunter auch Otto Hahn, der Entdecker der Uranspaltung, in einer aufsehenerregenden öffentlichen Erklärung bekanntgegeben, daß sie aus Gewissensgründen niemals an der Herstellung von Kernwaffen mitwirken würden. Ebenfalls im gleichen Zeitpunkt begann in Japan eine Reihe öffentlicher Demonstrationen gegen die soeben stattgefundenen sowjetischen und die bevorstehenden britischen Bombentests.

Schweitzers Aufruf wurde daher von zahllosen Millionen als das richtunggebende, überparteiliche Losungswort erwartet, und diese Hoffnung enttäuschte er nicht. Das Entscheidende an diesem Dokument ist, daß hier in erster Linie der Arzt zu Worte kommt. Wie ein gütiger alter Familiendoktor setzt sich Albert Schweitzer da ans Krankenbett der Menschheit und redete ihr gut zu.

Zunächst einmal muß er seinem Patienten klarmachen, weshalb die Gefahr, die sie bedroht, groß ist, obwohl sie durch keinen der fünf Sinne unmittelbar wahrgenommen werden kann. Gewiß, die radioaktiv geschwängerte Luft sei nicht stark genug um unsere Haut zu durchdringen, führt er aus. Aber durch das Einatmen, durch das Trinken radioaktiv verseuchten Wassers und den Genuß radioaktiver Speisen könne das bei den Tests entstehende Gift in unseren Körper hineingelangen und dort vor allem im Knochenmark sowie in den Keimzellen nicht wiedergutzumachende Schädigungen verursachen.

„Wir sind also genötigt, jede Steigerung der bereits bestehenden Gefahr durch die weiterhin stattfindende Erzeugung von radioaktiven Elementen durch Atombombenexplosionen als ein Unglück für die Menschheit anzusehen, das unter allen Umständen verhindert werden muß", warnte der große Heiler. „Ein anderes Verhalten kann für uns schon allein darum nicht in Betracht kommen, weil wir es im Hinblick auf die Folgen, die es für unsere Nachkommenschaft haben könnte, nicht zu verantworten vermögen."

Die Millionen Hörer und Leser des Aufrufes von Albert Schweitzer mögen sich im Stillen oder vielleicht auch bei den Diskussionen über seine Rede gesagt haben: „Gewiß, das mag alles richtig sein. Wenn es an uns läge, so müßten die Regierungen der Großmächte sofort mit den Atomversuchen aufhören. Aber was können wir denn schon ausrichten? Wir sind ja nur ‚kleine Leute' und auf uns hört niemand."

Zu diesem Defätismus der „einfachen Leute", der heute so weitverbreitet ist, dieses Gefühl der Ohnmacht, das als Entschuldigung für die wachsende Gleichgültigkeit gegenüber wichtigen öffentlichen Fragen hervorgekehrt wird, hat Albert Schweitzer auf dem Höhepunkt seiner Ansprache entschieden Stellung genommen. Im Grunde dächten ja die Staatsmänner der Atombomben bauenden Völker gar nicht anders als ihre Mitbürger, führte der Urwald-Doktor aus. Weshalb kämen sie dennoch nicht dazu, ein Abkommen abzuschließen, das weitere Tests in Zukunft unmöglich machen würde? Schweitzers Erklärung dafür lautet: „Der letzte und eigentliche Grund ist, daß eine öffentliche, dieses verlangende Meinung in ihren Ländern nicht vorhanden ist, und auch sonst bei keinen Völkern, die Japaner ausgenommen."

Mit diesen Worten zeigte Schweitzer seinen Zuhörern ihre Mitverantwortung. Die Beseitigung der Gefahren, welche den Menschen im Zeitalter der Kernspaltung drohen, dürfe nicht einfach „den Anderen" überlassen bleiben können. Nein, jeder einzelne verantwortungsbewußte Mensch habe die Pflicht sich darüber zu informieren und zu äußern. So erst entstehe eine weltweite öffentliche Meinung, die sich durch „Vernünftigkeit leiten lasse". Keine Abstimmungen, keine Bildung von Ausschüssen seien notwendig um eine öffentliche Meinung dieser Art kundzutun, denn sie wirke „durch ihr Vorhandensein" Wenn aber in den Völkern eine solche öffentliche Meinung entstehe, dann könnten sich die Staatsmänner über ein Abkommen einigen, die Versuche zu unterlassen.

Skeptiker und Zyniker mögen nun darauf hinweisen, daß Schweitzers Ansprache nur von bereits Überzeugten vernommen worden sei. Tatsächlich erreichte sein Aufruf gerade die Bevölkerung der USA und der Sowjetunion, auf die es am meisten angekommen wäre, nur in gekürzter Form oder gar nicht. Dennoch konnten sich auch die Regierungsstellen in Washington und Moskau der Wirkung des Appells nicht entziehen. Wie stark gerade Schweitzers Aufrüttelung der Weltmeinung dazu beigetragen hat, daß die Mächte sich nach jahrelanger Pause schon einige Wochen später an einen Verhandlungstisch setzten, um über Atomkontrolle und Atomabrüstung zu sprechen, werden spätere Archiv-Veröffentlichungen erweisen. Bestimmt geschah es nicht zufällig, daß erstmals im Frühsommer 1957 die „Morgendämmerung des Sonnenaufganges der Hoffnung", von der Schweitzer gesprochen hatte, wieder am Horizont aufging.

Allerdings ist das politische Wetter schnell veränderlich. Nach jedem Aufflackern der Weltmeinung gegen die Atomgefahr folgte zunächst eine Periode in der das „Barometer" stieg, um dann schon einige Wochen oder Monate später wieder zu sinken. Gerade aber in jenen Zeiten, wenn der Hochdruck der Öffentlichkeit allmählich nachläßt, bekommen die Strategen und „Realisten" in den Beratungssälen der Großen allmählich erneut die Oberhand und so bereitet sich schnell wieder eine „Schlechtwetterperiode" vor.

Albert Schweitzer hat gesprochen. Aber er kann nicht alle Jahre neue Aufrufe erlassen, ohne dadurch seine Wirksamkeit abzunutzen. Albert Einstein hat das nach dem Kriegsende getan. Mit dem Ergebnis, daß man schließlich gar nicht mehr hinhörte, wenn er seine Stimme erhob.

Es ist die Aufgabe eines jeden – und damit bist auch Du, der Leser dieser Zeilen gemeint, ja vielleicht gerade Du mehr als jeder andere – immer wieder die Stimme gegen die Atomgefahren zu erheben. Vielen mag das unnütz und sinnlos erscheinen. Ihnen möchte ich zum Schluß von einer Begegnung berichten, die ich unlängst mit einem der ausschlaggebenden Offiziere im Stab des Nato-Generals Montgomery führen durfte. Dieser Franzose, der mich seit Jahren kennt und zu mir deshalb mit außergewöhnlicher Offenheit sprach, gestand, daß in allen Plänen für den Fall eines künftigen kriegerischen Konfliktes e i n Faktor als völlig unvoraussagbar und unsicher betrachtet werde: das Verhalten der Öffentlichkeit im Falle einer künftigen Mobilisation und eines Kriegsausbruches.

„Sie sind vermutlich der Ansicht, daß all die Proteste, Manifeste, Leitartikel gegen die neuen Waffen in den Wind gesprochen werden", sagte er mir. „Darin täuschen Sie sich. Bei den Generalstäben ‚kommen sie an'!" Die müssen nämlich annehmen, daß ihre Völker, falls sie „atombombenfeindlich" bleiben, im Ernstfalle einfach nicht mitmachen werden. Und diese Vermutung stellen sie als Strategen in Rechnung. Ja, sie hat bereits öfter als die Öffentlichkeit wissen kann, dazu beigetragen, den Einsatz von Atomwaffen auf „Nebenkriegsschauplätzen" zu verhindern. Wenn die Öffentlichkeit weiter in dieser Stimmung gehalten wird, so müssen allein dadurch die Kernwaffen neutralisiert bleiben und als gigantische ‚Fehlinvestionen' abgeschrieben werden."

Es heißt, daß Albert Schweitzer, mißgestimmt durch den öffentlichen Brief, den ihm ein an der Fortsetzung des Atom-Wettrüstens interessierter Physiker schrieb, manchmal bedauere, sich in diese Fragen eingemischt zu haben. Möge er deshalb von uns, den Menschen dieser Zeit, die nicht nur um ihre eigene Gesundheit, sondern auch um das Wohlergehen ihrer Nachkommen besorgt sind, durch ein kräftiges Dankeswort belohnt werden.

Robert Jungk

EPILOG

Die beiden Brüder

Niemals habe ich in meinem Herzen die beiden faszinieren-
den Persönlichkeiten voneinander trennen können, so weit
durch die vergängliche Zeit auch geschieden, im Zeitmaß der
Ewigkeit doch so vereint, ich möchte sagen, in Gottes Brust.
Sie ähneln einander wie Brüder: der Heilige Franz von Assisi
und Albert Schweitzer.

Die gleiche glühende, zärtliche Liebe zur Natur; in ihren
Herzen steigt Tag und Nacht die Hymne an unsere Schwester,
die Sonne, und an unsern Bruder, den Mond, auf, an das
Wasser und das Feuer; beide halten in ihren Fingerspitzen
das Blatt eines Baumes. In seine Betrachtung versunken, offen-
bart sich ihnen das Wunder der gesamten Schöpfung.

Die gleiche Ergriffenheit, die gleiche Ehrfurcht vor allem,
was atmet: vor dem Menschen, der Schlange oder der Ameise.
Ihnen ist das Leben heilig; über die Augen eines jeden Lebe-
wesens geneigt, erschauern beide vor Freude, denn in ihnen

erblicken beide eine vollkommene Spiegelung des Schöpfers, unseres Schöpfers. Indem sie die Ameise, die Schlange oder den Menschen betrachten, entdecken sie beglückt, daß wir alle Brüder sind.

Das gleiche Mitleid, die gleiche Güte gegenüber allem, was leidet; der eine hat sich die aussätzigen Weißen gewählt, die aussätzigen Schwarzen Afrikas der andere — Abgründe des Elends und des Leidens, unausmeßbar in ihrer Tiefe. Ich sagte Mitleid und Güte und sollte eigentlich sagen: „mèta"; dieses hinduistische Wort allein vermag die Empfindung wiederzugeben, die das menschliche Leiden in diesen beiden Brüdern erweckt. In der Güte und im Mitleid gibt es eine Zweiheit: den Leidenden und den Menschen, der sich über den Leidenden neigt; in der „méta" jedoch vollzieht sich eine vollkommene Verschmelzung: beim Anblick eines Aussätzigen empfinde ich, daß ich der Aussätzige bin. Sari-al-Sagathi, ein mohammedanischer Mystiker des 9. Jahrhunderts, hat dies sehr gut ausgedrückt: „Die Liebe zwischen zwei Wesen ist erst dann vollkommen, wenn der eine zum anderen sagt: o ich!"

Der gleiche göttliche Wahnsinn: Verzicht auf die Annehmlichkeiten des Lebens, Opferung der kleinen Perlen, um die Große Perle zu gewinnen, Verlassen des bequemen Weges, der zu einem billigen Glück führt, und Wahl des steilen, der zwischen zwei Abgründen zum göttlichen Wahnsinn emporsteigt. Wohlerwogene Wahl des Unmöglichen. Ein junger Mann suchte eines Tages einen großen Einsiedler auf. „Mein Vater", sagte er zu ihm, „gib mir einen Rat". — „Steige hinauf, wo du kannst." — „Gib mir noch einen Rat, mein Vater." — „Steige hinauf, wo du es nicht kannst." Unsere beiden Brüder haben den zweiten Rat des Einsiedlers befolgt.

Die gleiche Heiterkeit: das Lachen, das aus dem Grund

eines jubelnden Herzens emporquillt; die Freude, vielgeliebte Tochter des Überflusses einer gewaltigen Seele; die Kraft, den sonderbaren Anblick der düsteren Wirklichkeit zu betrachten und ihn gelten zu lassen. Die strengen Spartaner waren im alten Griechenland die einzigen, die dem Gott des Lachens einen Altar errichtet hatten; die äußerste Strenge hat stets das Lachen im Gefolge, das allein dem empfindsamen Menschen helfen kann, das Leben zu ertragen. Gott hat diesen zwei Brüdern ein fröhliches Herz geschenkt; und da er ihnen ein fröhliches Herz gegeben hat, beschreiten sie frohen Herzens den Weg zum Gipfel ihrer Bemühungen, Gott entgegen.

Die gleiche leidenschaftliche Liebe zur Musik; was Thomas Celano von dem einen sagte, trifft in gleicher Weise auf den anderen zu: „Eine sehr dünne Wand schied ihn von der Unsterblichkeit; deswegen vermochte er durch diese Trennwand hindurch die Melodie des Göttlichen zu vernehmen." Die berauschende Freude, die beide beim Anhören dieser Melodie empfinden, grenzt an Ekstase. „Wenn die Engel, die Geige spielten, noch einmal den Bogen über die Saiten hätten gleiten lassen, würde sich meine Seele vom Körper gelöst haben; so viel Glückseligkeit wäre unerträglich", sagte der eine; ich bin sicher, daß der andere, wenn er Bach spielt, diese äußerste Glückseligkeit gleichfalls erlebt.

Beide besitzen den Stein der Weisen, der die gemeinsten Metalle in Gold verwandelt und das Gold in Geist. Die Wirklichkeit in ihren tiefsten Tiefen, die Krankheit, den Hunger, die Kälte, die Ungerechtigkeit, die Häßlichkeit, sie alle verwandeln sie in eine wirklichere Wirklichkeit, in der der Geist — mehr als der Geist — die Liebe atmet. Denn dieser Stein der Weisen ist für sie nichts Fernes und Unerreichbares, außerhalb des menschlichen Bereiches, das sich nur erobern läßt, indem man die Naturgesetze umstößt; der Stein der Weisen liegt in ihnen selber, es ist ihr eigenes Herz. Und in diesem Herzen ruht die Liebe niemals.

Vor zwei Jahren hatte ich einen zutiefst franziskanischen Herbst in Assisi verbracht. Ganz allein wanderte ich die Straße oberhalb der heiligen Ebene Umbriens entlang und betrachtete in Schweigen unter den Strahlen einer milden Sonne die weite, glückselige Erde. Sie hatte ihre Aufgabe erfüllt, hatte den Menschen Korn gegeben, Gerste und Heu den Eseln und Ochsen und mit Früchten voller Honig hatte sie die Weinstöcke und Feigenbäume behängt. Den ewigen Gesetzen untertan, hatte sie geduldig und ihrer selbst gewiß die Zeiten des Gebärens und der Schmerzen durchschritten, um schließlich die reiche, herbstliche Ernte ihrer Jugend einzubringen.

Dort, in Assisi, in der Pracht jenes von Gnade erfüllten Herbstes habe ich, und dies zum erstenmal, mit meinen Augen die beiden Brüder Hand in Hand wandeln sehen, dort unter den schattigen Olivenbäumen, die voll grüner, kleiner Oliven hingen. Unter ihren Schritten sprossen aus der feuchten Erde die ewigen Fioretti hervor, die Lilie der Reinheit, die Veilchen der Demut und die roten Rosen der sieghaften Liebe. Von Zeit zu Zeit sahen sie einander an und lächelten. Beide beglückt, so wie die herbstliche Erde, ihre Aufgabe erfüllt zu haben, strebten sie singend ihrem höchsten Ziel zu — die Wand der Unsterblichkeit, die sie von der göttlichen Musik schied, zu durchbrechen.

Deshalb habe ich, als ich mich nach der Rückkehr aus Assisi an die Arbeit machte, „Pax et bonum" zu schreiben, mein Buch über den Heiligen Franz, gefühlt, daß Albert Schweitzer mein Denken beeinflußte und meine Hand führte; schriebe ich nun ein Buch über Albert Schweitzer, würde sich gewiß der Heilige Franz über meine Schulter neigen und mir das Leben seines Bruders diktieren. So hat Albert Schweitzer mir geholfen, dieses mit Ängsten und Freuden und – begehrteste Frucht – mit Gewißheit beladene Buch zu schreiben. Zum Zeichen des Dankes für diese geheime Mitarbeit habe ich dieses Buch „Dem Heiligen Franziskus unserer Zeit, Albert Schweitzer" gewidmet. Dank Albert Schweitzer erfüllt mich die Überzeugung, daß der Heilige Franz keine liebliche Legende ist, sondern Wirklichkeit, und daß der Mensch, sogar heute, nein, heute vor allem, in unserer verängstigten Welt den Gipfel des steilen Gottesberges ersteigen kann.

Der Heilige Franz war die letzte Seele des Mittelalters und die erste der Renaissance; in dieser Welt, in der wir heute leben, vom Häßlichen, von der Verneinung und der Ungerechtigkeit gesättigt, könnte Albert Schweitzer die erste Seele einer neuen Renaissance sein; wenn diese Welt Bestand haben soll, wird dieser Mann in sich selbst das Vorbild des künftigen Menschen vorzeichnen. Albert Schweitzer in unserer Mitte ist ein großer Trost; gesegnet sei er; er gibt uns das Vertrauen in diesen von Gott erfüllten Schlamm, den man den Menschen nennt.

Antibes, im Herbst 1954.

Niko Kazantzakis

INHALT

Der Verfasser der vorliegenden Lebensgeschichte hat an einigen Stellen, wo es ihm zum besseren Verständnis seiner Darstellung notwendig oder wünschenswert erschien, aus den folgenden Büchern Albert Schweitzers zitiert: „Aus meiner Kindheit und Jugendzeit", „Zwischen Wasser und Urwald", „Goethe", „Verfall und Wiederaufbau der Kultur", „Kultur und Ethik" (sämtlich bei C. H. Beck, München), sowie „Aus meinem Leben und Denken" (Richard Meiner, Hamburg).

Bildnachweis: dpa, Grossar, Les Reporters Associés, Laeuffer, Keystone, Interpress, Rosenberg, Waske, Wucher, Kindler Archiv.

Ein Programm zum Wiederentdecken

Ferdinand Sauerbruch
DAS WAR MEIN LEBEN
504 Seiten mit 8 Abbildungen, Leinen mit Schutzumschlag.

»Auf keiner Seite seiner Memoiren verleugnet Sauerbruch, daß er nicht nur Wissenschaftler und begnadeter Arzt war, sondern stets ein Mensch im schlichtesten und höchsten Sinne: Helfer seiner Mitmenschen.«
WESER KURIER, BREMEN

Walter Bauer
FRIDTJOF NANSEN
Humanität als Abenteuer
332 Seiten, Leinen mit Schutzumschlag.

»Fridtjof Nansen, ein Mensch ohne Anmaßung, ohne Hochmut, ein Freund der Welt, ohne Sentimentalität, ein Vorbild auch für unsere Tage.«
H. HOFMANN, KOSMOS, STUTTGART

Fritz Kortner
ALLER TAGE ABEND
448 Seiten, Leinen mit Schutzumschlag.

»Die Inszenierung seines Lebens hat erreicht, worauf er immer aus war: das Verborgene eines Textes herauszubringen. Dies ist kein Fachbuch, obwohl es das auch ist. Es ist, in den besten Momenten: ein Blick in mich, in dich, in ihn.«
LUDWIG MARCUSE

Fritz Zorn
MARS
Mit einem Vorwort von Adolf Muschg
228 Seiten, Leinen mit Schutzumschlag.

»Dies ist ein Buch, an dem man sich anstecken kann mit dem Virus der Erkenntnis: daß dieser Extremfall unser aller Fall ist.«
PETER RÜEDI, DIE WELTWOCHE, ZÜRICH

verlegt bei Kindler

Ein Programm zum Wiederentdecken

Ein Programm zum Wiederentdecken

Roger Ikor
DIE SÖHNE ABRAHAMS
564 Seiten, Leinen mit Schutzumschlag.

»Ausgezeichnet mit dem Prix Goncourt, ausgezeichnet mit dem Albert-Schweitzer-Preis . . . solcherlei Lorbeeren berechtigen zu besonderer Erwartung. Um es vorwegzunehmen: sie erfüllen sich.«
FRANZISKA VIOLET, DER TAGESSPIEGEL, BERLIN

Konstantin Simonow
DIE LEBENDEN UND DIE TOTEN
520 Seiten, Leinen mit Schutzumschlag.

»Dies ist ein Kriegsroman, fernab von einem Klischee, hart, packend und realistisch — von der anderen Seite der Barrikade.«
ABENDPOST, FRANKFURT

Edouard Glissant
STURZFLUT
324 Seiten, Leinen mit Schutzumschlag.

Für dieses Buch erhielt Glissant 1958 als erster Negerschriftsteller den begehrten französischen Literaturpreis Prix Renaudot.

Aischylos
DIE ORESTIE
Agamemnon · Die Choephoren · Die Eumeniden
Freie Übertragung von Walter Jens
179 Seiten, Leinen mit Schutzumschlag.

»Walter Jens fand durch die intuitive Wiederannäherung seiner Übertragung an den Geist und an die Sprach-Vorstellungskraft des Aischylos einen hervorragenden Weg zum Neuverständnis dieses gigantischen Frühwerks des antiken Theaters.«
KLAUS COLBERG

verlegt bei Kindler